黃順元全集

움직이는 城

1 9 8 9

차 례

제 I 부

제 1 장

네댓살 난 계집애가 하나, 집 사잇길에 쪼그리고 앉아 흙장난을
하고 있다. 검붉은 흙물에 얼룩진 팬티바람으로 다른것은 아무것도
몸에 걸친 게 없다. 신발도 신지 않았다. 살거리 없는 까맣고 앙상
한 등줄기가 집과 집 틈바구니로 비껴드는 햇살에 반사되어 반질거
린다. 흙으로 떡을 빚던 애가 인기척에 고개를 든다.

소경이 지팡이를 더듬거리며 집 모퉁이를 돌아 사잇길로 들어오
고 있다. 중년 남자 소경이다. 뿌옇게 메마른 머리카락이 흐트러
져 내려온 이마 밑에서 희멀뚝한 눈이 연신 섬벅거린다.

애가 발딱 일어난다. 마구 버린 허드렛물 괸 곳에서 소경이 지팡
이를 잘게 더듬거리며 발을 옮겨디디지 못하고 있다. 애가 소경에
게로 간다. 그리고 흙 묻은 가느단 손으로 소경의 지팡이 중턱을
잡아 물 괸 곳을 피해 짚도록 해준다.

뜰안 박우물 가에서 성호는 그동안 밀린 빨래를 하고 있었다. 양
은바가지로 새로 물을 퍼 함석버치에 붓고 애벌 끝낸 빨래를 헹구어
낸다. 썰래썰레 내둘러 비틀어짜는 솜씨가 제법 능숙했다.

빨래를 가지런히 줄에 널어간다. 끝으로 양말짝들을 널고 있는
데 걸걸한 말소리가 났다.

"아주 무아지경이구나. 사람 들구나는 것두 모르구."

너부죽한 민구의 혈색 좋은 얼굴이, 널어논 빨래 사이로 가깝게
다가와있다.

"어, 이게 누구야. 참 오래간만인데."

"촬영가머리다. 그 궁상스런 꼬락서니. 식모앨 하나 두지 않구."

"뭐 할일 많다구 사람을 두구 어쩌구 해. ……오늘은 학교 안 나가는 날인가?"

"아침에 끝내구 오는 길야. 어어 덥다. 구월달에 접어들었는데두 햇볕은 그냥 불덩이야. 우선 샘물에 세수나 좀 하구."

성호가 대야를 가시어 물을 가득 퍼담아준다.

민구는 와이셔츠를 벗어 툇마루에 던져놓고 대야 앞으로 가다가 샘물을 들여다보더니,

"이제 보니까 암물이네 이거."

물빛이 투명하지를 않고 마치 조개 삶은 국물처럼 새뽀얗다.

"암물인지 숫물인지 몰라두 물맛 좋다구 저 아래서까지 길어들 가."

"그럴껄. 암물은 대개 경수가 아니구 연수니까. 물맛두 달구, 비누가 잘 풀려서 빨래두 잘 되구."

"언제부터 또 수질 연구가가 되셨누?"

"엔간히 시굴을 쏘다녔어야지. 이런 게 다 부산물루 얻은 지식이지. 시굴서 치성을 드릴 때만은 암물을 사용치 않어."

"내 늘 한번 말할려구 했든 건데 그 무속인가 뭔가 좀 그만 쫓아다닐 수 없어? 외도는 그만해두구 민요수집으루 돌아가지."

"아니 아니. 이젠 무속에 관한 게 내 전공분야가 돼버렸어. 정말이지 조사해 들어갈수록 그렇게 흥미진진할 수가 없다니까."

"어서 세수나 하게."

민구는 세수를 하는 동안, 어 시원하다는 말을 연방 해가며 수선스럽게 씻는다. 그리고 성호가 내주는 타월로 얼굴을 닦으면서 바로 뜰 왼쪽 앞에 서있는 교회당으로 눈을 준다. 블록벽 아랫도리가 군데군데 부스러져 곰보가 져있고, 함석지붕도 페인트칠이 벗겨지면서 녹이 슨 데다가 여기저기 들떠 물매조차 고르지 못했다.

"저러구두 비 새지 않어?"

"아직은…… 내년 봄엔 손을 좀 봐야겠어."

"일루 부임해온 지두 아마 일년이 넘었지?"

"일년 반."

"그동안 예수쟁이 수는 많이 늘었나?"

"뭐 늘었다구 할 것두 못돼."

"아마 저 아랫동네엔 그새 무당이나 점쟁이가 많이 늘었을걸. 뭐니뭐니 해두 샤머니즘의 온상은 우선 가난이니까. 어쨌든 이런 데서 교역자 노릇하기두 쉬운 일이 아니렷다. 샤머니즘하구 직접 대결을 해야 할 판이니." 민구는 와이셔츠를 집어 입으며, "나 오늘 특별히 부탁이 있어 왔어. 이제 정해버리기루 했거든."

"정해버리다니?"

"약혼해야겠어."

"그거 좋은 소식이군. 질질 끌 필요 뭐 있어. 그런데 내게 부탁이란 건?"

"약혼식 주례를 좀 서줘야겠어."

"아니, 내가? 아 그 장인될 한장로 교회에 목사 있잖어?"

"그 목사는 나중 결혼식 때 주례를 서달랄 참야."

"결혼식 주례할 사람이 하면 큰일나? 아직 난 전도사 주제에다가 궁상스런 총각 아닌가."

"아니, 그럼 총각 전도사라구 해서 이곳 교인들이 무슨 주례 부탁을 하면 거절해?"

"그야 사정이 다르지. 내가 맡아보는 교회의 교인인걸."

"교회는 다르지만 나두 어엿한 세례교인이란 걸 알아야 해. 여러 말 할 것 없이, 날짜는 금주 토요일, 오늘이 화요일이니까 그글피 오후 일곱시, 장소는 종로 2가에 있는 호심그릴."

"사람두. 하필 날……"

"여러가지루 생각해서 결정한 거니까 그리 아시는 게 좋을걸."

"선택된 사람이라는 거군."

"여부있어. 그날 모시러 차를 보내두룩 할게. 미스 한네 집에 차가 있으니."

"아냐. 저영 그렇다면 선택된 사람으루서의 영광을 받아들이기루 하겠는데, 차만은 보내지 말어. 내 시간에 꼭 대어 갈 테니까."

"이번 약혼이 어쩌면 기독교와 샤머니즘의 약혼식이 될는지 몰라." 민구가 큰 입을 꽉 다물어 보였다.

성호는 웃으면서,

"샤머니즘에 아주 미쳤군. 난 되레 이번 기회에 그 광기 좀 버렸 음 싶은데?"

"아마 그렇겐 안 될걸." 민구가 손목시계를 분주스레 들여다보며, "그럼 오늘은 이만 실례."

"잠깐만. 같이 나가. 나두 심방 갈 데가 있으니까."

성호가 방으로 들어가 옷을 갈아입고 성경책과 찬송가책이 든 가 방을 들고 나왔다. 앓아누운 명숙이라는 소녀의 심방을 가려는 것 이다.

대문을 나서면 언덕 밑에 붙은 본래의 촌락과 앞산과의 사이에 생긴 분지같은 평지에 들어선 돌마을 주택들이 한눈에 내려다보인 다. 질서정연하게 늘어선 집들의 모양이 꽤 깨끗해 보였다. 이 집 단주택 왼쪽으로 조금 떨어진 곳에 큰 천막이 쳐져있다. 국민학교 교사인 것이다. 길은 집단주택과 천막교사 사이로 나있었다.

언덕길을 내려가는 둘의 몇발짝 앞 땅위에 아련하고 조그만 그 림자 하나가 가로 왔다갔다 하는 게 눈에 띈다. 민구가 먼저, 그리 고 성호도 따라 공중으로 눈을 든다. 잠자리 한 마리가 두어 발도 못될 거리를 두고 가로 왔다갔다 날아다니고 있다. 한쪽으로 날아 가다 급각도로 돌아서고, 또 한쪽으로 날아가다 급각도로 돌아서고 하는 동작이 퍽 날쌔고 생기가 있었다. 급각도로 돌아설 때마다 잠 자리 몸 전체가 햇빛에 반짝거렸다.

천막교사 옆을 지나느라니까 안에서 애들이 와아 몰려나온다. 민 구가 걸음을 멈추며 눈썹이 검은 눈을 크게 떴다.

"왜들 저러지?"

여자애들이 운동장에 나오기가 바쁘게 팔짝팔짝 웅크리고 앉는 것이다. 그때마다 땅에 내려덮이는 여러가지 낡은 치마폭이 마치 그러한 조그만 낙하산이 내려앉는 것만 같다.

"이제 두구 보면 알아." 성호가 민구 곁에 서며 말했다.

여자애들이 하나 둘 웅크리고 앉았던 자세에서 일어난다. 그 자 리에 물이 번지곤 한다.

사내애들은 사내애들대로 운동장 언저리로 달려가 부리나케 바 지를 내리고 물줄기를 뻗치는 것이다.

"변소가 없나?" 민구가 걸음을 옮기며 물었다.

"있긴 있어두 한꺼번에 많은 앨 수용하지 못하는 모양이야. 오늘은 급식배급이 있는 날인가분데? 애들이 많이 모인 걸 보니까. 며칠에 한 번씩 점심때 옥수수가루죽을 배급하는데 다른 날은 학교에 안 나오다가두 배급날만은 많이 모인다네."

한길로 나서는 어름에서 민구와 헤어진 성호는 돌마을로 들어선다.

서울서 동북쪽으로 한 삼십리가량 떨어진 곳에 있는, 부근에 돌이 많다고 해서 돌마을이란 이름이 붙은 이 집단주택은 서울 한강변의 수재민과 무허가 건축의 철거민을 위해 세워진 것이었다. 블록벽에 시멘트 일본기와를 이은, 한 채가 앞뒤로 다섯 칸씩으로 된 건물이었다. 이런 건물이 스무 채씩 일렬 횡대로 다섯 줄 늘어서있다.

처음에는 난민들이 들어와 살았으나 이내 변동이 생겼다. 대개 팔고 나가는 사람은 막벌이하러 문안으로 들어갈 교통비마저 아쉬운 축이고, 사갖고 들어오는 층은 서울서 전세 얻을 돈으로 차라리 이런 곳이나마 제집이 낫다고 생각하는 하급월급쟁이들이었다. 한 칸 살림방에 시가로 7만원 했다.

좁고 지저분한 사잇길을 걸어들어가면 언덕에서 내려다볼 때의 질서정연하고 깨끗해 보이던 것과는 완전히 다른 지저분한 모습으로 나타난다.

누더기같은 옷을 빨아 넌 밑을 허리를 꾸부려 지나치니 한 소녀가 갓난애를 안고 서있다. 열대여섯 나뵈는 소녀였다. 그러나 소녀는 자기 동생이나 또는 언니의 애를 보고 있는 게 아니었다. 비좁은 길이라 별수없이 스치다시피 지나가는 성호의 눈에 들어온 소녀의 젖가슴은 애어머니의 그것이었다. 성호는 새삼스러운 정경이 아닌데도 섬뜩해진다. 이른봄부터 늦가을까지 교회가 있는 뒷산이나 돌마을 앞산이 날만 저물면 젊은 남녀들의 야합장소가 된다는 것은 교인들에게서 여러번 들은 얘기다. 낙태시킬 돈은 없고, 자연 어린 소녀들까지 애아버지 없는 애를 낳게 마련이었다. 성호는 자기 과거가 생각켰다. 자기와 홍여사와의 그애는 채 넉달이 될까말까한 것을 유산시켰다. 일찍 손을 써서 세상에 태어나지 않게 한 자기네가 되레 교활하고 비인간적이었는지 모른다. 그러나 그때는 그럴 도리밖에 없었다는 걸 다시금 아프게 느낀다.

성호는 언제나 교인 심방할 때 같이 가는 조권사네 집에를 먼저 들렀다. 조권사가 집에 없었다. 하는수없이 성호 자기만이라도 가기로 한다.

명숙이는 방에 혼자 누워있었다. 어머니는 시내로 광주리 꽃장사를 나가고, 남동생은 천막학교에 간 것이리라.

명숙은 주일학교 반사였다. 그네의 부친이 사업에 실패하고 병들어 죽기 전까지는 시내에서 여학교를 다니며 고전무용까지 배워오던 중류집 딸이었다. 그러던 것이 차츰 꾀어가는 살림으로 이 집단주택에 흘러들어오게 됐고, 유일한 즐거움이 교회에 나가는 걸로 지내는 소녀였다. 주일학교에선 어린이들에게 틈틈이 무용과 오르간을 가르쳤다. 그래서인지 누구보다도 애들을 많이 교회로 인도했다. 이러한 그네가 여러날째 자리에 누워있는 것이다.

명숙은 잠이 든 듯 꼼짝않고 있었다. 얼굴이 그제보다도 더 못돼 보였다. 검은 그늘로 둘린 눈이 더 폭 꺼지고, 입술이 까맣게 타 있었다. 그러면서도 딱히 어디가 아픈 데도 없고 열도 없이 그저 음식을 통 못 먹고 누워있는 것이다. 병원에서도 병명을 몰랐다.

성호가 환자의 잠을 깨지 않도록 머리맡에 조용히 앉아있으려니까, 한참만에 명숙이 벌떡 타월잠옷의 상반신을 일으키더니 삼면의 벽을 휘둘러보면서 몸을 와들와들 떨기 시작하는 것이다. 그 떨림이 좀처럼 멎을 것같지 않아 그냥 보고만 있을 수 없어서 성호가 그네의 어깨를 잡아 자리에 눕혔다. 순순히 성호가 하는 대로 따랐다.

성호는 명숙의 손 위에 자기 손을 얹은 후 기도를 했다. 그네의 손은 차가웠다. 기도를 하는 동안 그네의 손은 경련같은 떨림이 계속되다가 차차 사라져가면서 손등에 축축히 땀이 내배는 것이었다.

기도가 끝난 뒤에도 명숙은 겁에 질린 듯한 퀭한 눈으로 벽을 둘러보며,

"전도사님, 아까는 정말 무서웠어요. 벽마다 까만 뱀들이 득실득

실했어요. "

"꿈을 꾸었군. "

"꿈 아녜요. 제 눈으로 똑똑히 본걸요. 까만 뱀들이 저를 향해서 막 기어내려오려구 했어요. " 간신히 짜내는 목소리다.

"꿈이 아니면 환각이야. 신경이 약해져서 그래. 조금두 무서워할 것 없어. "

"전도사님이 안 오셨드라면 큰일날 뻔했어요. "

"앞으루 그런 일이 있으면 십자가를 눈앞에 그려. 그러면 모두 없어질 테니. "

문이 열리며 명숙의 남동생 섭이가 들어선다. 성호에게 꾸뻑 절을 하고는 손에 든 쭈그러진 양재기를 누나 앞에 내려놓는다. 천막학교에서 급식으로 준 옥수수가루죽을 받아갖고 온 것이다.

"오늘은 이르구나. " 명숙이 남동생을 쳐다보며 까맣게 탄 입술에 가까스로 미소같은 것을 지어보였다.

"이제 또 가야 해. 나무하러 간대. "

천막학교에서 겨울준비로 애들더러 나무를 해오게 하는 모양이었다.

"쟤는. 그럼 너나 먹지 왜 또 갖구 왔니. 아침에 먹다 남은 미음두 아직 있는데. ……냉수나 좀 떠다 줄래 ? "

"밤낮 물만 먹으믄 어떡해. " 그러면서도 소년이 밖으로 나가 양은대접에 물을 가득 떠갖고 들어온다. 그것을 명숙이 받아서 벌컥벌컥 단숨에 다 들이켠다.

"저것두 먹어. " 소년이 성난 것처럼 말하고는 나가버린다. 뜀박질해 가는 발소리가 곧 사라진다.

"동생이 일부러 가져온 건데 먹어야지. " 그리고 성호는 환자에게 용기를 돋워주기 위해, "억지루라두 먹을걸 먹구 속히 일어나야 해. 주일학교 애들이 얼마나 기다리는 줄 모르나. "

명숙이 마지못해 미음그릇에서 숟가락을 집어다 양재기의 죽을 떠서 입으로 가져간다. 쓴 거나 먹듯 얼굴을 찡그린다. 겨우 세 술도 먹지 못하고 숟가락을 놓고 만다.

이때 오른쪽 옆집에서 아낙네들의 말소리가 들려왔다.

——데 모퉁이에 사는 방울무당 있지 않쉐까, 용하드구만.

——엊그제 새루 이사해온 무당요?

——그래, 그 무당 말이웨다, 어제 예서 한 십리쯤 뒤대루 떨어진 동리에 사는 네펜네 하나이 와 해원풀이를 해달라구 해서 그 무당이 갔댔대누만. 그른데 찾아왔던 네펜넨 원귀가 썩워서 아들만 나문 죽는대디 머야요, 글쎄.

——저일을 어째!

성호가 한방에서나 하는 말처럼 들리는 옆집 이야기를 명숙이 듣지 못하게끔 일부러 소리를 높여 다시 기도를 시작했다. 그러자 명숙의 숨죽인 목소리가 성호의 기도를 막는다.

"전, 전도사님, 기도소리가 귀에 들리지 않아요." 떨리는 눈동자가 성호를 올려다보고 있다. "부탁이에요. 저 애기를 들어보세요. 저더러 들으라는 애길 거예요. 밤낮 저런 애기들인걸요. 첨엔 안 들으려구 애썼는데 듣지 않으려구 애쓰면 더 무서워요."

성호는 잠시 잠자코 있다가 고개를 끄떡여준다. 명숙의 생각이 옳을 것도 같았다.

옆집에서는 평안도 여인의 말소리가 흥겨워갔다. 성호가 명숙 쪽을 살폈다. 그네는 눈을 감고 있었다. 그 감고 있는 눈꺼풀이 잘게 파들거렸다.

옆집에서는 이야기가 계속됐다.

장단을 맞춰가며 듣던 쪽 여인이 사뭇 감탄해 마지않는다.

명숙은 그냥 눈을 감은 채로 있었다. 그러한 그네의 까맣게 탄 입술이 가늘게 떨며 목안으로 기어드는 듯한 작은 말소리가 새어나왔다.

"십자가가…… 십자가가…… 안 보여요."

이날 성호는 환자가 다시 잠들 때까지 곁에 앉아있었다.

"그친구한테 약혼식 주례 부탁한 건 좀 복선을 두자는 거지. 말하자면 이런 기회에 자연스럽게 그친굴 은희아버님한테 소개시키거든. 그래서 장차 은희아버님 교회루 끌어오게 한단 말야. 지금 있는 곳에서 썩히긴 아까운 친구야. 아버님두 직접 대해보면 좋아하실걸."

"어디 교회 장로가 우리 아버지 혼자뿐인가요."

"그래두 당회에서 젤 발언권이 셀 것 아냐." 민구는 스푼으로 커피를 몇번 휘젓고 나서, "그렇다구 무슨 좋은 데루 취직자리나 옮기듯이 봐달라는 건 아냐. 교역자루서 보통 훌륭하지 않으니까 일하게 해주자는 거지. 내린 교역자거든. 내린 교역자가 무슨 말인지 알어?"

"내린 교역자요?" 은희는 탁자에 놓인 성냥통에서 성냥개비를 집어 동강내던 동작을 멈춘다.

"그친구 나하구 같은 대학 국문과 나온 건 알잖어. 그래가지구 어느 고등학교에서 오라는 것두 마다, 부산서 큰 사업을 하는 부친을 돕기두 싫다, 그리구서 얼마 동안 거저 놀다가 신학교에 학사편입을 했던 거야. 그만큼 뭔가 느낀 바가 있었던 게 아니겠어. 단순히 아버지가 목사니까 자기두 교역자가 되겠다는 세습적인 것이거나 직업을 위해서 신학을 택한 게 아니라는 사실을 알아야 해. 거기에 중요하구두 큰 차이가 있는 거야. 샤먼의 세계에서두 그렇거든. 무당이 되기 위해 학습을 해서 된 무당, 세습적으루 물림받은 무당, 신이 내려서 된 무당, 이렇게 세 종류가 있는데 말야, 그중에서 신이 내려서 된 무당이 젤 영험한 법이야."

"걸핏하면 무당얘기!" 은희가 쏘아붙였다. "목사하구 무당하구 같단 말예요?"

"누가 같댔나. 그저 비교해 말하자면 그렇다는 거지." 말하면서 민구의 한 손이 포켓으로 갔다.

은희가 잽싸게,

"또, 또? 담배 찾는 거죠?"

민구는 아차 하면서, 아니야, 하고 고개를 세게 옆으로 저었다. 실은 은희의 말대로 담배를 꺼내려 무의식중에 손이 포켓으로 갔던 것이다.

"담배 있음 이리 줘요!"

"없어. 자아……" 민구는 양쪽 포켓을 손으로 두들겨 보았다. 며칠 전부터 민구는 담배를 가지고 다니지 않았다. 세례교인으로서 담배를 삼가라는 은희의 말을 좇기로 했던 것이다. 그러나 습관이 되어 절로 주머니 쪽으로 손이 가곤 했다.

레지가 와서 민구더러 전화 받으라고 한다. 민구는 시내 모대학에서 민속학 강의를 맡고 있으면서 거리에 나오게 되면 이 〈우주〉 다방을 연락처 비슷이 삼고 있었다. 카운터 마담의 말이, 아까도 같은 사람한테서 전화가 왔었다고 한다.

전화를 건 사람은 박수 변씨였다. 이 남자무당은 민구의 무속연구에 대해 여러가지로 협조해주는 사람 중의 하나였다. 전화를 통한 이날 변씨의 용건은 옛날 무당이 입던 창부옷이 발견됐으니 사지 않겠느냐는 것이었다. 민구는 그동안 무당들의 갖가지 옷과 도구를 원색사진으로 찍거나 사거나 해서 모으고 있었다. 무당의 옷 중에서 구하기 힘든 것이 창부옷이었다. 민구의 마음은 급했다. 그러나 내일로 미루어서는 안되겠느냐고 묻는다. 이날은 은희와 함께 영화구경을 가기로 돼있었던 것이다. 변씨가 잠시 생각하는 눈치다가 정 바쁘지 않으면 지금 와줬으면 좋겠다고 했다.

자리로 돌아온 민구는 은희에게 딱한 표정을 지었다.

"미안해. 오늘 스케줄을 내일루 미뤄야겠어."

"누구한테서 온 무슨 전화길래요?"

민구가 변씨와 만나야 할 일을 얘기하자 은희는,

"참 미워죽겠어! 그 귀신딱지같은 걸 그렇게 사꽈서 뭘 해요?" 하고 미간을 찌푸렸다. 그네는 민구의 아파트에 들러도 무당들의 옷이나 도구를 똑바로 보기조차 싫어했다.

"글쎄 철저히 연구하려면 그속에 묻혀봐야 하는 거라니까 자꾸 그러네."

"그게 싫다니까. 그러다가 아주 거기 미쳐버림 어쩔까 싶어 겁이 난단 말예요."

"설마 박수야 안 되겠지. 된다구 해두 학습한 박수밖에 못될 테니 신통치 않을 거구. 그럼 일어나. 집까지 데려다줄께."

"벌써부터 이렇게 약속을 무시하면 생각 다시 해야겠는데."

"무슨 소릴. 별은 지구가 갈라져두 은희 하자는 대루 다 해줄께. 실상 내겐 은희밖에 없어." 하면서 민구는 눈썹이 시커먼 한 쪽 눈을 쩡긋해 보인다. "어때, 이 윙크는?"

은희는 할수없이 웃어버린다. "느물거리긴. 어디 그게 윙크예요, 경련이지."

"언젠가는 안질이 난 것같다구 하더니 그럼 좀 발전했게. 자, 나가. 집까지 데려다줄게. 그쪽으루 가야 하니까."

다방을 나와 한참만에야 택시를 잡을 수 있었다.

돈화문 앞을 지나 원남동 로터리에서 고스톱에 걸렸을 때였다. 밖으로 눈을 준 민구가,

"준태부인 아냐?" 하고 시트에 기댔던 몸을 앞으로 내민다.

"어디?"

민구가 가리키는 왼쪽 인도에, 코발트빛 슈트에 브라운색 힐과, 같은 색 백을 든 여인이 택시를 잡으려고 하고 있는 모습이 보였다.

"정말. 그런데 혼자네요. 준태씬 안 올라온 모양이죠?"

"같이 올라왔다구 꼭 붙어다녀야 한다는 법 있나. 친정이 서울이니까 혼자 다니러 왔는지두 모르긴 하지만."

이 여인의 남편되는 준태는 현재 수원 농업시험장에 근무하면서 서울 올라오면 대개 민구를 찾아오곤 하는 군댓적 친구다. 그래서 은희도 그를 전부터 알고 있는 터이지만 지난봄 딸기철에 민구와 함께 수원엘 간 일이 있어서 그 부인과도 안면이 있었다.

"참 얼굴두 미인이지만 몸매랑 옷입는거랑 아주 멋쟁이다. 결혼한 지가 사년째 된다는데 어디 미세스 같기나 해요? 애를 낳지 않아 그럴까. 근데 참 왜 애가 없죠?"

"거야 알 수 있나. 아마 개량종 우량아를 낳기 위해 준비중인지 모르지."

언젠가 민구가 농업시험장으로 준태를 찾아갔을 때다. 그날 준태는 목화의 인공교배를 하고 있는 중이었다. 내염성 목화라고 해서 간척지같은 소금기가 있는 땅에도 잘되는 종자를 얻기 위한 것이었다. 목화꽃의 봉오리는 피기 이삼일 전부터 꽃잎이 급속하게 커지므로 피기 전날을 쉽게 분별할 수 있다. 이 피기 전날의 꽃잎의 밑을 가위로 도려내고 수술을 핀셋으로 제거한 다음 파라핀 봉투를 씌워 가리워둔다. 다음날은 목적한 목화의 수술 꽃가루를 이 암술

머리에 발라가지고 다시 봉투를 씌워뒀다가 열흘 뒤에 벗긴다. 그 날 준태가 하고 있는 것은 수술의 꽃가루를 암술머리에 바르는 일이었다. 수술의 꽃가루가 많아 상당히 많은 암술에 바를 수가 있었다. 이러한 교배를 하여 하나의 완전한 새 품종을 얻기까지는 적어도 칠팔년간의 특성조사와 생산력 시험이 필요하다는 말을 준태는 했다. 민구는 그때의 일이 생각나 준태 부부가 장차 개량종 우량아를 낳기 위해 준비중인지 모른다는 말을 장난삼아 했던 것인데 은희는 은희대로,

"두 분이 다 세련된 데다가 머리두 좋구 하니까 훌륭한 2셀 갖게 될 거예요."

"물론이지." 민구는 새삼 대견하게 생각한다. 약혼식 때 자기쪽 친구 리스트에 첫째로 오를 준태네 부부를.

이날 준태도 서울에 와있었다. 그는 책을 한 보따리 싸들고 청계천 5가의 헌책가게를 드나들고 있었다. 요즘 아내의 씀씀이가 부쩍 헤퍼져서 준태 자신의 용돈마저 아쉽게 되어 생각다못해 책을 들고 나온 것이었다. 그런데, 산 값과는 너무나도 엄청나게 헐값을 불러 이집 저집 값을 더 놔줄 가게를 찾아다니는 것이다. 준태의 예산으로는 줄잡아 육칠천원, 잘 받으면 만원 정도는 받을 줄 알았던 것이 고작 4천원도 보지 않는 것이다. 어떤 가게에서는 농학에 관한 책은 빼고 사전과 철학서적 따위만 떼어 흥정하자기도 했다. 그렇게 하면 팔릴 손이 뜬 농학책은 더 헐값으로 넘길 수밖에 없을 것같아 한목에 팔기로 마음먹으며 또 다음 가게를 찾는다.

몇번째인가의 헌책가게에서 준태가 보자기를 풀러놓고, 주인은 3천 8백원을 부르다가 4천원까지면 사겠다고 하고, 준태는 5천원만 내라고 흥정을 하다가 도로 싸려고 할 때였다. 뒤에서 자기가 사겠노라는 사람이 있었다. 돌아보니 좀전 어느 책가게에서 본 여자였다. 그 책가게에서 이 여자는 무슨 살 책이라도 있는지 책꽂이를 둘러보다가 준태와 가게주인의 흥정하는 모양을 물끄러미 구경한 일이 있었다. 스물예닐곱은 났을까. 까만 반팔 스웨터에 까만 잔주름치마를 입고 있었다. 그녀는 흰 비즈백에서 5천원을 헤어 준태에게 주고는 말없이 보자기를 싸들고 나가는 것이었다.

준태는 좀 무안했다. 그러나 별 불쾌한 느낌은 들지 않았다. 그것은 여자가 이쪽을 동정한다든가 하는 빛이 전혀 없이 마치 자기에게 필요한 책을 잘 만난 것같은 표정이요 거동이었기 때문인지도 몰랐다.

가게를 나오려는데 주인이 준태를 불러세운다. 자기네 가게에서 흥정을 했으니 커미션 I 할을 내라는 것이다. 어이가 없어 아무런 대꾸도 않고 그냥 돌아서 나오려니까 따라나와 점퍼소매를 붙잡기까지 하며, 상도덕을 무시하면 어쩌느냐고 사뭇 험악한 어조다. 괘씸한 걸로 봐선 떠밀치고 나와버리고 싶었으나 귀찮다는 생각에 3백원을 꺼내 던져주고 그곳을 나왔다.

나와서는 인도의 좌우를 살펴보았다. 여자는 보이지 않았다. 보였으면 어쩌겠느냐고 자신에게 물었다. 대답은 없었다. 감사하다는 말이나 했을까. 준태는 그런 생각을 막연히 했다.

여자가 보자기까지 가져갔다는 걸 깨달은 건 버스에 오른 뒤였다.

돈암동 은희의 집 앞에서 그네를 내려놓고 정릉 버스종점까지 가니 변씨가 길가에서 기다리고 있었다.

변씨는 언제나처럼 말쑥한 양복차림이었다. 갓 이발한 머리는 왼가리마를 타 기름으로 붙여 넘겨져있었다. 대개의 샤먼이 몸주제를 그다지 깨끗지 못하게 하고 있는 속에서 이 변씨는 색다르다고 할 수 있었다. 게다가 가느스름한 눈매하며 도톰한 입술이 남자치고 이쁜 생김새였다. 서른두살이라는데 수염발도 별로 잡히지 않았다. 단지 안색만은 다른 샤먼들과 마찬가지로 좀 창백했다.

오래 기다렸겠다는 민구의 말에 변씨는 그저 입가에 미소를 지어 보였다. 그리고는 정릉 안쪽으로 앞장서 걸음을 옮겼다.

얼마를 가다가 왼쪽 개울가로 꺾였다. 개울바닥엔 커다란 바윗돌들이 깔려있고, 그다지 더럽지 않은 물이 흐르고 있었다. 다리를 건너 인가 사이를 한참 들어가다가 오른쪽 한 집 앞에서 변씨가 걸음을 멈추었다. 흰 타일을 입힌 크지는 않으나 아담한 집이었다. 창부웃을 팔려는 사람의 집이려니 했는데 문패가 변씨의 것이었다. 변씨의 집이 정릉에 있다는 것은 알고 있었으나 전화로만 연락했을 뿐 와 보기는 처음이었다.

뜰에 들어서니 담 가장자리로 돌아가며 해바라기가 심어져있었다. 거름을 하여 잘 가꾼 듯 줄기가 굵고 꽃이 탐스러웠다. 온 뜰안이 환했다.

인도되어 방으로 들어선 민구는 다시 눈앞이 확 트이는 것같음을 느꼈다. 방안 벽이 온통 해바라기꽃빛의 휘장으로 쳐져있는 것이다. 민구는 전에 들은 변씨에 대한 얘기가 생각났다. 변씨가 스물한살 때인가 오래 앓은 끝에 어느날 하늘의 해가 막 다가오다가 해바라기로 변하여 그의 가슴에다 쪽 씨를 박아놓는 현몽이 있었다. 그뒤 박수가 내린 그는 점을 칠 때 해바라기씨를 사용하고, 그 점이 용해 보통 복채의 갑절이나 비싼데도 사람들이 꾀어들었다. 그것도 해돋이부터 오정까지만 손님을 받고 그다음은 일체 받지 않는다는 것이었다.

"여기서 점을 치슈?"
하고 민구가 물었더니 변씨는 고개를 가볍게 끄덕이면서 푸른 기 도는 윗잇몸이 약간 드러나는 웃음을 짓고 나서,

"함경도 오구굿하는 사람을 아직 못 찾으셨나요?" 한다. 언제나같이 잔잔한 음성이었다.

"그럼요. 난 변씨가 알아봐주기만 기다리구 있는 중인걸요."

"한 사람 알아내긴 했어요."

"그래요? 지금 어디 살죠?" 민구는 솔깃했다.

"오류동에 살아요. 근데 오래전부터 앓아누워있어요. 일흔이 넘은 노파거든요. 이제 병이 좀 낫는대루 알려드릴게요."

"그렇게 늙은이라니 세상이나 떠나지 않았음 좋겠습니다."

남쪽지방의 오구굿은 수집해두었으나 특색이 있다는 함경도의 것은 아직 못 얻고 있었다.

변씨가 주머니에서 담배를 꺼내어 민구 앞에 놓았다. 담배를 피지 않는 변씨지만 객초로 준비한 것이리라. 민구는 은희와의 약속이 걸렸지만 한 대 뽑아물었다. 변씨가 성냥을 켜대주었다.

"창부웃 팔 사람이 이리 오기루 돼있습니까?"

그 말에 변씨는 곧 대답을 안 하고 있다가,

24

"조금만 기다리세요," 한다.

담배 반 대쯤 피웠을 즈음 식모아이가 쟁반에 위스키병, 얼음이 든 유리컵 둘, 호콩과 육포가 담긴 접시 등을 놓아가지고 왔다. 술병은 마개도 떼지 않은 블랙 라벨의 죠니워커였다.

민구는 미안한 생각이 들었다. 이쪽에서 수고를 끼치고 있는 만큼 크고 작고간에 이런 대접을 받아야 할 까닭이 없었다. 이렇게 하시면 도리어 저를 송구스럽게 하는 게 된다고 했더니, 아니에요, 차 대신인걸요, 하면서 변써는 병마개를 떼어 민구 앞 컵에다 따르고 자기 컵에도 조금 따른다.

민구는 다방에서 변써와 차를 나눈 일은 있어도 술을 같이해본 일은 없었다.

변써는 술이 쉬 얼굴에 오르는 축이었다. 조금 부은 술을 다 비우기도 전에 눈언저리가 붉어지더니 이내 창백한 기운이 돌던 뺨마저 물들여지는 것이었다. 변써가 양 손바닥으로 자기 뺨을 짚어본다. 민구가 보기에도 뜨거울 것같은 뺨이었다.

"용서하세요. 전 술이 약해서요." 뒤이어 변써는 잠깐 실례한다는 말을 남기고 일어나 벽 휘장을 헤치고 옆방으로 갔다.

변써가 헤치고 간 휘장이 제자리로 아물면서 잠시 흔들렸다. 해바라기꽃빛이 맑고 흐린 여러가지 음영을 일으켰다. 눈여겨보니 흔들림이 멎은 뒤에도 휘장은 한 빛깔로 되지 않았다. 출입문 유리창으로 비쳐드는 광선에 따라 갖가지 빛깔로 변해가는 것이었다.

한 사오분쯤 지났을까, 변써가 나간 쪽 휘장이 다시 파문을 일으키면서 헤쳐졌다. 민구는 놀랐다. 버선까지 신은 여복차림 위에 창부옷을 입고 변써가 나타난 것이다. 양 소매는 색동 비단이요, 길이는 무릎 위까지 차는 초록 비단인데, 앞뒤와 양 옆이 틔어져 네 갈래로 된 창부옷. 상당히 오래된 옷인 듯, 옷 전체가 노르께하니 바래있었다.

창부로 된 변써는 위엄기를 보이듯 가슴을 내밀고 한 걸음 앞으로 나왔다, 한 걸음 옆으로 갔다, 한 걸음 뒤로 물러났다, 하는 동작과 함께 부채를 쫙 폈다 접었다 하며 무가를 구송하다가, 얼씨구나, 하더니 춤으로 옮겨진다.

대개 여자가 남자옷을 입으면 애교가 있어 보이기도 하지만 남자가 여자차림을 하면 어딘가 징그러운 데가 있게 마련인데 변써의 경우는 그렇지가 않았다. 몸에 여복이 착 감겨 어울렸다. 춤추는 몸매도 모가 나지 않고 나긋나긋 부드러웠다. 변써의 몸과 모든 옷자락이 하나가 되어 너울거렸다.

춤이 바뀌었다. 너울거리던 춤이 펄쩍펄쩍 뛰어오르는 춤으로 변했다. 처음에는 한 자가량, 차츰 자가웃 높이로 뛰어올랐다가는 내려온다. 도무지 사람의 몸뚱어리같지 않게 사뿐 뛰어올랐다가는 사뿐 내려와 흰 버선발이 방바닥에 닿을까말까하여 다시 사뿐 뛰어오른다. 거기 따라 창부옷자락이 큰 나비의 날개모양 펄럭거렸다.

뛰는 높이가 더 높아지면서 변써의 눈은 무엇에 홀린 것처럼 빛을 발하는 한편, 좀전의 술기로 해 붉게 물들여졌던 얼굴의 핏기가 새하얗게 가셔졌다. 그러다가 돌연 뛰어오르는 것을 멈추고는 언제나 무당들이 춤을 멈출 때 그러하듯이 몸을 왼쪽으로 한 바퀴 빙그르르 돌렸는가 하자 민구의 무릎 위에 상반신을 던져왔다. 그리고는 느닷없이 신음이라도 하듯, 남자가 그리워요, 하는 게 아닌가.

민구는 너무나 뜻밖의 일에 자기 귀를 의심했다. 더구나 남자치고는 목소리도 고운 편이었으나 이때만은 짜장 여자의 음성처럼 들렸다.

변써가 다시 애소하듯이, 정말 남자가 그리워 못견디겠어요, 하고 상반신을 민구 무릎에 비벼댔다.

민구는 자기가 해야 할 말이나 취해야 할 행동이 얼른 떠오르지 않아 어리삥삥한 채로 있었다.

천막학교의 겨울준비로 나무를 해온 애들은 힘이 든 모양으로 운동장에서 놀 생각들도 않고 그냥 헤어진다.

섭이도 평이와 같이 곧 집으로 향했다. 섭이는 목덜미가 근지럽고 따끔거렸다. 손톱을 세워 목덜미를 북적북적 긁는다. 삭정이를 하느라고 소나무에 오르내리는 동안 송충이옴이 옮은 것같았다.

뒤에서 누가 달려오는 기척이 나더니 6학년의 걸이가 섭이의 어깨를 툭 친다.

"너 오늘저녁 테레비구경 안 갈래? 한몫 끼자."

섭이가 고개를 좌우로 젓는다.

"왜?"

"우리 누나 아파서 안돼."

누나가 성했을 때는 어머니를 도와 광주리 꽃장사를 하면서 때때로 섭이에게 10원짜리를 쥐어주어, 걸이의 몫까지 내고 텔레비전을 구경하곤 했던 섭이다.

"뭣이구 들구 나오믄 되잖아?"

집단주택 한가운데에 있는 609호 주택은 낮에는 만화가게요 밤에는 텔레비전집이 되는데, 관람료는 5원이나 돈 대신 양재기, 연탄 부집게같은 것도 받는 것이다.

"오늘밤엔 황금박쥐 하는 날이란 말야."

참 그렇구나. 섭이가 자기 집에서 들고 나올 수 있는 물건이 무엇일까를 생각하고 있는데 곁에 따라 오던 펑이가,

"집의 물건을 몰래 훔쳐갖구 나오다 들키면 혼나잖아?" 한다.

"쌔끼, 넌 꺼져."

걸이가 주먹으로 펑이의 머리를 한 대 쥐어박는다. 그리고는 섭이에게,

"넌 왜 늘 요 꼬말 달구 다니니? 밥맛 없게."

펑이는 왜그런지 섭이를 따르고 있다. 집이 가까운 것도 아니고, 어른들끼리 아는 사이도 아니다. 그렇건만 펑이는 섭이만 보면 따라다니는 것이다. 오늘 나무하러 가서도 섭이가 삭정이를 꺾어 내려보내면 펑이가 줍곤 했다. 섭이도 펑이가 싫지는 않았으나 걸이의 말을 듣고보니 4학년인 자기가 1학년짜리하고 놀아서는 안될 것만 같아 걸음을 빨리했다.

뒤에서 걸이가 소리쳤다.

"이따 느이 집으루 갈게. 알았지, 응?"

섭이를 놓친 펑이는 그길로 동네 공동변소로 들어간다. 그리고는 낡은 천가방에서 연필을 꺼내어 전에 하던 대로 벽에다 그림을 그리기 시작한다. 딱히 말해서 이미 누가 그려놓는 그림의 선을 굵게

입히는 것이다. 그것은 주먹을 쥔 팔뚝같은 형상과 그 불끈 쥔 주먹을 집어먹을 것처럼 수염난 입을 벌리고 있는 형상의 그림이었다. 평이는 이 형상들의 선을 입히고 또 입힌다.

연필 끝이 뭉퉁해져 더 그을 수 없게 되어서야 평이는 그곳을 나온다. 그러는 평이의 눈에 공동변소 모퉁이에서 이제 거둬지려는 석양을 쬐며 웅크리고 있는 고양이가 띈다. 검은 바탕에 흰 점이 박힌 이 늙은 고양이는 일정한 집에서 기르는 게 아닌 도둑고양이다.

평이는 가방을 내려놓고 발끝으로 가만가만 고양이께로 다가간다. 고양이가 등을 꼬부릴 뿐 달아나지를 않는다. 평이가 잡으려고 손을 내민다. 그 손을 고양이가 한 발을 들어 때리듯 한다. 평이는 흠칫했다가, 요게 날 친다, 하고 재빨리 고양이 허리를 잡는다. 야오옹, 고양이가 노란 눈으로 평이를 노려본다. 평이는 그냥 놔주고 싶지가 않았다. 공동변소로 되들어가 통 속을 향해 던진다. 그러나 평이의 팔힘이 약한 데다가 고양이편에서 미리 낌새를 알아차린 듯 떨어지지를 않고 도리어 평이의 팔에 찰딱 달라붙었다가 훌쩍 뛰어내려 달아나버린다. 그바람에 평이의 팔목에 고양이 발톱자국이 남는다. 빨깃빨깃 피가 돋는다. 평이는 울상을 했으나 참고 울지만은 않는다.

"워디 요런 꽁다리야 찬밥 한술 먹는 것맹이 성차야 말이재."

결이어머니 전주댁이 솥의 저녁밥을 퍼놓고 밖으로 나와 치마허리춤에서 담배꽁초를 꺼내며 투덜거린다.

옆집 아낙네가,

"뭣 맛보다가 만 것처럼요?" 하고 웃으며 말을 받는다.

"우리 영감쟁이만 죽지 않았서도 이놈으 것을 애취 배지도 않았을 틴디." 전주댁은 후우 담배연기를 뿜어낸다.

"상삿병을 담배루 고치셨군."

"아 가슴 애리고 속상헌 디는 요것 이상 없어라우. 한번 맛들여놓니께로 아침에 눈뜨머는 먼첨 생각나는 것이 담배 아니겠소. 아 글써 쌀 떨어지는 걱정보단 담배 떨어지는 걱정이 앞선당게."

"전매청에서 상 타겠구랴."

걸이가 돌아온다.

밥그릇을 들여다 걸이와 마주앉아 숟가락을 놀리던 전주댁이, 밥술 아가리에 처넣는 것도 웬수여, 한다. 걸이가 밥알을 흘린다고 야단인 것이다.

걸이는 섭이가 오늘저녁 무슨 물건이고 집어가지고 나올까 어떨까에 정신이 팔리고 있다. 섭이한테는 오늘밤 황금박쥐 프로가 있으니 텔레비전 구경을 가자고 했지만 걸이에게는 그런 어린애들이나 볼 만화영화보다는 나중에 하는 어른들 쇼나 연속극에 더 마음이 끌리고 있는 것이다.

그런데 이날 걸이에게는 뜻하지 않았던 행운이 찾아왔다. 저녁을 거의 다 먹었을 무렵 박서방이 들어선 것이다. 박서방은 시내에서 목수노릇을 하면서 매 토요일 저녁에 와서는 묵고 가곤 하는 터인데, 이번 주일엔 나흘이나 앞당겨 온 것이다. 박서방이 나타나면 전주댁의 얼굴에 웃음이 담기지만 걸이에게도 좋은 일이 생기는 것이다.

언제나처럼 박서방은 걸이에게 막걸리 한 되값 40원과 텔레비전 구경값으로 5원 아닌 10원을 내준다. 걸이는 막걸리 앙금이가 앉은 됫병을 들고 대폿집으로 달려간다. 거기서 한 되를 사는 게 아니고 35원어치만 달라고 한다. 대폿집을 나와 걸이는 주위를 살피면서 천천히 걸음을 옮긴다. 공동 펌프우물가에 이르러 더 주의깊게 사면을 살피고 나서 펌프질을 하여 모자라는 됫병을 채운다. 그리고는 젖은 병둘레를 낡은 옷자락에 문질러 물기를 깨끗이 닦아낸다. 신난다. 오늘저녁엔 섭이의 신세를 지지 않아도 텔레비 구경을 하게 됐다.

섭이는 아까부터 안절부절못한다. 앓아누워있는 누나에게 텔레비전 구경값을 달랄 수도 없고, 그렇다고 집안 물건을 뭐고 들고 나갈 수도 없었다. 섭이는 책을 펴놓았으나 같은 데를 몇번 되읽어도 영 머리에 들어오지가 않았다.

황금박쥐. 얼굴은 해골바가진데, 어깨로부터 발끝까지 검은 천을 두르고 있다가 팔만 벌리면 박쥐 날개가 되어 제트기처럼 날아다니는 황금박쥐. 이 황금박쥐가 오늘밤엔 또 어떤 아슬아슬한 모험을 하여 착한 사람들을 구해낼까.

섭이는 텔레비전이 시작됐을 거라는 생각이 들자 가슴이 죄어들었다. 한동안 누나 곁에 피곤해 잠이 든 어머니를 지켜보다가 살금살금 발치 쪽으로 가 요밑을 들치고 돈주머니에서 10원을 꺼낸다. 처음 하는 짓이라 가슴이 두근거렸다. 그러나 자기 호주머니에 집어넣은 10원짜리가 주는 야릇한 쾌감을 어쩔 수가 없었다.

제 2 장

공동묘지 중턱에서부터 풀숲에 피어있는 들국화, 억새꽃 따위를
성호는 꺾어 쥔다. 추석을 열흘 남짓 앞두고 미리 벌초 온 사람들이
간혹 보이고, 이날 장례를 지내는 곳도 있었다.

홍여사의 무덤이 바라보일 모롱이를 돌면서는 혹시 대식이가 와
있지나 않을까 하는 생각을 해본다. 성호가 대식이를 처음 보았을
때는 세살짜리 어린애였었다. 성호도 그땐 스물도 못된 고교생, 목
사 부인인 홍여사는 서른하나. 부산 피난시절 성호가 밤중 부둣가
바다에 자맥질을 하여 양키배에서 떨어진 통조림을 가져다주면 몹
시도 신나하며 좋아라 날뛰던 대식이었다. 좀 커서 대식이는 동란
때 행방불명이 된 아버지 정목사의 얼굴도 곧 잊어버리고 성호를
아빠라 부르자고 엄마 홍여사에게 조른 일도 있었다. 그러나 성호
는 오랜 동안 온갖 정성을 기울여, 자기가 나가던 교회 목사 사모
님으로서의 홍여사와 그 아들을 돕고 위해주는 이상의 사람은 아니
었다. 예기치 않았던 한 사건이 있기 전까지는. 정말 자살의 동기란
남이 보기에 어처구니없을 정도로 맹랑할 수도 있었다. 대낮의 길
거리에서 지나가는 자가용차에 홍여사가 자기 남편의 친구와 같이
타고 있는 걸 보았을 따름이었다. 그날밤 홍여사의 집에서 열한시
까지 기다린 성호는 밖으로 나가 수면제를 사왔다. 성호는 그날까
지 홍여사네 집에서 자본 적이 없었다. 사람의 억측이란 한이 없는
것이었다. 홍여사는 심장병을 앓으면서도 남자와 밤늦게까지 어울
리곤 하는가. 열두시 통금사이렌과 동시에 성호는 수면제를 먹었다.
깨어난 것은 병원에서였다. 그날 홍여사는 남편 친구와 함께 남편

의 행방을 알고 있을지도 모른다는 어떤 사람을 교외로 찾아갔다가 자동차 고장으로 늦어졌던 것뿐이었다. 그뒤로 성호와 홍여사 사이의 상황이 달라졌다. 둘이는 주위사람들을 경계하게 되었고, 다음은 넉 달쯤된 태아를 지워야 하는 일이 생기게 되었다. 그 핏덩어리에 대해서 둘이는 약속이나 한 듯이 입밖에 내지 않았다. 아무 말도 하지 않는 속에서도 성호는 왜그런지 차차 그 지워버린 핏덩어리와 커가는 대식이에게 죄책감같은 걸 느끼게 되었다. 성호가 신학교에 학사편입한 주된 계기도 그때문이었다.

홍여사의 무덤에는 아무도 없었다. 대식이 군대에 가있으니까 웬만해서는 올려고 해도 올 수 없었을 것이다.

성호는 꺾어온 꽃들을 무덤 앞에 놓았다. 오늘은 당신 생일날입니다. 그래서 당신과 나는 또 외출을 한 겁니다.

조그만 비석을 만져보았다. 햇볕을 받아 온기가 있었다. 그러나 온기는 겉뿐이고 이내 돌의 차가움이 손바닥에 옮아왔다. 성호는 손을 거두고 무덤 곁에 앉았다.

꽤 급경사를 이룬 산자락 밑 들판 저만큼에 구불구불 한강 상류가 희게 빛나고, 저 멀리에 남한산 줄기가 보랏빛을 띤 채 자리잡고 있었다. 금년 봄 홍여사를 여기 묻고 나서 거의 한 달에 한 번씩 찾아올 때마다 언제나 바라보곤 하는 낯익은 풍경이었다. 별안간 산밑 저만치서 소리가 들려왔다. 밭에 소 들여보내지 말아라아! 사람이나 소의 모양은 보이지 않고 소리만이 맑은 공기를 거쳐 선명하게 들려왔다.

당신은 이런 밝은 것을 싫어했지.

홍여사는 고질인 심장병을 갖고 있었다. 태아를 유산시킨 후 병이 도져 병원에 입원했다가 정양을 위해 소사에 2년 가까이 가있기도 했다. 그러나 도리어 병은 악화, 다시 서울로 돌아와 긴 병원생활을 해야 했다.

병원에서 포기당하다시피 하여 퇴원한 뒤 세상을 떠나기까지 한 3개월간 홍여사는 일체의 빛을 싫어했다. 빛이 새어들 만한 문마다 두꺼운 휘장을 두르고도 검은 우산을 쓰고 있기가 일쑤였다. 그리고 밤에는 촉수 낮은 전등을 켜고 지냈다. 그런 어둠 속에서도 그

32

네는 잔글자를 곧잘 읽어냈다. 그네의 시각만이 그런 게 아니었다. 청각이나 후각이나 미각도 비할데없이 민감했다. 출입문 여닫는 데도 사람들은 극히 주의를 하지 않으면 안되었다. 부엌에서 식모가 식기를 다루다 조금만 부딪는 소리를 내도 깜짝깜짝 놀랐다. 음식도 매운 것은 절대로 안되고, 다른 사람으로서는 분별 안 될 만큼 간이 약간 더한 듯해도 짜다고 했다. 방안에 들어선 성호의 옷내음에서 앞으로 날씨가 궂겠다는 걸 알아맞췄다. 때로는 성호더러, 버스에서 담배피우는 사람 곁에 앉았었군요, 하기도 했다.

홍여사가 숨을 거두는 날, 성호는 그네 곁에 있었다. 그동안 성호도 어둠에 익숙해져, 올려다보는 그네의 눈길을 잡을 수 있었다. 오래도록 둘이는 눈을 마주하고 있었다. 성호는 의사를 불러와야겠다고 생각했다. 그네가 곧 알아차리고 그를 눈으로 제지했다. 그네의 눈은 말하고 있었다. 우리는 용서받아요, 우리는 용서받아요. 그러던 그네의 눈이 급기야 한자리에 멎어버렸다. 성호는 손으로 그네의 눈을 감겼다. 그는 울지 않았다. 우리는 용서받았다는 말만 수없이 되뇌었다. 자기 혼자가 아니고 그네와 합친 소리였다. 아무것도 모르고 식모가 저녁상을 보아가지고 들어왔다. 얼마 안된 것같은데 홍여사가 숨진 지 한 시간도 남아 지나있었다. 그는 일어나 우체국을 찾아갔다. 군에 입대해있는 대식이에게 전보를 쳤다. 우체국을 나온 성호는 어두워가는 거리를 발닿는대로 걸었다. 그제야 눈물이 마구 솟았다. 슬픈 것만도 아니었다. 그동안 자기들의 일이 세상에 알려지지 않고 지낼 수 있었다는 감사와 세속적인 감시에서 벗어났다는 홀가분함도 섞여있었다.

우리는 용서받은 겁니다. 성호는 무덤을 향해 되새기듯 속으로 뇌었다. 당신이 운명할 때, 우리는 용서받는다고, 말 아닌 무언의 대화를 남겼지만 실은 그전에 이미 당신은 오랜 고뇌를 통해, 더구나 정양지인 소사에서 스스로에게 짊어지운 고통을 통해 당신뿐 아니고 나까지를 용서받게 했던 겁니다. 오늘은 당신의 생일날입니다. 우리 같이 외출한 기분으로 저 강물과 산줄기를 바라봅시다.

이때 밑으로부터 다시 소리가 들려왔다. 소임잔 어디 있소오! 역시 사람이나 소의 모양은 보이지 않고 소리만이 환히 들려왔다. 저런 소리도 우리 마음놓고 들어봅시다.

작업복 가랑이를 걷어붙인 장정 하나가 등성이를 타고 성호 가까이로 왔다. 손에 낫이 들려있었다. 벌초를 하지 않겠느냐는 것이다. 성호는 잘됐다 싶어 그러기로 했다.

장정이 무덤의 잔디를 깎으며 잡풀을 뽑아낸다. 풀냄새가 주위에 풍겼다. 이 냄새도 우리 마음껏 맡읍시다.

강의를 마치고 교수실로 온 민구는 의자에 앉자마자 한 대 피우고 싶어졌으나 담배를 넣고 다니지 않는다는 걸 깨닫고 참는다.

의자등받이에 머리를 기대고 앉아 창밖으로 눈을 보낸다.

하늘은 한결 푸른 기를 더하여 높아지고, 대기에도 투명한 기운이 머금어져있었다. 이러한 속에서 캠퍼스 안의 상록수들은 물론, 낙엽수들의 잎도 아직 가을물이 든 기미가 없이 그냥 청청했다.

여기저기 나무 밑 벤치에 앉아 담소를 하는 학생들, 책을 보는 학생들, 교정을 무리져 오가는 학생들, 그 속에서 여학생들의 모습이 유별나게 두드러져 눈에 띈다. 옷차림 때문이었다. 빨강, 노랑, 주황, 보라 등의 여러가지 색깔이 왠지 계절을 앞지르고 있는 듯했다. 민구는 부지중에 이 여학생들의 옷을 남학생들에게 입혀보고 있었다. 그것은 어제 변씨와의 일이 있은 후 길가에서 만나는 남녀에게 몇번이나 되풀이해본 상상이었다.

여복차림 위에 창부옷을 입은 변씨가 한참 춤을 추다가 별안간 자기 무릎에 몸을 던지고서 호소하듯이 남자가 그립다고 했을 때는 정말 당황하지 않을 수 없었다. 무슨 말을 해야 하고 어떤 행동을 취해야 할지 엄두가 나지 않았다. 변씨는 민구의 무릎에 상체를 던진 채 그냥 무엇을 기대하는 듯 눈을 지그시 감고 있었다. 숨결은 고르지 않고, 창백한 얼굴에 새로 붉은 빛이 내돋혀있었다. 민구는 외면하고 말았다. 마침내 변씨편에서 슬며시 몸을 일으켜 옆방으로 사라졌다. 이때다 싶어 민구는 자리를 떴다. 구두를 신는데 변씨가 급히 서두른 듯 엉성하게 종이에 싼 창부옷을 내주었다. 치마저고리는 입은 채로였다. 값을 묻자 변씨는 고개를 좌우로 저었다. 얼굴을 살폈다. 성난 얼굴은 아니었다. 그 얼굴에 붉은 기가 약

34

간 남아있었다. 그런 속에서 민구의 머리에 떠오른 건 얼마 전 변
써의 소개로 찾아갔던 마포의 박수도 여자가 되곤 한다는 사실이
었다.

　찾아간 날 마포 박수는 병든 사람을 위해 푸닥거리를 하고 있었
다. 꼼짝 못하도록 묶은 암탉 한 마리가 소반 위에 올려놓여있었
다. 박수가 환자의 생년월일과 이름을 적은 종잇조각을 닭 왼쪽 날
개 밑에, 〈代壽代命〉이라 쓴 종잇조각을 오른편 날개 밑에 넣고는
앓는 사람의 부인이라는 40대의 여인이 가져온 쌀을 닭에게 먹였
다. 이 쌀의 수는 환자의 나이와 같고, 일단 환자의 입에 넣어 침
을 묻힌 것이다. 닭의 주둥이를 벌려 쌀을 다 먹인 박수는 소반 앞
에 앉아 방울을 흔들며 한동안 뭐라고 웅얼거리고는, 장군님은 보
살피시어 아무해 아무달 아무날 태생인 아무데 사는 아무개 몸에
들어온 잡귀를 이 닭한테로 옮아가게 하소서 하는 주문을 가락붙여
외웠다. 주문을 외우는 동안 박수는 쉴새없이 눈을 깜박거렸다. 샤
먼들이 연신 눈을 깜박거리는 것은 정신을 한곳으로 모으기 위한
것이리라. 주문이 끝나자 박수는 소반 위의 닭을 두 손으로 움켜잡
고 허공에다 몇번 휘두르고 나서 여인에게 내주며 동쪽으로 가 산
에다 묻으라고 일렀다. 여인이 돌아간 뒤 민구는 박수에게, 산에다
묻은 걸 누가 파다 잡아먹으면 어떡하느냐고 물었더니,

　"파다 잡아먹을 테면 잡아먹으라죠. 병을 흠빡 옮겨갈껄요."

　그게 사실이냐고 물으면 대번 여부있느냐고 대답할 자신있는 어
조다. 이렇게 샤먼세계에서는 모든걸 그 자체로서가 아니라 다른
것에 의탁해서 해결하려 하는 것이다.

　"대체 푸닥거리를 해서 병이 낫는 율이 얼마나 됩니까?" 터부로
되어있는 질문을 했다.

　"수술을 해야 할 병 외엔 전부 고칠 수 있죠." 박수는 의외로 분
명하게 잘라 말하고 나서 덧붙였다. "맹장수술같은 걸 해야 할 환
잘 모르구서 푸닥거리를 했다가 사람을 죽이는 축들 땜에 우리들
위신이 떨어지는 거죠."

　민구는 얼른,

　"댁에서 신이 실린 건 언젭니까?"

하고 본론으로 들어갔다. 이날 민구가 이 박수를 찾아온 것은 신이 내릴 때의 과정을 알아보려는 데 있었다.

"열일곱살 땐데 시름시름 오래 앓았어요."

신이 내리기 전 집증이 잡히지 않는 병으로 오래 앓는 것이 이들의 공통된 과정의 하나다. 이 앓는다는 것은 신이 내리기 위한 시련이라고나 할까.

"음식은 통 입에 대기두 싫구 물만 컸지요?"

"잘 아시는군요. 하루에 두 물을 몇 주전잘 마셨는지."

하루는 누워있는 박수의 귀에 누군가가 흰옷을 입고 밖으로 나가라고 속삭였다. 하라는 대로 했다. 그랬더니 벌레들이 기어와 옷을 물어뜯고, 쥐들이 몰려와 물어뜯고, 개들이 달려와 물어뜯고, 하더니 나중엔 난데없이 똥물이 잔뜩 끼얹혀졌다. 할수없이 옷을 빨려고 벗어 물에 담갔다. 한데 더러워진 데가 아무데도 없는 것이었다. 물론 주위에 벌레나 쥐나 개가 있을 리도 만무했다. 그러나 누워있기만 하면 누군가가 귀에 속삭여서 흰옷을 입고 나갔다가는 그런 변을 당하길 몇번 거듭했다. 동네사람들의 말이 박수가 내리려고 하나 잡귀가 방해를 하는 거라면서 내림굿을 하라고들 했다. 견디다못해 굿을 했다. 한창 굿을 하고 있는데 돌연 흰 말 한 필이 달려오더니 입을 쩍 벌리고 그를 삼켜버리는 것이었다. 사방이 깜깜하고, 말 내장이 온몸에 끈적끈적하게 느껴졌다. 하지만 묘하게 답답하거나 기분이 나쁘지가 않았다. 그러다가 위를 쳐다보니 갑옷에 투구를 쓰고 큰 칼을 든 장군이 하나 말 잔등에 우뚝 올라타고 있는 게 아닌가. 그는 벌떡 일어나 밖으로 뛰쳐나갔다. 그러면서 소리를 질렀다. 난 장군님이시다아!

"실린 장군이 무슨 장군이죠?"

"최영장군요."

"그러니까 바루 최영장군의 신이 점을 치게 하는 거군요?"

"그뿐 아니구……"

"그뿐 아니구?" 민구는 빈틈을 주지 않았다.

이 대목에서 마포 박수는 괜한 말을 꺼냈다 싶은 듯 적잖이 망설이는 것을 민구가 자기의 찾아온 목적이 순 학문적인 조사에 있다는 걸 납득시켜 말을 잇게 했다.

　밤중에 장군이 찾아오는 수가 있다는 것이었다. 민구도 짐작했던 일이었다. 신이 내릴 때와 똑같이 갑옷에 투구를 쓰고 큰 칼을 든 장군이었다. 그러면 박수 자신은 여자가 된다는 것이었다. 초록저고리에 열두폭 다홍치마를 입은, 자기자신이 생각하기에도 다시없이 예쁜 처녀가 된다는 것이었다. 그럴 때면 자기는 큰 상에다 온갖 음식을 차려놓고 장군을 맞이하고 나서는 비단이불 속에서 잠자리를 같이한다는 것이었다.

　민구는 새삼 마포 박수의 심하게 얽은 얼굴, 납작코, 위아래로 말린 입술을 바라보며 이사람이 자기 생김새에 이만저만 열등감을 갖고 있었던 게 아니라는 걸 생각하면서,

　“몸두 여자가 되는가요?”

　“그럼은요. 가슴이구 뭐구 다 여자가 되죠.”

　그런데 처음에는 한 달에 한두 번, 잦으면 서너 번씩 장군이 찾아오곤 했는데, 요 몇년째는 서너 달에 한 번, 혹은 반년에 한 번밖에 찾아오지 않는다고 푸념 비슷이 말했다.

　민구는 박수에게 올해 몇살이냐고 했다.

　“서른아홉요.”

　“자녀들은요?”

　“아들 하나에, 딸 셋입니다.”

　“지금두 장군님이 찾아오면 예나 다름없는가요?” 민구는 좀전부터 궁금하던 것을 물었다.

　박수는 잠시 먼눈을 하며,

　“다름없다뿐요. 초록저고리에 열두폭 다홍치마를 입은 젊은 처녀 그대루가 되죠. 그리구 장군님과 잠자리를 같이하구 난 뒤엔 재수가 틔어요. 점치러 오는 손님이 막 밀리거든요.”

　지금도 민구는 그 마포 박수와 번씨를 놓고 생각한다. 마포 박수처럼 번씨 역시 어떤 그늘진 열등의식을 지녔기 때문에 오히려 어둠의 반대인 햇님신이 실린 거고, 그처럼 여자가 되려고 한 게 아닐까. 그 그늘진 열등의식이란 대체 어떤 것일까. 호기심과 함께, 민구는 자기가 번씨에게 너무 무안을 준 것만 같아 마음에 걸렸다.

쉬 한번 만나자. 현금으로는 받지 않으니 다른 무엇으로라도 창부 옷값의 사례도 하고.

민구는 몸을 일으켜 교수실을 나섰다.

교정을 나오는데 바로 뒤에서 두 남학생이 요즈음 거의 모든 사람의 관심과 화제의 대상이 되어있는 구봉광산 지하 1백25미터 갱 속에 갇혀있는 광부의 얘기를 주고받는다.

——오늘 중엔 구출된다는데 진짜 성공할까?

——보름 넘었지, 갇힌 지가?

——열엿새. 알아줘야지, 그 투지.

열엿새 동안을 갇혀있는 양창선이란 광부는 초인적인 힘으로 굶주림과 추위와 싸우고 있는 것이다. 허기와 갈증을 견디다못해 동발목껍질, 가마니의 볏짚, 심지어는 파이프 패킹용 고무와 옷에 붙어있는 풀기까지 빨아먹고, 비소가 들어있는 배수탱크의 지하수를 마신다는 것이었다. 그리고 백와트짜리 전구를 가슴에 안기도 하며 추위를 견딘다는 것이었다.

——이왕이면 한 댓새 더 끌어서 20일루 기록을 세웠음 어때?

——야 이새끼야, 네 일이 아니라구 무허가루 씨부려대기냐. 너같았음 벌써 이세상 굿빠이 한 지 오랬어.

학생들의 말소리에는 무언가 기쁨을 감추지 못해하는 빛이 어려 있었다. 20일 동안의 기록을 세웠으면 어떻겠느냐는 것도 인간의 투지와 인내력을 자랑하고 싶은 데서 나온 말로 민구에겐 들렸다.

민구는 아침신문에서 그 광부에 관한 기사를 보고 느꼈던 유쾌한 기대가 되살아난다. 오늘은 재수있는 날이다. 끝까지 이 유쾌한 기분으로 하루를 보내야지.

사실 유쾌한 기분으로 은희를 만나 영화구경을 하고 저녁을 먹은 후 아파트로 돌아온 민구는 밤 아홉시 반 라디오 특별 뉴스로 광산에 매몰됐던 광부가 구출되었다는 방송을 들었다. 사신과 싸워 이긴 인간의 개가라는 말을 하는 아나운서의 몹시 흥분된 어조도 별로 과장되게 느껴지지 않았다.

민구는 테이블 서랍에서 담배를 꺼내어 불을 붙였다. 그러고보니 자기도 약간 흥분되었음을 깨닫는다. 인간의 힘 브라보! 담배를 깊이 빤다. 내뿜는다. 또 깊이 빤다. 테이블 위에 놓인 사진이 눈에 들어온다. 거기를 향해 연기를 내뿜는다. 서렸던 담배연기가 흩어지면서 여자가 정면으로 입가에 보일까말까한 미소를 떠올리고 있다. 자기의 아름다움을 어느 정도 의식하고 있는, 모든 면에 자신을 가진 얼굴표정이다. 은희, 담배를 피워 미안. 민구는 다시 은희를 향해 후욱 담배연기를 내뿜는다.

대문이 흔들리고, 할멈의 빗장 벗기는 소리가 나고, 방문이 열리고, 이어 창애가 들어서며, "선생님, 나 오늘 서울서 누굴 만났는지 아세요?" 한다.

어젯밤은 집을 비우고 오늘도 밤늦어 돌아온 아내다. 술기가 있어 보였다. 준태는 번역원고 쓰던 자세를 헝클지 않은 채로 있었다. 용돈도 보탤 겸 가끔 일감이 있는 대로 맡아서 하는 번역이었다.

"선생님, 아무리 바쁘시더래두 제 말 좀 들어보세요."

선생님의 연발이다. 창애가 준태더러 결혼 전처럼 선생님이라고 부르는 건 그네의 기분이 좋을 때 사용하는 호칭이다.

"선생님, 수정일 만났어요, 수정일." 수정이란 창애의 여고 때 친구로 둘이 함께 준태의 하숙에 놀러오곤 했었다. "그냥 목포에 산다면서 서울 다니러 왔다는데 글쎄 세 애의 엄마가 됐다지 뭐예요. 그러면서 무척 행복해 뵀어요. 선생님 기분이 어떠세요? 선생님을 좋아했던 수정이가 행복해 뵌다는데 기분이 아무렇지두 않으세요?"

"피곤할 텐데 자는 게 어때?"

"그래 잘께요. 제가 곁에 있음 일하는 데 방해가 되죠? 그래두 하나만 더. 나 누구하구 사업을 같이 하게 될 것같애요." 그리고는 가벼운 동작으로 옷을 벗더니 경대 앞에 앉아 화장을 지운다. 머리에 솔질까지 끝내고서 자리를 깔고 드러누우며, "이따 깨우지 마세요," 하고 저쪽으로 돌아눕는다.

준태는 속으로, 깨우긴 누가 깨워? 한다. 자기네 부부의 교접이 끊어진 지도 석 달 넘어 되는 것이다. 무엇이든 자기도 일거리를 구해야겠다고 서울을 오르내리던 그네는 그날밤도 늦게야 돌아왔었다. 그네는 밑에서 준태의 목에 형식적으로 팔을 감은 채 별 반응을 나타내지 않았다. 그네의 눈은 어둠을 향해 움직이지 않고 떠져 있었다. 준태는 전에 그네가 원하곤 하던 대로 가슴을 쓸어주었다. 그러나 그네는 여전히 어둠 속에 눈을 뜬 채 아무런 감정도 보이지 않았다. 좀더 세게 가슴을 쓸어주어도 매한가지였다. 준태는 뭔가 화악 육감으로 전달되는 게 있었다. 순식간에 그의 온몸에서 감정과 열기가 깨끗이 사라져버렸다. 아내에게서 몸을 떼었다. 아내는 한동안 그대로의 자세로 잠잠히 있다가 저쪽으로 돌아눕는 기척이 났다. 그리고는 흐느낌같은 소리가 들리더니 그 소리도 그치고 다시 잠잠해졌다. 그뒤로 준태는 아내를 요구하지 않았다.

아내의 코고는 소리가 들렸다. 얼마 전부터 아내는 밖에서 묵고 온 날 밤엔 대개 코를 골곤 한다.

준태는 자기도 이젠 자야겠다고 전등을 끄고, 짜장 아내의 잠이 깨지 않게끔 조심이라도 하듯이 자기 자리로 조용히 들어갔다.

다음다음날 오정때쯤 장모가 자동차에 부딪혀 부상을 입었다는 기별이 오자 창애는 부랴부랴 또 서울로 올라갔다.

제 3 장

　민구의 약혼식에 참석하기 위해 서울로 올라온 준태는 우선 청진동 처가로 갔다. 별로 처가에를 들르지 않는 편이지만, 장모가 부상을 입었다는데 안 가볼 수 없었다.

　장모는 조금도 움직이지 못하고 반듯이 누웠다가 준태의 좀 어떠시냐는 말에 아픔을 못견디듯 상을 찡그리며, 아유 아유 소리를 연거푸 질렀다. 늙은이의 엄살같지만도 않았다. 부대한 장모의 둥근 얼굴엔 괴로움이 역력했다.

　"이만하시길 다행이십니다."

　"정말 큰일나실 뻔했어요. 조금만 더 다치셨드면 수술을 해야 한대요." 처남댁이 상처를 설명해준다. X광선에는 우측 좌골에 금이 가있더라고 한다. 입원을 해도 별것없고, 또 깁스를 할 곳도 못되고 하여 한 달쯤 누워있는 도리밖에 없다는 진단이라고 한다. "오른쪽 다리는 펴시지를 못해요."

　그러고보니 오른쪽 무릎을 세우고 있는 듯 그쪽 이불이 들썩해 있었다.

　"그러니 한 달을 으떻게 허구헌날 이모양으루 있단 말이냐. 온몸이 안 쑤시는 데가 있어야지. 어이구 내 팔짜야."

　그러는데 이불이 약간 움직였는가 하자 장모는 오만상을 찌푸리며, 어구 어구 소리를 지른다. 구부려 세운 다리가 자기도 모르게 움직인가보았다.

　처남댁이 얼른 발치로 가 이불 속으로 손을 넣어 다리를 주무르며,

"한 닷새 지나믄 왼쪽으룬 돌아누셔두 된다니까 그때까지만 참으세요."

"무슨 죽을놈의 신수가 집안식구들까지 이 고생을 시키는지."

다른 식구는 몰라도 정말 처남댁만은 수고를 할 거라고 준태는 생각했다. 모로도 돌아눕지 못하는 형편이니 먹을것도 떠넣어야 할 거고, 대소변도 받아내야 할 것이었다.

후닥닥 문이 열리더니 여섯살짜리 처남네 사내애가 들어온다. 들어서는 맡에 준태가 사갖고 온 과일바구니에서 사과를 재빨리 한 개 꺼낸다.

"쟤가! 거기 도루 넣지 못하겠니? 고모부한텐 인사두 않구. 이따가 할머님 먼저 깎아드리구 나서 먹는 거지." 처남댁이 애를 꾸짖는다.

"먹게 내버려두려무나." 장모가 이렇게 말하고는 고개를 돌려 준태를 쳐다본다. "가보게. 쟤 고모 어제 온 것두 곧 내려가라구 했네. 지가 있다구 해서 이내 나을 병두 아니구." 그리고 장모는 좀 사이를 두어 혼잣말처럼 중얼거린다. "자네들두 어서 애가 생겨야 할 텐데."

준태는 잠자코 있는다. 아내는 어젯밤에도 수원에 내려오지 않았다. 준태는 아까 장모의 방에 들어서면서 아내가 없는 것을 보고 느꼈던 게 들어맞았구나 싶었다. 줄곧 환자 곁에 붙어있어야만 할 병이 아니니까 외출할 수도 있겠지만 어쩐지 아내가 여기서 묵고 있지 않다는 직감이 왔던 것이다. 그러나 준태는 그러한 아내에 대해 아무것도 모르는 듯한 장모에게 내색하지 않고,

"요새 형님 장사는 잘 되나요?" 말머리를 돌려버린다. 장인은 별세했고, 손위로 단 하나 있는 처남이 시장에서 조그만 잡화상을 하고 있다.

준태의 물음을 장모는 못 듣기나 한 것처럼 한동안 잠잠히 있다가,

"돈 변통은 어떻게 됐나? 쟤 고모가 급히 쓸 데가 있는 모양이던데. 어디 집에 돈이 있어야 말이지. 아쉬워 빌려달라는 자네들 사정두 딱하겠지만 못 주는 편이 더 답답하지."

준태는 모르는 일이다. 그렇지만 아내가 어제 병문안 와서 돈을

42

꿔달랐을 것은 그리 놀라운 일이 못된다. 워낙 아내는 돈에 헤픈 편이지만 그 씀씀이가 더욱 심해진 것은 그네의 서울 출입이 잦아진 뒤부터이다. 준태는 처음 아내에게 주의를 시도해봤다. 그러나 곧 아무런 간섭도 하지 않게 됐다. 부부란 상대방을 굳이 견제해가며까지 모여 살 성질의 것이 아니라고 생각하기에 이르렀던 것이다. 준태는 자기 부모가 그러했던 것을 알고 있다. 어려서의 일이라 나중 알았지만, 부모의 가정파탄은 아버지가 가정을 돌보지 않은 데서 비롯되었고 어머니는 이를 막을 길이 없었던 것이다. 그렇다고 준태는 아내의 방종을 자기가 남편이라고 해서 막을 수 있다고는 생각지 않았다. 그저 부부가 된 이상 살 수 있는 데까지 함께 살아보자는 생각이었다. 자기 부부간에, 장모가 원하는 것과는 달리 오히려 어린애가 없는 것을 다행스럽게 여기는 그였다.

조금 뒤 준태는 처가에서 나왔다. 아내를 처가에서 만나면 같이 민구의 약혼식에 갈 것을 권해보려고 예정했었으나 그럴 수도 없게 된 것이었다.

토요일 오후의 거리는 붐볐다. 어깨를 밀치우고 밀치며 걸어야 했다. 이렇게 수많은 사람들 속에서 준태는 한 사람도 아는 얼굴을 만나지 않았다. 하지만 우연이란 게 있는 법이거든, 하고 준태는 생각했다. 만의 일이라도 아내의 얼굴과 마주치게 된다면? 더구나 어떤 남자와 팔이라도 끼고 걷고 있는 아내와 마주친다면? 좋지, 좋아, 되레 그런 아내와 한번 마주쳐보는 거라. 그걸로 아내와의 어떤 결말을 지을 수 있는 계기가 만들어질 수도 있으니까. 그러나 곧 그러한 수단을 거치기를 바라는 자기자신이 초라하게 느껴졌다.

사람들 속에 끼어 한 중년사내가 엽총을 메고 준태 쪽으로 마주 온다. 모자며 복장이며 구두가 완전한 헌팅차림이다. 지나칠 때 총대가 준태의 어깨에 부딪혔다.

준태는 마음속으로 총대를 겨눈다. 방아쇠를 잡아당긴다. 맞지 않는다. 또 방아쇠를 잡아당긴다. 맞지 않는다. 군대에 있을 때는 일등사수였는데, 하면서 다시 방아쇠를 잡아당긴다. 맞지 않는다. 그냥 잡아당긴다. 그래도 맞지 않는다. 실은 아무리 방아쇠를 잡아당겨도 가 맞을 표적 자체가 분명치 않았던 것이다.

지나치는 사람들이 준태 쪽을 힐끔거리고 쳐다본다. 그제야 준태는 자신도 모르게 웃고 있었다는 걸 깨닫는다. 하늘로 고개를 든다. 빌딩에 의해 구획지워진 푸른 하늘의 조각이 있었다.

　준태는 종로 3가에서 길을 건너 청계천으로 접어든다. 자동차부속품, 혹은 전기기구를 전문으로 파는 상점들이 나선다. 준태는 청계천 4가 가까이에 있는 한 전기기구 상점으로 들어간다. 근영이는 가게에 있었다. 준태가 서울 올라오면 가끔 들르곤 하는 중학동창이다.

　"오늘은 웬일일까, 알 만한 얼굴이 연달아 뵈니." 근영이 웃으며 맞는다.

　준태는 상점 안 의자에 걸터앉으며,

　"벌써 대가리가 시려서 방한몰 썼나?"

　점원애가 웃음을 참으며 고개를 돌린다.

　근영이 서른여섯이라는 나이답지 않게 홀랑 까진 머리에 털실로 짠 방한모 비슷한 걸 쓰고 있는 것이다.

　"그젯밤 술이 취해서 담장모서리에 부딪혔어." 근영이 예사롭게 대꾸한다.

　"한동안 세수 면적이 줄어서 편리하게 됐군."

　"말말어. 별 상천 아니지만 소중한 머리라 잘 보호하느라구 그러는 거야. 얼마나 소중한 머린지 들어볼래?" 며칠 전의 일이란다. 한밤중에 목이 말라 잠이 깨어 자리끼를 마시고 나서 도로 잠을 자려는데 머리가 별나게 써늘하더란다. 이상하다 싶어 미닫이 쪽을 봤더니 분명히 잠겼던 문이 열려있지 않은가. 그래 고함을 쳐 도둑을 쫓아버렸다면서, "그러니 이 대가리가 황금머리 이상으루 귀중하지 뭐야."

　"차라리 다이아몬드머리라 하지. 광도두 휘황하구 허니."

　점원애가 다시 웃음을 참으며 저쪽으로 가 건성 물건을 정리하는 체한다.

　"딴은 그럴 만두 하지." 근영이 태연스레 받아넘기고는, "좀전에 필재가 정말 오래간만에 들렀드군."

　"아, 그 개고기?"

44

"그래."

개고기란 별명처럼 별의별 짓을 천연덕스럽게 하곤 한 친구였다. 체육시간에 축구를 할 때 백패스를 하려는 줄 알았더니 자기편 골문을 향해 슛을 한 일. 공부시간에 졸다가 선생이, 지금 내가 무슨 말을 했는지 말해보라고 하자 벌떡 일어나 부동자세를 취하고는, 지금 내가 무슨 말을 했는지 말해보라고 말씀하셨습니다, 하고 큰 소리로 외친 일.

"참 그치 만난 지 오래됐다. 그치두 졸업하구 얼마 안 있다가 수원서 어디룬가 이사를 갔지."

"지금 이천 부근에서 과수원을 경영하구 있대."

"뭣이든 하자구들면 해낼 작자지."

"너랑 같이 한번 놀러오라드라. 그동안 고생 무척 했드군. 해마다 조금석 개간을 해서 과수원을 만들었대. 그건 그렇구, 너 오늘 웬일야, 말쑥하게 차려입구?"

서울 올라올 때는 대개 점퍼바람이던 준태가 이날은 양복에 넥타이까지 맨 차림이었던 것이다.

"전에 나하구 같이 제대한 민구란 친구 알지? 그친구 오늘 약혼해."

"그 무당 연군가 뭔가 한다는?"

"음."

"필재란 친군 여적 결혼 안 했다드군. 나두 좀 늦게 장갈 갔드라면 제대루 여잘 골라잡을 수 있었을 건데, 적어두 너처럼은 말야."

"일쩍 가나 늦게 가나 결혼이란 그렇구 그런 거 아냐."

근영이 흠칫 준태를 건너다본다. 여태까지 준태의 지껄인 말과는 너무나 다른, 무겁고 가라앉은 언성이었던 것이다.

이때 한 남자가 가게 앞에 와 서고, 근영이 걸상에서 일어난다. 물건 사러 온 손님은 아닌 것 같았다. 근영이와 낮은 말로 무어라고 주고받는 얘기 가운데 나중에 가면 안 되겠느냐는 근영이의 말소리가 들렸다.

"가볼 데가 있음 가봐." 준태가 일어섰다.

"물건을 좀 사들일 게 있어서……"

"어서 가봐."

"모처럼 왔는데 안됐다. 이따가 들르지 않겠어 ? 필재가 볼일 보구 다시 온다구 했으니 같이 한잔 하자. 내 이 소중한 머리의 상처두 소독할 겸."

준태도 그러고 싶었다. 그러나 약혼식 끝이 어떻게 될지 몰라, 다시 오마고 딱히 약속할 수는 없었다.

그곳을 나온 준태는 슬슬 청계천 5 가까지 걸었다. 약혼식 시간에는 아직 일렀다.

5 가 횡단로를 건너 얼마 안 가 곧 헌책가게 거리가 나타났다. 저번의 보자기 생각을 하고 준태는 이리로 걸음한 것이다. 그때 책을 사간 여자가 모르고 그냥 갖고 간 보자기를 어쩌면 그 헌책가게에 맡겨놓지나 않았을까 하는 생각에서였다. 잃어버려서 그다지 아까울 물건은 아니었다. 그러나 준태는 생각한다. 번역하는 원서나 원고뭉치같은 것을 싸들고 다니기에는 노상 알맞은 보자기지. 그럼, 필요한 물건이고 말고.

꼭같이 생긴 헌책가게들 중에서 그 책가게를 찾아 들어갔더니 생각했던 대로 보자기가 맡겨져있었다. 주인이 안쪽 책꽂이 맨 밑 구석에 틀어박아두었던 것을 내준다. 준태는 종이에 싸 고무줄을 끼운 보자기를 호주머니에 쑤셔넣고 책가게를 나오며, 이제 그 여자와 자기는 주고받을 것도 끝났다고 생각한다. 그러면서 자기가 여기까지 온 것은 이 보자기를 찾을 목적이었으나 정작 찾아놓고 보니 무언가 거기 빠진 게 있는 것같은 서운한 느낌이 드는 것이었다. 담배를 붙여물었다.

얼마를 걸어오는데 맞은편에서 오던 사람 하나가 담뱃불을 빌려달라고 한다. 자기도 모르는 새 적당히 담배를 빨지 않아 꺼져가고 있었다. 준태는 담배를 입에 물고 몇번 입김을 내뿜었다 들이빨았다 하여 불꽃을 세워가지고 사내에게 내밀었다. 불을 옮긴 사내가 고개를 꾸뻑하고는 가버린다. 준태는 혼잣속으로 뇌인다. 내게서 담뱃불을 옮겨가지고 간 사람. 어느 길거리에서 옷을 스치고 지나가도 모르고 지나칠 사람. 그러면 그런 대로 상관없는 사람. 내 책을 사간 그 여자도 이와 뭣이 다르랴.

약혼식은 간단히 끝났다. 식 자체도 간단했지만 피로연도 술없이 하는 거라 시간이 걸리지 않았다.

민구편의 손님은 시골서 올라온 형과 준태에다 대학동창 두 사람뿐이고, 그외에는 모두 은희의 부모 친척이며 부친이 경영하는 회사의 간부며 교회 목사와 장로며 하는 은희 쪽 손님들이었다. ·

민구는 친구들과 그냥 헤어지기가 서운한지 가까운 다방에 가 기다리라고 한다. 그리고 자기는 기념사진을 찍으러 가기 위해 은희네 자가용차가 있는 데로 가는데 앞을 막아서듯 하는 사람이 있었다. 변씨였다. 언제나처럼 양복을 단정히 입은 변씨의 곱살한 얼굴이 거리의 수은등 불빛이라 그런지 여느때보다 더 창백해 보였다.

"어떻게 여길?" 하고 민구는 변씨의 출현에 적잖이 놀랐다. 하기는 그제 우주다방으로 변씨를 나오게 하여 창부옷 받은 사례로 구두를 사준 일이 있는데, 그때 약혼식이나 끝난 후에 다시 만나자고 약혼얘기를 했었다. 그러나 변씨가 이렇게 나타나리라고는 전혀 예기치 못했던 일이다.

"축하합니다." 변씨가 윗몸을 약간 숙이면서 손을 내밀었다.

"감사합니다." 민구는 변씨의 손을 잡았다. 악수를 처음 하는 건 아니지만 이날 특히 변씨의 손이 도톰하고 따뜻하게 느껴졌다.

변씨가 포장지에 싼 길쭉한 갑을, 변변치 않지만, 하고 민구에게 건넨다.

민구는 고맙다는 말과, 꼭 한번 만나자는 말을 하고는 차에 올랐다.

차가 움직이자 은희는 궁금한 듯 민구에게,

"누구예요?" 한다.

"같이 민속을 연구하는 사람." 대답해놓고 민구는 과히 틀린 말은 아니라고 생각했다.

"여자같이 생겼어요, 그분."

혹시? 민구의 머리에 야릇한 의문이 자리잡았다. 저번의 일도 예삿일은 아니지만 좀전 악수할 때 느낀 손의 촉감이 되살아났다. 혹시 변씨가 남자차림을 하고 있는 여자가 아닌가. 민구는 변씨에 대해 새로운 관심이 감을 어쩌지 못했다.

은희가 민구의 손에서 변씨한테 받은 선물을 집어다 포장지를 뜯어본다. 털실로 짠 붉은 자줏빛 넥타이였다.

"어머, 참 좋다." 은희는 넥타이를 민구의 가슴에 대어본다.

민구와 은희가 약혼기념사진을 찍고 다방으로 왔을 때 동창생 중의 한 사람이, 다른 사람들은 찻잔을 앞에 놓고 있는데 혼자 하이볼을 청해 들이켜고 있다가,

"아까 피로연 땐 정말 한잔 생각이 간절하든데," 하고 내뱉는다.

"실은 양주란 식후에 먹는 거야." 다른 한 동창이 대거리한다.

"그건 서양사람들의 습관이구, 우린 아무래두 공복에 먹어야 술이 푹푹 몸에 젖어들어 좋거든." 그리고 하이볼 친구는 성호를 향해, "전도사님께서두 전엔 술을 꽤 많이 했지 아마?"

성호는 잠잠히 웃어보인다.

"성서에 술을 먹지 말란 말은 없잖어."

"취하지 말란 말은 있지."

"근데 말야, 예수두 첫 이적을 행한 게 물루 술 만든 일 아니었어? 그걸 보면 예수두 어지간히 술을 좋아했던가부지. 그리구 그 이적을 행하는 날 예수는 상당히 취했던 게 분명해. 그렇지 않구서야 자기 어머니더러, 여자여 나와 무슨 상관이 있나이까, 할 수가 있어? 술망나니라두 이만저만 술망나니 소리가 아니거든."

은희가 손으로 자기 입을 가린다. 너무 지나친 말을 한다싶은 표정이 역력했다.

성호가 하이볼 친구를 향해 그냥 웃으며,

"흔히 술먹는 사람들이 성서의 그 구절을 끄집어내가지구 농담들을 하지. 예수가 자기 어머니더러 모자의 관계까지 부인한 것처럼 말야. 허지만 그건 우리나라 성서의 번역이 명확지 못해서 그런 것뿐야. 최근에 나온 영어 성서를 보면 잔칫집에서 술이 떨어져 예수의 모친이 예수더러 포도주 남은 게 없구나 했을 때 예수가 한 말은 ——어머니, 당신이 걱정하시는 일은 저와는 상관없습니다, 저의 때가 아직 이르지 않았습니다—— 이렇게 돼있어."

48

"어어, 이 잔에 술이 떨어졌는데 아무두 상관할 사람이 없는 것 같군." 하이볼 친구가 빈 컵을 흔들어 얼음조각을 달그락거리면서, "아직 때가 이르지 못한 탓인가?"

모두 웃는 속에서 민구가 레지를 불러 하이볼 하나를 더 시킨다.

"근데 전도사님께서는 여편네두 안 얻구, 그래 카톨릭 신부처럼 평생 독신주의를 견지할 셈인가?" 하이볼 친구가 성호에게 다시 수작을 건다.

"독신주의까지야……"

"민구 이친구는 오늘 겨우 약혼식을 했지만 난 벌써 두 애의 아버지야."

"큰일을 했군 그래."

"큰일은 앞으루가 큰일이지." 하이볼 친구가 짐짓 울상을 해보인다.

은희가 화제를 돌리려는 듯 준태를 향해,

"왜 부인은 안 오셨어요?" 한다.

"장모가 몸이 편찮으셔서……"

"어디 많이 불편하신가요?"

"뭐 그런 것두 아니지만요."

"며칠 전 원남동 근처에서 먼발치루 부인을 뵈었어요."

"네, 그러세요?" 지나가는말처럼 얼버무리고 준태는 담배에 불을 붙인다.

"요즘 여자들의 스커트가 짧아졌죠?" 하이볼 친구가 자기도 은희와 대화를 갖자는 듯 엉뚱한 말을 붙인다. "여자들의 그러한 노출증이란 바루 자기네들의 생명력을 과시하는 것과 다름없는 게 아닐까요. 공연히 남자들이 뚝심이 좀 세다구 우쭐대지만 종당에 가선 여자한테 지구 말거든요. 어떤 의사가 한 말이 있어요. 단식을 시켜 위장병을 고치는데 남잔 사흘만 굶어두 변소에 갈 때 체면불구하구 벌벌 기다시피 하지만, 여잔 일주일이 지나두 끄떡없이 하루 몇차례 화장대 앞에 앉아서 얼굴을 매만진다는 거예요."

"그렇지만 양창선쯤 되면 어때?" 민구가 은희 대신 말을 채어 받는다.

"예외라는 게 있지. 허지만 그가 여자였다면 그렇게까지 떠들지 않구두 살아나왔을는지 누가 알어."

"어쨌든 만 보름 동안이나 땅속에 갇혔다가 살아나왔다는 건 남의 일같지 않게 축하해야 할 일이야. 근데 단 한가지 섭섭한 게 있드군. 그 사람이 구출된 후 한 말이 마음에 들지 않어. 글쎄, 다시는 갱에 들어가지 않겠다구? 그래서야 써? 다시 또 들어갈 용의가 있다구 해야지."

"모르는 소리," 하고 준태가 담배연기를 서서히 내뿜으면서, "갱 속에 다시 안 들어가겠다는 말이 얼마나 솔직한 말인데 그래. 만약 다시 들어가겠다는 말을 했다면 그건 제정신이 아니거나 한낱 객기에서 나온 거짓일 거야. 대체 뭣하러 갱 속에 다시 들어가구 싶어하겠나. 죽구 싶어서?"

"죽음을 무릅쓰구 용감해진다는 것두 귀중한 일 아닐까. 용맹성이 없는 데선 진취성은 바랄 수 없거든."

"아니지. 그사람더러 다시 갱 속에 들어가길 바란다는 건 그사람이 또다시 갱 속에 묻힌다면 얼마나 더 오래 묻혔다가 살아나오나 그걸 구경하구 싶은 호기심에서라구밖에 볼 수 없어."

"어쨌든 그사람 영웅됐지 뭐야."

"영웅? 아니, 억지루 만들어놓은 허깨비영웅 말인가?"

"허깨비영웅?"

"까놓구 말하면 마지못해 광산회사측에서 그사람을 구해낸 거야. 실은 그사람이 진작 죽었기를 바랬을는지 모르지. 기껏해야 30만원 정도의 보상금하구 장례비만 치르면 그만이었을 테니까 말야. 그게 구조비루 9백만원이나 들였잖았어? 사람들의 이목이 쏠리니까 할수없었던 거지. 결국 회사측에서 9백만원을 치르구 그사람의 생명을 산 셈이야. 그러나 따지구 보면 그사람 한 사람만의 목숨을 산 것두 아냐. 그만 돈으루 모든 광부의 목숨을 산 거나 다름없지. 왜냐하면 앞으루 너희들의 목숨을 이렇게 보장한다는 심리적인 효과를 거두었으니까 말야. 그렇게 생각하면 9백만원두 너무 싸."

민구가 손을 내밀어 탁자 위 준태의 담뱃갑을 끌어간다. 한 대 피우고 싶어진 것이다. 이를 본 은희가 발로 민구의 발을 툭 찬다.

민구는 담배를 피우려던 게 아니라는 듯이 담뱃갑을 두어 번 탁자 위에 뒤치락거리다가 밀어놓고 가슴을 펴며,

"결국 인간이 사신과 싸워 이겼다는 건 대단한 일이라구 봐."

"대단한 일이건 아니건, 이제부터라두 갱도의 정비를 철저히 하두룩 광산회사측에 주의를 환기시키는 게 급선무일껄."

다른 한 동창이,

"아마 그사람의 목숨이 아무리 끈질기다 해두 지상과의 전화연락을 할 수 없었던들 살아나지 못했을 거야. 전화연락이 돼서 지상에서 자기 구조작업을 하구 있다, 자기는 살 수 있다, 하는 희망을 가질 수 있었길래 살았지 그렇지 않았음 지레 쓰러졌을껄."

"그 점이 중요하지." 성호가 말했다. "희망이 주는 힘이란 말할수 없이 크니까."

"그사람이 지상과 전화연락을 할 수 있은 건 그가 끊어진 전화줄을 이을 만한 과학적 지식이나 기술이 있었기 때문야. 아무나 되는게 아니지." 하이볼 친구가 새로 가져온 컵을 입으로 가져가면서 말했다.

"허지만 인간에겐 과학적 지식이나 기술에 의하지 않구두 희망을 가질 수 있는 거지."

"전도사님 말씀은 하나님을 믿으면 된다는 건가?"

성호는 조용히 웃기만 했다.

"니체가 이미 신은 죽었다구 했잖어."

"하나님은 죽었다구 생각하는 사람에겐 죽은 결루 되구, 살았다구 생각하는 사람에겐 산 결루 되는 거지. 결국 하나님 자체가 죽은 건 아니야."

"저루서는," 하고 준태가 천천히 재멸이에 담배를 비벼끄며 성호의 말을 받는다. "니체의, 신은 죽었다는 말이 우리에겐 실감있게 받아들여지지 않는다구 보는데요. 신은 죽었다구 말할 때, 그전까지는 신이 살아있었다는 걸 전제하는 게 아니겠어요? 그런데 우리에겐 일쩍이 니체가 말한 신이란 게 살아있어본 일이 없거든요. 그러니 신이 죽었다는 말이 생소할 밖에 없죠. 지식인층에서는 서구에서의 신이 죽었다는 말을 관념상으루 자기의 일처럼 착각하구 있

는 예가 있는가봅디다만."

성호와 준태는 서로 진지한 표정으로 정시했다.

"좀전에두 말했지만 하나님은 당신을 원하는 곳에서만 역사하시기를 즐겨하십니다. 현재 우리나라에서두 하나님을 원하는 사람들이 있는 것만은 사실입니다. 따라서 현재 우리에게두 하나님이 임해 계신 것만은 틀림없다구 봐야 할 겁니다."

"그건 아직 관념 속에서뿐이지 생활화된 건 아니지 않을까요?"

"숫자루 많건 적건간에 자기 생활 속에 하나님을 받아들인 사람들이 있는 줄 압니다."

"그런 사람들두 따지구보면 하나님의 진의를 받아들인 게 아니구 어떤 실리면만을 받아들이구 있는 게 아닐까요. 이를테면 소원성취나 해주는 하나님, 혹은 천당에나 가게 해주는 하나님, 혹은 몇번 죄를 지어두 회개만 하면 용서해주는 하나님으루서 말입니다."

"나두 거기 동감이야." 민구가 두 사람 사이에 끼어들었다. "교리의 참다운 뜻을 터득하기 위해서라기보다 무슨 실리적인 것을 바라구 교회에 나가는 사람이 많은 것같애. 마치 샤먼에게서 무엇인가를 바라듯이 말야."

"예를 들면 너같은 사람두 그중의 하나지." 하이볼 친구가 턱으로 슬쩍 은희 쪽을 가리키고는 민구에게 눈을 쩡끗해보인다. 너는 저 여자 때문에 교회나가는 거 아냐? 하는 뜻이다.

민구가 하이볼 친구를 향해, 이자식이! 하는 눈빛을 해보이고 큰 입에 웃음을 띄우면서,

"천만에, 나야 다르지."

아까부터 은희는 오가는 화제에 흥미가 없는지, 아니면 불쾌해선지 눈을 내리깐 채 성냥개비만 꺾고 있었다.

"신자에 따라서는 그런 경향이 전혀 없다구는 할 수 없죠." 성호가 조용히 준태와 민구 둘에게 말을 건넨다.

"제가 보기에 그런 신앙은 정신적으루 뿌리박지 못한 신앙이 아닌가 생각하는데요. 말하자면 유랑민근성을 면치 못한 신앙이라 할까요."

"그러나 신앙은 인간을 변화시킵니다, 언젠가는 올바른 신앙이 뿌

52

리박힐 겁니다."

"그럴까요."

성호의 눈과 준태의 눈이 또 마주쳤다. 한동안 마주친 대로 있다가 누가 먼저랄것 없이 거두어졌다.

저사람이 아무래도 어떤 문제로 심한 투쟁을 하고 있는 사람같다고 성호는 생각한다. 한번 따로 만나 이야기를 나눠봤으면 싶었다. 그러나 좀처럼 자기 심중을 털어놓지 않을 뿐 아니라 도리어 누구든 건드리면 껍데기를 더 단단히 닫아버릴 것같은 생각이 들었다.

준태는 수원행 직행버스 안에서 성호라는 사나이를 생각하고 있었다. 아까 약혼식 때 한, 그의 주례사가 인상에 남아있었다. 장차 두 사람이 한 가정을 이루었을 때 이들의 기쁨이나 슬픔은 이들만의 것으로 그치는 게 아니라는 걸 마음에 새겨주기 바란다고? 우리 부모가 이룩했던 가정의 기쁨이나 슬픔은 우리 부모만의 기쁨이나 슬픔으로 그치는 게 아니고, 내가 이룩한 가정의 기쁨이나 슬픔도 그것만으로 그쳐지는 게 아니라고? 아직 미혼이라던데 그 말에 미혼자스럽지 않은 실감이 스며있는 건 무얼까. 그러나, 하고 준태는 생각한다. 부모와 자식간이라고 하더라도 궁극에 가선 서로 관여할 수도 없고 관여되어서도 안되는 개개의 가정으로 그쳐야 하는 거다.

준태는 차창 밖 어둠을 내다봤다. 창밖 어둠은 차내의 불빛을 거부하고 차내의 불빛은 창밖의 어둠을 거부하면서 서로 자기 주장을 하고 있는 것같았다. 그러한 창밖 어둠 속 저쪽에 노란 불빛이 하나 나타났다. 인가인지 무슨 감시소같은 건지 알 수 없었다. 그 노란 불빛 때문에 둘레의 어둠의 농도가 더 짙어보였다. 불빛이 뒤로 물러가다가 시야에서 사라졌다. 그러나 준태의 망막에 불빛으로 해서 더 짙어진 어둠이 오래 남아 떠나지 않았다.

다음날 아침, 준태는 농대 도서실로 가기 위해 번역하는 책과 원고지를 챙겼다. 지난밤도 아내는 돌아오지 않아 일요일 하루를 집에서 조용히 일할 수도 있었으나 도서실에서 큰사전을 빌려 봐야 할 데가 생긴 것이다.

　가지고 갈 물건을 싸려고 어제 찾아온 보자기를 폈다. 거기서 웬 종이쪽지 두 장이 나왔다. 무엇일까 하고 집어서 위에 것부터 보았다.

　《나는 과거 몇 차례나 참기 어려운 굴욕을 겪어왔다. 이제 또 새로운 굴욕이 내 앞에 도사리고 있다. 아니, 이미 나는 그 굴욕 속에 내던져져있다. 어떻게 해야 할 것인가. 그냥 당해라.》

　준태는 첫구절을 읽는 순간부터 얼굴이 화끈 달아오름을 느꼈다. 글씨와 내용이 자기것이 틀림없었다. 언제 이런 낙서를 해서 어떤 책갈피에 질러두었던 것일까.

　다음쪽지를 보았다.

　《부지중에 보자기째 갖고 왔었습니다. 용서하세요. 그리고 이 메모는 제가 산 것이 아니어서 돌려보내드립니다. 혹시 파신 책 중에서도 참고하실 일이 생기실 때는 언제나 빌려드릴 용의가 있습니다.》

　글발 끝에 남지연이란 이름과 전화번호가 적혀있었다.

　준태는 자기의 부주의로 해서 숨겨진 치부를 남에게 엿보이고 말았다는 부끄러움을 느꼈다. 하기는 엿보였다고 해도 실상 그것이 무엇인지 제삼자로서는 모를 것이나 어쨌든 쪽지같은 데에 그러한 말귀를 적은 자신이 유치해 보여 화까지 났다. 쪽지를 마구 구겼다. 그리고 막 휴지통에 던지려다가 자기의 메모만을 던져버리고 다른 쪽지는 구겨진 채로 책상서랍에 넣는다. 그리고는 잠시 선 채로 있는다. 문득 어젯밤 돌아오는 버스 안에서의 어둠이 다가왔다. 불빛으로 해서 오히려 더 짙게 그의 눈속에 오래 머물렀던 어둠이었다.

제 4 장

성호 앞에 멎은 버스에는 탈 손님이 몇 되지 않았다. 돌마을이, 시발점에서 첫번째 정류장이지만 아침엔 시내로 들어가는 사람이 많아서 줄을 서야 하는 대신, 오후부터는 손님이 적어 버스가 손님을 기다리게 되는 수도 많았다. 성호는 한 노인의 뒤로 차에 올랐다. 앉을 자리가 넉넉했다.

성호 왼쪽 옆의, 시발점에서 타고 온 나이 지긋한 사내가 답품이라도 나온 듯 지적도를 들고 있다가 동행에게, 올 때는 창동으루 해서 왔지만 갈 때는 이 길루 가는 게 괜찮습니다, 하고는 창밖을 내다보더니, 죠기 늘어선 조집들 좀 보십쇼, 저기가 밤엔 연쇄작용을 일으킨다는 동네죠, 한다. 그러나 동행이 무슨 말인지 말귀를 못 알아듣는 눈치자 다시, 겉으루 보기엔 멀쩡한 주택들이지만 칸막이란 게 말씀이 아니거든요, 허술한 블록 칸막이에다가 천장이 통해져있어서 자연 옆집 소리가 그대루 들릴 밖에요, 밤에 한 집에서 그것을 시작하면 다음집에서 그 소릴 듣구 가만있을 수 없게 되구 …… 그제야 동행인 사내는 말뜻을 알아듣고는 웃음을 죽이며, 여깃사람들은 뱃놈처럼 한무리에 앨 낳겠구먼.

요행 그 말을 들을 만한 자리에 있는 사람은 성호 혼자뿐인 것같았다. 물론 옆의 두 사람을 따라 재미로 그 이야기를 들어넘길 수 없는 성호다. 우선 명숙이를 생각하지 않을 수 없었다.

명숙이 병석에서는 일어났으나 더 큰 병을 지닌 듯했다. 얼굴이 핼쑥하고 몸이 축간 대로 여러날 앓아누웠던 병자같지 않게 부엌일도 하고 빨래도 하긴 했다. 그러나 이상한 행동을 하곤 했다. 멀쩡

하다가 별안간 밖으로 뛰쳐나가서는 사람들을 붙들고 지다위를 하는 것이다. 어떤 사람보고는, 지금 남의 물건값 잘라먹을 궁리를 하구 있죠? 하는가 하면, 어떤 아낙네더러는, 어제 반찬가게에서 며루치를 한줌 훔쳤죠? 하고 지껄여대어 사람들을 당황케 했다. 동네에서는 명숙이가 실성했다고들 수군댔다.

성호는 명숙이의 병이 완쾌되지 못하는 건 역시 그곳의 집 구조에 많은 영향이 있을 것이라고 다시 한번 마음이 어두워지는 것이었다.

시내로 들어와 신문로에서 버스를 내렸다.

노회사무실 있는 방향으로 걸어가던 성호는 인도에 쏟아져나오는 물을 피해 차도로 내려서야 했다. 길가 신축하는 건물의 지하 기초를 하기 위해 양수기로 물을 퍼내고 있는 중이다. 굵은 호스주둥이로 흙물이 콸콸 토해져나오고 있다.

무심코 호스 쪽으로 눈을 준 성호의 시선과, 호스주둥이 앞 막벌이꾼 차림의 한 남자의 시선이 마주치자 성호는 물이 덜 흐르는 인도 위로 다시 올라선다. 남자는 호스에서 쏟아져나오는 흙물에 걸어올린 정강이를 씻고 일어서다가 성호의 눈과 마주쳤는데 성호를 못 본 체 도로 허리를 구부려 정강이를 문지르기 시작하는 것이다. 그러는 그의 등에는 빈 지게가 지워져있었다.

성호는 평이아버지가 호스 앞에서 물러나기를 기다리기로 한다. 평이아버지는 수재민으로서 돌마을에 온 사람인데 교회의 신자다. 정 날이 궂지 않으면 매일같이 시내로 들어와 지겟벌이를 하고 있다. 저녁에는 아는 곳에 지게를 맡기고 몸만 버스로 왕래한다. 일요일도 낮에는 벌이를 하고 교회에는 밤예배에만 나온다. 예배 도중에 기도를 할 때는 엎드린 채 기도가 끝나도 일어나지 않기가 일쑤다. 그러다가 끝에 가서 마지막 찬송을 해야 일어난다. 성호는 처음엔 평이아버지가 혼자 오래 기도를 하는가 했으나 결국은 잠이 들어버리곤 한다는 걸 알게 됐다.

평이아버지는 그냥 흙물에 정강이며 팔을 문지르고 닦고 한다. 장딴지에 지렁이같은 정맥이 두드러져나와 손바닥이 지나갈 때마다 꿈틀거린다.

56

성호가 종내 말을 건넨다.

"평이아버지, 접니다."

마지못해 평이아버지는 허리를 펴 이쪽을 보고는 일그러진 웃음을 짓는다.

"그만 씻구 이리 오세요."

평이아버지가 신고 있는 고무신의 물을 발을 흔들어 털어내면서 가까이 온다. 그리고 성호를 따라 걸음을 옮기며 불쑥, 전도사님, 하고 고개는 땅을 향한 채,

"하나님께서 자기 모습처럼 우리 사람을 만드셨다죠?"

성호는 평이아버지를 바라보며,

"그래서요?"

"전 부끄러워 못견디겠어요. 하나님께서 자기 모습이 이런 꼴을 하구 있는 걸 내려다보시구 얼마나 억울해하실까요."

성호는 언뜻 뭐라고 대꾸를 해야 좋을지를 모른다. 신학교 재학 시절 성호는 어떤 목사와 대화를 주고받은 일이 있었다. 인간이란 자기보다 더 불행한 사람을 생각하구 위로를 받아야 하오. 목사의 말이었다. 그게 참다운 위로가 됩니까? 성호가 물었다. 행복했을 때는 자기의 행복을 감사히 여겨야 하구 불행했을 땐 보다 더 불행한 사람을 생각해야 하오. 목사의 말에 성호는 다시 물었다. 인간이란 그런 슬픈 위로밖에 받을 수 없습니까? 그렇소, 그러니까 하나님을 의지하는 길밖에 없는 것이오. 지금 성호는 평이아버지의 말을 듣고 지난날 목사와의 대화가 생각나긴 했으나, 그런 대화의 내용을 가지고 평이아버지를 위로하고 싶지는 않았다. 그런데 한 말이 머리에 떠올랐다.

"평이아버지, 아마 하나님께서 내려다보신다면 평이아버지보다는 제 모습을 보구 더 얼굴을 찡그리실지 모릅니다."

"원, 전도사님두, 그런 말씀이 어딨어요."

"아니오, 진정으로 하는 말입니다."

문방구가 눈에 띄었다. 성호는 좀전부터 이 문방구를 찾고 있었다. 평이아버지더러 잠깐 기다리라고 하고는 안으로 들어가 평이를 위해 연필과 공책을 샀다.

노회에서의 회의란 항용 시간이 걸리게 마련이지만 이날은 예상 외로 더 오래 끌었다.

토의사항은 장로회를 하나로 합치는 여부에 관한 것이었다. 국내에 대한예수교장로회라는 똑같은 명칭의 단체가 둘 있다. 세칭 한쪽을 합동측이라 부르고 한쪽을 통합측이라 부르고 있다. 그리고 합동측에서는 장로회 총회신학교를, 통합측에서는 장로회 신학대학을 각각 운영하고 있다. 구태여 양측의 주장을 가리자면, 합동측에서는 성서의 교리나 신조를 그대로 순수히 지켜야 한다는 것이고, 통합측에서는 교리의 사회적 적용에 관심을 두어 현실적인 적응을 해야 한다는 것이다.

성호는 이러한 차이같은 것은 의식 않은 채 홍여사의 남편인 정목사가 속해있던 합동측 신학교를 나왔다. 성호로서는 자기의 속죄라는 것에만 모든 정신이 쏠려있던 때였다. 그러니까 이런저런 것 모르는 채 자연 합동파라 불리우는 교역자가 되고 만 것이다. 나중 양측의 알력이 심상치 않음을 안 뒤에도 성호는 파벌의식보다도 자신의 소신에 더 중점을 두려 했다.

이날 회의에서, 두 단체가 속으로 불씨를 안은 채 하나로 합치는 것보다는 이왕 분리되었으니 그대로 두는 게 좋다는 의견이 강력하게 대두됐으나 장시간 토론 끝에 합치자는 데로 합의를 보았다. 같은 노회에 속해있는 교역자 중에서도 성서에 대한 해석이 다소 다를 수 있지 않느냐, 우선 장로회가 둘로 분열 대립돼있다는 것은 어느모로 보나 그리스도의 근본정신에 어긋나는 일이니 합쳐야 한다는 결론을 얻었다. 거기에는 성호의 힘이 적잖이 작용했다. 그것은 피난 초기에 성호가 소년봉사단을 조직해가지고 거제도로 건너갔을 때 중진급의 목사들에게 여러가지로 편리를 도모해준 일이 있는데, 이들이 성호의 발언에 찬동해준 때문이었다. 실은 거제도 때 이들 저명한 목사들은 당시 성호에게 실망과 울분을 자아내게 했던 사람들이다. 식량이나 구호물자에 대해 이들은 보통사람 이상으로 기를 쓰고 덤벼들었던 것이다. 그러나 인간이란 경우에 따라 너나없이 그렇게 될 수도 있다는 걸 이미 이해하고 있는 성호였다.

회의가 끝났을 때는 성호가 공중전화로 지연과 약속한 시간에서 두 시간 가까이나 지나있었다.

성호가 지연을 아는 지는 한 오륙년이 된다. 지연이 카리에스로 홍여사와 같은 병실에 입원해있었을 때부터이니까. 병실이라는 이 상환경하라 그랬는지 모르나 홍여사와 지연은 꽤 가깝게 말동무가 되어 지냈다. 퇴원한 뒤에도 지연이 홍여사를 찾아오곤 했다. 지연만은 홍여사와 자기의 관계를 알고 있을지도 모른다고 성호가 막연히 의식해온 단 한 사람이다. 자기네들의 관계를 어느 정도 알고 있는지 성호는 마음이 쓰였다. 홍여사가 생전에 이를 지연에게 말했을 리 없고 성호 자신도 입 밖에 낸 일은 없었다. 지연이 또한 그것을 화제에 올려본 적도 물론 없었지만 왜그런지 지연이 어떤 직감으로 자기네의 관계를 눈치챘을 것만 같았던 것이다. 그처럼 지연의 존재가 마음에 쓰일수록 그네와 만나야 한다는 묘한 모순 속에 빠졌다. 어떻게든 그네의 심중을 타진해보고 싶었는지 몰랐다. 그러던 것이 언제부터인가 지연이 자기네의 비밀을 알고 있건 말건 전혀 신경을 쓰지 않게 되고, 오히려 그네와 만나는 시간은 그 누구와보다도 긴장을 푼 상태에서 마음이 안온해지게 돼버렸다.

이날 지연은 개들과 놀며 뜰에서 성호를 기다리고 있었다. 장충동에 있는 지연의 집은 시내의 집으론 드물게 2백평가량이나 되는 넓은 뜰을 갖고 있었다. 지연은 천성적으로 개를 좋아했지만 특히 카리에스를 앓고 난 후부터 집에 있을 때는 뜰에서 개들과 노는 게 큰 취미로 돼있었다. 이름있는 순종의 개가 아닌 대로 세 마리나 기르고 있었다.

성호가 미처 벨을 누르기도 전에 개들이 짖어댔다. 네로라는 개는 대문으로 달려와 벅벅 기어오르기까지 한다. 세퍼드의 피가 좀 섞인 잡종으로 사납기가 이를데없었다.

지연은 대문 밖 성호에게, 잠깐 기다리세요, 하고는 네로의 목줄을 잡고 끌어다 우리에 가두고 나서야 대문을 연다. 네로는 갇힌 속에서도 극성스럽게 짖어댄다.

"이젠 좀 알아줄 만두 한데 용서가 없군?"
"며칠 전엔 친척집 앨 물었어요. 꽤 자주 오는 편인데두요."

"아무래두 좀 모자라나부지."

"또 그러신다. 그 개 숭보지 마시라니까. 좋은 점이 더 많은걸요."

지연이 앞장서 나무 밑 벤치로 가 앉는다. 성호는 그 앞에 선다. 그동안 지연의 콧등의 기미가 많이 없어진 것같다.

"무척 건강해졌는데? 좋은 개가 즐겁게 해드려서 그런가?"

"놀리지 말구 앉으세요. 뭐라 하셔두 난 개가 좋아요."

성호는 지연이 곁에 앉으며,

"무슨 좋은 소식 없나?"

"좋은 소식?" 지연이 고개를 갸웃하고 성호를 치켜보듯 한다.

"국수를 먹게 됐다든가……"

"에이, 그런 소식 있음 어련히 전도사님한테 먼저 안 알릴까봐."

"그럼 오늘두 국수 대신 커피루 때울까. 지연이 손수 끓인 커피."

"그러면 제방으루 가요."

사실 성호는 어디서도 지연이 끓인 커피만큼 농도와 온도가 알맞아 향그러운 것을 마신 일이 없다고 생각하고 있다. 성호 자신 지연에게서 커피 끓이는 법을 배워갖고 집에서 이렇게저렇게 해보아도 안 되는 것이다. 역시 음식에는 그것을 다루는 사람의 손맛이라는 것이 따르게 마련인지 몰랐다. 커피뿐이 아니었다. 성호는 지연의 방에 들어서기만 하면 모든 형식과 체면을 벗어놓은 편안한 기분이 된다. 지금도 회의에서 지쳤던 심신이 풀리는 심정으로 소파에 몸을 묻는다.

방안에는 언제나처럼 장식이라곤 별로 없다. 옷장과 전축이 놓여 있는 안쪽 오른편 벽에 쟈코메티의 조각 〈광장〉의 사진이 아무 칠도 하지 않은 생나무틀에 넣어져 걸려있을 뿐이다. 팔 다리 동체 할 것없이 젓가락처럼 가느다랗고 긴 다섯 인물이 가운데로 향해 걸어 들어가는 구도다. 그것은 한곳에 모일 듯하면서도 스치고 지나쳐버릴 것같은, 서로의 대화란 있을 법도 않은 광장의 인물들로 보인다. 어쩐 일인지 성호는 이 사진을 볼 적마다, 언젠가 흑백 복사판으로 본 그류네발트의 〈십자가에 못박힌 예수〉의 그림이 연상되곤 한다. 성호는 지금까지 십자가에 못박힌 예수의 그림을 여럿 보아왔지만 그처럼 처절한 느낌을 주는 그림은 처음이었다. 가시관에 찔려 피

흐르는 고개를 한쪽 어깨 밑으로 비스듬히 떨구고 있는 예수의 열굴은 말할것도 없고, 커다란 못에 박힌 손바닥과 발의 비틀림, 그리고 온 괴로움의 중량이 그리로 몰린 듯 앞으로 불거져나온 가슴, 이세상 고통이란 다 압축돼있는 성싶었다. 자칫하면 이 고통에 져버릴 것만 같은, 겨우겨우 지탱하고 있는 예수의 모습이었다. 성호는 웬지 이 고통과 괴로움에 범벅된 예수의 모습에서 도리어 부활하는 예수의 아름다운 자태가 부각돼오던 기억을 지울 수가 없었다.

원편 벽엔 책꽂이가 있었다. 이것도 웃장이나 전축처럼 장식용이 아니었다. 이를테면 방치레를 위한 게 아니었다. 새책과 헌책이 종류별 없이 아무렇게나 꽂혀있다. 성호는 자기도 돌아가는 길에 서점에 들러 우리나라 풍습에 관한 책을 좀 사갖고 가야겠다고 깨우치며 일어나 책꽂이께로 간다. 그동안 책수가 늘었다고, 이책저책의 표제를 더듬어가던 그의 눈이 한곳에 가 걸린다. 책으로 손을 가져간다. 허, 이런 책이 웬일일까 하고 뽑아드는데 같은 분야의 책이 그 옆에도 몇 권 꽂혀있다.

지연이 쟁반에 커피잔과 끓인 물을 놓아가지고 들어왔다. 두 잔 몫이다. 언제나 지연은 성호가 왔을 때는 자기도 함께 마신다.

성호는 손에 책을 든 채 소파로 돌아와 커피를 한 모금 마시고는,

"이런 책 첨 보는 것같은데 언제부터 농학에 취미를 갖게 됐지?"

"잘두 골라내셨네요. 근데, 들쳐봐두 깜깜해요."

"꽂혀있는 게 한 책만이 아니든데?"

"갑자기 사구 싶어져서 샀어요. 하두 싸길래."

"싸다구 읽어두 모를 책을 사나? 문화재두 아닐 거구."

지연은 그때의 일을 얘기했다. 지연은 무어나 자기의 일을 숨김 없이 성호에게 얘기하는 편이었다. 남자들과의 데이트, 여고 때부터 대학에 걸쳐 오랜 동안 사귀어오다가 헤어진 어떤 청년과의 사건까지 안 한 게 없을 정도였다. 지연은 책을 팔러온 남자의 모습이 그처럼 조화를 잃어빌 수가 없었다는 것, 꽤 돈이 다급한 것같았다는 것, 어색한 그남자의 표정을 빨리 풀어주고 싶어 급히 돌쳐나온다는 게 보자기째 가져왔다는 것, 그래 그날로 다시 가서 헌책 가게에 보자기를 맡겨놓았는데 후에 가보니까 찾아갔더라는 것 등

을 얘기했다. 그러나 책갈피에 끼어있었던 메모에 대해서만은 말하지 않았다. 그건 남의 사생활을 건드리고 싶지 않은 생각도 있었지만 그 메모에 관해서만은 말하고 싶지가 않았던 것이다. 자기도 알수 없는 일이었다.

성호는 물론, 지연이 말하는 사람이 민구 약혼식 때 만났던 준태라는 것을 알 리 없었다.

갑자기 지연은 메모 이야기를 성호에게 하지 않은 게 미안하게 생각돼 화제를 바꿨다.

"저 교회에 나가구 있어요. 결국 전도사님 영향이죠."

"그거 빅뉴슨데." 성호가 그대로 새 화제에 들어와준다.

"제가 나가는 교회 목사님 참 괜찮은 분같애요. 설교에 뼈가 있어 보여요."

"그거 잘됐군."

"근데 설교 끝에 교인들 전체가 하는 통성기도 있잖아요. 그거 꼭해야 하는 건가요?"

"왜? 하는 교회두 있구, 안 하는 교회두 있지."

"전도사님 교회에선 하세요?"

"아니."

"제 생각엔 그 통성기도란 게 예배보는 정숙한 분위길 흐트러놓는 것같애요. 울면서 고개랑 손을 내두루구…… 그러다가두 멈추라는 벨소리가 나면 뚝 그치구. 그게 어디 기도에 열중했던 사람들이랄수 있어요?"

"기도할 때 기도는 않구서 눈뜨구 봤군 그래?" 성호는 웃는다. "성서에, 골방에 들어가 문을 닫구 은밀한 중에 기도하라는 구절두있구, 소리내어 여호와께 부르짖으며 간구하라는 구절두 있어. 그러니까 각자 원하는 대루 어느 쪽을 따라두 괜찮은 거야. 하기야 지연인 성격상으루 봐서 조용히 기도하는 걸 원하겠지. 그러나 이제 곧 지연이 원하는 대루 주위에서 아무리 떠들어대두 혼자 조용히 기도할 수 있는 경지에까지 이르게 될 거야."

지연은 성호와 마주 대하면 언제나 그러하듯이 마음의 평안을 느낀다. 이성 사이의 감정은 분명 아니다.

"그렇게 될 수 있을까요 제가? 그렇게 되기엔 제 믿음이 좀처럼 못 미칠 것만 같애요." 말하며 음악을 틀려고 전축께로 간다.

"참, 배 철이 됐든데. 올해두 배 먹으러 태릉 배밭에 가야지?" 성호가 생각난 듯 말한다.

"그렇구나. 배 철이 됐구나. 가야죠."

"그럼 한물졌을 때 내 알리지."

성호를 보내고 난 지연은 다시 개들과 놀기 시작했다. 저녁나절 알맞은 온도에서 네로는 새 기운이 도는 듯 몸놀림이 발랄하다. 달려와서는 엉거주춤하고 있는 지연의 몸을 스치는 듯 마는 듯 한 바퀴 돌고는 저만큼 앞쪽으로 가 앞발을 쭉 뻗쳐 그 위에 턱을 길게 얹고 엎드려서는 이쪽의 동정을 살핀다. 지연이 다시 또 뛰어오라는 시늉을 하자 좀전과 조금도 다름없이 달려와 스치는 듯 마는 듯 몸을 돌아간다.

지연이 서너미터 앞에 떨어져 서있는 햄릿이란 개더러 너도 네로처럼 해보라는 손짓을 한다. 햄릿은 움쩍도 않고 경계하듯이 지연을 쳐다본다. 지연에게 있어 햄릿만큼 길들이기 힘든 개도 없었다. 네로가 늙어가 그 종자를 받는다고 암캐를 고르고 골라 교접을 시켜 낳은 강아지 중에서 제일 좋아 보이는 놈으로 골라온 수캐가 햄릿이었다. 네로는 귀가 마냥 빠딱하나 햄릿은 귀끝이 약간 늘어진 기미가 있는 게 다를 뿐 서로 생김새가 같았다. 이 햄릿이 새끼적부터 사람 손에 타지 않았다. 커가면서도 지연에게 곁을 주지 않고 멀찍이에서만 에돌았다. 단지 먹이를 주는 식모아이에게는 손이 가닿게 했지만 지연은 그런 먹을것을 주는 것으로 해서 햄릿을 길들이고 싶지는 않았다. 그러면서 지연은 이 햄릿에게 늘 관심이 갔다. 언제든 친해질 때가 오겠지.

지연이 햄릿에게 손짓을 해도 오지 않자, 햄릿과는 다른쪽에 조금 떨어져있던 엘리자벳이 이때다 싶은 듯 지연에게로 고개를 흔들며 다가왔다. 엘리자벳은 지연의 아버지가 친구한테서 얻어온 포인터 계통의 암캐였다. 이 개는 좀 얌치가 없었다. 눈치를 보아가며 아양과 교태를 부리는 것이다. 지연이 웬만큼 기분나쁠 때는 전혀 가까이하지 않다가 낌새를 보아 달겨든다. 지금도 햄릿 대신 자기가 귀염을 받으려는 것인데, 그러나 채 지연에게로 오기 전에 네로가 급히 달려와서는 엘리자벳을 몸째 부딪쳐 밀어버리는 것이다. 엘리자벳이 나뒹군다. 네로는 시기심이 강했다. 다른 개들이 지연에게 가까이하려면 가만있지를 않는 것이다. 마치 농구시합을 할 때 마크하는 식으로 기민하게 다른 개가 가까이 못 하게 막는 것이다. 지연이편에서 다른 개들을 귀여워해줘도 마찬가지였다. 그래서 다른 개들을 특히 보살펴줘야 할 때는 네로를 우리에 가둬야 했다. 그러면 우리 속에서도 이빨로 철망을 물어뜯으며 으르렁거렸다. 이건 지연과 개 사이를 두고 그러는 것만 아니고, 지연과 사람 사이도 마찬가지 같았다. 자주 집에 놀러오기 때문에 얼굴을 잘 아는 친척집 애를 문 것도 지연이 이 애를 각별히 귀여워하기 때문이 아닌가도 생각됐다. 여러 해 동안을 두고 보아온 성호에게 사납게 구는 것도 그와 비슷한 심리에서 오지 않는가 싶다. 그러나 지연은 그런 점을 미워할 수 없었다. 비록 표현은 틀리지만 짐승으로서의 강한 애정의 한 표시로 볼 때 훈련을 받은 무슨 종의 명견보다 부족한 데가 있는 채 이 잡견에게 애착이 가는 걸 어찌할 수 없었다.

엘리자벳을 떠밀쳐 나뒹굴게 하여놓고 몸에 와 휘감기려는 네로의 목덜미를 지연이, 그러면 못쓴다고 한 대 때린다. 네로가 벌떡 드러누워 배를 보이면서 킁킁 콧소리를 낸다. 개가 배를 보이면서 드러눕는 건 가장 기분이 좋다는 표시지만 이때의 네로의 동작은 미안하다는 표시 반, 어리광 반이 섞여있는 것이다. 지연이 네로의 배를 쿡쿡 찌른다. 다시는 그런 짓 말라고 혼내주는 뜻으로 그러는 것이나, 차차 간지럽히는 손짓으로 변해간다. 네로는 네 발을 버둥거리고 고개를 내두르며 깽깽거린다. 즐겁다는 소리다. 지연도 즐거워진다. 아까 성호에게 메모 얘기 안 한 건 잘한 거다. 잘한 거고 말고. 지연은 네로의 배를 더 자주 찌른다. 네로가 자주 찌르는 지연의 손을 발로 튀겨내듯 하다가 급기야 이빨이 떡떡 마주칠 정도로 입을 벌렸다 다물었다 하며 물려는 시늉을 한다. 이번엔 지연이 쪽에서 물리지 않으려고 손을 요리조리 피한다. 그러다가 물려

기도 한다. 생채기가 나지 않을 한도로 꽤 단단히 물었다가는 놓고 물었다가는 놓곤 한다. 그때마다 지연은 즐거운 비명을 지르면서 또 손을 요리조리 피해 놀린다.

차츰 그늘이 엷어져가고 있는 길가 느티나무 앞에 준태는 멈춰선다. 집으로 돌아오는 길에 준태는 때때로 이 나무 밑에 잠깐씩 머무르곤 한다.

몇백년은 묵었을 이 나무에, 준태가 중학 이삼학년때 여름 벼락이 떨어진 일이 있었다. 반쯤의 나무껍질이 벗겨지면서 가지도 많이 부러졌다. 남은 부분도 잎이 시들었다. 죽어버린 줄 알았다. 그런데 그해로 다시 새 순이 돋아났던 것이다. 그리고 여태 상처를 한 옆에 지닌 채 정정하게 살아있다. 준태는 그 끈질긴 생명력에 한두번 아니게 감탄해왔었다. 그런데 이날 저녁 하늘에 자리잡은 느티나무의 의연한 자태를 쳐다보며 준태는 어떤 지겨움같은 걸 느낀다. 몸이 피곤한 탓일까. 담배를 피워물고 다시 걸음을 옮긴다.

집에는 또 며칠만엔가 창애가 돌아와있었다. 할멈이 겸상을 보아 들여왔다.

대화 한마디 없이 부부는 저녁식사를 끝낸다. 준태는 숭늉그릇을 들고 책상 있는 데로 간다. 석간 신문을 집어든다. 신문 밑에 그림 엽서가 몇장 놓여있다. 준태는 신문을 내려놓고 그림엽서들을 집어든다. 지난 여름 준태도 가본 속리산 법주사의 것들이다. 천연색 사진의 색깔이 지나치게 강조되어있어 전체적으로 부자연스럽기는 하지만, 렌즈의 각도에 따라 같은 풍경이라도 이렇게 달라질 수 있는가 싶게 처음보는 듯한 면을 보여주는 것도 있었다.

트랜지스터를 나직이 틀어놓고 음악을 듣고 있던 창애가, 선생님, 하고 부른다. 선생님이라 호칭하는 말치고는 상당히 무겁게 들린다.

준태는 그림엽서에서 눈을 들었다.

"얼마 전부터 누가 양장점을 같이 해보자는데 결단을 내릴까봐요. 그거라면 저두 아주 깜깜은 아니거든요." 끝의 말은 자신이 응용미술과를 나온 걸 말하는 것이리라. 창애는 말을 잇는다. "문제는 결국 동업할 자금 아녜요? 그래서 마음이 있으면서두 어쩌지 못허구 있었는데……"

그런데? 하는 기분으로 준태는 아내의 다음말을 기다리며 신문을 집어든다.

"이 집 잡히면 어때요? 집이 새끼치나요. 활용하는 게 낫죠. 마침 잡겠다는 사람두 있으니까요."

준태는 신문에 눈을 둔 채,

"이 집을 잡히구 돈을 얼마나 빌릴 수 있기에?"

대지는 좀 넓지만 집은 아주 낡아있었다.

"그야 내놔봐야 알죠. 돈 준다는 사람이 특별히 잘 봐준다구 하긴 했어요. 정 돈이 적으면 삼분의일 몫이라두 드는 수밖에 없죠."

이 집마저 날아가버리거니 하면서도 이상하게 동요되지 않는 심정으로 준태는 아내에게 마음대로 하라고 끄덕인다. 보잘것없는 집이지만 결혼 전 오랜 동안 고생을 하여 얻은 단 한 가지의 물적 보상물이다. 그렇다고 굳이 애착은 없었다.

준태와 창애가 맺어진 것은 4년 전 이월 하순께의 어느날 밤이었다. 아직 겨울이 물러가려면 얼마 걸려야 할 차가운 밤이었다. 열두시 가까이까지 자리에 누워서 책을 보고 있는데, 의외의 손님이 찾아왔다. 창애였다. 급히 달려온 듯 숨찬 목소리로 준태에게 하룻밤만 재워달라고 했다. 준태는 한 채밖에 없는 이부자리 한끝을 그네에게 내줄 수밖에 없었다. 창애는 머뭇거림도 없이 코트만 벗어 걸고는 요 밑으로 발을 파묻고 앉았다. 한참 가쁜숨을 쉬는 것 같더니 그냥 옷을 입은 채 몸을 미끄러쳐 옷속으로 들어왔다. 준태는 책을 읽으며 밤을 새우리라 마음먹었다. 한참만에 잠이 든 줄 알았던 창애가, 수정이한테서 소식 있어요? 하고 말을 건네는 것이었다. 수정이란 현재 목포 작물시험소에 가있는 친구의 누이동생으로 창애와는 여고적 동무여서 학교때도 그랬지만 창애가 서울로 이사가고 나서도 가끔 수원에 와서는 둘이 같이 준태의 하숙에 놀러오곤 했는데 그 수정이가 작년 가을 오빠를 따라 목포로 간 지 얼마 안 되어 결혼했다는 걸 준태는 친구를 통해 알고 있다. 수정이가 선생님을 좋아했다는 건 아시죠? 준태가 책에만 눈을 주고 있으려니까 창애는 그냥 말을 늘어놓았다. 선생님은 그 무뚝뚝해

66

뵈는 점이 촤밍포인트예요, 그래서 저두 선생님을 쬐꼼 좋아했었죠, 제가 이렇게 밤늦게 찾아온 게 궁금하지두 않으세요? 한마디두 안 물으시다니, 아 그게 참 선생님의 촤밍한 점이죠, 근데 묻지 않는 사람에겐 더 말하구 싶어지는 충동 이건 또 뭘까요, 오늘은 제 졸업식날예요, 저녁때 자축파티가 있었어요, 모두 다섯 커플이서요, 그중 한 남자애네 아틀리에서 호화판으루 놀았죠, 노래하구 춤추구 먹구 마시구, 한창 기분에 취해있는데 제 파트너가 단둘이 조용한 데루 가자구 귓속말을 하지 않겠어요, 물론 얼마 전부터 데이트를 해오던 사이죠, 그 조용한 데라는 게 뭘 뜻하는지 알았어요, 좋다 구 했죠, 둘이 몰래 빠져나와 택실 잡아탔죠, 곧 어떤 호텔 앞에 가 닿았어요, 차에서 그치가 먼저 내렸어요, 근데 전 내리지 못했 어요, 이상하게 바라보는 그치 앞에서 도어를 닫았죠, 내 본심을 찾아갖구 올 테니 기다리라구 하구는 운전사에게 특별요금을 주기 루 하구 예까지 온 거예요, 택시문이 꽉 닫겨있었으니까 내 말소리 가 안 들렸을는지 몰라요, 그치한텐. 창애는 재미있는 듯 웃어댔 다. 이런 일이 있은 후 얼마 뒤에 창애와 결혼을 하면서 준태는 그 동안 근근이 모아두었던 돈으로 이 집을 샀던 것이다. 그러나 이제 와서 준태는 자기의 생활의 상실을 미연에 막지 못한 데 대한 뉘우 침같은 걸 갖는 것도 아니었다. 어쩌면 모든게 돼나갈 대로 돼나간 다고 생각하는 요즘의 그였다.

준태는 책상서랍을 열었다. 집문서를 찾는 그의 눈에 구겨진 종 이쪽지가 들어왔다. 손을 멈추고 거기 적혀있는 이름과 전화번호를 들여다본다. 자기 책을 선뜻 사간 여자의 연락처다. 집문서는 맨 안쪽 밑에 있었다. 꺼내어 아내에게 내준다.

"인감증명인가 그런 것두 필요한 모양이던데요." 전에없이 창애의 언성이 야무졌다.

"넬 해다 주지." 준태가 말했다.

이날밤 창애는 잠들어있는 남편과 떨어진 자리에 누워 어둠 속 에 눈을 크게 뜨고 있었다. 우리들 부부는 어째서 이 지점까지 이 르게 됐을까. 내 탓일까. 모든게 내 탓만일까. 표면상으론 그럴는 지 모른다. 그러나 내게 대한 그이의 무관심은 견딜 수 없다. 경말 궽될 수 없는 거다. 남편은 왜 내게 대해 그토록 무관심할까. 결혼 전엔 그것이 한 매력이기도 했다. 하지만 지나치다. 날이 갈수록 질식할 것만 같다. 왜 남편은 때로 자기 주장을 내세워 나를 이끌려 하지 않는 것일까. 남편의 관심을 끌려고 나는 얼마나 엉뚱한 짓들을 해왔나. 아니 지금도 그러고 있는 거다. 그런데 남편은 모른 체하거나 나와는 엇갈린 생각을 할 뿐이다. 좀전의 그림엽서만 해도 그렇다. 아무말 없이 그저 어떤 풍경을 바라보는 듯한 표정으로 그걸 들여다보기만 하지 않았는가. 만약 남편이 속리산에를 누구와 같이 갔었느냐고 물었다면 나는 솔직히 미스터 강이라는 화가와 단둘이 갔었다고 대답했을 것이다. 그래서 남편이 화를 내고 야단친다면 나는 다시 그의 품으로 뛰어들는지도 모른다. 한데 남편은 덤덤히 아무말이 없다. 부부 사이가 아니더라도 누가 그런 걸 가져다주면 어디서 났느냐, 언제 누구와 거기를 갔었느냐쯤 묻는 게 본능일 거다. 그걸 남편은 무시하고 있다. 고의일까, 아니면 감정이 아주 없는 걸까. 더구나 이 집을 잡히고 빚을 내야겠다고 하는데도 그렇게 선뜻 응하다니. 전부터 나도 벌이를 해야겠다고 말을 해온 터이니까 내가 누구와 어울려 무슨 장사를 해야겠다는 말이 새삼스러울 리는 없겠지만 정작 집문서까지 들춰내는 마당에 남편의 입장에서 무슨 말이 있어야 옳지 않을까. 그만두라든가, 모든 일을 신중히 하라든가. 우린 부부이면서도 남남인 거다. 남남치고도 아주 남남이다. 너무하다. 남편도 괴로운지 알 수 없으나 내가 괴로운 것만은 사실이다. 이런 상태에서 하루속히 벗어나는 게 피차를 위해 좋은 일이다. 이왕 내놓은 집문서니 우선 잡혀서 가게를 내보자. 그것이 일단 별거생활에 가까운 형태가 되겠지. 돈이 변통되는 대로 집문서 잡힌 빚을 갚고는 남편과의 생활을 청산하자. 아무 의미도 없는 이 생활을 이대로 질질 끌고만 가는 건 모욕이다. 그 누구에게도 모욕이다. 창애는 크게 뜬 눈으로 어둠 속을 응시하며 속으로 되뇌었다. 어떻게든 이 생활을 청산해야지.

제 5 장

잔디밭 사잇길을 사람들이 간단없이 오간다. 날씨가 흐린 데다가 오후 네시면 어중된 시간이건만 토요일이라 그런지 덕수궁 안은 사람이 꽤 많았다.

대학 뱃지를 단 남학생 하나가 귀에다 라디오 리시버를 꽂고 준태가 앉았는 벤치 앞을 지나간다. 귀에다 정신을 모으고 있는 표정도 아니다.

저 안쪽 어디선가 까르르 여자들의 웃음소리가 터진다. 웃음소리는 잦아들었다가는 또 일어나곤 한다.

준태는 담배를 붙여물며 정문 쪽을 바라본다. 이제쯤은 올 시간이 됐음직한데.

이날 준태는 번역한 원고를 잡지사에 넘기고, 편집을 맡아보는 사람과 밖으로 나와 차를 마시고 나서 우주다방으로 갈까 하다가 가까이에 있는 덕수궁에를 혼자 들어왔다. 정문을 들어서자 바른쪽의 인줏빛 공중전화가 확 눈을 붙들었다. 비로소 서울 올라온 길에 지연이란 여자에게 고마웠다는 말이나 전하자는 망설이던 마음에 결정을 내렸다. 얼마나 속에서 눌러온 생각이었는지. 그런데 전화에 나온 지연이, 자기도 몇년만에 덕수궁 구경 좀 하러 오겠다는 담담한 응수였다.

"그맨 정말 죄송했어요. 마침 택시가 오길래 잡아타구 집에 가서 보자길 끄르면서야 보자기째 가져왔다는 걸 깨달았지 뭐예요. 전 가끔 그런 멍청한 짓을 잘해요." 지연이 약간 얼굴을 숙였다.

준태가 자기도 그날 버스를 탄 뒤에야 그걸 깨달았던 일을 생각하고,

"누구든 그럴 때가 있는 거죠."

"그담음으루 또 차를 타구 책가게에 가 봤더니 안 계시잖아요. 할수없이 가게에 맡겨놨죠. 근데 다음날 책을 훑어보는데 책 속에서 쪽지가 나오지 않아요? 그걸 갖구 또 책가게루 갔죠. 아직 보자기를 찾아가시지 않았데요. 그때까지 안 찾아가신 게 되레 잘됐다 싶긴 했지만…… 그래놓구 두 번 들러봤어요. 찾아가셨다니까 어쩌나 속이 후련하든지."

"그까짓것 하나두 신경쓰실 것 없었는데……" 준태는 보자기만 아니고 메모까지 통틀어 한 말이었다.

"아무튼 돌려드려야 할 것은 돌려드려야죠."

"한계가 분명하신데요." 준태는 말을 해놓고 나서 자기 말소리에 어딘가 빈정거림조가 들어있다고 느낀다.

지연의 눈이 순간 빛나는가 했으나 곧 안으로 가라앉고 말았다. 이분의 어투가 왜 이럴까. 보자기를 돌려준 데 대해서가 아니고 아마 그 메모의 내용에 대해 지레 아무말도 꺼내지 못하게 하려는 방어인지 모른다. 아무렴 내가 그런 걸 캐물을라고. 그렇다고 그 메모의 해석이 궁금하지 않은 것은 물론 아니다.

"오빠나 동생 누가 농학에 관계된 일이라두 하구 계신가요?"

"아아뇨."

"그럼 장본인께서?"

"아아뇨."

그렇다면? 하고 준태는 눈으로 묻는다.

"책이란 당장 필요해서 사는 것두 아니잖아요?"

"그렇긴 하지만 장서용 책두 못될 거구. 결국 동정해서 사셨군요?"

"그런것두 아녜요."

"그렇다면 허영심인가요? 사줘서 고맙기는 하지만." 준태의 말속에는 다시금 비꼬움조 비슷한 어감이 들어있었다.

지연은 잠자코 있었다. 상대방에서 볼 때 그런 말을 할 수 있을 것같았다. 어쨌건 자기가 그 책들을 사고 싶어 산 그때엔 무리가

70

없었다. 그러면 되는 게 아닌가.

둘이는 연못가에 와있었다. 연못은 깨끗지가 못했다. 흐린 하늘이 잠긴 우중충한 수면에는 수련잎 외에 휴지조각이 여기저기 떠있었다. 그러한 물속을 금잉어들이 엉겨다니다가는 수련 밑으로 사라지곤 했다.

연못가를 떠난 둘이는 잔디밭 사잇길을 돌아 안쪽으로 걸음을 옮겼다.

잔디밭에서 국민학교 삼사학년쯤 돼뵈는 애 둘이 달음박질을 하고 있다. 한 발가량 앞선 애는 허리를 잔뜩 구부리고 달리고, 뒤의 애는 상체를 오히려 젖힌 자세로 쫓아간다. 두 애의 거리는 줄어들지도 벌어지지도 않는다. 그러다가 앞선 애가 일부러인 듯 쓰러진다. 뒤의 애가 그 위에 덮쳐진다. 그리고는 한덩어리가 되어 뒹군다.

준태와 지연은 분수가에 이른다. 물도 뿜지 않는 분수를 배경하여 한 젊은 여자가 포즈를 취하고 있고, 중년 남자가 카메라의 핀트를 맞추고 있다.

준태가 어느쪽으로 발길을 돌릴까 하고 있는데 지연이 말했다. 박물관 구경하시지 않겠어요? 별생각 없이 한 말이었다. 공통된 대화를 갖지 못한 당장의 서먹한 분위기를 그걸로나마 면해보려는 심리가 작용했는지 모를 일이었다.

박물관 문이 닫힐 시각이 30분도 남아있지 않았다. 나오는 사람뿐이고 들어가는 사람은 없었다. 그러나 준태는, 모처럼 시간을 내어 덕수궁까지 온 지연의 말이어서라기보다 그저 다른 생각이 없어 그냥 뒤따른다.

아래층 제 I 실에 진열돼있는 석기시대의 유물들 중에 정묘하게 다듬어 만든 돌칼, 돌도끼 같은 것에 혼잣속으로 감탄하던 지연이 빗살무늬 토기를 보고 준태에게 묻는다. 저런 것을 어떻게 땅에 놓구 사용했을까요? 모양이 항아리같이 생겼는데 밑이 뾰죽 나와 아무래도 바로 놓이지 않을 형태인 것이다. 준태가, 그시댓사람들은 강을 따라 이동해 다니면서 살았기 때문에 모랫바닥에 박아놓고 쓰기 쉽게 하느라고 그렇게 만든 거라고 했다. 지연은 새삼 옛날 미술품으로 전해져내려오는 거의 전부가 심미적인 욕구에서보다 먼저 실생활의 필수품으로 만들어졌다는 데 생각이 미친다. 그러면서도 그것을 빚은 사람의 슬기와 정성어린 손길이 간직돼있는 듯싶어 얼른 눈을 떼지 못한다.

다음 제2실에는 안쪽 정면에 신라시대의 금관 모조품이 크게 자리잡고 있다. 그러나 여기의 진열품도 토기가 중점으로 돼있었다. 오른쪽에서 왼쪽으로 가며 진열품을 들여다보던 지연이 한 토기접시 앞에서 걸음을 멈춘다. 바닥에 물고기 무늬가 음각으로 새겨져 있는 것이었다. 아주 정교했다. 지연은 실용품이면서도 이렇듯 아름다움을 지니고 있다는 사실에 다시 한번 감탄한다.

제2실을 다 돌아보고 나와 제3실께로 가는데 안에서 떠드는 소리가 나더니 경비원이 한 여인을 잡아끌고 나왔다. 치마저고리를 입은 여인은 마흔이 가까워 보였다. 흙빛이 된 얼굴로 경비원의 손아귀에서 벗어나려고 버둥거리면서 주절대고 있다.

"제발 조금만 떼어주세요. 부탁이에요. 그게 있어야 우리 앨 살린단 말예요. 제발 그걸……"

경비원은 아무 대꾸도 않고 여인을 끌고 준태와 지연의 옆을 지나 현관 쪽으로 나간다.

뒤따라 나오던 사람들의 말을 들어보니 관의 옻칠을 벗기려다 붙들린 모양이었다. 그걸루 무슨 병을 고친다는 걸까 원. 글쎄 두 돌이나 지난 애가 뒤채지두 못한대요, 그 병엔 옛날 관에 칠한 옻을 대려먹이면 낫는다나요. 그렇다구 박물관 물건을……

제3실로 들어간 지연은 우선 관이 놓여있는 데를 찾아간다. 준태도 지연의 곁에 와 선다. 참으로 거대한 나무관이었다. 넓이와 길이도 컸지만 높이가 대단했다. 이 관에 들어갈 만큼 큰 사람이 있을까싶은, 그리고 웬만한 수의 인력으로는 움직이기 힘들 것같은 육중한 관이었다. 관에는 두꺼운 붉은 옻칠이 입혀있었다. 군데군데 옻칠에 균열이 가고 벗겨지고 하여 옻칠의 두꺼움을 더 나타내고 있었다. 관뚜껑은 한끝만 남아서 관 내면도 옻칠이 돼있는 걸 볼 수 있었다. 설명판에 낙랑시대의 관이라 씌어져있었다.

2층으로 올라가 제4실의 이조백자기와 고려청자를 둘러보고 있는데 퇴장하라는 벨이 울렸다.

밖으로 나온 준태와 지연은 박물관 뒤켠에 있는 휴게소로 갔다. 비치파라솔을 쳐놓고 음료수를 팔고 있다.

주스를 시켜 마시다가 지연이,

"그 관의 옻칠을 대려먹으면 그애 병이 정말 나을까요?" 한다. 경비원에게 끌려가며 발악하던 여인의 일이 잊혀지지 않는 모양이었다.

"낫긴 뭐가 나요. 구하기 힘든 물건이니까 그런 속신이 나왔겠죠. 그 어린애 병이 소아마비 같은데, 어디 그런 걸 대려먹인다구 나을리 있어요."

"아무리 미신이라 하더라두 애어머니가 가엾던데요. 앨 위해서 그걸 훔치려구 한 건데……"

"맹목적인 사랑이겠죠."

"그게 좋지 않아요?"

준태는 담배를 붙여물며 아무 말도 하지 않는다.

"그 애어머니 어떻게 될까요? 경찰에 넘겨질까요?"

"글쎄요."

"전 이런 생각을 해봤어요." 지연이 양 팔꿈치를 둥근 탁자 위에 올려놓으며 말했다. "얼마 전 이름난 어떤 부호가 도둑질해온 물건인 줄 뻔히 알면서두 국보급 물건을 싼값에 사서 일본에다 몰래 판 일이 있잖아요? 그리구 또 이름난 어느 재벌이 일본으로부터 대대적으루 밀수입한 일이 있구요? 근데 두 사람 다 별루 벌은 받은 것같지 않데요. 보따리장수 아주머니가 외래품 몇가지를 갖구 다니다가 몽땅 몰수를 당하구, 심지어는 껌팔이애의 것까지 빼앗기는 세상에."

준태는 담배만 빨고 있었다.

"아까 그 애어머니 말예요, 아무리 미신의 짓이라 하더라두 자기네 병신 앨 구해보겠다구 감히 그것을 하려든 거 아녜요? 한 번쯤 용서해줄 만두 한데요. 잘 타이르기만 하구서요."

준태가 웃으며,

"인정이 많으시군요." 말에는 역시 빈정거림 비슷한 게 어려있는 듯했으나 웃음에는 그늘이 없었다. 그 앞에서 지연은 따라 웃을 수밖에 없었다.

준태는 처음으로 지연의 얼굴을 정면으로 바라보았다. 그녀의 쌍꺼풀진 눈의 밤색 눈동자가 엷은 안개에 가리우듯 깊어 보였다. 끝이 약간 뾰족한 콧잔등에 낀 기미가 장난기 있어 보이면서 갸름한 얼굴에 어딘가 밸런스를 흐트러놓는 듯했다. 잔 단추가 촘촘히 달린 까만 스웨터 위로 드러난 목이 길었다. 준태는 지연의 얼굴에 눈길을 준 채,

"얼마 전 신문에 난 기사 봤어요? 월남의 어떤 재벌이 밀수를 하다 총살을 당한……"

지연의 눈동자가 안개를 헤치고 빛났다.

"총살하는 사진까지 났었죠."

"네, 생각나요. 무서워서 사진을 자세히 보진 못했지만요. 전 영화구경을 가서두 사람을 죽이거나 끔찍한 장면이 나오면 눈을 감아 버리거든요."

"신문에 난 사진이 흐려서 분명친 않았죠. 그치만 팔을 뒤루 묶인 사내 하나가 총에 맞아 고갤 앞으루 떨어뜨리구 있는 모양만은 알아볼 수 있드군요. 그 사진을 보면서 생각을 했죠. 결국 죽음이란 헛되지 않는다구요. 죄없는 사람의 죽음은 죄없는 사람의 죽음대루, 죄있는 사람의 죽음은 죄있는 사람의 죽음대루 우릴 깨우쳐주는 게 있으니까요. 성질은 다르지만 말입니다."

지연도 준태를 바라보고 있었다. 그의 꽤 굵은 주름이 두엇 가로 새겨진 이마를, 안정은 빛나면서도 피로한 듯 흰자위가 약간 붉은 기를 띤 눈을, 살거리없는 볼을, 목줄대뼈가 드러난 목을.

휴게소에서 일어나 뒷길로 해서 정문 쪽으로 걸어가며 지연은 조용히,

"선생님, 낼 일요일날 시간 있으세요?" 한다.

준태가 멈칫하며 대답을 찾는데,

"선생님 운동구경 좋아하세요?" 지연이 재우쳐 물었다.

"글쎄요, 특별히 무슨 운동을 해본 일은 없지만 구경하는 건 싫어하지 않는 편이죠." 준태는 자신의 대답하는 말소리가 어딘가 붕

며있는 것같다고 생각했다.

두 사람은 다음날 오후 두시에 만나기로 했다. 장소는 서울운동
장 부근에 아는 다방이 없어 을지로 6가에서 운동장 쪽으로 꺾여서
좌측에 첫번째 나타나는 다방으로 정했다.

덕수궁을 나와 헤어지기 전 지연은, 선생님, 하고 준태를 올려다
보며,

"전 아직 선생님의 성함을 모르구 있어요," 하고 쿡쿡 웃는다.

음, 그런가. 준태는 자기 이름과 어디서 무엇을 하는 사람이라고
격식을 차린 말투로 응수를 한다.

이날밤, 지연은 꿈을 꾸었다. 혼자 산속에 서있으려니까 사면에
서 불이 붙어왔다. 굉장한 산불이었다. 불길이 활활 치솟으면서 불
똥을 튀겨서는 자꾸만 번졌다. 삽시간에 지연이 있는 데까지 불길이
휩쓸어왔다. 그렇지만 조금도 무섭지가 않았다. 마침내 불똥이 지
연의 옷에 와닿기 시작했다. 그렇건만 옷에 와닿은 불똥이 그대로
재가 되고 마는 것이었다. 불똥이 다시 튀겨왔다. 그러나 지연의
몸에 와닿는 족족 재가 돼버리고 말았다. 그러더니 아무 연결없이
지연은 트럭을 운전하고 있었다. 네이비블루 작업복에 흰 운동화를
신고 있었다. 운동화는 전에 여학교 시절 테니스를 할 때 신던 것
이었다. 지금 트럭은 고갯마루를 넘고 있었다. 사람의 발자국조차
나있지 않은 데를 처음으로 길을 내며 가는 것이다. 땅이 울퉁불퉁
하여 차체가 털럭털럭 기우뚱거렸다. 그러나 지연은 아무렇지도 않
게 운전을 해나갔다. 어딘지는 모르나 농작물을 실으러 가는 길인
것이다. 고개를 넘으니 전방의 개간지가 펼쳐진다. 그냥 차를 몬다.
개간지를 다 지난 곳에 도랑이 있었다. 고운 모래가 깔린 바닥에
맑은 물이 조금 괴어있었다. 거기에 커다란 붕어 한 마리가 누워있
었다. 아주 탐스러운 붕어였다. 푸른 비늘이 기름기있게 번쩍거렸
다. 이 붕어가 물이 모자라 입을 뻐끔거리면서 지연에게 애원해왔
다. 나를 물 많은 곳으루 좀 옮겨주십시오. 지연은 대답을 하지 않
는다. 붕어가 거듭 애원을 한다. 제발 물 많은 곳으루 옮겨주십시
오. 지연은 잠자코 차를 몬다. 운전대에 앉아서도 차바퀴가 붕어의

한중동을 뭉개고 지나간다는 걸 안다. 그리고 뭉개진 붕어의 몸에서 피가 흘러 도랑에 가득 번진다는 것도. 그러나 끔찍하다는 생각이나 잔인하게 여겨지지는 않는다. 얼마를 달린다. 기분이 상쾌했다. 그러는데 앞에 도랑이 또하나 가로놓여있다. 물이 얼마 남아있지 않은 건 아까의 도랑과 같았다. 거기에 또 커다란 붕어 한 마리가 누워있었다. 살이 빠져 바짝 마른 데다가 비늘은 거무튀튀하니 빛을 잃었는데 눈만이 반짝인다. 지연은 이 붕어도 자기에게 물 많은 데로 옮겨달라고 하리라 생각한다. 그러나 붕어는 입을 뻐끔거리지도 않는다. 한참 붕어가 무슨 말을 하기를 기다리다가 지연은 멈췄던 트럭을 움직인다. 이 붕어도 차바퀴에 뭉개졌으리라. 그런데 이 붕어는 피를 흘리면서도 짜부라지지 않은 그대로 있다. 비늘은 거무튀튀 빛이 없고, 눈만 반짝이는 채로. 지연은 그만, 어머! 하고 놀란다.

돌마을 한 공동변소 벽에다 50대의 사내가 먹으로 광고를 쓰고 있다. 〈여인숙〉이라 쓰는데 마지막 획인 ㄱ자를 긋고 있는 참이다. 글씨가 서툴렀다. 글자가 컸다 작았다 하고, 획의 굵기도 고르지가 못했다. 간판쟁이를 대지 않고 여인숙 주인이 직접 쓰고 있는 것이다.

이 광고 위에 이미 음식점 광고가 씌어져있었다. 가락국수, 냄비국수라고 썼는데, 이것도 음식점 주인이 손수 쓴 듯 글씨가 엉망이다. 게다가 비에 먹물이 씻겨내려 글자들이 범벅이 돼있다.

얼핏보면 공동변소 자체가 음식점이고 여인숙인 것같은 착각을 일으키게 한다. 광고에 화살표가 그려져있지 않기 때문에 더욱 그런 인상을 준다. 하기는 화살표를 그릴 도리가 없는 것이다. 화살표로써 도저히 나타낼 수 없는 각도인 저쪽 끝에 음식점이 있고, 여인숙은 여인숙대로 이쪽 모퉁이에 있는 것이다.

글자를 다 쓴 사내가 두어 걸음 물러나서 자기 글씨를 음미라도 하듯이 한동안 바라보다가 돌아선다.

이무렵 전주댁의 집에서는 박서방이 낮잠에서 깨어나고 있었다.
"대낮에 무신놈으 잠을 그렇게…… 눈이 다 부셨네." 곁에 지켜앉

왔다시피 했던 전주댁이 말했다.

박서방은 누운 채 하품과 함께 두 팔을 쫘악 펴 기지개를 켜고는 폈던 한 팔로 전주댁의 엉덩이를 툭 치면서,

"오랜만에 낮잠을 마음놓구 잤군. 이래서 제집이 좋다는 거지."

박서방은 어젯저녁에 와서 여태 목공소 일을 나가지 않고 있는 것이다.

박서방이 담배를 찾는 눈치자 전주댁이 담뱃갑에서 한 개비 뽑아 불을 붙여 두어 모금 깊게 빨고 나서 박서방 입에 물려주며,

"이 집도 인자 우리집이 아니잖여요. 팔아버릿싱게로."

"그래두 있는 날까진 우리집이지."

"후딱 새로 산 집으로 이사가고 싶은디요. 이놈으간디 통 아 기를 디가 못된당게."

"이제 꼭 아흐레 남았군. 그믐날 이사가기루 했으니까."

"저쪽은 어쩐대요? 그날 틀림없이 집을 빌랑가?"

"여부있나. 이제 여기 중도금을 받아갖구 그쪽 중도금만 치르면 아주 우리집이 된 거나 다름없지."

"그집 손볼 디나 많지 않았으믄 좋겠는디."

"몇번 말을 해야 알아들어? 당장 살기두 이집보다 낫지만, 앞에 다 가게를 들여 목공소까지 차릴 수 있다니까. 빚에 쫄려 파는 집 이니 그렇지, 우리 손에 들어올 집이 아냐. 어림두 없지, 어림두 없어."

박서방이 불광동에 참한 집이 하나 나섰다고 하여, 여깃집 판돈 6 만 8 천원에다 박서방이 10 몇만원인가를 보태어 그집을 사기로 했을 때부터 전주댁의 가슴은 부풀 밖에 없었다. 불광동이라니 시골 같은 여기와는 비교도 안될 곳이요, 게다가 목공소까지 차릴 수 있는 집이라니 앞으로는 박서방이 밤일을 하느라고 일주일에 한 번씩 밖에 다녀가지 못하던 것을 마냥 한집에서 살 수 있을 게 아닌가.

박서방이 손톱 끝으로 담뱃불을 끄더니 전주댁의 엉덩이를 또 툭 치고 나서 그 손으로 그네의 팔을 잡아끌어당긴다.

전주댁이 잡힌 팔을 뿌리치는 시능을 하며 소리를 죽여,

"미쳤능개비, 대낮에. 금방 걸이도 점심먹으러 들어올 턴디."

"돈을 줘 내보냈으니까 저 사먹구 싶은 것 사먹구 밖에서 놀 거야."

전주댁이 턱으로 옆 벽을 가리킨다.

"어때? 피장파장이지 뭐." 박서방이 부득부득 팔을 잡아끈다.

"왜 이리싼디야. 옷 구겨지는디." 전주댁이 숨죽인 목소리로 이렇게 말하고는 박서방에게 은근한 흘김눈을 해보이며 치마부터 벗는다.

지연과 약속한 대로 준태는 을지로 6가에서 서울운동장 쪽으로 꺾여서 좌측 첫번째 나타난 다방으로 올라간다. 잡화점 2층에 있는 다방이었다. 시외버스 시발정류장 곁이어서 그때 그때의 손님만 상대하는 다방이라 그런지 들어서자마자 어수선해 보였다.

지연이 먼저 와 한길로 면한 창가에 앉아있다가 윗몸을 약간 일으켜 자기가 거기 있다는 걸 알렸다.

레지가 차 주문을 왔다. 둘이 다 홍차를 시켰다. 이런 다방의 커피는 맛이 없어 마실 수 없으리라는 게 무언중에 서로 통한 듯싶었다.

레지가 물러간 뒤 지연은,

"선생님 버스에서 내리시는 거 봤어요," 한다.

희뿌옇게 먼지 낀 유리창 너머로 운동장 쪽 버스정류장이 건너다보였다. 준태 자기는 아무리 친숙한 사람이라도 거기 서성거리는 사람이 누가 누구인지 가려낼 수가 없을 것같았다.

"제 눈이 상당히 좋거든요. 2점 0이니까요." 지연이 웃으며 말했다.

"정상적인 눈은 아니군요." 준태도 따라 웃었다.

지연이 준태의 웃음을 눈여겨본다. 이 밝은 웃음도 하모니가 안 돼 보여. 지연은 좀전 버스에서 내린 준태의 모양이 높은 데서 내려다보아도 여전히 조화를 잃어뵈던 걸 생각한다. 그리고 그 조화되지 않은 몸의 분위기로써 대번 사람들 속에서 그라는 것을 가려낼 수 있었던 걸 생각했다. 큰 키에 점퍼 입은 여윈 어깨끝이 약간 추켜진 데다가 조금 굽은 듯한 등허리. 그게 도리어 내 시선과 관심을 끄는 것일까. 내가 저번 이사람 책을 거의 충동적으로 산 것도 그때문이었을까.

가져온 홍차도 맛이 없어 둘이는 입을 대어보는둥 마는둥 그곳을 나와 운동장 쪽으로 길을 건너갔다.

야구장에서는 실업야구가 있고, 육상경기장에도 무슨 경기가 있는 것같았다.

"날이 개어서 참 다행이죠? 무슨 경길 구경하실래요?" 지연이 물었다.

"난 아무거나 좋습니다."

"정구구경 안 하실래요?"

준태는 지금까지 농구와 축구, 야구구경은 한 적이 있어도 정식으로 하는 정구시합을 구경한 적은 없었다.

정구장은 야구장과 육상경기장 사이로 쑥 들어가 바로 야구장 뒤쪽에 있었다. 코트에서는 한창 여자 연식정구시합이 진행중이었는데, 스탠드에는 구경꾼이 별로 없었다.

"농구나 그밖의 다른 운동처럼 스피드두 없구 스릴두 없어서 구경꾼이 해마다 줄어가요." 지연이 변명이나 하듯이, 그러나 구경꾼이 많고 적은 게 상관있느냐는 듯이 말했다.

정구란 시각적으로 모든게 희다는 데 특색이 있지만, 눈앞 선수들의 흰 유니폼, 흰 모자, 흰 운동화, 흰 숙스, 그리고 코트의 흰 라인과 흰 공이 투명한 공간 속에 유난히 더 희게 보였다. 준태가 이 흰빛에 시선을 빼앗기다시피 하고 있느라니까 지연이, 저 공소리 좀 들어보세요, 한다. 그러고보니 지나가는 길에 보통코트에서 듣던 공소리보다 펑펑 궁글은 진폭을 갖고 들려온다. 스탠드에 둘린 코트가 풀모양 깊숙한 때문에 공소리가 그렇게 울리는가보았다. 그리고 간간 전위의 스매싱이나 커트의 묘기가 나올 때만 많지 않은 관중 속에서 환성과 박수가 나오는 외에는 주위가 아주 조용해 공소리가 더 크게 울리는 듯했다.

네트 이쪽저쪽으로 넘어다니는 공을 쫓던 준태가 지연의 얼굴에 눈길을 멈추고는, 이 얼굴은 반쯤 옆이 됐을 때가 그중 아름답다는 생각을 한다. 그리고 무엇을 느꼈는지 관중에게로 시선을 옮긴 준태의 입가에 절로 웃음이 떠워진다.

왜 그러냐고 지연이 준태를 쳐다본다.

준태가 고개를 왼쪽으로 돌렸다 오른쪽으로 돌렸다 하는 걸 몇번 되풀이해 보인다.

지연도 따라 웃으며,

"정구구경은 연방 그런 목운동을 하게 마련이에요."

한 게임이 끝났다.

"남양은 전에 정구선수?" 준태가 물었다.

"그저 좋아해서 쳤을 뿐예요. 카리에스를 앓지 않았음 좀더 쳤을는지 모르지만요."

준태는 지연의 콧등의 기미가 카리에스를 앓을 때 생긴 거나 아닌가 하는 엉뚱한 생각을 한다.

"몇달 동안 깁스를 하구서 꼼짝못하구 누워있을 때 말예요, 심심하면 파란 하늘에 흰 정구공이 탱탱 소리를 내며 오가는 걸 눈앞에 그리면서 시간을 보내군 했어요. 제가 심판이 돼서 카운트를 하기두 하구, 저 자신 선수가 되어 공을 치기두 하면서요."

준태의 얼굴에선 좀처럼 미소가 가시지 않는다.

"제가 정굴 좋아하게 된 건 우연이 아니예요."

지연은 어려서 남다른 경험을 했다. 일곱살 되던, 해방 직후였다. 어른들의 이야기 속에서 모든게 다 재가 돼 없어진다는 말을 들었다. 일본에 투하된 원자탄 이야기였다는 것은 커서야 알았다. 아무것도 모르는 어린 지연은 그때 어머니에게 물었다. 옆집에 사는 아무개도 없어지느냐고. 엄마 아빠 염려보다도 옆집 동무가 더 걱정됐던 것이다. 어머니가 그렇다고 했다. 그러자 눈앞이 캄캄해왔다. 실은 이 눈앞이 캄캄해왔다는 것도 뒤에 그렇게 생각하게 된 것이고, 그때는 그저 어린 마음에도 큰일났다, 정도로 생각됐었는지 몰랐다. 그런데 정말로 눈앞이 캄캄해지기는 동란 때 피난가는 길에서였다. 비행기 몇 대가 폭음을 일으키며 지나간 저만치에 형편없이 망가진 촌락을 보는 순간 눈앞을 검은 휘장같은 게 콱 막는 바람에 그자리에 주저앉고 말았다.

"전 원래 신경이 약한 모양이에요. 그런데 환도하구 나서예요, 방과후 교정을 걸어나오는데 텡텡 하구 맑은 울림소리가 참 기분좋게 들리데요. 그게 정구공소리였어요. 지금 여기 완전히 설비된 코트에서 펑펑 하구 울리는 소리만은 못했지만요." 코트에서는 다음 게임이 시작돼있었다. "과외활동으루 미술부에 들어있던 걸 정구부루 옮겼죠. 그때 이런 생각을 했어요. 흰 공이 눈에 뵈는 한, 그리구 공소리가 들리는 한, 다시는 눈앞이 캄캄해지는 무서움은 없을 거라구요."

"평화주의자시군."

지연의 눈이, 또 좋찮은 어투, 하는 듯했으나 곧 준태의 말을 받아 어루만지기라도 하듯이 안으로 깊숙이 가라앉는 빛이 되었다.

관중 속에서 환성과 박수가 나왔다. 한쪽 전위가 멋진 스매싱으로 득점을 한 것이다.

"남양은 포지션이 뭐였죠? 전위? 후위?"

"전 후위였어요. 그런대루 괜찮은 편이었죠. 기초적인 얘기지만 아무리 전위가 공격의 위치에 있다 하더라두 후위의 수비두 중요하죠. 상대방에게 나쁜 공을 넘겨줘서 자기편 전위에게 걸리게끔 한다든가······"

"그라구보니까, 정구에두 백색 평화만 있는 게 아니군."

"경긴 걸요. 허지만 다른 운동에 비하면 아무것두 아네요. 그래서 관중이 적은 거예요. 선생님두 정구를 좋아하시지 않는 것같네요. 스피드두 없구 스릴두 없구 하니까." 지연이 조용히 웃으며 말했다.

성호는 민구가 한장로의 자가용차를 타고 와 같이 시내로 들어가자고 했을 때 영문을 몰라했다. 왜그러느냐고 몇번이나 물었으나 민구는 큰 입을 벙글거리면서, 가보면 안다는 말만 되풀이할 뿐이었다. 시내로 들어가 어느 제약회사 간판이 붙은 빌딩 앞에서 차를 내려 2층으로 올라가며 성호는 전에 민구한테서 한장로가 제약회사를 경영한다는 말을 들은 기억이 상기돼 여기가 그 제약회사로구나 하면서도 무슨 일로 민구가 자기를 여기까지 끌고오는지는 알수가 없었다.

사장실로 들어가니 한장로가 어떤 사람과 이야기를 하고 있다가 그 사람더러 나중 다시 오라고 하고는 성호를 맞는다. 한장로의 얼굴에서 언제나 웃음기가 떠나지 않고 음성이 부드럽다는 건 저번 약혼식 때 보아 성호는 알고 있다. 한장로는 지금도 만면에 웃음을 담고 악수를 하면서, 저번엔 수고가 많으셨다고 꽤는 부드러운 어조로 인삿말을 하는 것이다. 그 자연스러움에 성호는 곧 스스러움이 가셔졌다.

자리에 앉아, 심부름하는 소녀가 가져온 차를 마셔가며 이런저런 이야기 끝에 한장로가 꺼낸 말을 듣고서야 성호는 민구가 자기를 여기까지 데려온 까닭을 알았다. 성호더러 한장로네 교회로 와줄 수 없겠느냐는 거였다. 이제 교회도 2층을 증축하는 중이고 하여 교역자가 한 사람 더 필요하다는 것이다. 성호로서는 의외의 말아 아닐 수 없었다. 그리고 고맙기 이를데없는 권유였다. 중앙에 있는 큰 교회의 교역자가 되기를 바라는 것은 누구나의 심정이다. 뒤에서 그것을 운동하는 예가 적지 않다는 걸 성호도 물론 알고 있다. 그러나 성호는 한장로에게 대단히 감사하긴 하지만 지금 있는 교회를 떠나고 싶지 않노라고 했다. 옆에 앉았던 민구가 큰 눈을 뻘꺽이며 얼굴이 뻘개져있었다. 자기딴에는 장차 장인이 될 한장로에게 간곡히 부탁하여 승낙을 얻어놓고는 성호를 놀라게 해주려 아무말도 않고 이런 자리를 마련했던 것인데, 성호로부터 예기치 않은 대답이 나왔으니 마음이 평온할 리 없었다. 성호는 민구의 뜻을 진정 고맙게 여기고, 또 그의 입장이 난처하리라는 걸 모르는 바 아니나 자기의 생각을 돌이킬 수는 없었다. 한장로가 시종 웃음 띤 얼굴에 부드러운 음성으로, 그리 급한 문제는 아니니 천천히 생각해보라고 했다.

한장로 방에서 나온 민구는 성호더러 대뜸,

"왜 마다는 거야?" 하고 못마땅해하는 빛을 노골적으로 나타냈다.

"그 교회에서 날 싫다구 할 때까진 거기 있을 참야." 성호가 조용히 말했다.

"돌았군. 어느 천년에. 그래 그 교회에서 자네같은 사람을 싫다구 놓아줄성부른가. 자네편에서 용단을 내야지." 민구는 못내 납득이 가지 않는 기색이었다.

그러나 성호는 성호대로 현재 있는 교회도 자신에게 벅차다고 여기면서, 당장 주어진 상황 속에서 힘닿는껏 일해보고 싶은 심정엔 흔들림이 없었다.

"좋아. 니가 정 그렇다면 일단 보류하자. 사실은 니편이 옳은지두 모르는 거구, 또 그렇지 않다 하드라두 각자 자기가 생각하는 대루 사는 게 좋을지두 모르니까." 민구는 이렇게 뒤끝을 맺고는, "나 있는 데 가서 점심이나 시켜먹자. 내 요즘 수집한 것두 구경할겸." 성호를 자기 아파트로 이끌었다.

민구의 요즘 수집물이라는 건 두 폭의 그림이었다.

두 폭 다 넓이가 두 자, 길이가 석 자쯤 되는 비단에 그린 채색 그림이다. 습기를 받았던 듯 모두 얼룩이 지고 채색이 바랬다.

강화도 한 당집에서 훔쳐갖고 온 경위를 이야기하고 나서 민구는, "이건 삼불제석이란 건데, 샤먼들이 젤 높이 숭봉하는 신이야."

화폭 전면에 두 인물이 있고, 두 인물 사이로 뒤에 한 인물이 있는데, 모두 연꽃에 받쳐진 상반신이다. 그리고 꼭같이 황색 고깔을 쓰고, 황색 장삼에 검은 염주를 목에다 걸고 있다. 묘한 것은 장삼의 깃이 오른쪽은 빨강이요, 왼쪽은 파랑이다. 그림 위쪽에 구름이 그려져 이들이 하늘에 산다는 걸 나타내고 있다.

"본시는 샤먼들의 신이었던 게 나중 불교의 영향을 받아 연꽃과 염주가 붙게 됐을 거야. 그리구 이건 서낭신."

한 인물의 전신상과 뒤에 말이 한 필 그려져있다. 인물은 흰 바지 저고리에 남색 쾌자를 입고 고동색 벙거지를 썼다. 짚신도 남색이다. 그리고 오른손에 말고삐를, 왼손에 채찍을 쥐고 있다. 말은 고동색이다.

"서낭신은 외부로부터 동네루 들어오는 액을 막아주는 신이지. 그리구 나그네의 길잡이를 해주는 신이기두 하구. 그래서 말이 그려져있는 거야. 옛날 사람들의 교통수단이란 말을 이용하는 것밖에 더 있었어? 재밌지?"

"그런데 그걸 잃어버린 동네에서는 누가 훔쳐갔다구 야단났을 거 아냐?" 성호가 민구의 무속자료 수집에 대한 열이 이만저만이 아니라고 생각하며 한마디 했다.

"그렇지 않지. 누가 훔쳐갔다구 생각지 않구, 자기네들의 치성이 부족해서 신들이 다른 데루 자리를 옮겼다구 생각하지. 그러니 새루 또 그려다 당집에 걸 테지."

"편리하군." 성호는 그림의 솜씨가 치졸하면서도 소박한 맛이 눈을 끄는 데가 있어 물었다. "이런 그림은 어떤 사람이 그리나?"

"무당들두 자기 집에다 화상을 붙이는데 말야, 대개 인쇄해서 파는 걸 사와. 그치만 이런 건 달라. 전엔 이런 그림을 샤먼 중에서 그림 잘 그리는 축이 그린 모양인데 근래에 와선 절에 가서 중한테 그려 온대. 이것두 샤머니즘하구 불교가 서루 얽히는 일면이라구 할까. 근래 흥미있는 일이 하나 있어. 육당의 불함문화론이란 글을 보니까 단군이란 말은 몽고어의 당굴이란 말을 한자루 표기한 거라구 하면서, 당굴 즉 단굴이라고 볼 때 단군은 다름아닌 무당을 가리키는 말이 된다는 거야. 현재두 남쪽으루 내려가면 무당을 단굴이라 부르구 있거든. 단군이 단굴, 즉 단군이 무당이란 게 틀리지 않는 확증 비슷한 게 있어. 삼국유사에 보면 고주몽이 단군의 아들이라구 기록돼 있는데 말야, 연대루 봐서 어떻게 고주몽이 단군의 아들일 수 있겠나. 이 단군이란 말을 무당이란 말루 보면 이상할 게 없거든. 그리구 삼국유사에 보면 박혁거세의 아들 남해왕의 왕칭을 차차웅 또는 자충이라구 했는데 이 차차웅이니 자충이니 하는 말이 무당이라는 뜻이라구 돼있어. 말하자면 박수라는 거지. 그러니 세습적이던 옛날 제도루 봐서 박혁거세두 무당이었던 게 틀림없을 게 아냐. 지금은 무당이 갖구 있는 능력만으루 남을 지배할 수 없게 되구, 되레 천시를 받는 경향이 있지만 본래는 그렇지 않았을 거야. 예언을 하구, 투시력을 갖구 있구, 질병을 고치구 했으니 그때사람들한테 얼마나 두렵구 신비스런 [존재였겠나. 그런 사람이 남의 우두머리가 됐을 건 뻔한 일이지. 조선조 초기만 해두 무당을 스승이란 말루 존대해 불렀거든." 민구는 말하는 도중 흥이 나는 듯 강의조의 언성이 되어있었다. "요즘 학생들두 샤먼에 관심이 많아. 요전 우리학교 학생 하나가 일부러 날 찾아와서 하는 얘기가 참 희한하더군. 사람에게 혼이 분명히 있구, 게다가 점쟁이의 말이 전부 미신이 아니라는 걸 알았다는 거야. 하두 진지해 뵈길래 어떻게 그걸 알게 됐느냐구 했더니, 자기 친구의 죽음이 계기가 됐다면서 하는 말이……"

고등학교까지 같은 반에서 공부한 고향의 오랜 친구였다. 꿈에 그친구가 뵈었다. 높다란 절벽 위에서 이제 막 밑으로 떨어지려는 참이었다. 학생은 꿈속에서 기급을 해 잠깐만 기다리라고 소리를 쳤다. 그리고 그친구를 붙들러 절벽을 기어오르다 꿈을 깼다. 혹시 그친구 신변에 무슨 일이 일어나지 않았나 하고 있는 차에 그친구가 죽었다는 기별이 왔다.

"……그래서 내가 벼랑에서 투신자살이라두 했다는 기별이었느냐구 하니까, 자살한 것이 아니래. 무슨 일이 있어두 자살할 친구는 아니라는 거야.……"

성호는 고개를 끄덕였다.

마을 앞에 있는 개울 다리가 해마다 장마철에는 떠내려가곤 하는 걸 보다못해 그친구가 산에서 큰 돌을 내려다 영구적인 다리를 놓는다고 하다가 그만 실족을 해서 그 밑에 있는 늪에 떨어져 죽었다는 것이다. 그런데 아무리 늪 속을 뒤져봐도 시체를 못 찾아 할수없이 점쟁이한테 물어봤더니 학생 자기가 와야 시체를 찾을 수 있다고 하더라는 것이다. 학생은 시골로 내려가 점쟁이가 시키는 대로 늪기슭에 서서 그친구 이름을 세 번 부르자 정말로 시체가 떠오르지 않는가. 그것도 학생이 서있는 늪기슭 앞에서.

"……처음 학생은 모두가 미신의 짓같애서 하기 싫은 걸 시체두 못 찾구 애통해하는 친구의 부모를 봐서 그냥 따른 건데, 결과가 이렇게 되니까 여러가지루 생각하게 되드라는 거야. 물론 우연의 일치루 자기가 그친구의 이름을 부른 것하구 그친구의 시체가 썩어 뜨게 된 시각하구 일치됐다구 볼는지 몰라두 자기는 그렇게만 생각되지 않드라는 거야. 그러면서 하는 말이, 그친구가 죽은 자기자신을 이쪽한테 한번 보이구 싶어 한 걸루 믿는다는 거야. 학생 관점의 방향이 의외여서, 그렇게 생각하는 이유가 뭐냐고 물었더니, 언젠가 그친구가 자기에게 이세상에서 무서운 것은 죽음이 아니구 뭣이든 하고자 하는 의욕을 상실했을 때라는 말을 한 적이 있는데, 그 말을 상기시키기 위해서 그친구의 혼이 자기를 부른 걸루 안다

는 거지 뭐야. 그즈음 그학생은 고학이 지겨워 학업을 중단할까 야
절까 망설이던 때라면서 말야. 확실히 그건 우정의 절대성입니다,
하구 그학생이 단정하드군."

"우정의 절대성이라?" 성호는 그학생의 얘기를 되새기며 말했다.
"죽은 청년의 혼이 그학생에게 무슨 뜻을 상기시키기 위해 자기 시
체있는 데루 불렀다는 해석은 아름다운 얘기루 받아들여야겠는데.
그럴 수 있느냐 없느냐를 따지기 전에."

"근데 말야, 내 관심이 끌리는 건 점쟁이의 예언이야. 그 예언이
들어맞았다는 점야. 무덥지 않은 가을철인 데다가 늪의 물이 차가워
시체의 부패가 더디기 때문에 학생이 기슭에서 이름을 부를 때 마침
부력이 생겼다구 보면 완전한 우연의 일치에 지나지않지. 그런데
그 우연의 일치라는 게 대체 무얼까. 세상에는 별 기기묘묘한 우연
이라든가 우연의 일치라든가가 있잖어. 그러나 인간이 우연이나 우
연의 일치라구 부르는 것두 인간 이상의 입장, 이를테면 신이라는
차원에서 볼 때는 필연적일 수두 있지 않을까. 그리구 무당이나 점
쟁이는 이 신의 필연적인 것을 계시받아 예언한다구 보면 어떨까."

"재밌는 생각이긴 한데……"

"그치만 그 계시를 하는 측이나 받는 측이 기독교의 것이 아니어
서 안된다 이건가?" 민구가 이죽거리는 어투로 말했다.

성호는 잠시 생각에 잠겼다가 입을 열었다.

"우리나라 사람에겐 본시부터——자네 말대루라면 단군 때부터라
해두 좋아——하여튼 잡신을 잘 받아들이는 바탕이 있는가봐. 그래
서 우리나라 사람은 신앙을 가졌다는 사람 중에서두 기독교와 샤머
니즘——기독교 대신 불교라구 해두 마찬가지지만——이 두 사이를
항상 오가구 있어. 반 발짝 내디디면 기독교, 반 발짝 들이디디면
샤머니즘, 이렇게 방황하구 있는 셈이지. 최근 내가 있는 교회 안
에서의 일인데, 집사루 있는 부인의 손자애가 병이 나서 나한테 기
도를 받았어. 그런데 좀 봐, 그날밤 그집에서 무당을 불러다가 푸
닥거릴 했다는 말을 듣지 않았겠어. 내 기도나 푸닥거리 중 어느쪽
의 효험이건 보자는 게 그 여집사의 속셈인 거지. 알아듣겠나? 아
마 이런 예가 허다할걸."

"어쨌든 사람들이 샤머니즘에서 어떤 위안을 받구 있는 것만은 사실이야."

"일시적인 위안을 얻을는진 몰라두, 새로운 불안을 계속 낳는 요인두 되지. 그와함께 핑계와 구실두 자꾸 만들어내게 마련이구. 그게 탈이란 말야. 그건 그렇구, 처가에선 자네가 하구 있는 일에 대해 아무말 없나?"

"말은 무슨 말. 학문연구인 걸 누가 뭐랄 수 있어."

정구시합을 같이 구경하고 난 다음번 서울 올라오면서 준태는 다시 지연을 만날까 했으나 정작 전화연락을 하려는 단계에서 주춤했다. 그네를 이렇게 만나도 되는가. 그 이전에 가져야 할 자기자신의 분명한 태도가 있어야 할 것같았다. 그러나 막연히 만나고 싶다는 생각이 앞설 뿐, 지연과의 태도 한계가 짚이지 않았다. 준태는 숫제 만나는 것을 그만두기로 하고 볼일이 끝나자 아쉬움을 안은 채 곧장 수원으로 내려가고 말았다.

그러한 어느날 준태는 지연한테서 직장으로 보내온 엽서를 받았다. 태릉 배밭에 배 먹으러 가지 않겠느냐는 간단한 말이 적혀있었다.

제 6 장

　　가까운 시골 농업고등학교에서 농업시험장으로 견학온 학생들을
놓고 금년 봄 새로 발령받은 연구사가 고구마 인공교배에 관한 설
명을 하고 있는 걸 준태는 학생들 뒤에서 듣고 있었다.
　　연구사는 비교적 체계있는 자상한 설명을 해나간다.
　　사월 상순경 나팔꽃씨를 직경 30센티, 높이 45센티의 포트에 심
어 잘 자라도록 하여 유월 상순경 나팔꽃 밑둥에다 잎 네댓이 난
고구마순을 접붙인다. 접붙이는 부분은 나팔꽃 밑둥의 떡잎이 붙어
있는 마디를 면돗날로 잘라버린 후 ㅣ센티쯤 쐐기꼴로 내리쪼개고
거기에 잘 들어맞도록 고구마순을 깎아서 꽂고는 탈지면으로 붕대
를 하고서 지푸라기로 동여맨 다음 받침대를 세워준다. 연구사는
그 과정을 순서에 따라 칠판에 그림을 그려가며 설명했다. 이렇게
접붙이기를 한 뒤 매일 물방울로 접붙인 부분을 축여주며 마르지
않게끔 그늘진 서늘한 곳에 약 일주일간 놓아두면는 나팔꽃줄기의
살과 고구마순의 살이 아물어, 나팔꽃 뿌리에서 흡수한 수분으로
고구마순을 자라게 해준다. 이것은 접붙인 직후에 시들했던 고구마
순이 차차 생기를 돋우면서 활기를 띠기 시작하는 것으로도 알 수
있다.
　　"……학생들, 시들시들했던 고구마 노총각이 아리따운 나팔꽃 처
녀와 결혼했다구 생각해보세요."
　　학생애들이 와아 웃는다.
　　준태는 제법 여유까지 보이는 젊은 연구사가 대견하게 여겨지면
서도 학생애들을 따라 웃음은 나오지 않았다. 인간결합도 식물처럼

88

간단한 것이라면.

점붙이기한 후 10일째부터는 매일 하루 아홉시간 내지 열시간만 햇볕을 보이고 암실에서 열네시간 내지 열다섯시간을 보내도록 한다. 이것은 고구마가 하지를 지나 가을철에 접어들면서 꽃이 피는 단일성 식물이기 때문에 적당한 환경을 부여하여 꽃을 빨리 피게 하기 위해서이다. 이렇게 하여 자라난 고구마가 팔월 상순부터는 잎이 달린 마디에서 꽃을 맺는 꽃대가 생긴다. 처음에는 꽃봉오리가 한두 개 정도로 보이나 점점 발육해서 한 마디에서도 몇 십 개의 꽃이 달리게 된다. 본격적으로 꽃이 피기 시작하는 것은 구월부터이다.

"고구마두 꽃이 핍니까?" 하고 한 학생이 질문을 했다. 응당 나올 만한 질문이다.

"원래 고구마는 덩굴에서 만들어진 영양물질을 지하부루 이동시켜서 뿌리에다 저장시키는 성질이 있지 않습니까. 다시 말하면 뿌리에 저장기관을 갖구 있지 않습니까. 그래서 고구마는 꽃이 피기 어렵습니다. 영양물질이 지나치게 형성돼서 지하부에 저장하구두 남는 경우 꽃이 피는 수가 있죠. 열대지방에서는 꽃이 핍니다. 허지만 우리나라 기후에선 힘듭니다. 그러므로 교배를 하려면 꽃을 피워야 하는데 보통은 꽃이 피지 않기 때문에 아주 고구마뿌리를 나팔꽃뿌리루 바꿔놓는 것입니다. 나팔꽃뿌리에는 영양물질을 저장하는 기관이 없는 고로, 나팔꽃에다 고구마순을 접하면 지상에서 형성된 영양물질을 지하 뿌리에다 저장할 수 없게 되어 자연 지상부는 영양물질이 남아돌아 꽃눈이 생기게 마련입니다."

준태는 고개를 뒤로 젖혀 하늘로 시선을 준다. 창애와 나 사이에 아이가 생겼더라면? 그러나 아이가 생겼어야 지속될 결합이라면 어차피 근본문제의 해소는 아닌 거고, 그렇다면 역시 없는 게 잘된 결과다.

연구사는 계속해서 교배하는 요령을 설명해나간다. 고구마꽃은 연보랏빛의 나팔꽃 모양과 같이 생겼는데, 수술이 다섯 개인 것이 특징이다. 꽃봉오리에 옆구멍을 뚫고 수술을 모조리 제거하고 나서 다음날 아침 목적하는 품종의 꽃가루를 암술머리에 발라준다. 이것

으로 교배는 끝난다. 연구사는 며칠 전에 교배를 끝낸 포트의 실물을 보이면서,

"이렇게 교배를 시킨 다음에는 다른 꽃가루가 날아들지 않두록 초종이 봉투를 씌워줘야 하는 건 말할 필요두 없지요. 교배후 50 일이면 꽃폈던 자리에 직경 5밀리의 꼬투리가 성숙합니다. 그속에는 3 내지 5개의 씨가 들어있습니다. 색깔은 흑갈색, 생김새는 세모꼴입니다. 마치 나팔꽃씨를 축소시킨 것과 같지요. 이듬해 봄 이 씨의 표피에 약간 상처를 내어 파종하면 고구마싹과 같은 싹이 나옵니다."

다 아는 얘기를 듣는데 상처란 말이 준태에게 새삼스레 걸렸다. 창애와 나도 분명 상처를 입고 있다. 피차가 입힌 상처를.

"씨에 왜 상처를 냅니까?" 한 학생이 또 물었다.

"그건 수분을 잘 흡수하두록 하기 위해섭니다."

그렇지. 흉한 홈자국만 남기고 마는 상처이어선 안된다. 썩고 흉한 상처에서 새살이 나오도록 해야 하는 거다. 그런데 창애와 나는?

고구마순에는 떡잎이 없지만 교배해서 얻은 종자에서 나온 싹에는 떡잎이 있고 뿌리가 있다. 그러나 순만 잘라놓고 보면 구별이 안 된다. 이렇게 해서 얻은 고구마순을 밭에 심으면 당년에는 뿌리가 그대로 굵어져서 대단히 큰 고구마 한 개를 수확하는 수가 있다. 이 고구마를 저장해뒀다가 이듬해 봄 온상에 넣어서 순을 낸다. 그 순을 밭에 심어서 생산력을 검정해본다. 이렇게 고구마는 인공교배한 씨를 한 번 심을 뿐, 다음해부터는 보통고구마처럼 순을 내어 심기 때문에 영양번식이 계속하는 한, 그 특성은 변함이 없어 품종개량을 비교적 짧은 햇수 동안에 성공시킬 수 있다.

"고구마꽃과 나팔꽃 교배를 직접하면 안됩니까?" 하는 질문이 또 나왔다.

"그건 안되죠. 영양체, 즉 살과 살은 잘 합접이 되지만 꽃을 통한 교배는 안 되죠. 마치 소와 말의 잡종이 없는 것과 같죠."

결국 창애와 나 사이는 나팔꽃과 고구마꽃의 관계같은 거란 말인가.

연구사는 끝으로 현재 우리나라 농가에 장려되고 있는 고구마의 품종으로 〈수원 147 호〉 〈유심〉 〈천미〉 등의 특성과 용도를 설명하고 있었다.

저녁때 집에 돌아온 준태는 오랜만에 전의 하숙생활로 돌아간 것 같은 홀가분하고 마음 편한 분위기에 잠긴다. 양장점을 차리고 나서도 며칠에 한 번씩 집에 돌아오던 아내가 오늘 아침 일찍 서울로 가면서는 일이 바빠 앞으로는 일주일에 한 번꼴로밖에 다녀갈 수 없겠노라고 했다. 적어도 이제부터 일주일간은 자기 혼자의 생활이 보장된 거나 마찬가지다.

대체 이 홀가분한 기분은 무얼까. 아내와의 생활에서 부자유를 느껴온 것도 아니었다. 서로가 상대방을 되도록 구속하지 않으면서 살아온 터였다. 그렇건만 나는 결혼하고 나서도 부지불식간에 지난날의 하숙생활을 은근히 그리워했던 건 아닐까. 그것이 아내에게 내가 무관심한 걸로 비쳐, 그네로 하여금 어떤 변화를 가져오게 한 거나 아닐까. 그렇다면 잘못은 아내에게보다 내게 있다. 그러나 이 제와서 그 잘못을 따져보았던들 무엇하랴. 앞으로 아내는 아내대로, 나는 나대로의 생활을 새로 시작해보는 거다.

준태는 책상 앞에 가 앉는다. 오랜 세월을 두고 자기와 함께 지내온 물건이다. 아내보다 훨씬 오래 전부터 서로 떨어지지 않고 가까이 살아온 물건이다. 책상바닥에 나있는 얼룩이나 흠자국도 준태 자기와만 관련이 있는 것들이다. 언젠가 잉크가 얼마 남아있지 않은 병 뒤끝을 마개로 괴고 만년필에 잉크를 넣다가 병이 넘어지는 바람에 생긴 잉크 얼룩, 밤을 새워가며 책을 읽다가 담배를 피워든 채 깜빡 존 사이에 담배를 놓쳐 생긴 탄 자국 등.

준태는 새삼스레 방안을 둘러본다. 경대의 거울이 전등빛을 반사하고 있다. 이불보로 경대를 덮는다. 그리고 자리를 펴고는 책꽂이에서 잡지 몇 권과 담배와 재떨이를 머리맡에 갖다놓는다. 요즘은 적당한 번역감이 없어 일을 못 맡고 있다.

자리로 들어가 몸을 쭉 뻗친다. 잡지 한 권을 집어든다. 바로 누워서 보거나 엎드려서 보거나 마음대로다. 그리고 아내의 코고는 소리를 듣지 않아도 되는 것이다.

엎드려서 잡지를 읽고 있는 준태의 손가락 사이에서 담뱃재가 제물에 책장 위로 떨어진다. 준태는 책에서 눈을 떼고 담배를 쥐지 않은 손의 집게손가락 끝에 침을 발라 담뱃재로 가져간다. 이것도 오래간만에 해보는 짓이다. 준태는 조심조심 침바른 손가락 끝에 담뱃재를 묻힌다. 그리고 조용히 손가락을 재떨이로 옮겨간다. 그러나 도중에 재가 떨어져 폭삭 흩어진다. 하도 오래간만이어서 손가락 끝에 재를 묻힐 때 너무 얕게 묻혔던 모양이다. 엄지손가락으로 흩어진 재를 꾹꾹 눌러 묻혀가지고 재떨이에 털어넣는다. 그리고 남은 잿가루는 입김으로 훅 불어 날려버린다. 이맛쯤 방바닥을 더럽혀놓는 것도 결혼 전엔 예사로 하던 일이다.

준태는 잡지책으로 가져가던 눈을 허공에 멈춘다. 낼이 토요일. 지연이 배밭에 가자고 한 날이다. 이쪽 직장을 생각해서 토요일 오후를 택한 것같다. 가자. 지연을 만나는 일에 깊은 의미를 둘 필요는 없는 거다. 그저 내 자신의 생활이 허락하는 범위내에서 피차 부담없이 만나는 거다.

제Ⅱ부

제 1 장

　한참 이리 갔다 저리 갔다 하고서야 은희는 창애의 양장점을 찾
아낼 수 있었다. 애초에 준태가 일러준 말이 대중없었던 것이다.
대릉 쪽 배밭에 갔을 때 은희가 준태한테 부인 문안을 했더니 양잔
점을 시작했다는 것이어서 가게가 어디냐니까, 명륜동 우석대학 부
속병원 옆이라든가요, 하고 남의 일같은 대답인 데다가 양장점 이
름은 숫제 모른다는 것이었다. 어쩜 그럴 수가 있을까 하고 은희는
어이없어 했었는데 정작 와보니 양장점의 소재도 우석대학 부속병
원에서 퍽 떨어진 큰 골목 어귀에 있었다. 〈이브〉라는 상호였다.
　창애는 볼일이 있어 밖에 나갔다고 한다. 그러면서 가게 안쪽 소
파에 앉아 이야기를 하고 있던 세 중년부인 중의 한 여인이 일어나
상냥하게, 돌아올 시간이 됐으니 기다리시라고 하며 이쪽에 따로
놓인 의자를 은희에게 권했다. 쿠션이 아주 폭신한 새 팔걸이의자
였다.
　쇼윈도엔 옷감만 두어 가지 드리워져있고, 한쪽 벽에 붙여 무늬
목으로 짜놓은 선반에도 옷감이 몇 벌밖에 챙겨져있지 않은, 요즘
유행하기 시작한 살롱풍의 가게였다. 홀 안쪽 구석에 2층으로 통
하는 층계가 있는 걸로 보아 옷 만드는 방이 위에 있는 모양이었다.
　은희는 패션모드 사진 사이에 걸려있는 두 폭의 유화로 눈을 준
다. 추상화여서 무엇이 그려져있는지는 모르겠으나, 주로 붉은 색
을 진득진득하게 칠한 전체의 인상이 같은 화가의 그림인 것만은
알 수 있었다. 사인을 보니 KANG 이라고 돼있었다. 이 그림이 가
게 안을 밝게 해주고 있는 것같았다.

중년부인들은 은희의 존재를 별로 개의치 않고 저희들끼리의 이야기를 계속했다. 잡다한 세상얘기들이었다.

남자란 알 수 없다고 은희는 새삼 생각한다. 자기 아내가 경영하는 사업장소와 가게 이름도 모르는 걸 보면 한 번도 오지 않았던 게 분명한데 그러면서 딴 여자와는 야외에까지 어울려다니고. 도대체 그 남지연이라는 여자는 어떤 여자일까. 준태와 어떤 관계일까. 민구는, 자기도 그날 처음보는 여자라고 했다. 성호와는 아주 잘 아는 사이같지만, 그거야 성호가 교회 전도사라 이래저래 아는 사람이 적지 않을 테니 이상할 게 없고, 단지 준태가 그 여자와 동행하게 된 연유를 모르겠는 거다. 그 여자는 챙이 큰 등산모에, 진한 잿빛 스웨터, 그리고 양회색 슬랙스에 운동화를 신은 완전한 피크닉 차림을 하고 있었다. 태릉 앞 배밭에 간다기에 시내에서의 몸차림에 하이힐로 나섰던 은희 자기와는 너무나 대조적이었다. 배밭은 태릉에서도 한참 걸어들어가며 비탈진 데를 몇번 넘어야 했다. 그럴 줄 알았더라면 자기도 소풍차림을 하고 나서는 건데, 그런 것쯤 자세히 말해주지 않은 민구가 맞갖잖게 여겨졌다. 자상하지 못하고 좀 설치는 데가 있어서 탈이야 그이는.

중년부인들 속에서 웃음이 솟았다. 왜들 웃는지 은희는 귀담아 듣고 있지 않았다. 또다시, 콧잔등에 기미가 낀 그리 건강해 뵈지는 않지만 야무진 데가 있어 뵈는 그 지연이란 여자를 좇는다. 배밭으로 들어서자 개가 막 짖어댔다. 개는 과수원 안 원두막에서 좀 떨어진 곳에 매어져있었다. 커다란 셰퍼드였다. 끈이 팽팽하도록 달려나와 극성스럽게 짖어댔다. 금방이라도 끈을 끊고 달려들 것만 같았다. 겁이 난 은희는 민구 뒤에 바싹 붙어서 걸었다. 민구가 과수원 주인더러 개 괜찮느냐고 했다. 주인이 뭐라고 개를 꾸짖으니까, 잠시 잠잠했는가 하다가 다시 짖어댔다. 은희는 제일 먼저 원두막으로 올라갔다. 그런데 지연이 혼자 개 앞으로 천천히 걸어가는 것이다. 개는 덤벼들려 해도 끈이 모자라 앞발을 번쩍 들고 일어나 짖어댔다. 주인이 가까이 가지 말라고 주의를 주었다. 그런데도 지연은 개의 끈이 겨우 와닿지 않을 데까지 가서야 섰다. 개가 긴 이빨을 드러내고 조금만 더 다가오면 물 기세로 거품을 빼물며 으르렁거렸다. 그래도 지연은 까딱도 않고 개와 마주서있었다. 기승을 부리던 개가 어찌된 일인지 으르렁소리를 차차 죽이며 지연 쪽을 마주쳐다보는 것이다. 지연은 그대로 가만히 서있었다. 마침내 개가 머리를 앞으로 약간 숙이면서 두 귀를 뒤로 눕혔다. 여전히 지연은 가만히 서있었다. 개의 꼬리가 조금씩 저어지기 시작했다. 지연이 조용히 손을 개 쪽으로 내밀었다. 개가 지연의 눈치를 살피면서 배밀이를 하여 다가왔다. 지연은 같은 자세로 있었다. 드디어 개가 목을 들어 지연의 손에 코를 댔다. 그리고는 혀로 핥기 시작했다. 개가 하는 대로 내버려두던 지연이 손을 떼어 개의 머리를 쓰다듬어주고 턱밑을 긁어주었다. 개가 꼬리를 크게 저었다. 그제야 지연이 개에게서 물러났다. 개가 애무를 더 바라는 듯이 따라오려 하며 끙끙거렸다. 그 무서운 개를 대번 구슬려놓다니 보통 당돌한 여자가 아냐.

양장점 안이 갑자기 어두워지면서 툭툭 빗방울이 듣기 시작하더니 좌악 소나기가 쏟아진다. 중년부인 중에서 아까 은희를 접대한 여인이 일어나 비설겆이할 거나 없나 하고 가게 안팎을 살핀다. 바깥 인도에 사람들이 저저끔 비 피할 곳을 찾아 부산하게 이리저리 뛴다. 비보라로 바깥은 뽀얗다.

소나기가 그친 지도 한참 뒤에야 창애는 돌아왔다. 은희를 보자 반색을 하며 손을 와 잡는다. 안쪽에 앉았던 예의 여인이 창애더러, 손님 참 오래 기다리셨어, 한다. 창애는 은희에게 미안하다는 말을 하고는 그 여인과 인사를 시켜준다. 동업하는 여자로 오여사라 했다.

창애는 밖에서 들고 온 보자기를 오여사에게 넘기고 은희와 마주 앉는다.

"그동안 더 예뻐지셨네."

"에이, 저야 이뻐질 바탕이 없는걸요." 은희는 창애를 건너다본다. "얼굴이 좀 타신 것같네요."

"이것두 장사라구 좀 나돌아다녔더니 엉망예요." 창애는 손바닥으로 자기 뺨을 쓸어내린다.

"약간 타시니까 더 매력적예요."

"이젠 틀렸어요. 끌은 게 매력이 될 나이는 지났거든요. 근데 참 인사가 뒤바꿨지만, 약혼 축하합니다. 송선생님두 안녕하시겠죠?"
"네."
"약혼식 때 참석 못해 정말 죄송해요."
"어머니께서 병환이셨다구요? 함선생님이 말씀하시드군요. 인제 다 나으셨나요?"
"네, 괜찮으세요 인젠. 근데 결혼식은 언제죠?"
"아직 날짠 잡지 않았어요."
"결혼식 땐 꼭 가야지."
"미세스 장, 잠깐 이리 좀 와봐요." 오여사가 창애를 부른다.
"잠깐 앉아계세요."
오여사와 두 여인이 앉아있는 앞 둥근 탁자에는 좀전 창애가 보자기에 싸갖고 온 올리브색 세므코트가 펼쳐져있었다.
창애는 그리로 가 말했다. 좋잖아요, 물건? 역시 세므는 이스라엘 거를 당할 게 없어요, 자아, 만져봐요, 부드러운 이 촉감부터 다르거든요. 색깔이 세피아였으면 좋겠는데, 하고 몸집이 통통한 여인이 고개를 갸우뚱하며 말했다. 모르는 말씀, 세피아는 너무 평범해요, 더구나 최마담같은 세련된 분이 올리브를 입어야지 누가 입어요, 자 한번 입어보세요, 어울리나 안 어울리나, 옷은 그냥 봐선 모르니까요. 창애가 코트를 여인에게 입힌다. 창애의 말이 틀리지 않아 약간 철색인 여인의 살갗에 올리브는 우아한 맛을 돋우어준다. 칼러 참 좋다. 오여사가 감탄하듯 말한다. 정말 좋은데. 다른 한 여인이 맞장구를 친다. 기장이랑 소매랑두 꼭 맞네, 맞춤옷이면 이에서 더할까. 창애의 말에 코트를 입은 여인이 이리저리 옷매무시를 살피다가, 품이 좀 낙낙했음 좋겠다, 한다. 요즘은 코틀 휘팅하게 입는 게 유행이에요, 그렇지만 정 그러시면 단추를 약간만 내달죠. 창애가 얼마 정도로 품을 늘이면 될까 겨냥을 하며 낮은 목소리로, 댓번두 채 입지 않은 옷이래요, 새 옷하구 뭐가 달라요, 그리고 코트를 벗겨들고 구석 쪽으로 가 층계를 올라간다. 창애는 새 옷을 맞추려 오는 손님만 상대하는 게 아니라, 외제옷 매매의 길을 터놓고 그런 걸 구하는 사람에게 사다가 넘기기도 한다. 일단

붙든 장사니 어떻게든 해서 장차는 동업 아닌 혼자의 힘으로 해볼 계획으로 있는 것이다.

좀만에 2층에서 내려온 창애는 다시 은희 있는 데로 왔다. 은희는 옷을 한 벌 맞추련다는 말을 꺼냈다.

"고마워요. 이구석까지 찾아와주셔서…… 어떤 옷을? 타운웨어, 아니면 파티용?" 창애가 새삼스레 은희의 몸매를 훑어본다.

"조금 점잖은 걸루 하나 골라 해주세요."

창애가 이것저것 의상잡지를 뒤적이다가 한 곳을 펴 보인다.

"이런 앙상블이 어떨까요. 타운웨어루두 좋구, 또 간단한 초대같은 때 윗두릴 벗으면 드레시한 분위기두 낼 수 있구."

"괜찮군요." 은희가 잡지를 들여다보며 말했다. "아무튼 일임할 테니까 너무 요란하지 않게만 해주세요."

옷감이 지금 가게에는 없지만 창애가 구해다 말라놓기로 한다.

몸을 재고, 사흘 후 가봉을 하러 오기로 하고 옷값의 일부를 건넨 후 가게를 나서는 은희를 창애가 한길 건너에 있는 다방으로 이끌었다.

사실은 은희편에서 그러고 싶었던 참이라 사양 않고 뒤따랐다.

"아까 그 세프코트 참 욕심나데요."

"그렇죠? 그런 물건 구하기 힘들어요."

"어디서 그런 게 나오죠?"

"아까 그건 이태원에서 외국인하구 사는 여자한테서 가져온 거예요. 가다가는 아주 신품이 걸릴 때두 있죠. 좋은 게 나오면 알려드릴까요?"

은희는 건성으로 고개를 끄덕인다. 창애와 단둘이 됐을 때 은희가 하고 싶은 말은 따로 있었던 것이다. 옷 이야기가 아니다. 어떻게 말머리를 찾지 못해 세프코트 이야기를 꺼냈을 뿐이다.

둘이 자리잡은 옆에 어항이 있었다. 어항 속에는 몇 종류의 열대어가 혹은 한곳에 머물러 잠잠히 입을 빠끔거리기도 하고, 혹은 획획 헤엄쳐다니기도 하고 있다.

은희는 말머리를 찾지 못한 채 고기들 노는 모양을 바라보고 있었다.

창애가 말했다.

"미스 한 이런 어항 좋아하세요?"

"저희 집에서두 열대어 기르구 있는데요, 고기들 노는 게 재밌어서 한참씩 들여다보군 해요."

"그러세요? 전 이런 것 보면 가슴이 답답해져요. 새는 더하죠. 새장 안에서 푸드덕거리는 건 차마 못 봐요, 안쓰러워서."

한쪽 벽 반쯤 밑을 회벽으로하여 거기 여인들의 나체상이 부각돼 있었다. 대개 다방의 데커레이션들이 그러하듯이 조잡한 조각이었다. 이 조각에 유치원 아니면 국민학교 1학년짜리일 계집애가 붙어서 조각의 선을 손가락 끝으로 더듬고 있다. 그 앞자리에는 30대의 가정부인이 둘 마주앉아 얘기를 주고받고 있다. 조각의 유방을 손끝으로 더듬던 계집애가 한 여인의 어깨를 잡아 흔들며, 엄마 엄마 이거 8 자지, 그지? 하고는 다시 조각의 유방을 손끝으로 좇는다.

은희는 창애에게로 시선을 돌린다.

"수원서 다니시기 불편하시겠어요?" 겨우 찾아낸 말이다.

"그래서 일주일에 한 번 정도밖에 집에 내려가지 못해요."

"그럼 살림은요?" 은희는 자연스럽게 가정얘기로 말을 뻗는다.

"할멈이 있으니까요. 큰 살림두 아니구……"

"친정이 서울이시니까 여기선 여기대루……"

"아니예요. 양장점 2층에 침실이 있어요."

"근데 왜 아직 애기가 없으시죠?" 은희는 언젠가 창애네 부부는 이상적인 애를 낳을 수 있을 거라고 한 일을 되새기며 말했다.

창애가 나직이 웃었다. "안 낳으려는 것두 아닌데 그렇게 됐어요." 그러면서 정말 자기네 부부 사이에 어린애가 있었더라면 지금과 같은 상태에 이르지 않았을는지 모른다는 생각을 해본다. 그러나 곧 생각을 달리한다. 아니지, 어린애가 있었다 해도 마찬가지였을 거야.

"함선생님이 쓸쓸해 어떡해요. 일주일에 한 번밖에 못 내려가시면 말예요."

"결혼한 지가 벌써 몇년째라구요."

"그래두요."

"내 성미두 그렇지만 그인 가정이라는 것에 그렇게 비중을 두는 분이 아녜요."

은희에게는 얼른 이해가 되지 않는 말이었다. 창애의 얼굴에서 눈을 떼지 않았다.

"우린 좀 묘한 부부죠. 피차가 아무런 간섭 않기루 돼있거든요."

"그만큼 서루 믿는다는 건가요?"

"아니죠. 믿는다는 것하군 다르죠. 서루 자존심을 상치 않으려는다 구나 할까요."

이참에 은희는 단둘이 되면 하고 싶었던 말을 해야 한다고 마음 먹는다. 창애네 가정을 위해 얘기해야 할 의무가 있다고 확신하고 있는 것이다.

"만약 뵈지 않는 곳에서 장여사의 자존심이 상할 만한 일이 일어 난다면?"

"무슨 말씀인지?"

"가령 말예요, 함선생님이 딴 여성하구……"

"그런 일이 있어요?" 창애의 묻는 억양엔 조금도 놀라는 빛이 없 었다.

"혹시 그런 일이 있다면 말예요." 은희는 엽차잔으로 탁자 위를 또닥거리기 시작한다. 의외로 미온한 반응에 도리어 은희가 당황해 진 것이다.

"혹시 그런 일이 있다면 하는 가정이 아니라두 좋아요." 창애가 얼굴에 웃음을 띄운 채 말했다. "사실루 그이가 어떤 여자하구 심각 해진다구 해서 제 자존심이 상하진 않을 거예요. 우리 주위에 그런 귀중한 감정은 많을수록 좋잖아요?"

창애의 담담한 말소리는, 좀전부터 내심 놀라고 있는 은희를 다 시 한번 놀라게 했다.

전주댁은 거리에서 소나기를 만났다. 그러나 비 피할 생각은 나 지 않았다. 잠시나마 지체할 수 없는 다급한 심정이었다. 오늘은 박서방이 새로 불광동에 장만했다는 집으로 이사가기로 돼있는 날인 것이다. 그런데 오토바이를 세내갖고 오기로 한 박서방이 오정이 지나도록 나타나지를 않고, 돌마을 집을 산 사람은 왜 집을 비우지 않느냐고 와서 성화였다. 전주댁은 속이 타 시내로 박서방을 찾아나섰다. 별안간 병이라도 나 움직이지 못하게 된 걸까. 아니면 교통사고라도 난 걸까. 그러나 박서방이 일하던 목공소에서는 한 열흘 전에 다른 데로 옮겨갔다는 것이다. 바로 사흘 전인 토요일날 저녁 왔을 때도 그런 말이 없었는데 무슨 일일까. 옮겨갔다는 데를 물었으나 모른다고 한다. 정신없이 돌아서 한참을 오다 생각을 하니 아무래도 목공소 사람들이 뭔가 숨기고 있는 것같아 다시 되돌쳐가는 도중에 소나기를 만난 것이다.

옷이 젖는 것따위는 문제가 아니었다. 한시바삐 박서방을 만나야 한다는 일념뿐이었다. 되돌쳐갔을 때에야 박서방이 그저께 마누라가 앓아 고향으로 내려간다면서 자기 연장을 모조리 추려갖고 가버렸다는 걸 알려주었다. 고향이 어디냐고 했더니, 안양이란 말을 들은 것도 같고 안성이란 말을 들은 것도 같다고 한다. 전주댁이 알기로는 박서방은 서울사람이요 홀아비였다. 사람이 틀리지 않나 하여 생김새를 말해보았으나 틀림없는 박서방이었다. 전주댁은 뭐가 뭔지 종잡을 수가 없었다.

집으로 돌아오면서도 전주댁은 정신이 없었다. 버스에서 내려 길 한가운데로 걷는 전주댁의 온몸은 축 늘어져있었다. 질질 신발이 끌렸다. 젖은 치마는 신발에 밟힐 만큼 흘러내려와 있었다.

뒤에서 클랙슨을 울리며 트럭이 달려왔다. 전주댁은 약간 비켜나는 듯했으나 트럭이 지나갈 수 있게 길을 내주지는 못했다.

뒤를 돌아다본 성호가 뛰어가서 전주댁의 팔을 잡아 길 가장자리로 이끌었다. 이날 성호는 노회로부터 목사 안수를 받고 돌아오는 길이었다. 트럭운전사가 전주댁을 향해 무어라 욕지거리를 하면서 먼지바람을 일으키고 지나갔다.

성호는 주위를 살폈다. 저녁 가까운 비낀 햇살이 비치는 주위에는 비가 온 흔적이란 없었다. 소나기가 시내에만 쏟아졌군. 아마 그 소나기를 이 여인은 맞고 다녔나보다.

성호의 눈과 마주친 전주댁의 시선엔 초점이 없어보였다. 버스 안에서는 못 보았지만 자기와 함께 내린 듯싶은 여인의 주제하며 표정이 꼭 넋빠진 사람만 같았다.

교회당이 있는 언덕 쪽 길과 돌마을로 들어가는 길 어귀에서 성호와 전주댁은 갈리었다.

전주댁의 걸음은 더 무거웠다. 살고 싶지 않았다. 그러나 혼자 죽고 싶지는 않았다. 한 사람과 같이 죽고 싶었다. 그 같이 죽고 싶은 사람이 자기가 시내에 들어가 허덕이고 돌아다니는 동안 집에 와있는지도 모른다는 생각이 들었다. 오토바이에 짐을 실어놓고 자기를 기다리고 있는지도 모른다. 갑자기 전주댁의 걸음이 빨라진다. 마누라가 있건 말건 그건 나중 문제고 지금은 그저 박서방이 나타나주기만 바랐다. 그양반이 집에 와있기만 하면 아무도 죽을 필요는 없는 거다.

집 앞에도 집 안에도 박서방은 보이지 않았다. 집을 산 사람이 기다리기에 지쳤다는 듯 눈살을 찌푸리며,

"어떻게 된 일입니까. 저물기 전에 이사를 해야 하잖아요?"

방바닥에 펄쩍 주저앉아 한동안 멍히 허공에 눈을 둔 채로 있던 전주댁이 간신히 입을 열었다.

"저쪽 집서 안 비는 거 어쩔 수 있는가라우."

"저쪽 집이 비지 않음 언제까지라두 이러구 있을 작정이오?"

"니알 저쪽 집서 빈대요." 전주댁은 오늘 하루만이라도 이집에 있고 싶었다. 당장 어디 갈 데도 없었지만, 오늘 저녁때라도 박서방이 나타날지 모른다는 희망을 아직 버리지 못하고 있었다.

"하여튼 우린 오늘 이리루 이사와야겠소."

"너무 심하게 그리 마시요잉."

"아니 이 아주머니 봐라, 심하게 굴긴 뭐가 심하게 군단 말이오? 집 낼 날짜에 집 내달라는 게 잘못이오?"

"집 헐케 사지 않았소?"

"허, 나중엔 별소릴 다 듣는군. 그러기에 당신네 달라는대루 중도금을 그렇게 많이 준 건 생각지 않으슈?"

사실이 그랬다. 7만원은 받을 수도 있는 걸 6만8천원에 파는 대신 계약금 7천원에, 중도금을 6만원으로 하고, 잔금은 천원만

맡기기로 했던 것이다. 박서방의 생각에서 나온 것이었다. 좀 싸게 팔더라도 중도금을 많이 받아야 새로 집 장만하는 데 도움이 된다는 것이었다.

"이러나저러나 오늘은 못 비겠소."

"허, 참, 배짱이구랴."

"배짱이나 마나 한디로 나가란 말이오?"

"여인숙같은 데서라두 하룻밤 지내면 될 게 아니우? 계약은 계약 대루 지켜야 하니까요."

"여인숙서는 공짜로 잠재워준답디여?" 그러다가 전주댁은 문득 어떤 생각이 떠오르자 말소리에 힘을 준다. "우리 줄 돈 천원 있지라우? 그것 좀 주시요."

"잔금 천원 말이오? 그것 드리면 당장 여인숙으루라두 나가겠수?"

"아니 오늘은 여인숙이고 멋이고 못 나가요. 그대신 니알은 시상 없어도 집을 비울 팅게…… 천원이 안 되겠으면 5백원이라도 주시요."

새 집주인은 생각했다. 5백원을 주는 편이 좋은가 어떤가. 보아하니 이 여인이 하고 있는 꼴이 말이 아니다. 물에라도 빠졌던 듯 옷이 온통 젖어있다. 저쪽 집 사람과 싸우다 물벼락이라도 맞은 것일까. 어쨌든 이런 여자의 비위를 너무 상해놓아도 이익될 건 없을 것같다. 부러 성화를 먹이기 위해 내일도 집을 비우지 않는다고 해서 우격다짐으로 내쫓을 수도 없는 노릇이 아닌가. 그까짓 5백원을 가지고 이 여인의 기분을 상하게 할 필요는 없다. 그는 전주댁에게 내일은 저쪽 집에서 집을 비우건 말건 이집을 내줘야 한다는 걸 다짐한 후 5백원을 내주었다. 그리고 방을 나와 부엌 쪽을 바라본 그는 자기 마누라 말대로 솥을 가져다 걸어놓기를 잘했다고 생각한다. 솥만이라도 먼저 건 것은 이날 완전히 이사를 못 하더라도 그것으로써 일단 이사온 걸로 삼기 위한 것이었다. 그것은 이날이 음력으로 팔월 그믐날이라 손이 없기 때문이다. 손이 있는 쪽은 역귀가 따라다녀 불길하다는 것이다. 이렇게 손을 가리는 사람들은 이사는 물론 강아지나 고양이새끼를 얻어온다든가 심지어는 방에 못 하나를 박는 데도 날짜와 방향을 따지는 것이다.

"오늘저녁엔 아궁이에 불을 넣지 마세요. 시멘트를 발랐으니까요."
새 집주인이 방을 향해 부드럽게 말했다.

방안에서 꽤 삼삽한 전주댁의 대답소리가 들려나왔다.

"걱정 마시오."

자알 걸려들었다, 요 망할놈의 고양이새끼! 걸이는 공동변소 옆
에 엎드려있는 도둑고양이를 그리 힘들이지 않고 잡아줘었다. 그냥
놔두지 않을 테다! 걸이는 지금 기분이 나빠있는 참이었다. 공동
변소 안에다 써놓은 글발에 대한 회답이 이날도 없었던 것이다. 텔
레비전집에서 손을 쥐어본 계집애와 공동변소 벽에 글발을 써서 서
로 연락을 취하게끔 약속이 돼있었다. 뒷산에서 저녁때 만나자고 걸
이가 글발을 써놓은 것은 그저께였다. 여태 계집애의 회답이 없을
뿐더러 그제와 어제 텔레비전집에도 나타나지 않는 것이다. 걸이는
어제와 오늘 몇 차례씩 계집애의 집 근처를 서성거리고, 뒤도 마렵
지 않은 공동변소에를 뻔질나게 드나들었건만 깜깜소식이었다. 걸
이는 안달이 났다. 오늘 자기네는 시내로 이사가는 날인 것이다.

걸이가 고양이를 쥐고 서서 요놈을 어떻게 혼내주나 하고 있는
데, 섭이가 이리로 오는 게 보였다. 섭이 곁에 평이도 따라오고 있
다. 천막학교에서 돌아오는 길인 모양이었다. 낡은 천가방들을 들
고 있다.

"느네 아직 이사 안 갔구나?" 섭이가 가까이 오며 묻는다.

"오토바이가 짐 실러 와야 가."

"그 고양이는 어떻게 잡았니?"

"나두 전에 잡았댔다!" 걸이가 아무 말 않고 있는 새에 평이가
우쭐렁하여 한마디 했다.

"애 꼬마야, 넌 제발 꺼져." 그제야 걸이는 고양이를 어떻게 하리
라는 궁리가 떠올랐다. "섭아, 너 집에 가서 노끈 하나 가져와라."

"노끈?" 잠시 머뭇거리던 섭이가, 그렇지 개처럼 노끈으로 매가지
고 노는 것도 재미있지, 하고 집 쪽을 향해 달려간다. 그 뒤를 평
이가 따른다.

걸이는 고양이 허리를 두 손으로 꽉 그러쥔다. 고양이가 네 발을 바둥거리며 야옹댄다. 임마, 아무리 애걸해도 어림없다, 누가 놔줄 줄 아니.

섭이와 펑이가 가방은 놓아두고 노끈을 갖고 돌아왔다.

노끈을 받아쥔 걸이는 고양이를 맬 생각은 않고 앞장서 걷는다. "어딜 가?" 섭이가 궁금해 물었다.

걸이는 아무 대답도 없이 걷기만 한다. 두고보면 알 거라는 듯이.

걸이가 어디로 가는 건지, 그리고 무엇을 하려는 건지 섭이보다 펑이가 더 궁금했다. 어쨌든 걸이와 섭이가 가는 데까지 따라가 봐야지. 그러면서 펑이는 걸이가 다시는 자기더러 꺼지라는 말을 않는 것만 다행스럽게 여긴다.

뒷산 중턱쯤에 있는 상수리나무 밑까지 가서야 걸이는 섭이더러 고양이를 붙잡으라고 하고 노끈으로 고양이 목을 잡아맨다. 고양이가 앞발의 발톱을 세워 걸이의 손을 할퀴려든다. 걸이가 섭이보고 발을 붙잡으라고 소리친다. 섭이가 한손에 고양이 발 둘씩을 모아쥔다. 그러나 고양이가 요동을 치며 뾰족한 이빨을 드러내고 물려는 바람에 고양이를 놓칠 뻔한다. 걸이가 고양이 목에 감은 노끈을 뒤로 젖히며 다시 소리친다. 짜식, 고것두 하나 제대루 못 붙들구 있어? 노끈에 목을 졸리운 고양이가 빨간 혀를 날름대며 캭캭거린다.

고양이 목을 다 맨 걸이가 노끈 한끝을 자기 팔이 자라는 상수리나무 가지에 걸친다. 고양이가 공중에서 네 다리를 바드럭거리는 서슬에 노끈이 흔들려 이리저리 왔다갔다 한다. 나뭇가지에 걸친 노끈 끝을 잡은 걸이가 고양이에게 자기 몸이 닿지 않도록 물러서고, 섭이는 그보다 더 멀리 물러선다. 펑이는 좀전 섭이가 고양이를 놓칠 뻔했을 때 겁에 질려 몇 걸음 물러나있다가, 이번에는 또 섭이보다도 더 멀리 물러선다.

걸이는 잡고 있는 노끈 끝을 나뭇가지에 맬 생각이었으나 고양이가 움직이기 때문에 달아맬 수 없어 그냥 노끈을 쥐고 있을 수밖에 없었다. 고양이가 앞발로 노끈을 그러잡고 뒷다리를 말아올리면서 위로 기어오를 기세를 보인다. 걸이가 노끈을 늦추었다 잡아당겼다

하여 고양이의 앞발을 노끈에서 떨구어버린다. 고양이의 눈에 푸른
불이 켜진다. 눈알보다 넓은 둘레를 갖고 켜지는 불이었다. 고양이
가 다시 앞발로 노끈을 그러잡더니 이번엔 이빨로 노끈을 물어뜯기
시작한다. 걸이가 노끈을 흔들어서 떨구어버린다. 이러한 동작이
고양이와 걸이 사이에 몇번이고 되풀이된다. 그러는 동안 고양이의
앞발은 노끈을 그러잡는 속도가 점차로 느려지다가 나중에는 앞발
을 허비적거릴 뿐 노끈을 붙잡지도 못한다. 뒷다리를 앞쪽으로 말
아올리던 힘도 차차 빠져 허리를 히물거릴 따름이다. 꼬리가 빳빳
하게 뻗쳐진다. 고양이의 몸길이가 보통때보다 엄청나게 길어진다.
눈알에서 뿜는 푸른 불빛이 더 세어지며 붉은빛을 띠어간다. 고양
이를 지켜보는 걸이의 눈에도 열기가 띠어져 빛나고, 노끈 잡은 손
아귀는 더욱 꽉 쥐어지고, 입은 단단히 악물어진다.

　고양이가 더 노끈을 붙잡고 기어오를 기미를 보이지 않자 걸이는
그제야 노끈 끝을 나뭇가지에 맨다. 그리고 한동안 고양이를 바라
보다가 이젠 됐다는 듯이 몸을 돌린다. 섭이가 말없이 걸이의 뒤를
따르고, 그 뒤를 멀찌막이 떨어져있던 평이가 따른다.

　좀 뒤, 평이는 고양이를 나무에 매달아놓고 오는 게 겁이 나, 맨
뒤에서 쫓아가던 걸음을 빨리하여 걸이보다도 앞서 걷는다. 그러면
서 산쪽을 돌아다보고 돌아다보고 한다. 매달린 고양이가 움지럭거
리는 것같기도 하고, 꼼짝 않고 있는 것같기도 했다. 평이가 불쑥
누구에게라없이, 저렇게 하면 고양이 죽지 않어? 한다.

　걸이가 귀찮은 듯, 요 꼬마야 넌 뭘 안다구 쫓아댕겨? 하고는
주먹에 모를 세워 평이의 뒤통수에다 알밤을 한 대 먹인다.

　평이는 두 손으로 뒤통수를 감싸쥐며 몸을 옴츠렸다가 다음엔 뛰
는걸음이 된다.

　걸이가 무엇을 생각했는지 저만큼 앞선 평이에게 소리지른다. 야
꼬마야, 너 꼬마란 소리 듣기 싫음 어디 밤중에 저 고양이새끼 풀
어와봐.

　평이는 들었는지 말았는지 계속 뛰는걸음이다.

　섭이도 평이처럼 뛰어 이 자리를 피하고 싶었다. 걸이가 평이에
게 한 말을 자기더러 하라면 어떡하나 싶으니 더럭 겁이 났다.

그러나 걸이가 섭이에게 한 말은 딴말이었다.

"너 불광동이란 델 아니?"

섭이가 고개를 가로저었다.

"우리가 이사가는 동네야. 이 개똥같은 동네하군 다른 동네다."

하지만 걸이 자신도 불광동이라는 데를 가본 일이 없는 것이다. 그리고 박서방과 함께 살아야 한다는 게 탐탁지 않았다. 길가 돌멩이를 하나 집어 힘껏 하늘을 향해 던진다. 하기는 여기도 노상 재미없는 동네는 아니라고 걸이는 생각한다.

전주댁은 옷을 갈아입은 후, 5백원으로 햅쌀 소두 반 되, 쇠고기 반 근, 담배 한 갑, 그리고 남은 돈으로는 나물 두어 가지를 사왔다.

연탄풍로에 쌀을 씻어 안치고, 불고기를 재우고, 나물들을 무치고 하는 틈틈이 전주댁은 줄곧 담배를 붙여물었다. 중도에 담뱃불을 꺼서 꽁초를 만드는 법없이 단번에 한 개비를 다 피우곤 했다. 옆집 아낙네가 그렇게 담배 맛있게 피우는 건 처음본다는 말을 했을 때 전주댁은 그래요? 하며 웃음까지 지었다.

밥은 따로 한 그릇 떠놓고, 불고기도 얼마큼 내놓고, 나물도 가짓수대로 덜어놓는다. 저녁 늦게라도 박서방이 오면 주기 위해서다. 박서방에 대한 전주댁의 기대는 아직도 사라지지 않고 있는 것이다.

밥상 앞에 앉은 걸이는 무슨 영문인지를 몰라한다. 내일 이사간다는 말은 어머니한테 들어 알고 있지만 왜 오늘저녁 음식을 잘 차렸을까. 명절이나 생일날에도 갖추기 힘든 밥상이다. 잡곡이 안 섞인 햅쌀밥은 입에 떠넣기가 바쁘게 넘어가는데 불고기에 나물까지 있다. 걸이는 아구아구 먹어댄다.

"야, 서두르지 말고 찬찬히 좀 먹어라."

어머니의 주의를 받고 좀 천천히 먹으려고 해도 어느새 또 수저놀림이 빨라진다. 음식이 맛있어 그렇기도 하지만, 어떤 한 생각이 그를 재촉하고 있었다. 일찍 텔레비전집에 가봐야 한다. 거기서 그 계집애가 기다릴는지도 모른다. 텔레비전 구경값은 어젯저녁 뒷산에 짝지어 올라온 남녀를 훼방놓아 얻은 돈이 남아있다.

밥그릇을 비우고 걸이가 일어서려니까 어머니가, 야 오늘저녁은 지발 좀 방구석에 있어잉, 한다. 말소리는 높지 않으나 무언가 거역지 못할 힘이 들어있었다.

전주댁은 전주댁대로 생각하는 게 있었다. 만약 박서방이 들어서면 걸이더러 술심부름을 시켜야 하지 않는가. 전주댁은 뜨적뜨적 밥을 다 먹고 밖으로 나가 설거지를 하는 데도 시간을 들여서 한다.

걸이는 조바심이 났다. 어떻게든 집을 빠져나가야 할 텐데. 그렇다고 어머니의 말을 어기고 나가다가는 날벼락이 떨어질 게 뻔했다. 이런 때 박서방이라도 나타났으면 풀려날 수 있으련만, 여태 오지 않는 걸 보니 오늘밤은 안 오려는가보다. 걸이는 요를 깔고 자릿속으로 들어갔다. 어머니도 자기처럼 일찌감치 자리에 들게 하여, 잠든 틈을 타 집을 빠져나갈 궁리를 한 것이다. 그러나 설거지를 마치고 들어온 어머니는 한 무릎을 세우고 앉아 담배만 피울 뿐, 자리에 들려고는 않는다.

전주댁은 연거푸 담배 세 대를 피우며 한자리에 그대로 앉아 생각에 잠겼다가 갑자기 한 손으로 치맛자락을 홱 쓸어안으면서 걸이에게로 얼굴을 돌렸다.

"야, 춥쟝?"

"응 쩌끔." 걸이는 별로 추운 줄을 모르겠으나 어머니를 어서 자릿속으로 들이기 위해 이렇게 말했다.

전주댁이 무슨 잊은 거라도 있는 듯 후딱 일어나 횡하고 밖으로 나간다. 좀만에 연탄풍로를 들고 들어온다. 새 집주인이 솥을 갈아 걸면서 시멘트를 발랐으니 아궁이에 불을 넣지 말라고 해서 피웠던 연탄풍로였다.

걸이가 놀라 말했다.

"까스냄새 나면 큰일인디."

밖에서는 서울말을 쓰다가도 어머니와 단둘이 되면 사투리가 나오곤 한다.

"거지반 다 탔응게 괜찮을 것이여." 그리고 전등을 끄고 전주댁도 자릿속으로 든다.

걸이는 어머니가 어서 잠들기를 기다리며 가만히 누워있다. 텔레비전 프로가 이내 끝나는 것도 아니니 좀 늦게 가도 된다. 나중 프로가 더 재미있다. 그 계집애가 텔레비전 구경을 왔다면 곧 돌아가지도 않을 것이다.

전주댁은 자리에 누워서도 줄달아 담배였다. 박서방이 종내 오지 않는구나. 내일은 이집을 내주어야 하지 않는가. 더 살아간다는 게 지겹기만 했다. 걸이만 남아 거지애가 되는 것도 원치 않았다. 담배를 급히 빨곤 했다.

어둠 속에서 연탄풍로께가 훤하다. 그리고 어머니가 담배를 빨 때마다 어머니의 코언저리와 눈의 일부가 담뱃불에 드러난다. 어머니는 눈을 크게 뜨고 있다. 저 담뱃불이 꺼져야 어머니는 눈을 감고 잠들 텐데. 걸이는 계집애를 생각한다. 텔레비전집에서는 영화관 기분을 내느라고 방안의 전등을 끈다. 간간 계집애들한테서 짧은 기성이 나곤 한다. 사내애들이 얄궂은 짓을 한 거다. 그런데 그 계집애는 걸이가 손을 잡아도 잠잠히 있었다. 오늘밤 만나면 손을 좀더 꼭 쥐어야지.

전주댁은 눈앞이 핑 도는 걸 느낀다. 담배를 너무 피운 성싶다. 양쪽 귓속이 멍멍해진다. 담배를 그만 피워야지. 멍멍해진 귓속에 들려오는 소리가 있다. 한껏 멀리서 들려오는 소리다. 누가 뭐라고 자기를 부르는 소리같다. 일어나 문을 열어주고, 연탄풍로를 밖에 내놔야겠다고 생각한다. 그런데 소리가 없어진다. 모든게 캄캄해진다. 뒤이어 캄캄하다는 것조차 모르고 만다.

걸이는 어머니에게서 담뱃불이 없어졌다는 걸 안다. 이제야 어머니가 잠들었구나. 걸이는 일어나 밖으로 나간다. 그러나 몸은 그냥 방에 누워있다는 걸 안다. 텔레비전집에 들어선다. 몸이 그냥 방에 누워있다는 것조차 모른다. 텔레비전집 방안에는 전등이 꺼져있다. 텔레비전의 불도 꺼져있다. 구경꾼들이 방안 가득히 있는 것도 같고, 아무도 없는 것도 같다. 손을 더듬는다. 계집애의 손이 없다. 자기 손도 없다. 아무것도 없다.

평이는 살그머니 자릿속에서 빠져나왔다. 시내로 들어가 지겟벌이를 하는 아버지는 벌써 코를 골고, 어머니도 잠이 들었다. 평이는 머리맡에 벗어놓은 바지와 저고리를 꿰입고 소리 안 나게 살금살금 밖으로 나온다.

대부분의 집은 불을 끄고, 간혹 불을 켠 집이 있어도 밖은 마냥 어둡기만 했다. 이 어두운 집 사잇길을 걸어나오는 평이의 가슴은 사뭇 두근거린다.

섭이네 집에도 불이 꺼져있다. 섭이를 불러내고 싶은 마음이 솟았으나 참는다. 요즘 섭이누나의 병이 도져 섭이어머니가 걸핏하면 울기를 잘한다는 걸 평이는 알고 있다. 섭이도 자기 어머니 우는 걸 보고는 눈물이 글썽해지고, 그러면 그것을 보는 평이 자신도 눈물이 나오려고 하는 것이다. 지금도 전등불을 끄고, 꽃장사를 나갔던 섭이어머니와 섭이가 울고 있는지도 모른다. 그러나, 그래서 평이가 섭이를 불러내고 싶은 것을 참는 건 아니다. 이날밤 평이가 하려는 일은 섭이와 함께 해서는 안되는, 평이 자기 혼자서 해야 하는 것이다.

인가가 그친 데까지 온 평이는 잠시 걸음을 멈춘다. 발길을 돌리고 싶은 생각이 불쑥불쑥 난다. 가슴이 뛴다. 그러나 발길을 돌리지 못하게 하는 것이 있었다. 꼬마는 꺼져, 하는 길이의 목소리. 여기서 돌아서면 난 언제까지나 꼬마라는 엽심을 받지 않으면 안 된다. 평이는 조그만 주먹을 그러쥐고 앞으로 발걸음을 내디딘다.

몇번 다닌 길이라 어둠 속에서도 곧바로 갈 수 있었다. 그러나 산밑에서 평이는 다시 망설인다. 어둠에 더 겁게 드러난 나무나 바위가 무서웠다. 무슨 짐승의 형상만 같다. 겁쟁이, 겁쟁이. 아니야, 난 겁쟁이가 아니야, 난 겁쟁이가 아니야. 산으로 오르기 시작한다. 숨이 찬 것도 아닌데 할딱거린다. 나뭇잎 밟는 소리가 크게 나거나, 발에 챈 돌멩이가 굴러날 때는 머리카락이 곤두서고 숨이 칵 막히곤 한다.

마침내 그것이 눈에 들어왔다. 어둠 속에 길게 매달려있다. 낮에 보았을 때보다도 무척 더 길어 보인다. 조금씩 움직이는 것같다. 평이는 조심조심 다가선다. 유심히 들여다본다. 고양이는 죽어 축 늘어져있었다. 눈알에 켰던 불도 사라져있었다.

평이는 어떻게 하면 좋을지를 몰랐다. 나뭇가지가 높아 발돋움을 해도 노끈의 위끝을 풀어낼 수가 없었다. 나무에 올라가 나뭇가지로 기어갈 수도 없었다. 그러기에는 나뭇가지가 가늘었다. 고양이목을 맨 데를 풀어내리려면 고양이를 만지게 될 게 겁났다. 노끈을, 나뭇가지와 목 맨 데와의 사이에서 끊는 도리밖에 없다. 노끈 한중동을 잡고 잡아당겨본다. 끊어지지 않는다. 힘껏 잡아당겨도 끊어지지 않고 노끈 잡은 손바닥이 아프기만 하다. 낮에 고양이가 앞발로 노끈을 붙잡고 이빨로 물어뜯던 것이 생각난다. 평이는 노끈을 이빨로 물어뜯기 시작한다. 줄이 흔들리면서 고양이의 시체가평이의 몸에 와 부딪힌다. 섬뜩했으나 그냥 이빨로 노끈을 물어뜯는다. 한참만에야 끈이 끊어지면서 고양이의 시체가 툭 땅에 떨어진다.

평이는 고양이 목을 맨 줄을 잡는참 그곳을 뛰어내리기 시작한다. 고양이의 시체가 땅에 끌린다. 그것을, 자기 뒤를 무엇이 쫓아오는걸로 느끼면서 내달린다. 발끝이 돌부리나 나무등걸에 걸려 넘어질 뻔하면서도 노끈을 더욱 단단히 쥐고 내달린다. 산을 다 내려와평지에서도 달리고, 마을로 들어서서도 달린다. 기운이 다해 점점뛰는걸음이 느려지긴 했지만.

한 집 앞에 이르자 평이는 숨을 가눌 새도 없이 소리친다.

"걸아!"

불을 끈 방안에서는 아무런 대꾸가 없었다.

"걸아! 나다아! 이리 좀 나와 바아!"

그래도 방안에서는 잠잠했다.

"이거 나와 바아! 고양이 가져왔다아! 고양이!"

여전히 방안에서는 아무런 기척도 없었다.

평이는 마음이 급했다. 방문고리를 잡고 열어제꼈다. 어두운 방안에는 연탄풍로만이 불그레하고, 걸이어머니와 걸이의 누워있는모양이 어렴풋이 보였다. 평이는 맥이 풀린다. 저렇게 곯아떨어질수 있는가 싶어 다시 목청을 돋구어 소리쳤다.

"얘, 걸아아! 일어나서 이 고양이 좀 보라니깐! 에이참!"

이튿날 아침결에 성호는 신앙상담을 온 한 부부를 맞았다.

가끔 성호는 이런 신앙상담이란 걸 받는 일이 있는데 거의가 자기 집안사정을 늘어놓는 게 보통이다. 병을 고쳐달라고 호소하러 오는 일도 적지 않았다. 그것이 심리적인 병일 때 성호는 위안의 말과 기도로써 낫게 해준 일도 있었다.

　그런 가운데 엉뚱한 걸 물으러 오는 사람도 있었다. 아담과 이브가 선악과를 따먹으리라는 것을 전지전능하신 하나님이 모르실 리 없는데 어째서 선악과를 만드셨느냐, 또는 하나님이 당신의 성전인 교회당만은 벼락을 치실 리 없는데 어째서 교회당 지붕에도 피뢰침을 다느냐는 것이다. 야유하기 위해 묻는 태도가 아니었다. 이런 경우 성호는 하나님의 경륜은 인간이 관여할 바 못되고 인간은 자기가 할 수 있는 일은 자기가 해야 되는 것이며 덮어놓고 하나님만 의지해선 안된다는 요지의 말로 설명을 했다. 이 설명을 통해 상대방이 어느 정도 알아들었는지 몰라도, 이야기를 하는 동안 성호 자신이 인간으로서 할 수 있는 일은 인간이 해야 한다는 데에 새삼스레 자각하는 마음이 된다. 나 자신 인간으로서 해야 할 일을 어느만큼 하고 있는 것일까.

　지금 마주 대하고 있는 부부 중 서른이 좀 넘은 여인만은 교회 신자로, 이미 두 번이나 신앙상담을 하러 성호를 찾아온 일이 있었다. 처음 찾아왔을 때 여인은 남편의 횡포를 어떻게 하면 좋으냐고 울먹이며 호소를 했다. 남편은 아무 직업도 없는 술주정뱅이요 노름꾼이라는 것이다. 여인이 구멍가게를 하여 몇푼씩 버는 돈을 빼앗아가지고 나가기가 일쑤다. 게다가 조금만 뭐라고 하면 두들겨패기까지 한다. 여인은 왼쪽 관자놀이에 퍼런 멍이 들어있었다. 성호는 여인에게, 남편이 어쩌건 잠자코 있어보라고 했다. 두번째로 여인이 찾아와서 남편의 폭행이 여전하다고 했다. 남편이 어쩌건 잠자코 있으니까 이번에는, 예수쟁이가 돼서 사람의 말이 말같지 않으냐고 볶아대면서 돈을 내놓으라고 매질을 한다는 것이다. 얼굴에는 매맞은 자국이 없었으나 눈에 뵈지 않는 어디에 매를 맞은 듯 몸가짐새가 거북했다. 성호는 여인에게 다시, 한번 더 아무 대항 말고 참고 견디어보라고 했다. 그러한 여인이 이날 남편과 같이 온 것이다.

"이 양반이 교회에 나오기루 결정했답니다, 목사님." 여인은 기쁨을 감추지 못하는 상기된 얼굴이었다.

"감사합니다." 성호가 남자에게 말했다. "힘든 결심을 하셨군요."

여인도 남편을 대견스레 바라보며,

"이제야 이이두 하나님 품안에서 살게 됐어요, 목사님."

남자가 성호의 시선을 피하여 눈길을 아래로 떨구었다. 충혈된 눈이었다. 어젯밤 과음을 했거나 밤새워 노름을 한 눈같았다. 교회에 나오게 된 데 무리가 있어 보였다. 자연스러워지려면 적잖이 시일이 걸리리라.

간단한 예배를 보고 돌아갈 때 남자는 목이 마른지 우물물을 퍼들이켰다. 성호는 그들을 대문까지 배웅을 했다.

언덕을 내려가며 뒤를 돌아보아 성호가 집으로 들어간 것을 확인한 남자는 아내에게,

"나 시내에 들어갔다 와야겠어," 한다.

"왜요?" 여인이 무엇인가 찾아내려는 눈빛으로 남편의 얼굴을 쳐다본다.

"저어, 아는 사람 아버지 환갑인데…… 돈 좀 줘야겠어. 빈 손으루 갈 순 없잖아?" 남자가 달래듯이, 그러나 비굴해 뵈는 몸짓으로 말한다.

"오늘밤 삼일예배는 으쩌구요?"

"그때까진 돌아와."

"정말요? 하나님 앞에 맹세한 걸 어기면 안돼요."

"알았어."

"술먹구 오면 안돼요."

"아 날 뭘루 봐. 걱정 말구 어서 돈이나 좀 줘. 한 5백원……"

"아니, 이이가. 우리 형편에 5백원이 뭐야요?"

"니 말대루 예수 믿기루 했으니까 내 말두 좀 들어줘야 할께 아냐. 용돈까지 합해서 5백원만 줘."

오후, 성호가 삼일 저녁예배의 설교준비를 다 끝냈을 즈음이었다. 조권사가 달려와 명숙이네가 굿을 한다는 걸 알렸다. 그것도

명숙이를 무당 내리게 하는 굿이라고 했다.

"글쎄 아침부터 한다는 걸 지금서야 알았지 뭡니까."

명숙이에게 무당이 내리다니! 성호는 조권사를 따라 나섰다. 막막했다. 굿을 하는 데 가서 무엇을 어떻게 해야 한다는 생각도 나지 않았다.

"어젯밤엔 또 연탄까스루 모자가 한꺼번에 죽을 뻔했다는군요. 원, 동네두 이렇게 어수선해서야……" 언덕을 내려가며 조권사는 보고라도 하듯이 말했다. "밤중에 아들녀석 동무가 찾아왔기에 망정이지 그대루 뒀으면 벌써 딴세상 사람 됐죠. 나이두 든 예펜네가 건달한 테 빠져서 집 한칸 있든 거 홀랑 날려버렸대나요. 집을 산 사람이 아궁이를 새루 고쳤기 때문에 불을 때지 못하게 됐든 모양이에요. 그렇다구 설마 얼어죽을까봐 연탄풍로를 방안에 들여다놓구 자요? 환장을 해두 분수가 있지. 하긴 제 정신이 아니었대요. 시내에 들어갔다가 아주 정신나간 사람처럼 돌아왔대지 뭐예요. 그 남정네를 찾아갔었든가, 아니면 돈 변통하러 갔었겠죠. 동네서들은 숫제 죽어버린 편이 나았을지두 모른다구들 해요. 알거지가 돼가지구 다시 살아나면 뭐하냐구. 하기는 아직 깨어날지 어떨지 모르는가봐요. 밤중에 공짜루 고쳐준다는 병원으루 실려가긴 했는데 오늘 하루를 지내봐야 한대나요."

성호는 조권사 얘기 속의 여인이 어제 그 여인이라고 단정할 수 있었다. 비에 옷이 젖은 것도 모르는 듯 맥없이 걷던 여인. 비록 잠깐동안이긴 하지만 자기의 주의가 머물렀었고, 큰 고민에 부닥친 여인으로 비쳐왔었다. 그런데 자기는 조금도 그 여인을 도와주지 못했다. 조권사의 얘기로는 그 여인이 단순히 추위 때문에 연탄풍로를 방에 들여다놓은 걸로들 아는 모양이나 성호가 생각하기에는 그네가 딴 마음을 먹었던 걸로밖에 해석되지 않았다. 그것도 혼자만이 아닌, 자식까지 낀 동반자살을 하려던 것으로. 그러한 마음먹음이 성호가 여인을 길가에서 보았을 때 이미 작정돼있었는지 나중에 꾸며졌는지는 알길이 없으나 설혹 길가에서 여인을 보았을 때 벌써 작정돼있었다 하더라도 성호로서는 이를 몰랐을 것이다. 그저 한 가지 분명한 게 있었다. 그것은 여인이 어떤 고민에 잠겨있었다는 걸 자기는 알았었다는 사실이다. 도움이 되건 안 되건 자기는 왜 여인의 고민을 조금이라도 덜어주려 하지 않았던가. 아니, 그 고민이 무엇인지 알아보려고도 하지 않았던가. 그네가 신자가 아니어서 그랬는가. 교역자란 반드시 신자만을 상대해야 하는 것도 아니지 않는가. 성호는 그점을 소홀히 한 뉘우침이 자꾸 치밀어올랐다.

명숙어머니는 동네여인들의 권에 못이겨 종내 내림굿을 하게 됐다. 딸의 병이 낫지 않고 오래 끌어, 그러다가는 목숨까지 위태로 워만 보여 한이나 없도록 굿을 하기로 했던 것이다.

방 한옆에 떡, 과일, 돼지머리 등이 놓인 굿상과, 이와 좀 떨어진 곳에 종지 아홉 개를 한 줄에 세 개씩 세 줄에 놓은 신명상을 차려놓고, 장고를 치고 제금을 울리는 가운데 주무가 한 손엔 부채, 한 손엔 방울을 흔들며 무가를 외웠다.

이렇게 시작되어 부정거리, 가망거리, 상산거리, 제석거리, 신장거리, 조상거리가 진행되는 동안, 명숙은 무당이 시키는 대로 일어나 앉아 전신을 떨며 눈을 감고 있었다. 핏기 가신 얼굴에 경련이 일곤 했다. 그리고 실룩거리는 입술 새로 가끔 끊긴 중얼거림이 새어나왔다. 하나님…… 아버지…… 명숙이의 감은 눈꺼풀 새로 눈물이 비어져나와 빰을 타고 흘러내렸다. 그 옆에 명숙어머니가 조그맣게 오그리고앉아 같이 소리없는 눈물을 흘리고 있었다.

조상거리가 끝나자 주무는 명숙을 일으켜세우고 무복을 입히기 시작했다. 내림굿으로 들어가려는 것이다. 싫다고 몸을 비트는 명숙에게 주무는 억지로 남치마, 홍치마를 입히고, 쾌자, 남철릭, 홍철릭 등을 덧입힌다. 옷으로 해서 부풀어진 명숙은 키는 작아지고 몸피만 뚱뚱해져 보인다. 게다가 남철릭, 홍철릭은 어깨밑을 째고 팔을 꿰게 돼있어서 마치 소매들이 뒤로 길게 날개를 드리운 것처럼 되는 대신, 명숙의 팔이 유난히 가늘고 짧아 보인다. 그 손끝이 잘게 떨고 있다.

주무가 명숙의 한 손에는 부채, 한 손에는 방울을 쥐어준다. 그리고는 조무로부터 제금을 옮겨받아가지고, 한편 치고 한편 무가를 외우면서 명숙의 둘레를 빙빙 돌기 시작한다. 명숙은 괴로운 표정

이다. 얼굴이 뒤틀리고, 아랫입술을 지그시 깨물고는 무엇에 항거
라도 하듯 휘익휘익 숨을 몰아쉰다.

주무의 제금소리와 무가의 구송이 빨라진다. 홀연 명숙의 몸에
자잘한 경련같은 게 일며 손발이 움직이기 시작한다. 그대로 춤으
로 변한다. 신이 실리려는 것이다. 제금소리에 따라 명숙의 몸이
덩실거린다. 두툼하게 여러 겹 옷을 껴입었건만 무게를 느끼게 하
지 않는다. 한참 같은 가락으로 춤을 추던 명숙이, 장고와 제금소
리가 잦은 가락으로 옮겨지면서 몸 움직임이 빨라진다. 명숙의 몸
은 몸이 아니었다. 몸 전체가 공간에 풀려버린 듯 율동만이 있었다.
여러 겹 껴입은 옷도 옷이 아니었다. 펄럭이는 옷자락은 몸의 일부
인 듯, 몸은 옷자락으로 화한 듯, 옷과 몸이 한데 어울려 모든것은
하나의 율동 속에 풀려드는 것이었다.

한참 취한 듯 춤을 추고 난 명숙을 주무가 신명상 앞으로 인도한
다. 명숙이 서슴지 않고 손을 내밀어 쭉 늘어놓인 아홉 개의 종지
중에서 하나를 집는다. 그것을 주무가 받아 종지 위에 씌운 백지를
벗기고 속을 들여다본다. 종지 안에 참깨가 들어있다. 주무가, 산
신령님이 내렸소오, 하고 소리친다. 쌀이 들어있는 종지를 잡으면
제석신, 팥이면 서낭신, 콩이면 군웅신, 메밀이면 지신, 물이면 용
왕신, 돈이면 신장, 여물이면 허주, 재면 부정신인 것이다.

다시 고조된 장고와 제금이 울리고, 명숙은 그 장단에 어울려 춤
을 춘다. 땀에 젖은 그네의 얼굴에서 고통의 빛은 완전히 사라지고,
오히려 화기가 감돈다. 홀연 그네의 입에서 말문이 터진다.

명산 도당 신령이 아니시냐

여기 도당 신령이 아니시냐……

그러다가 명숙이 눈을 확 빛내며 소리지른다. 내가 누군 줄 아느
냐, 삼각산 신령님이시다아! 그와 함께 펄썩 주저앉아버린다.

두려움이 깃든 긴장한 얼굴로들 명숙의 거동을 지켜보던 구경꾼
들이 두런거리며, 그중 몇 아낙네가 백원 또는 2백원을 명숙 앞에
내놓으면서 점을 쳐 달란다. 내림굿을 하고 난 뒤의 점이 제일 영
험한 걸로 돼있다.

명숙이 방울을 흔들며 눈을 깜빡거리다가 한 중년부인을 향해 입

을 연다.

　　시국 곤난 당했으니
　　노적가리 불지르고
　　싸라기 줍는 형국이라……

　명숙의 말이 떨어지자 구경꾼들이 탄성을 내는 속에서 중년부인의 낯빛이 금세 죽어들며, 어떻게 하면 그 액을 막을 수 있겠느냐고, 명숙을 향해 양손을 비빈다. 잠시 멈췄던 방울을 명숙이 다시금 흔들어댄다.

　　비나이다 비나이다
　　신령님께 비나이다
　　마흔셋 먹은 이씨대주
　　구설수 없애시고……

　이럴 참에 성호가 구경꾼들 틈을 헤치고 들어섰다.

　성호를 보는 순간 명숙이 째지는 듯한 고함을 질렀다. 예수귀신 물러가라아!

　주위가 조용해졌다. 성호는 가만히 명숙을 바라다보았다.

　핏기 가신 명숙의 입언저리가 실룩이면서 손에 잡고 있던 방울과 부채를 떨어뜨린다. 그리고는 앉은걸음으로 쫓기듯 움찔움찔 뒤로 물러나 방구석에 가 움츠리더니 흰자위가 드러나는 눈으로 성호 쪽을 훔쳐본다.

　성호가 묵묵히 명숙에게로 다가갔다. 명숙이 이상한 외마디소리를 지르며 모로 나가쓰러졌다. 입꼬리에 거품이 물리고 눈은 감겨져있었다. 무당들의 얼굴에 쾌섬해하는 빛이 떠오르고, 구경꾼들 속에서, 예수쟁이 때문에 저꼴이 됐다고 수군댄다.

　성호가 명숙 위로 허리를 구부리고 내려다보면서 타이르듯 말했다. 명숙이, 눈을 떠. 명숙의 눈이 번쩍 띄어졌다. 그 옷두 벗구. 명숙이 흔연스레 일어나 무복을 모조리 벗었다. 그리고는 성호의 손을 붙들고 울기 시작했다. 울음 속에서 명숙은, 잘못했으니 용서해달라기도 하고, 이젠 병이 다 나았노라고도 했다. 잠시 후에 명숙은 모든 시름을 잊은 듯 깊은 잠에 빠져들어가고 말았다. 자연, 내림굿 다음에 있어야 할 굿거리는 못하게 되고 말았다. 성호는 무당과 거기 모인 사람들의 원망을 샀다.

다음날부터 명숙은 앓기 전처럼 음식을 제대로 먹었다. 어제 무당이 내렸을 때의 거동과 한 말은 자기도 전혀 모르게 나온 거라고 했다. 그리고 성호의 말에 따라 자기가 어떻게 움직였다는 것도 깡그리 모르고 있었다.

명숙의 심신은 온전히 이전 상태로 돌아간 듯싶었다. 그러나 사흘이 못 가서 다시 심한 병증세가 나타났다.

우선 말을 안 하게 되었다. 그러면서 휑 풀린 멍한 눈이다가도 무엇을 노려보듯 부릅뜨기도 하고, 다물고 있던 입을 벌신거리며 소리없는 웃음을 웃기도 했다. 자기편에서 말하는 일이 없을뿐더러 묻는 말에도 제대로 대답을 안 했다. 게다가 야릇한 버릇이 생긴 것이었다. 자기 손으로 제 머리카락을 뽑아내는 것이다. 머리카락 중에서도 정수리의 머리카락만 뽑아내는데 그것도 용하게 한 오라기씩 뽑아냈다. 아파하는 기색은 전혀 없었다. 어머니나 섭이가 말리면 그만두었다가도 어느새 또 뽑아내곤 했다. 나중에는 어머니나 섭이가 말려도 못 들은 체 뽑아냈다.

성호가 매일같이 심방을 갔으나 아무런 효험도 나타나지 않았다. 그런 가운데 성호는 옆집 평안도 아낙네의 빈정대는 소리를 칸막이 벽을 통해 몇차례 들어야 했다. 예수쟁이가 뭘 안다구 쩝절대노, 생사람 미치게 해놓구서. 종내 명숙어머니는 무당을 다시 불러다 굿을 해보았으나 별 효과를 보지 못했다. 드디어 명숙은 정수리에 종지뚜껑만큼의 대머리가 된 채 정신병원으로 옮겨졌다.

성호의 심증은 착잡했다. 기독교가 이땅에 들어온 이래 많은 교역자가 인간의 병을 고쳐왔다. 그것이 포교의 큰 힘이 됐다. 불교만 해도 신라 미추왕 때, 아도라는 중이 불교를 전파하려 하다가 죽임을 당할 뻔한 것을, 아무도 고치지 못하는 공주의 병을 고쳐줌으로 해서 불교 전파의 허락을 받았던 것이다. 그러나 인간의 육신의 병을 고치는 것이 교역자의 최고 임무가 아님은 말할것도 없다. 그렇다 하더라도 자기는 반신불수나 소경도 아닌 한갓 신경의 과로 아니면 정신적인 불안같은 데서 온 게 분명한 명숙의 병에 아무런 도움이 못되고 만 것이다. 성호는 사뭇 괴로웠다. 내림굿이 있기 전 얼마 동안 자기는 명숙에 대해 너무 소홀하지 않았던가. 그저 교역자로서의 관습적인 심방을 했을 따름이 아니었던가. 왜 좀더 진심에서 우러나온 사랑으로 대하지 못했을까. 성호는 생각하면 생각할수록 자신이 교역자로서 부족함은 물론, 우선 한 인간으로서의 미숙함을 절감하지 않으면 안되었다.

제 2 장

오래 기다리지 않고 민구는 퇴근하는 준태와 함께 농업시험장을
나섰다.

"이제 겨울두 닥쳐오구 하니까 이곳 일은 별루 바쁘지 않겠군."

"뭐 그렇지두 않어. 아직 가을철 일두 할일이 많은걸. 무슨 볼일
이 있어 왔었나?"

"응, 그런데 헛걸음을 쳤어."

이날 민구는 작두무당의 굿이 있다고 하여 변씨와 함께 수원에 왔
다가 허탕을 치고 말았다. 작두무당이 갑자기 신탈이 나 무기연기
가 된 것이었다.

변씨와 둘이 소풍온 턱이 돼버렸다. 그러고보면 변씨 쪽에서 더
그런 기분이었던 것같았다. 버스를 타고 수원에 오면서도 변씨는 무
릎을 바싹 민구의 무릎에 대고 어깨를 비비듯 하곤 했다. 차체의 흔
들림 때문에 어쩔수없이 그렇게 되는 것같지가 않았다. 민구는 굳
이 모르는 체했다.

버스를 내리면서는 또 변씨가 민구의 양복 앞섶을 손으로 털어주
었다. 별반 털어낼 만한 것이 묻어있는 것도 아니었다. 그러나 민
구는 거기 정말 무엇이 묻었던 듯 자기자신 다시 한번 털어내고는
주머니에서 담배를 꺼내어 물었다. 이런 때 담배를 갖고 오기를 잘
했다 싶었다. 그러면서도 민구는 전처럼 이 변씨가 그다지 징그럽
거나 역겹게 느껴지지는 않았다.

작두타는 굿을 못 보게 되어 다방에 들어가 얘기하는 동안에도 변
씨는 기회만 있으면 상체를 민구 쪽으로 기울여왔다. 얼마 전부터

변써는 다방같은 데서 만나면 앞에 자리가 있더라도 꼭 민구 옆에 앉곤 하는 것이다.

민구가, 친구를 만날 일이 있어서 자기는 나중 서울 올라가겠노라고 했더니, 변써 자기도 오늘은 한가하다면서 기다렸다 같이 가도 좋다는 뜻의 말을 했다. 그러나 친구를 만나면 아주 늦어질 것이라고 하여 변써를 먼저 돌려보냈다.

헤어질 때 변써는, 잠깐, 하고 민구 앞으로 다가와 부드러운 손길로 넥타이를 매만져 바로 잡아주는 것이었다. 넥타이가 정말 삐뚤어졌는지 어쨌는지는 민구로선 알 수 없었지만, 그냥 변써 하는 대로 내버려두었다. 그러는 민구는 약간 면구스러움을 느꼈다. 넥타이가, 약혼식 때 변써한테서 선물로 받은 그 넥타이였다. 변써와 만날 것을 의식하고 그 넥타이를 매고 나오지 않았나 하는 생각이 들었던 것이다. 그건 그렇다 하고, 변써의 정체는 과연 무엇일까.

시내 쪽을 향해 민구와 준태가 걸어가는 저만큼 앞 밭둑에서 사내애 하나가 하늘을 쳐다보며 소리를 지르고 있다. ……암탉 줄께 빙빙 돌아라…… 독수리 한 마리가 하늘에 미끄러지듯 원을 그리고 있다. ……수탉 줄깨 빙빙 돌아라…… 같은 자리에서 원을 그리고 있는 듯하면서 독수리는 이동을 하여 농과대학 뒤로 자취를 감추어버린다.

"역시 수원은 낙원이군."

"왜?"

"독수리가 떠있는 것만 봐두 알쪼 아냐."

"촌이란 말이지. 서울두 조금만 변두리 쪽으루 나가면 마찬가질껄."

"독수리를 보니까 동시베리아에 살구 있는 야쿠트족이 생각나는군. 그 야쿠트족은 말야, 독수리를 신성한 동물루 숭배하구 있어."

준태가 웃으며,

"또 시작이시군."

"그 사람들은 가장 위대한 샤먼은 독수리가 보낸다구 믿구 있거든. 그래서 독수리가 어떤 집에 나타나면 그집 주인은 이를 먹여 기를 의무가 있다구 생각해. 집에 고기가 없으면 송아지를 잡아서라두 먹여야 한단 말야. 그곳에선 대개 독수리가 자기 죽을 땔 예감하구서

인가를 찾아오는 모양인데, 죽을 때까지 그렇게 먹이다가 죽으면 장사까지 해줘야 한다는 거야. 그것두 땅속에 파묻는 게 아니구 나무 위에다 단을 만들구 거기다 모신대. 그렇게 안 했다가는 화를 입는대나. 그리구 재미난 이야기가 또 있어……"

"아, 이제 고만고만! 귀에 못박히겠다."

"미신 얘긴 집어쳐라 이건가?" 민구가 불만인 듯이 말했다. "속신 가운데두 과학적으루 타당성을 가진 게 얼마나 많다구 그래. 이를테면 우리나라에서 갓난앨 나면 인줄을 띠우지 않어? 그것두 미신으루만 돌릴 게 아냐. 연약한 갓난애와 허약해진 산모를 얼마 동안 외부사람들과의 접촉에서 차단시켜놓는 게 얼마나 위생적이냔 말야. 심지어 굿만 해두 그렇지. 정신분석의 한 치료법으루 볼 수두 있잖어? 그 과학문명이 발달했다는 서양에 더 허무맹랑한 속신이 있는 건 어쩌구. 검은 고양이가……"

"문제는," 준태가 또 민구의 말을 자른다. "우리나라 미신하구 서양사람들의 미신하구 비교해서 어느쪽이 더 미신적인가를 따지기 전에 말야, 어느 쪽이 더 그 미신이 몸에 배어 그걸 생활화시키구 있느냐 하는 데 있겠지."

"근데 말야, 우리나라 사람한테 유독 신이 잘 붙는데, 그 원인이 뭐라구 봐?"

"글쎄…… 그건 정착성이 없는 데서 오는 게 아닐까. 말하자면 우리 민족이 북방에서 흘러들어올 때 지니구 있었던 유랑민근성을 버리지 못한 데서 오는 게 아닐까. 우리 민족이 반도에 자리를 잡구 나서두 진정한 의미에서 정치적으루나 정신적으루 정착해본 일이 있어? 물론 다른 민족두 처음부터 한곳에 정착된 건 아니지만 말야. 그렇지만 어디 우리나라처럼 외세의 침략이 그치지 않은 데다가 나라를 다스리는 사람들의 폭넓은 영구적인 자주성이 결여된 나란 없거든. 신라통일만 해두 그렇지 뭐야. 우리 힘으루 통일한 게 아니구 당나라의 힘을 빌리잖았어? 다른 면에서 본다면 당나라가 자기네 변방을 위협하는 고구려를 없애버리는 데 신라가 말려들었다구 볼 수두 있는 거지. 어쨌건 외군이 떳떳하게 우리나라 땅에 발을 들여놓게 된 게 신라 때부터구, 요즘 흔히 말하는 주체성의 결여

두 그때부터라는 걸 상기해야 할껄. 이렇게 옛날부터 우리 생활 밑
바탕은 정착성을 잃구 살아온 민족야. 나두 거기 어엿이 한몫 끼어
있지만 말야." 준태의 언성은 약간 높아져있었다. "이런 걸 봐두 알
수 있잖어. 19세기 초에 거지들의 조합이란 게 우리나라에 있었어.
서울을 몇 구루 나눠가지구 동냥질을 한 거야. 마치 자기 소유의 땅
세나 집세를 거둬가듯이 말야. 웃기지 뭐야. 이런 게 다 우리나라
사람들의 집시근성에서 나왔다구밖에 볼 수 없어. 그 근성이 현재
까지두 이어져있다구 봐. 결국 우린 아직두 유랑민근성을 못 벗어
나구 있는 셈이지."
"조합얘기가 나왔으니 말이지," 민구가 말을 받았다. "무당조합은
그보다 앞서 생겼었어. 18세기 말엽에서 20세기 초엽까지 존속된 재
인청이란 게 그건데, 이 조합엔 무당을 비롯해서 재인, 기생, 광대
들이 포함돼있었지. 그 규제가 대단했어. 만약 한 무당이 남의 단
골을 침범할라치면 그 수입을 몰수하구, 재범하면 그 수입의 두 배
를 징수하구, 삼범하면 추방해버렸지. 지금두 지방에 따라서는 무
당들이 각각 구역을 맡아가지구 다른 무당의 침범을 막구 있어. 무
당뿐 아니라 그곳 주민들 자체가 그걸 바라구 있는 거야."
"슬픈 유랑민의 역사가 아니구 뭔가."
"그렇게 비관적이구 부정적으루만 보지 말자. 우리나라 사람들에
게두 좋은 점이 있잖어. 착하구 어질다는."
"이봐, 그런 생각이 위험한 거야. 실은 그렇지두 않으면서 우리나
라 사람들은 착하다는 말에 얽매어 정말 착하구 어진 걸루 착각하
구 있을 필요가 뭐냔 말야. 옛날엔 그만두구라두 근세에 와서 당파
싸움으루 얼마나 잔인했나. 정적은 삼족을 멸했지 않어. 죽이는 데
두 능지처참을 하구. 그뿐인가, 동란 땐 어땠나. 그리구 말야, 설
사 우리가 어질구 착한 민족이라구 해서 그게 무슨 미덕이야. 남에
게 억눌려두 순순히 받아들이구, 어질구 착한 백성이니 용서해주리
라는 걸 미끼삼아 그때그때의 권력에 붙어사는 얌체족이나 길러내
야 한다는 건가. 분노할 땐 분노할 줄 아는 민족이어야 해."
"그래두 우리 민족이 밝은 해를 숭배했다는 건 장래성이 있다는 표
징 아냐?"

"것두 실상은 우리 생활이 어둡구 답답한 데서 온 역작용일 거야. 결핏하면 이래서 죽겠다 저래서 죽겠다는 소릴 하는 걸 봐두 알 수 있잖어."

"천만에. 죽기는커녕 우리나라 조상들처럼 생성이란 걸 특히 원한 민족두 없어. 우리들이 현재 〈하늘〉이라구 부르는 말은 원래 〈한알〉에서 오지 않았나 해. 만물이 자라게끔 빛두 비춰주구 비두 내려주는 하늘을 커다란 알루 본 거지. 우리나라에 난생설화가 많은 것두 그래서 생겼을 거야. 알이란 생명을 낳는 모체거든. 일전 연휴를 이용해서 동해안에 가 봤더니 아직두 남근신앙이 남아있어. 이것이야말루 생식, 즉 생성을 숭상하구 있는 대표적 증좌지 뭐야."

여러 곳에 들러 탐문을 하여 찾아간, 삼척에서 포항 쪽으로 약 백리가량 떨어진 신남리라는 갯마을에서다. 바다로 뻗은 곳 끄트머리에 당집은 없고 돌로 쌓아올린 단만이 있었다. 돌단에 층계가 있어 올라가니 당나무인 커다란 향나무가 한 그루 서있고, 거기에 나무로 깎아 만든 남근이 새끼줄에 굴비처럼 엮어져 주렁주렁 달려있었다. 물결이 일어 출렁대는 바다를 배경하고 주렁주렁 달려있는 남근의 모형이 조금도 추잡스럽게 보이지가 않았다. 동네사람의 말이, 온동네가 지내는 큰 제사는 음력 정월 초순에 하고, 제각기 수시로 작은 제를 지내는데 그때마다 남근을 매단다고 했다. 이렇게 남근 제사를 지내야 고기가 많이 잡히고 바다에서 사고가 일어나지 않는단다. 남근의 크기는 직경 일여덟 푼에, 길이 대여섯 치 정도요, 생김새는 밋밋하다. 동네사람들의 설명에 의하면 몇해 전만 해도 남자의 생식기 그대로의 형상이었던 것을 보기에 뭣하다 해서 지금의 것처럼 만들게 됐다는 것이다. 돌단 둘레를 둘러보다가 돌틈에 끼어있는 오래된 남근 두 개를 발견했다. 하나는 거의 썩어 간신히 형태만을 남기고 있었으나, 다른 하나는 약간 썩고 벌레가 먹고 나뭇결이 터지긴 했어도 상사목이나 귀두의 생김새가 완연했다. 둘 다 가방에 넣어갖고 돌아왔다.

"내 한번 그걸 보여주지. 아주 귀중한 물건이야."

"너나 잘 모셔둬라. 농작물을 증산하려면 농업기술을 발달시켜야 하는 거구, 해산물을 많이 잡으려면 어로기술을 발달시켜야 하는 거지, 남자 생식기나 만들어가지구 제살 지낸다구 될 일이야?"

"어쨌든 우리 조상들이 모든것의 생식이나 생성을 원했던 건 분명해."

"이봐, 약하구 불안정한 상태에 놓여있을수록 인간이란 생식을 원하게 되는 거야. 후손이나 끊기지 않으려구. 그것두 어쩔수없는 유랑민근성에서 온 거지 뭐야."

"걸핏하면 유랑민근성 어쩌구저쩌구 하는데, 그러면 대체 어떡히면 좋다는 거야?"

"나두 몰라. 우선 내용두 없이 우리 자신을 미화시키지 말구 철저히 우리 자신의 현재를 자각하는 데서부터 시작해야 할 거야. 유랑민의 자각! 우리 누구나 할것없이 말야. 자, 저기 가서 목이나 축이자."

준태가 민구의 담배에서 불을 옮겨붙이며,

"담배 끊은 줄 알았는데 오늘은 어쩐 일야?" 한다.

"응, 한동안 끊었었어. 그런데 안 되겠더군." 그러나 은희 있는 데선 그대로 담배를 삼가고 있는 민구다.

곱창구이에 소주를 마셨다. 엔간히 술기운이 돌자 느닷없이 민구가,

"야, 너 너무 태평하더구나," 한다.

무슨 얘긴가 하는 시선으로 준태는 민구를 마주본다.

"그래 자기 여편네가 어디서 뭘 하구 있는지두 모른단 말야?"

"뭘 말이지?"

"은희가 그러는데 말야, 니가 알려준 대루 니 여편네 양장점엘 찾아갔다가 한참 헤맸다더라."

"그런 일이 있었나."

"그런 일이 있었나가 뭐야. 지금두 니 여편네 양장점이 어됐는지 모르구 있니?"

"꼭 알아야 하나."

"정말 천하태평이구나."

"임마, 미용원엘 다니시지 그래."

"자식 한다는 소리가. 어쨌건 자기 여편네 사업장소가 어디라는 것쯤은 알구 있어야 할 게 아냐?"

"미안하이."

"나한테 미안할 건 없구…… 근데 니 여편네 일주일에 한 번 정도 집에 내려온다메?"

"음," 하고 나서 준태는 덧붙였다. "요즘은 보름에 한 번일까."

"그래두 괜찮니?"

"괜찮지 어때."

민구는 들었던 잔을 내려놓으며,

"난 암만해두 너희 부부꼴이 이해가 안 가," 했다. 이해가 안 간다는 말은 은희가 자기에게 한 말을 그대로 옮긴 것이다.

"그럴 수두 있지 뭐." 그러면서도 준태는 사실 자기네 부부가 제삼자로서는 좀 이해가 곤란할 것이라고 생각했다. 그러나 자기네 부부뿐 아니고 다른 부부들도 제삼자로서는 이해하기 힘든 경우가 많지 않을까. 아니, 원체 부부란 그런 게 아닐까.

"니가 남자니까 니편에서 서울 와 통근을 하면 어때?"

"글쎄 좀 두구 봐서.……"

"남의 부부생활이니 간섭 말라 이건가? 좋았어, 좋아. 삼가지. 허지만 조심해, 조심."

"뭣을?"

"뭣은 뭐야, 그여자 말이지."

"그여자?"

"왜 요전 배밭의 동반자 있잖어?"

"아, 남양 말인가? 그 남양이 어쨌다는 거야?"

상체를 내밀고 있던 민구가 곱창기름이라도 얼굴에 튄 듯 고개를 뒤로 젖히며,

"요즘두 만나?"

"만나게 되면 만나지."

"조심하라구. 보통여자가 아니야. 겉으루 보기와는 달리 대담한 데가 있어. 괜히 소문나지 않두룩 조심해." 지연이 보통여자가 아니니 조심해야 한다는 것도 은희한테 들은 말이었다.

준태는 웃으며 건성 대꾸를 했다.

"응, 그래?"

다음날 준태는 지연과 만나기로 돼있었다.

제 3 장

  햄릿이 요 며칠 동안은 더 곁을 주지 않고 멀찍이서 에돌았다.
광견 예방주사를 맞힌 뒤부터였다. 네로와 엘리자벳은 지연이 붙들
어주어 쉽게 주사를 맞힐 수 있었으나 햄릿만은 그게 안 되었다.
식모애가 개 머리에 푸대를 씌우고 가축병원 사람이 나무에 붙들어
매고서야 겨우 주사를 놓았다. 무슨놈의 개가 그러냐고 가축병원 사
람이 투덜거릴 정도여서 지연은 좀 민망스러웠지만 햄릿이 밉지는
않았다. 지연은, 그렇게 해서 예방주사를 맞힌 햄릿이 이제껏보다
자기에게 곁을 주지 않는 건 당연할지 모른다고 생각했다. 붙들고
아프게 하고 한 건 식모애와 가축병원 사람이었지만 그들이 괴롭히
는 걸 보고도 가만있은 지연 자기를 원망스럽게 여기는 것이라고 이
해하려 했던 것이다. 어쨌든 햄릿의 표정과 거동에 불신의 빛이 더
해진 게 뚜렷했다. 지난번 소나기가 쏟아진 날은 지연 자기 몸에 코
끝을 대기까지 한 햄릿이었는데.
  그날 소나기가 지나간 뒤였다. 창밖을 내다보던 지연이 한 향나
무에 눈이 끌렸다. 여러 색깔의 물구슬이 그 나무에 달려있는 것이
다. 다른 활엽수에는 물론, 곁에 있는 향나무에도 그런 현상은 일
어나지 않았다. 물구슬을 단 향나무도 전체가 그런 게 아니고 서북
향쪽으로 사람의 한 키만큼 높이의 부분에 국한돼있었다. 남향한 지
연의 2층방에서는 오른쪽으로 비스듬히 내려다보이는 위치였다. 가
을날 낮기운 햇살의 각도와 물방울이 이루어놓은 이 파랑, 빨강, 노
랑의 구슬들의 영롱한 빛이 너무나 신비스러워 지연은 눈을 떼지 못
하고 있었다. 물구슬들은 똥그란 것, 약간 갸름한 것, 좀더 갸름한

것, 가지가지였다. 이런 물구슬들이 떨어지는 순간부터 한낱 무색
의 물방울로 화해버리곤 했다. 떨어지지 않고 매달려있는 채로 광
선의 움직임에 따라 무색의 물방울로 돌아가는 것도 있었다. 그런
반면에 물구슬이 새로 생기기도 했다. 지연은 헌 신문지를 들고 뜰
로 나가 벤치에 접어 깔고 앉았다. 가까이서 구슬들은 더 투명하고
영롱해 보였다. 개장 속에서 소나기를 피하고 있던 네로가 앞에 와
선다. 엘리자벳은 조금 떨어진 곳에, 햄릿은 개장 앞에서 이쪽을 바
라보고 있다. 지연은 네로의 머리를 쓰다듬어 주었다. 눅눅한 몸에
서 퀴퀴한 누린내가 풍겼다. 지연이 그러나 그 냄새를 싫다 않는다.
하나 둘 물구슬이 사라져가다가 아주 없어지고 만다. 맨 나중에 없
어진 게 노랑빛 구슬이던가. 갑자기 지연은 자기가 앉아있는 벤치
등받이를 누가 건드리는 듯한 기척에 고개를 돌렸다. 어느새 왔는지
햄릿이 벤치등받이에 앞발을 걸치고 있다. 지연이 반가워 엉겁결에
손을 내밀자 햄릿은 재빨리 뒤로 물러난다. 지연이 일부러 몸을 굳
혀 앞만 보고 가만히 있어 본다. 좀만에 다시 벤치등받이를 건드리
는 소리가 났다. 지연은 미동도 않고 있었다. 무엇이 지연의 등에
와닿는다. 햄릿의 코라는 걸 안다. 지연은 그냥 가만있는다. 그러
나 다시 햄릿의 코는 와닿지 않는다. 햄릿은 여전히 무엇인가를 경
계하는 눈친가보았다. 그나마도 지연은 기뻤다. 햄릿이 그만큼이라
도 가까이 다가와준 것이 어디냐.

　지금도 지연은 벤치에 앉아 햄릿이 가까이 오기를 기다리고 있다.
햄릿만 개장에서 풀어놓은 것이다. 햄릿이 한 발가량 떨어진 데서
지연을 지켜보고 있다. 서로의 시선을 맞춘다. 지연은 그 시선을 통
해 햄릿의 불신의 빛을 사그라뜨려보려는 것이다. 그러나 햄릿은 한
발자국도 더 가까이 오지를 않는다. 또 날짜가 걸려야 할 것이다.
개장에서 네로와 엘리자벳이 앞발로 철망을 긁으며 끙끙대고 야단
이다. 그러나 오늘은 그들과 놀아줄 시간이 없다. 이제 준태를 만
나러 나갈 시간이 된 것이다. 지연은 벤치에서 일어나며 자기가 때
때로 이 어딘가 균형을 잃은 햄릿을 준태와 견주고 있었던 걸 생각
하고 혼자 웃었다.

　지연은 여태까지 만났던 어떤 남성에게도 느껴보지 못한 것을 준

태한테서 느끼고 있었다. 그것은 다시없는 허술함같은 것이었다. 묘한 이끌림이 아닐 수 없었다. 준태의 몸이 균형을 잃고 있듯이 그의 심중 어딘가에도 균형을 잃고 있는 듯한 허술함에 평안한 친근감같은 걸 느끼는 것이었다. 그러한 것이 그네로 하여금 별 부담없이 준태와 만날 수 있게 하고, 만나면 즐거운지도 몰랐다.

지연은 전에 고해하듯이 성호한테 털어놓던 애기를 그와는 다른 심정으로 아무렇지도 않게 준태에게 쏟아놓곤 했다. 한번은 여고 때부터 오랜 동안 사귀어오다가 헤어진 한 남자의 애기를 한 끝에,

"그 사람을 우연히 뒤번 만난 적이 있어요. 공대를 나와가지구 어떤 회사 엔지니어루 있는데요, 내가 결혼하기 전엔 자기두 결혼 안한대나요."

"요즘 세상에두 그런 희귀한 순정파가 있나." 준태가 농조어린 어투로 튕겼다. "거기 버하면 남양은 너무 잔인한데."

"제가요? 어째서요?"

"남은 군대에 들어가 고생을 하구 있는데, 그동안을 못 참아서 변심했으니 말이죠."

"어머나, 여태 헛들으셨네요. 거기에 어디 변심이란 말이 당키나 해요."

"그럼 상대방의 얼굴모습이 변했든가요? 그 갓 목욕한 것처럼 늘 쌍 환하던 얼굴이?"

"그런 것두 아녜요. 얼굴은 좀 타긴 했어두 옛날같이 맑구 깨끗하구 그랬어요. 결정적인 이유는 딴데 있어요. 긴 군대생활이 한 개인의 정신면에 조금두 발전을 주지 못했던 거라구 지금두 믿지만요. 만나서 같이 시간을 보낼 때 대화에 핀트가 맞지 않는 거예요. 전에는 그렇지 않았거든요. 가령 무슨 말을 시작할 때 솔직히 말해서 솔직히 말해서를 연발한다든가…… 그말이 필요치 않은데두 말예요. 어떻게나 실망을 주든지. 제 말 알아들으시겠어요?"

"남양은 솔직한 것보다 솔직하지 않는 편을 좋아하시는 모양이군." 준태는 예의 빈정거림조로 받았다.

"그렇게 보셔두 좋아요. 하지만, 선생님이 더 솔직하지 못하시다는 걸 아셔야 해요."

"그런가요? 이를테면 어떤 것이?"

"선생님은 조금두 자기 과거를 얘기하시지 않지 않았어요?"

"그것하구 솔직하지 못한 것하구 무슨 상관이 있을까요? 응, 알겠습니다. 종이쪽지에 적었던 내 낙서를 갖구 그러시는 모양인데 그건 별것 아닙니다. 나중 생각하니 그런 걸 메모했던 게 되레 쑥스러울 따름입니다."

준태가 지연을 만나는 심정도 지연의 심정과 비슷했다. 오히려 더 담담하다고 할 수 있었다. 언젠가 아내 창애한테서 준태는, 당신은 아무두 사랑하지 못할 사람이에요, 자기자신만을 사랑할 줄 알지, 하는 말을 들은 적이 있지만 이미 연애감정같은 것에 빠져들어갈 정열을 잃어버렸는지도 몰랐다. 그래서 민구가 수원 왔을 때 한, 지연의 얘기를 듣고도 그저 웃어넘겨버릴 수 있었는지도 몰랐다. 말하자면 준태가 지연을 만난다는 건, 옛날의 하숙생활 기분으로 돌아가 가끔 마음에 맞는 친구하고 만나는 것과 그다지 다를 바 없다고 여기는 것이다.

이러한 준태의 홀가분하고 마음 편한 하숙생활같은 분위기가 그러나 깨어지는 수가 있었다. 창애가 집에 들르는 날 밤이었다. 그렇다고 하룻밤 왔다가 가는 그네를 그처럼 역겹게 여기지는 않게 돼 있었다. 하룻밤만 묵고 떠나가는 나그네로 치면 되었던 것이다. 물론 그것은 아직도 둘이는 부부라는 걸 말많은 세상사람들에게 인상 시켜주기 위한 위장에 지나지않았다. 그리고 이 위장은 둘이 완전히 갈라서기까지 지속되리라는 걸 피차 알고 있었다.

나그네처럼 다녀간 지 오랜만인 어제 창애가 또 나그네처럼 밤이 이슥해서 집에를 들렀었다. 이날밤도 그네는 술기를 하고 있었다.

그네는 할멈더러 저녁은 안 먹겠다고 하고 세숫물만 달라고 했다. 세수를 한 그네가 먼저 잠자리에 들기를 기다리며 준태가 책을 뒤적거리고 있으려니까 별안간 웩웩 하는 소리가 들렸다. 할멈이 미처 내가지 못한 세수대야에 구부정 고개를 디밀고 토하고 있다. 술이 지나쳤는가 섞어 먹은 때문이 아닌가 싶었다. 손가락을 입안에 넣고 토해내느라 괴로워한다. 준태가 가, 한 손으로 이마를 받쳐주고 한 손으로 등을 쓸어주었다. 한갓 타성과 같은 동작이었다. 그네도 준태가 하는 대로 별 기색을 보이지 않고 내버려둔다. 이것 또한 타성과 같은 내맡김이었다.

건더기는 얼마 되지 않고 액체만 꽤 많이 토해냈다. 시크무레한 악취 속에 술냄새가 섞여 풍겼다.

할멈이 새로 떠온 물로 입을 가신 창애는 얼굴을 별로 매만지지도 않고 자리를 펴고 그속으로 들어간다. 잠잠해진다. 이제 잠이 들면 코를 골 것이 분명하다고 생각하고 있는데 그네가,

"지겹지 않아요?" 한다. 폭 가라앉은 목소리다. 준태로 하여금 짜장 지겹다는 느낌을 실감하게 하는 음성이었다. 그네가 다시 말했다.

"우리 이런 상태에서 벗어나야 하잖아요?"

준태는 앞지름을 당한 셈이었다. 준태 자신 속에 이미 준비돼있었던 말인 것이다. 그는 그것을 확인하듯이 입을 열었다.

"옳은 생각이야."

"간단할 것같애요."

"음."

여태까지 준태는 둘이 갈라서기에 앞서 크고 작고간에 여러 고비를 넘겨야 하리라고 은근히 걱정스러웠었는데 그네로부터 간단할 것 같다는 말을 듣자 사실 그럴 거라는 생각이 드는 것이었다.

"전 생각했어요. 우리가 이런 상태에까지 빠지게 된 건 누구의 탓이라구 서루 전가할 필욘 없다구요. 아마 그 책임은 반반이겠죠."

그네의 말써는 여전히 가라앉아있었고, 좀전에 토해낸 때문인지 음성에 취기도 가셔져있었다.

준태 역시 이제와서 누구의 잘잘못을 따질 필요는 없다고 생각했다. 따진다고 지금의 파탄을 돌이킬 수 있을 것도 아닌 것이었다. 처음에는 부부라는 저수지 둑에 모래구멍이 나있던 것이 이제는 무엇을 가져도 막을 수 없을 정도로 구멍이 커진 것이다. 게다가 지금은 저수지의 물이 다 빠져나가고 말라버린 것이다. 혹은 둘이 부부가 되기 전에 구멍이 나있어서, 처음부터 저수지에는 물이 괴어있지 않았었는지도 모를 일이었다. 그러한 과거를 캐보았댔자 아무 소득도 없을 뿐 아니라 자칫 잘못하면 쓸데없는 감상에 떨어지

기 쉬울 위험이 있었다. 이 자리에서 감상은 금물이다. 준태는 말했다.

"낼이라두 난 틈을 낼 수 있어."

"이렇게 하면 어떨까요?" 그네가 좀 뒤에 말했다. "이집 잡히구 30만원 빚낸 것 있잖아요. 동업하는 오여사가 얼마 안 있어 타는 곗돈으루 우선 이집 문서를 찾아주기루 했거든요. 그 문서가 돌아오는 날을 그날루 잡아요."

"아주 이집을 팔아가지구 청산하두룩 하지."

"집을 팔면 어떡해요?"

"집같은 게 대순가."

준태는 집을 팔아 그네의 빚을 청산한 후 진짜 하숙생활로 들어가는 것도 무방하다고 생각했다.

둘이는 더 말을 하지 않았다. 준태는 자기네 두 사람이 부부생활을 해오면서 이와같이 피차 상처를 주지 않고 차분히 가슴을 터놓은 얘기를 주고받은 적은 없었던 것같았다. 헤어지면서 비로소? 너무나 아이러니컬한 일이 아닐 수 없었다.

준태는 그네가 어서 잠들 수 있도록 불을 끄고 자기도 제자릿속으로 들어갔다. 이날밤은 그네가 코를 골더라도 아무렇지 않을 것 같았다. 그런데 준태는 그네가 코를 골았는지 어쨌는지를 모를 만큼 자신이 먼저 깊은 잠에 말려들어가고 말았다.

"선생님은 이런 차 앞을 지나갈 때 운전사가 타구 있을 때하구 없을 때하구 어느쪽에 더 위험을 느끼세요?" 길을 막고 있는 빈 트럭 앞을 돌아 지나가면서 지연이 준태에게 말을 건넸다.

"위험이라니, 차가 사람을 치지 않을까 하는 위험 말인가요?"

"네, 일테면."

준태는 바바리에 양손을 깊숙이 찌르며 말했다.

"그야 운전사가 탔을 때 더 위험을 느끼죠."

"그럴까요. 전 그렇지 않은데요. 빈 차일수록 저게 굴러오면 어쩌나 하구 겁이 날 때가 있어요. 운전사가 탔으면 설마 마구 굴러나지는 않을 거 아네요?"

134

"허지만 사고를 내는 차가 빈 차든가요?"

"그야 사정이 다르지만…… 만약 이 우줄 말예요, 아무두 주관하는 이가 없다구 생각할 때하구 있다구 생각할 때하구 어느쪽에 안전 감을 느낄 수 있을까요?"

"굉장한 비약이시군요. 결론부터 말하면 신이 있어야 한다는 거죠? 남양은 어느 교회에 나갑니까?"

"장충동에 있는 교회요."

"열성적인 교횐가요?"

"열성없는 교회가 어디 있어요."

"아니, 예배 때 손을 내두르구, 소리를 지르구 하는가 말입니다."

"통성기도를 할 맨 그래요."

통성기도를 할 때만이 아니었다. 목사가 병자들을 위해 기도할 때도 여기저기서 할렐루야 소리와 함께 손뼉소리가 커다란 물결처럼 밀어닥치곤 했다. 기도 끝에 목사가 병 나은 사람은 즉석에서 간증을 하라고 하면 어떤 부인은 일어나 여러햇동안 가슴이 답답하여 숨도 제대로 쉬지 못하던 병이 금방 나아서 시원해졌다고 하기도 하고, 한 남자노인은 양쪽 무릎이 저려 잘 건지도 못하던 것이 깜쪽같이 깨끗해졌다면서 설교대 앞까지 걸어가 보이기도 했다. 병이 나았다고 간증을 할 때마다 교인들은 할렐루야 소리를 지르며 손뼉을 치기도 하고 두 손을 번쩍 쳐들어 휘두르기도 하는 것이었다.

"열성이 지나쳐 광적이 되는 건 곤란하죠." 준태가 말했다. "일전에 어떤 화보잡지를 보니까 대단하던데요. 인천에서 좀 떨어진 기도원이라는데, 3천 명이 넘는 신도들이 북과 나팔소리에 맞춰서 템포 빠른 찬송가를 부를 때면 거의 반미치광이가 된다는 겁니다. 대부분이 여잔데, 70 노파로부터 여남은살 난 어린애까지 손뼉을 치면서 춤을 추기가 예사랍니다. 목사라는 사람이 붉은 십자가를 들구서 응원단장처럼 그걸 리들 하는데, 그러다간 신도들이 허공을 향해 별별 고갯짓 손짓 몸짓을 하면서 울부짖는다는 겁니다. 화보에 두 춤추는 광경하구 무엇에 썰 것처럼 눈을 게슴츠레 뜨구 손을 휘두르면서 부르짖는 모양이 났더군요. 취재를 간 기자가 춤을 추던 스무살 안팎의 처녀더러 그 이유를 물으니까 자기도 모르게 춤이 나오더라는 겁니다. 그리구 하는 말이, 하나님이 시켜서 그렇겠죠, 이랬던데요. 그 기사에 목사의 얘기가 또 걸작이에요. 자기를 이단이라구 비난하는 사람이 있지만 자기는 성경에 있는 대루 믿구 그대루 행할 따름이다, 세상에는 모두 미친사람으루 가득 차있지 않은가, 돈에 미친 사람, 정치에 미친 사람, 그러나 자기는 이왕 미칠바엔 예수에게 미치기루 했다는 겁니다. 이런 목사가 있는 교회일수록 더 번성하죠. 이런 걸 남양은 어떻게 보십니까?"

"전 잘 몰라요." 지연은 별 생각없이 꺼낸 말이 이런 데까지 번지게 된 것에 약간 당황해하면서 말했다.

"저두 마찬가집니다." 준태가 말을 이었다. "다만 분명히 말할 수 있는 건, 그 목사라는 사람이 예수에게 미친 동기란 아주 단순하단 겁니다. 다른 사람들이 물욕에 미치구 권력에 미치니까 자긴 예수에게 미치겠다는 거 아닙니까. 그야 그 목사의 자유니까 관계할 바 아니지만 그러한 동기에서 예수에게 미친 목사가 수많은 신도들한테두 자기처럼 미치게 한다는 게 문젭니다. 이러한 것과 기독교정신과 무슨 상관이 있단 말입니까."

"그러니까……" 지연이 좀 사이를 두어 말을 받았다. "우리나라 사람들의 기독교 신앙을 부정하시는 건가요?"

"그런지두 모릅니다. 우린 진정한 의미의 종교를 못 가질 민족인지두 모릅니다."

"그래두 선생님은 기독교에 관심이 많으신 것같은데요?"

"중고등학생 땐 한동안 교회에 꾸준히 나갔었죠. 새벽예배두 빠지지 않구요."

"지금은요?"

"안 나갑니다."

"왜요?"

"약자의 신앙밖에 못 가진 자신을 깨달았기 때문입니다."

"너무 어려워요."

"한마디루 말해서 이세상에서 잘 살지 못했으니 죽어서나 천당에 가보겠다는 신앙, 부자가 천당에 들어가기란 낙타가 바늘구멍으루 들어가기보다 힘들다는 비유에서 위안이나 얻으려는 신앙, 이러한 약자의 신앙밖에 못 가진 자신을 깨달았기 때문입니다. 목사의 설교두 내게 그런 걸 요구했구요. 교회를 바꿔봤지만 마찬가지드군요. 그래 남양의 신앙은 어떻습니까? 허공을 향해 손짓 고갯짓을 하면서 춤출 경지에까지 이르렀습니까?"

지연이 웃으며,

"그런 신자가 될 소질이 있어 보여요?"

"충분하죠."

"무얼루 그걸 아세요?"

"빈 트럭 앞을 지날 때가 더 위험을 느낀다니 뻔하죠 뭐."

지연이 다시 웃으며,

"함선생님이 그렇게 보신다면 한번 그런 신자가 돼볼까요."

그날 밤은 눈에 뵈지 않는 비가 내리고 있었다. 그리 짙지도 않은 안개비였다. 그런데도 어느새 아스팔트는 촉촉히 젖어 번들거리면서 양쪽 상점에서 비치는 네온의 여러가지 색깔을 물감물처럼 풀어놓고 있었다. 가을날씨답지 않게 포근한 밤이었다.

애 하나가 지우산 다발을 들고 인도 한가운데 서서 지나가는 사람에게 우산 사라고 외치고 있다.

맨머리바람인 준태도 그랬지만, 머리에 스카프를 쓰고 있는 지연은 우산이 필요하다고 느끼지 않았다.

을지로에서 3·1로로 둘이는 걸었다. 3·1로에서 충무로길로 들어서서 얼마를 갔을 때 지연이 나지막한 소리로 준태에게,

"아는 여자분 아니세요?" 했다.

준태가 주춤했다.

"이쪽을 보드니 외면을 하는데 아무래두 선생님 아는 분같애요."

준태가 뒤를 돌아다보았다.

"저 베레모 쓴 남자하구 같이 가는 여자분요."

창애였다. 그들도 우산을 받고 있지 않았다.

"아는 사람입니다." 준태가 고개를 앞으로 바로잡으며 말했다. "내 아냅니다."

지연이 아연했다. 순간 걸음을 멈추듯 하면서,

"근데 보구서 모른 척 지나가요?"

준태는 자기가 그들을 먼저 보았대도 그랬을 거라고 생각하며,
"경우에 따라서는 그럴 수두 있는 거죠."

"대단하시네요. 하긴 모르는 여자하구 같이 지나가니까 못 본 체하는 게 에티켓이라구 생각하셨나보죠?"

"아닙니다. 그런 것에 신경을 쓸 여자가 아니에요. 남양두 신경을 쓸 필요가 없을 겁니다." 담담한 어투였다.

전에 준태는 창애가 다른 남자와 함께인 현장을 직접 확인하고 싶은 충동을 받기도 하고, 그러한 장면을 목격했을 때 어떤 모욕감같은 걸 맛봐야 할 것같아 그런 부닥침이 없기를 바라기도 했었다. 그러나 정작 당하고보니 별다른 감정이 일어나지를 않았다. 그저 이미 도장을 찍은 거나 다름없는 자기네 이혼장에 다시 한번 인주를 잘 묻혀 도장을 똑똑히 찍는 심정이었다.

"차 한잔 더해요." 한참을 대화없이 걷다가 지연이 말했다.

그건 순전히 지연의 여성으로서의 직감이라고 할 수 있었다. 준태가 자기 아내에 대한 자세한 얘기가 없고, 지연 자신이 캐묻지 않았지만, 왜그런지 준태 부부의 생활이 짐작되었다. 그러한 준태를 그네는 허락되는 시간만이라도 혼자 내버려두지 않고 자리를 같이 하고 있고 싶었다.

눈에 띄는 다방으로 들어갔다.

둘이는 별 화제를 주고받는 것도 아니었다. 그러나 지연은 침묵의 괴로운 무게를 느끼지 않았다. 둘이의 앞에 놓인 차가 조금씩 입을 대보고 만 채 절로 다 식어있었다.

얼마나 시간이 지나셨을까, 준태가 지금까지 해오던 얘기의 계속이기나 한 듯 입을 열었다.

"사실은 내가 생각해온 굴욕이란 것두 막상 당하구 나니까 별것 아니라는 게 증명됐습니다."

지연도 지금까지 들어오던 얘기나 받듯이,
"그러면 다행이시네요."

"좀아까 당한 일이지만, 무슨 일이나 정면으루 부닥치기 전이 더 무섭다는 걸 새삼 깨달은 셈이죠." 준태가 천천히 말을 이었다. "결

국 이번 굴욕은 나 자신이 길러온 거나 다름없습니다. 내가 결단을
못 내린 데서 왔다구 할 수 있으니까요."

"벌써 다방문을 닫는 모양이네요."

셔츠바람의 청년이 빈 의자를 한옆으로 밀어놓으며 홀 안을 소제하
고 있었다. 그러고보니 다방 안에는 자기네 외에 다른 손님이 없었다.

밖은 한결 짙은 안개비가 내리고 있었다. 그것은 비가 내린다느
니보다 자욱이 안개가 껴있는 것과 같았다.

지연이 택시를 세웠다. 지연이 먼저 오르고, 준태는 따라 오르는
형식으로 차를 탔다.

"어디루 가십니까?" 운전사가 물었다.

"우선 그냥 가세요." 지연이 말했다. 어디로든 가서 준태와 좀더
시간을 보내야 한다는 생각을 하면서도 딱히 어디로 가리라고는 정
해지지 않고 있었다.

"멀리는 못 갑니다." 운전수가 약간 통명스런 어조로 말했다.

"왜그러죠? 아직 시간 많이 남았는데요?"

"보다시피 사고나기 꼭 알맞는 날씨 아네요? 일찌감치 차고루 들
어갈랍니다."

지연이, 그러면 가까운 어디로 가야 할 텐데 하고 있는데, 운전
사가 넘겨 생각했는지 어떤 호텔 앞에 차를 세웠다.

준태와 지연은 서로 마주보며 어이없는 웃음을 웃고는 차에서 내
렸다. 그러자 지연이 무엇을 생각했는지 앞장서 호텔 안으로 발을
들여놓았다. 그네는 생각했던 것이다. 자기네가 호텔로 들어가는 목
적이 다른 데 있는 이상 마음에 꺼릴 게 없지 않으냐고.

보이가 인도한 방은 양실이었다. 2류호텔은 되는 성싶어 방안에
놓인 가구들이 그다지 저급하지는 않았다. 둘이 팔걸이의자에 마주
앉아 다시금 맥없는 웃음을 웃으려니까, 노크소리가 나고 이번에는
소녀애가 들어와 석유난로에 불을 붙이더니 주무시고 가시겠느냐고
한다. 준태가 지연의 의향을 묻지도 않고, 한 시간쯤 있다가 돌아
가겠다고 하고는, 돌아서 나가려는 소녀애에게 맥주를 가져오라고
일렀다.

가져온 맥주를 준태가 지연의 컵에 따르고 자기 잔에도 따른다.

그리고는 지연에게 마시라고 권하지도 않고 자기만 잔을 들어 입으로 가져간다. 지연더러 마실 줄 알면 마시고 그렇지 않으면 그만두라는 투다.

지연은 맥주를 처음 대하는 건 아니었다. 그네는 자기 잔을 들어 한 모금 마셨다.

스탠드바 스툴에 걸터앉아 창애는 한동안씩 사이를 두어 포도주 잔을 입으로 가져다 혀끝을 축이듯 하곤 했다. 전에없이 조심스럽게 술을 마시는 것이다.

좀 간격을 갖듯 옆에 앉은 미스터 강은 칵테일잔을 양 손바닥에 감싸쥐고 빙글빙글 돌리다가는 입안에 털어넣는 식으로 마신다.

창애가 지그시 미스터 강을 바라본다. 미스터 강의 표정에 지친 듯한 빛이 어리어있었다. 얼마 전부터 영화회사 미술일을 맡게 된 것이 고단한 모양이라고 창애는 생각한다.

"오늘은 더 피곤해 뵌다아."

"음."

"그동안 촬영하던 영환 끝나지 않았어？"

"다른 영화회사 일을 또 맡았어."

"그럼 술 많이 마시지 마."

미스터 강이 대답 대신 입을 다물어 입꼬리를 좌우로 길쭉하게 만든다. 내버려둬달라는 표시다. 창애는 미스터 강의 이런 어린애같은 표정 지음새를 좋아했다.

좀 후에 창애는 마음속에 있는 어떤 얘기를 억누르고 딴말을 꺼냈다.

"이리루 오는 길에 말야, 허즈와 어기구 지나쳤어. 알은 체할 걸 잘못했나봐. 미스터 강두 소개하구."

"그건 악취미야." 미스터 강이 술을 입안에 털어넣는다.

"그럴까."

"오늘밤은 수원 내려간다구 했지？"

"글쎄 내려갈까 했는데……"

미스터 강이 술잔을 빙글빙글 돌린다.

"내려가는 것 그만뒀다아."

미스터 강이 파이프에 담배를 담아 입에 문다.

갑자기 창애는 속이 메슥메슥해옴을 느낀다. 얼른 스툴에서 내려와 화장실로 간다. 마신 술과 그밖에 시큼한 액체를 조금 토해낸다. 이래서 오늘은 술을 삼갔는데. 더 토해지는 것이 없는데도 헛구역질이 잇따랐다. 의사의 말대로 영락없는 입덧의 증상이었다. 저번 수원 내려갔을 때 토한 것도 실은 이런 이상 때문이 아니었을까. 매달 정확하게 제날짜에 뵈던 것이 두 달 거른 데다가 한 사날 전부터는 가끔 헛구역질이 나 오늘 아침 병원엘 갔더니 임신이 틀림없다는 것이었다. 알 수 없는 기쁨이 가슴을 메운 건 잠깐, 뒤미처 두려움같은 게 온몸을 휩쌌다. 형식상으로 아직 남편인 준태 이외의 남자의 애를 잉태했다는 데서 오는 두려움만은 아니었다. 자기의 임신을 미스터 강에게 알렸을 경우 미스터 강은 어떤 태도로 나올까. 기뻐해준다면 모르지만 그렇지 않다면? 좀전에 창애가 마음속에 있는 말을 억누른 것도 이때문이었다. 그리고 지금도 헛구역질 속에서 그네의 머리를 차지하고 있는 것은 그 생각뿐이었다. 왜 그런 것에 구애를 받아야 하나, 형편에 따라 처리하면 되지 않는가, 하는 따위의 생각은 당장은 소용없었다.

준태는 천천히 혼자 맥주를 따르어 마시다가 지연에게로 눈을 들었다.

"사람이란 죽기 위해 죽을 결심을 해선 안되구 살기 위해 죽을 결심을 하구 살아나가야 한다는 말을 대학 어느 교수한테 들은 게 생각납니다마는, 죽기 위해 죽을 결심을 하구 그걸 실천한다는 것두 쉬운 일이 아니드군요."

지연의 눈이 준태의 눈을 바로 받았으나 준태가 눈길을 비켰다. 그리고 말을 이었다.

"열네살 때 일입니다. 국민학교를 졸업하구 중학교 입학시험을 봤을 때니까요."

시험에 합격이 됐다. 성적이 둘째였다. 입학식날이었다. 비가 왔다. 제법 큰비가 전날밤부터 내렸다. 사환노릇을 하고 있던 약방집 지우산을 받고서 학교로 달려갔다. 진창으로 신발이 엉망이 되었다. 운동화바닥이 닳아 뚫어져서 발마저 흙물투성이가 되고 말았다. 입학식은 강당에서 있었다. 먼저 온 애들이 줄을 서서 정돈하고 있었다. 강당에 들어가느라니까 질벅하게 흙물투성이가 된 검은 목양말 자국이 마룻바닥에 찍혔다. 부끄러웠다.

"허지만 더 굴욕적인 일이 기다리구 있었어요." 준태는 목을 축이듯이 맥주를 한 모금 마셨다. "애들 틈에 끼어설려구 했더니 말예요, 선생 하나가 명부를 들구 와서 날 줄 밖으로 끌어내는 거예요. 입학금이 미납이라 식에 참례할 수 없다는 거지 뭡니까. 죽구 싶드군요. 그래 죽기루 결심을 했죠. 그리구는……"

이때 인터폰의 벨이 울렸다. 지연이 일어나 침대 탁자 위에 놓인 수화기를 가 든다. 저쪽에서 무슨 말을 하는지 지연은, 그러냐고, 그럼 하룻밤 묵는 걸로 하라면서 자기 집 전화번호를 대고 연락을 부탁하고는 끝으로 과일 한 접시를 보내달라고 한다. 미리 준비나 했던 말처럼 찬찬한 말씨였다.

시계를 보니 열한시 15분이었다. 준태는 담배를 꺼내어 붙여물었다. 좀만에 다시 인터폰의 벨이 울렸다. 거기 서있던 지연이 곧 수화기를 들었다. 지연은, 친구네 집에서 자고 가니 그리 알라는 말을 했다. 전화를 끝내고 제자리로 돌아오는 지연의 얼굴은, 찬찬하던 목소리와는 달리 붉게 상기돼있었다.

소녀애가 사과와 배를 쟁반에 놓아갖고 왔다. 준태가 소녀에게 맥주 두 병을 더 시켰다. 지연이 준태더러 사과를 드시겠느냐 배를 드시겠느냐 묻는다. 준태가 지금은 생각없다고 했다. 지연이 사과 한 알을 깎아 먹는다. 준태는 새로 가져온 맥주도 처음처럼 천천히 혼자 따라 마신다.

지연이 사과를 다 먹기까지도 준태는 하던 얘기를 꺼내지 않았다. 지연은 서두르지 않아도 된다고 생각했다.

손에 든 컵에 한참 눈을 주고 있던 준태가 간신히 입을 열었다.

"얘기를 하다보니까 쑥스럽군요. 허지만 시작했으니까 마저 할께요. 정말 그맨 땅속으루 꺼져버리든가 죽구만 싶드군요. 그래 죽기루 결심하구서 서호를 찾아갔습니다. 거기 빠져죽을 작정이었죠."

서호에 빠져죽으려는 덴 까닭이 있었다. 여섯살인가 나던 해 겨울이었다. 한밤중에 어머니가 서호엘 데리고 나가는 것이었다. 그때 어머니 곁에서 추위에 덜덜 떨던 기억과 어머니가 손을 어찌나 꼭 쥐는지 아파 견딜 수 없었던 기억이 남아있다. 왜 어머니가 추운 겨울밤에 서호로 데리고 나갔는지 여섯살 당시의 준태로서는 알 길이 없었다. 그러나 열네살이 된 준태는 그때의 어머니 심중을 알 수 있을 것 같았다. 어머니는 함께 서호에 빠져죽으러 나갔던 것이다. 그 당시 아버지는 밖에 나가 집에 돌아오지 않는 날이 많았다. 어머니는 혼자 방구석에서 울곤 했다. 그런 어머니가 자기와 함께 죽고 싶어졌던 것이다. 그런데 어째서 그때 어머니는 자기와 함께 죽지 않았는지 모르겠다. 서호에 얼음이 얼어 빠져죽을 수 없었는지 또는 생각을 돌이켰는지 그는 알 도리가 없다. 다만 서호란 곳이 어머니가 자기와 함께 죽으려던 장소라는 것만 열네살짜리 준태의 머리에 못박혀 있었다. 그 서호에 가 빠져죽자. 입학식에서 쫓겨난 준태가 서호에 갔을 때 그냥 호수 위에 비가 쏟아지고 있었다. 바람에 물결이 술렁거렸다. 술렁대는 호수 위에 쏟아지는 빗발 앞에 서서, 빠져죽자 빠져죽자 하는 마음의 소리를 얼마나 외쳤는지 모른다. 그러나 종내 호수에 몸을 던지지 못하고 말았다.

"술렁거리는 호숫물과 그 위에 쏟아지는 빗줄기가 무서웠는지 모릅니다. 어쨌든 그게 말할 수 없이 부끄러웠습니다. 아시겠어요? 그리구 이건……" 준태가 컵에 주고 있던 눈을 지연에게로 들었다. "아니, 안색이 좋지 않은데요. 어디가 편찮은가부죠?"

"괜찮아요." 지연이 도리질을 하며 말했다.

그네의 얼굴이 창백해져있었다. 실상 그네는 좀전부터 오싹오싹 한기가 들어 견딜 수가 없었던 것이다. 술 때문은 아닐 것이었다. 술은 첫번 준태가 부어준 한 컵을 아직 반쯤 남겼을 정도로밖에 마시지 않고 있었다. 준태가 권하지도 않았고, 지연 자신도 더 마시려 하지 않았던 것이다. 아마 안개비라고는 해도 어깨에 젖어든 빗물이 좋지 않았던 모양이었다. 게다가 석유난로를 켜놓긴 했어도 썰렁한 방안 공기가 좀처럼 가시지 않고 있었다.

"몸이 불편함 눕는 게 어때요?" 준태가 나직이 말했다.

지연도 이불을 쓰고 눕고만 싶었다. 그러나 참았다.

"전 괜찮아요. 말씀 마저 하세요."

준태가 아홉살 때 일이었다. 이미 어머니와 아버지가 저저끔 어디론가 사라져버린 뒤 어떤 집에 붙어살 때였다. 두부장사를 하는 집이었다. 목판을 들고 두부 사라고 외치며 대문이 열려있는 집은 마당에까지 들어갔다. 그러면 방안에서, 안 산다는 말소리와 함께 문이 열렸다가 준태가 마당에서 완전히 나와야 닫히곤 하는 것이다. 안 산다는 말을 하기 위해 문을 열곤 하는 줄 알았다. 그러나 그런 게 아니었다. 어떤 집에서는 문을 열고 밖에 있는 신발을 숫제 방으로 들여놓는 것이었다.

"어린 마음에두 어쩌나 굴욕스럽든지요. 허지만 지금 생각해보면 아무것두 아닌 걸 가지구…… 아니, 안색이 더 창백해지는데?" 준태가 지연의 얼굴에 눈을 준 채 말했다.

둘이의 시선은 준태가 이야기를 시작할 때와는 반대가 돼있었다. 처음에는 준태가 지연의 시선을 피하고 있었던 것이 차차 지연이 준태의 시선을 피해 앞 탁자에 눈을 주고 있었다. 지연은 생각했다. 그것은 준태의 말대로 지금에 와선 아무것도 아닐지 모르나 어쨌든 그에게 그러한 아픔을 다시 한번 되씹게 한 것은 미안한 일이다. 자기가 이날밤 집에 난생처음 거짓말까지 해가면서 준태와 함께 시간을 보내려고 한 것은 전혀 이러기 위한 것은 아니었는데.

"몹시 불편한 것같은데 좀 누우세요."

지연이 잠시 더 주저하다가 일어서며,

"그럼 그렇게 할께요."

지연이 침대께로 가 머뭇거리는 눈치자 준태가 말했다.

"불을 꺼두 좋습니다."

불을 끄고 침대로 들어간 지연은 자기의 누워있는 모습을 불빛에 드러내고 싶지 않았다. 그러는데 준태의 말소리가 다시 들렸다.

"불 켜지 않아두 좋습니다."

지연이 준태 쪽을 보았다. 처음에는 어둠 속에 아무것도 분간할 수 없었으나 블라인드 새로 스며드는 바깥 전등빛으로 해서 준태의 실루엣이 드러났다. 그는 좀전의 자세대로 앉아있었다. 그 모습이 지연의 가슴에 새겨졌다. 그네는 등골이 오싹거려 이불을 턱까지 끌어올렸다.

창애는 미스터 강의 팔을 꼈다. 전에는 술취한 자기의 몸을 가누기 위해서였지만, 이날은 미스터 강의 몸을 부축하는 뜻에서였다. 그러나 술이 센 미스터 강은 꽤 많은 분량을 마셨건만 걸음을 헛디디지 않았다.

"저런 물감으루 한번 그림 그려보구 싶은 생각 안 나?"

창애가 아스팔트에 풀려있는 네온의 색깔을 보며 말했다. 물에 젖은 색깔들이 다양한 음영을 띠고 깔려있었다.

미스터 강은 잠자코 걸음만 옮겨놓는다. 영화회사의 일을 맡기 시작하면서부터는 그림에 대한 얘기와는 외면을 하는 것이다.

창애는 문득 눈앞의 여러 색깔들이 하나의 강줄기를 이루어, 그 강줄기가 본래 방향 아닌 반대 방향으로 역류하는 게 보였다. 물살이 꽤 셌다. 거기에 한 사나이가 물줄기를 따라 헤엄을 치고 있다. 마냥 열심히 헤엄을 치고 있다. ……

과일장수가 목판에 벌여놓았던 과일들을 챙기고 있는 앞에서 창애는 걸음을 멈췄다.

비옷을 입은 늙수그레한 과일장수가 챙기던 손을 멈추고,

"물건들 참 좋습니다," 한다.

창애가 비닐에 덮인 과일들을 살폈다.

"이 빠나나 어떻습니까. 잘 익구두 성성합니다."

창애가 고개를 가로젓고는 귤을 손가락으로 가리켰다.

"여기 네이블이 있습니다. 외국산이죠."

"저 귤을 좀 보여달라니까요."

"그건 셔서 못 먹어." 미스터 강이 한마디 했다.

"네, 그건 좀 십니다. 이 네이블 들여가시죠."

"여러말 말구 저 귤이나 어서 보여주세요."

과일장수가 꺼내놓는 귤 중에서 창애는 아무거나 두 개를 샀다.

종종 들르는 호텔에 와서도 창애는 곧 화장실엘 가야 했다. 속이 아니꼬워 견딜 수가 없었다. 씁쓰레한 액체를 또 조금 토해냈다.

화장실에서 나오니 미스터 강이 다리를 밖으로 늘어뜨린 채 침대 한복판에 가로누워있다. 호텔방에 단둘이 되기가 바쁘게 미스터 강은 창애의 입술을 요구하고, 뒤이어 윗옷의 단추를 끄르고, 양말을 뽑아내리고, 브래지어의 호크를 따고 하던 것이 오늘은 그렇지가 않았다. 몹시 피곤한가보았다.

창애의 눈앞에 아까의 강줄기가 되살아나며 거기 헤엄치고 있는 사나이의 모습이 나타났지만 이를 지워버리고 굴껍질을 벗겨 먹는다. 별로 신 줄을 모르겠다. 굴 한 쪽을 떼어 미스터 강의 입에 물려준다. 먹어보지도 않고 상을 찡그리며 뱉아버리려 한다. 그것을 창애가 자기 입으로 받아 다시 그의 입속에 밀어넣는다. 미스터 강이 고개를 비키려 한다. 창애의 입이 쫓아가며 혀로 굴쪽을 몰아넣는다. 그러면서 그네는 속삭인다. 고단하면 오늘밤은 그냥 자. 그러자 미스터 강이 굴쪽과 함께 창애의 혀를 지그시 깨문다. 그리고는 누운 채 창애의 옷을 분주히 벗기기 시작한다.

지연이 눈을 떴을 때 방안은 여전히 컴컴했다. 오한도 멎고 기분도 그만하면 깨끗했다. 본능적으로 준태가 있던 쪽을 보았다. 블라인드 틈으로 스며드는 바깥 빛으로 해서 그의 실루엣이 떠올라있었다. 지금은 팔걸이의자 등받이에 머리를 기대고 잠이 든 듯한 자세였다.

지연은 소리 안 나게끔 조심히 침대에서 내려와 준태 앞쪽을 지나 화장실로 갔다. 화장실 문도 소리 안 나게끔 여닫았다.

조금 뒤 그곳을 나온 지연은 어리둥절했다. 방안이 환했던 것이다. 밤사이 안개비가 개여 블라인드를 활짝 올린 유리창 밖 이른 아침 햇살이 눈부셨다. 멀지 않은 곳에서 교회당 종소리가 울려왔다. "몸이 좀 어떻습니까. 잠은 참 달게 자든데?" 준태가 방 한가운데 서있었다.

"아주 괜찮아요." 지연은 준태의 눈에 다소 핏발이 선 걸 보고, "저 혼자만 편히 자구…… 미안해요."

준태가 고개를 천천히 가로저었다. 그리고 둘이는 마주보며 누가 먼저랄것없이 얼굴에 웃음을 띠웠다. 어젯밤과 같은 어설픈 웃음이

146

아니고 자연스런 웃음이었다.

　준태가 지연 앞으로 다가갔다. 지연은 몸을 피하지 않고 그자리에 서있었다. 둘이는 입을 맞추었다.

　지연과 헤어진 준태는 버스도 타지 않고 먼 거리를 걸었다. 제법 쌀쌀한 공기가 얼굴에 스치는 게 상쾌했다.

　그는 자기 몸 속 깊숙이 잠자고 있던 무엇인가가 깨어난 듯한 기분이었다. 지금껏 한 번도 느껴보지 못한 까닭모를 희열이 진득이 밀려와 가슴을 빈틈없이 메웠다. 이 희열을 놓쳐서는 안된다고 생각했다. 순간 느닷없이 호흡이 답답해지면서 기침이 솟기 시작했다. 그는 숨결을 조절하고 기침을 가라앉히기 위해 가만히 서서 몸을 앙구었다. 그러나 호흡이 제대로 되지 않았다. 들이쉬어지기는 하는데 내쉬기가 힘들었다. 그러는데도 기침은 연방 계속됐다. 숨이 더욱 답답해왔다. 견딜 수가 없어 엉거주춤 앉아버렸다. 그냥 기침은 이어지고 목에서는 가르랑가르랑 가래 걸린 소리가 났다.

　간신히 발작이 멎어 숨을 돌릴 수 있게 됐을 때는 전신이 땀에 젖어있었다. 기운이 빠져 한동안 쭈그리고 앉은 채로 있다가야 몸을 일으켰다.

　이르지만 민구의 아파트를 찾았다.

　민구가 세수한 얼굴을 타월로 닦으면서 문을 열어주었다.

　"아직두 자구 있지 않나 했드니……"

　"천만에, 이래뵈두 부지런을 첫째 밑천으루 사는 사람이란 걸 알아야 해. 근데 얼굴이 왜 그래? 무엇에 질린 사람같이?"

　"찬 바람을 쐬구 와서 그렇겠지." 준태는 얼버무려버렸다.

　"무슨 급한 일이 있어서 이렇게 새벽같이 올라왔지?"

　"커피 있음 한잔 줘."

　"응, 그렇잖아두 내가 마시려구 물을 끓이든 참야."

　민구가 주방으로 간다.

　준태는 민구가 보던 듯 펴놓은 조간신문을 집어들었다.

　민구가 돌아와,

　"좀 진할지 몰라. 난 아침 커피만은 늘 진하게 마시니까."

그러나 준태는 설탕도 넣지 않고 마셨다.

민구는 준태에게서 뭔가 심상치 않은 점을 느꼈으나 짐짓 캐묻지를 않는다. 지금은 물을 때가 아니라고 생각했다. 그리고 준태의 신문 들여다보는 것에서 생각킨 듯,

"참, 성호란 친구 알지? 그친구 이번에 목사가 됐는데 말야……"

일어나 테이블 서랍에서 신문지 한 장을 꺼내다 준태 앞에 펴놓는다.

"그친구 여기 대단한 글을 발표했어."

크리스천주보였다. 〈우리나라 풍습과 기독교〉라는 제목과 함께 성호의 사진까지 나있었다.

"요컨대 기독교가 우리나라 풍습에 대해 너무 지나친 처단을 내렸다는 거야. 여러가지 예를 들었지만 관혼상제의 상례와 제례만 해두 그걸 미신의 행위루 봐선 안된다는 거야. 조상에 대한 공경의 표시루 상례와 제례를 지내는 거지, 영혼의 구원을 얻기 위한 건 아니지 않느냔 거지. 물론 상례나 제례의 번거로운 절차같은 걸 형편에 따라 고쳐나간다는 건 만문제구 말야. 아마 상례나 제례를 미신으루 규정한 건 처음 서양선교사들이 와서 우리나라를 미개민족으루 본 데서 비롯됐을 거라는 거야. 서양사람 자기네의 의식하구 다르다구 해서 우리나라 사람의 고유한 풍습을 무시해버려선 안된다는 거지. 그러니 이제부터라두 시정해야 한다는 거야. 옳은 견해지 뭐야. 그치만 그친구 입장으룬 좀처럼 하기 힘든 주장을 했어."

준태는 성호의 사진을 건성 들여다보며 민구의 얘기도 귓가로 듣고 있었다. 그러면서 그는 아까의 기침을 생각하고 있었다. 대체 어떻게 돼서 일어난 발작일까.

"그리구 참, 일전 그친굴 만났드니 니 말을 하드라."

"뭘?"

"별애기 아니구, 니 안부 물으면서 한번 만나보구 싶다든데."

준태는 그제야 신문 속 성호를 유심히 본다. 사진은 정면으로 찍은 평범한 것이었다. 인쇄가 좋지 않아 선명치가 않았다. 그런대로 준태는 성호의 어떤 감추어진 일면을 사진 저쪽 뵈지 않는 곳에서 대면하는 심정이 되었다. 그 성호가 준태에게 무척 가깝게 느껴져

왔다. 준태도 기회있는 대로 그를 한번 만나봤으면 싶었다. 만나면
할 이야기가 많을 것같았다.

제 4 장

　거무죽죽하니 변색된 벽지 위에 비친 희끄무레한 빛그림자가 또
약간 움직이는 걸 성호는 눈꺼풀로 느꼈다. 최장로의 무테안경이 창
문으로 비쳐드는 빛을 받아 반사시켜놓는 빛그림자였다.
　"우리두 본랜 귀신을 섬기구 살아온 집안이었죠, 크흠." 이즘 돌
마을에 교인보다도 무당과 점쟁이가 더 늘어가는 데 대한 얘기를 주
고받던 최장로가 말했다. "섬겨두 보통 섬겼나요."
　"초문인데요."
　최장로의 조부가 바로 이 교회의 창설자였다는 것과, 그 조부도
장로요 부친도 장로였었다는 것만 알고 있었던 성호로서는 남달리
귀신을 섬겼었다는 최장로의 말에 적이 놀라지 않을 수 없었다.
　"우리 조부님이 귀신을 버리구 예술 믿게 된 동기가 뭔지 아시우?
크흠." 목에 가래가 절린 것도 아닌데 말끝마다 크흠 크흠 하는 그
의 버릇이 이날따라 더 소리가 강했다. "처음부터 기독교 진리에 이
끌리셨던 건 아니예요. 이건 조부님께서 생전에 은근히 귀띔하신 겁
니다만, 크흠, 귀신을 섬기는 것보다 예수를 믿는 게 비용이 덜들
기 때문이었어요."
　"아, 네."
　"봄 가을 날잡아 굿하구, 음력 정초와 칠월 칠석엔 빼놓지 않구 치
성을 드리구, 크흠, 그뿐인가요, 무슨 일이 있을 적마다 살풀이를
한다, 푸닥거리를 한다, 그야말루 무당집 문지방이 닳두룩 드나들
었죠, 크흠. 굿을 한 번 하자면 줄잡아두 지금 돈으루 몇만원 풀어
야 하구, 치성 한 번 드리는 데두 사오천원 들여야 했답니다, 크흠.

그게 예수를 믿으면서부터는 술 담배까지 끊게 됐으니 더 절약될 밖에요, 크흠."

"어쨌든 장로님 할아버님께선 훌륭한 어른이십니다. 그런 결단을 내리는 데두 이만저만 용기가 필요한 게 아니니까요."

"설교 때 그런 얘기를 좀 하셔두 좋을 겁니다. 우리집 일이라구는 밝히지 마시구요, 크흠."

성호도 그걸 생각하고 있던 참이었다. 못사는 형편에 무당이나 점쟁이에게 들이는 비용이 얼마나 큰가 하는 걸 깨우쳐줄 만도 한 것이었다. 참다운 신앙이란 시간이 걸리는 법이니 우선 교회에 나오게 하는 게 중요하다.

"그런데 크흠, 목사님 어떻습니까, 개명하는 건 미신의 짓이 아니겠죠?" 최장로가 화제를 바꿨다. "이름 고치는 것 말입니다, 크흠."

"이름을 고치다니 누구의 이름 말씀인가요?"

"제 이름입니다. 성서에두 이름을 고친 예가 많지 않아요? 크흠."

"뭐라구 고치셨나요?"

"영흥이라구 고쳤습니다. 길 영永자에 크흠, 일어날 흥興잡니다. 어떤 작명 잘하는 노인이 지어주었는데 지금까지의 춘식이란 이름, 봄 춘春자 심을 식植자는 젊어선 괜찮지만, 크흠, 노년엔 좋지 않답니다. 이번에 새루 고친 내 이름은 야곱이 이스라엘이란 이름으루 바꾸구, 시몬이 베드로란 이름으로 바꾼 거나 마찬가지지요, 크흠. 아브라함이나 사라처럼 한 부분만 고치지 않구 아주 갈아버렸으니까요, 크흠."

성호는 대꾸할 말을 잊고 있었다.

"어제 구청에 가 봤드니 호적에까지 새 이름이 올랐기에, 크흠, 목사님께 알려드리는 겁니다."

이날 최장로가 성호를 찾아온 건 교인들 이끄는 방도에 대한 상의를 하기 위해서가 아니고 딴데 목적이 있었던 것이다.

성호는 몹시 개운치 않은 기분으로 젖어갔다. 이름이란 고칠 계제가 되면 고쳐도 무방한 것이다. 성경을 들먹일 필요조차 없다. 그러나 최장로에게 있어선 그게 부자연스럽게 느껴지는 것이었다. 최장로의 나이 예순둘이다. 이 부근에 적지않은 토지를 소유하고 있는 데다가, 시내에 아들을 시켜서 하는 직물관계의 큰 기업체도 갖고 있다. 그 나이에 그만한 처지에 있으면서 좀더 잘되겠다고 개명을 했다는 건 그만큼 의욕적이라고 할 수 있을는지 모르겠으나 그보다 어떤 탐욕의 추한 그림자가 거기 도사리고 있는 것만 같이 느껴졌던 것이다. 하기야 재산이란 있을수록 욕심이 난다니까. 성호는 최장로의 얼굴을 바로 봤다. 안경알에 눈빛은 가려져있었다. 이 최장로가 자기의 개명을 예배 때 교인들한테 알려주기를 속으로 바란다 하더라도 성호는 그러지 않으리라 마음먹었다.

조금 더 앉아있다가 자리를 일어선 최장로가 거무죽죽한 벽지 위에 희끄무레한 빛그림자를 이리저리 움직이면서,

"날씨가 아주 추워지기 전에 도배를 다시 해야 할 텐데요, 크흠," 한다. 걱정 반, 지나가는말 반의 말이었다.

"뭘요, 그냥 지내죠. 그보담은 예배당 지붕을 갈아야 할 겁니다. 금년에 안 되면 내년 봄에라두."

"뺑끼칠이나 다시 하구, 크흠, 물매나 바루잡으면 되지 않을까요 아직은."

"글쎄요, 비가 샐는지두 모르겠습니다."

"비가 새선 안되죠. 비가 새면, 크흠, 집 전체가 망가지니까요. 올라가 봐서 비 샐 만한 곳은 고쳐야죠. 닭잡아 겪을 나그넬, 크흠, 소잡아 겪는 꼴이 돼선 안되니까요." 다음은 혼잣말처럼 중얼댔다. "쥐꼬리만한 노회 보조금이 그나마, 크흠, 해마다 줄어만 가는 형편이니 원."

최장로가 돌아간 뒤 성호도 외출할 채비를 하고 집을 나섰다. 정신병원에 가있는 명숙이를 면회하러 가려는 것이다.

입원한 지 일주일이 채 못돼서 처음 면회갔을 때는 명숙이의 병은 훨씬 차도가 있었다. 성호를 보자 그네는 제법 밝은 웃음까지 띠우면서 반가이 인사를 했다. 머리카락 뽑던 버릇도 멎어있었다. 이렇게 빨리 호전되는 수가 있는가 싶어 성호는 사뭇 흡족했다. 명숙이가, 절 여기서 데리구 나가주세요, 다 나았어요, 하고 애원하듯이 말했다. 성호는 명숙을 데리고 담당의사한테 가서 그런 뜻을 비쳐

152

보았다. 그러나 의사는 고개를 가로저었다. 명숙이가 불쑥 대들 듯이, 자기는 처음부터 아무 병도 없는 멀쩡한 사람이었다고 했다. 의사가 명숙을 향해, 그래그래, 하고 온화한 표정으로 고개를 끄덕이고는 그네더러 밖에 나가있으라고 한 뒤 성호에게, 지금 보신 명숙양의 태도나 말 그것이 병입니다, 했다. 병이 나은 사람이면 과거의 자기는 정상이 아니었다는 걸 깨닫는 〈병식〉이라는 게 있는 법인데 아직 병이 낫지 않은 환자는 자기는 원래부터 온전한 사람이었다고 주장한다는 것이다. 그러면서 의사는 덧붙여 말했다. 기어쿠 퇴원하겠다면 억지루 막진 않겠습니다, 그렇지만 이걸 알아두셔야 합니다, 좀 나아보인다구 퇴원했다가 더 악화돼가지구 다시 들어오기가 일쑤죠, 현재 저희 병원에두 그런 환자가 여럿 있습니다마는, 그중 한 환자는 제가 여기 오던 해, 그러니까 5년 전이군요, 그때 입원해가지구 몇번석이나 퇴원했다가는 악화돼서 되들어오구, 퇴원했다가는 더 악화돼서 되들어오구, 지금은 고칠 가망이 없는 환자가 돼버렸습니다, 그렇게 퇴원했다 입원했다 하는 것두 그 환자가 부유한 집 아들이라 그럴 수 있었지만요. 차분한 말씨이긴 하지만 의사의 마지막 말이 성호에게 박혔다. 명숙은 무료환자인 것이다. 섣불리 퇴원시켰다가 병이 도진다고 섭사리 다시 입원하기란 곤란할 것이었다. 성호가 명숙을 2층 병동까지 바래다주는 동안에도 그네는 몇번 데리고 나가달라고 애원하듯이 졸랐으나, 얼마간 꾹 참고 있으라고 타이를 수밖에 없었다.

오늘도 명숙이가 데리고 나가달라고 조르면 잘 타일러야 한다, 의사가 퇴원해도 좋다고 하기까지는. 성호는 2층 병동으로 올라가 출입문 한옆에 붙어있는 벨꼭지를 눌렀다.

안에서 자물쇠 여는 소리가 나고, 출입문이 열리면서 간호원의 얼굴이 밖을 내다본다. 성호가 명숙이의 이름을 대자, 잠깐 기다리시라고 하고는 문을 닫더니 자물쇠 잠그는 소리가 난다. 병실들은 개방해놓은 대신 병동의 출입문만은 항상 잠궈두게 돼있는 모양이었다. 이윽고 다시 자물쇠 여는 소리가 나고 좀전의 간호원이 나타나더니, 의사선생님이 아래층으로 내려오시랍니다, 한다. 간호원이 담당의사에게 인터폰 연락을 했음이 틀림없었다.

"면회 않으시는 게 좋겠습니다." 연구실에 혼자 있던 담당의사가 성호에게 의자를 권하면서 말했다. "아까 환자 어머니두 오셨다가 그냥 돌아갔습니다."

뜻밖의 말에 성호는,

"무슨 일이 생겼군요?"

"환자가 흥분상태에 있습니다. 저번 면회하구 나서부터 흥분이 가라앉지 않구 있습니다. 어제부터 좀 나은 것같습니다마는. 환자에 따라선 가끔 면회 때 충격을 받는 수가 있죠."

저번 면회 때 병동 출입문을 들어서는 명숙의 눈에 체념의 빛과 함께 성호 자기에게 대한 어떤 원망의 빛이 담겨져 있었던 것처럼 느꼈던 일이 생각났다.

"머리카락 뽑는 습관이 재발했습니까?"

"그렇진 않습니다."

"전엔 왜 뽑았다던가요?"

"주일학교 애들이 시켜서 그랬다는 겁니다."

"주일학교 애들이 시켜서요?"

"현재 입원해있는 환자 중에 이런 환자가 있습니다. 환청을 잘 듣는 환잔데, 간호원이 보지 못하는 사이에 제 손가락을 이빨루 끊어 삼킨 일이 있어요. 나중에 왜 그런 짓을 했느냐니까, 자기 동생이 귀에다 대구, 남의 살만 먹지 말구 네 살을 먹으라구 해서 그랬다는 거예요. 이런 걸 부분적 자살이라구 하죠."

"어떻습니까, 명숙이가 완치될 가망은 있어 뵙니까?" 성호는 성급한 말인 줄 알면서도 묻지 않을 수 없었다.

"정신병엔," 하고 담당의사는 여전히 차분한 말씨로, "엄밀한 의미에서 완치란 없습니다. 그저 사회생활을 하기에 별 지장이 없을 정도면 퇴원시킵니다. 워낙 정신병 치료엔 굴곡이 많아서 좀 나아보인다구 낙관할 수 없는 거구, 좀 나빠졌다구 비관할 필요두 없는 거죠. 앞으루 이 환자에게 퇴행현상만 일어나지 않으면…… 퇴행이란 어른이 어린애루 되돌아가는 걸 말하는 겁니다. 아마 사람이 젤 편안한 건 탯속에 있을 때가 아니겠어요. 가만있어두 영양분을 제공해주니까. 그다음은 갓난애 시절이겠죠. 울면 젖을 먹여주구, 오줌똥을 싸면 기저귀를 갈아주구. 정신병이 심해져서 인격이 소멸되면 이런 어린애루 퇴행하죠. 먹구, 자구, 배설하구…… 나중엔 아무데나 배설해가지구 얼굴에다 맨댁질을 하구 그렇게 아주 퇴행해 버리죠."

성호는 명숙의 얼굴이나마 보고 갔으면 했다.

"내쪽에서만 잠깐 환잘 들여다볼 수 없을까요?"

"외부사람은 병실에 절대 출입금지루 돼있습니다. 그리구 들여다봤댔자 기분좋은 일은 없을 겁니다."

성호는 무겁게 의자에서 일어나며,

"그럼 언제쯤 와보면 좋을까요?"

"글쎄요, 예까지 오시지 마시구 전활 걸어보세요, 한 열홀 후에."

울적한 마음인 채 성호가 집에 돌아오니 대문 안에 편지가 한 장 떨어져있었다. 성호가 집에 있을 때나 없을 때나 편지는 늘 이렇게 배달되는 것이다.

노회에서 온 편지였다. 타이프로 적은 내용은 전보문처럼 간략했다. 다음주 목요일 오후 두시에 노회 사무실로 나오라는 것이었다. 글 인상이 왠지 명령조로 보였다. 〈꼭 나오시기 바람〉으로 끝맺어져서 그런가. 그리고 또 짧은 문면 뒤에 뭔가 긴 사연이 있을 것같은 느낌이 듦을 어찌할 수 없었다. 그것은 문면에 용건이 전혀 밝혀져있지 않아서 그런가. 내주 목요일이면 아직 날짜가 멀다. 이것만은 변두리여서 며칠씩 배달이 늦을지도 모른다는 걸 예상하고 넉넉히 날짜를 잡아 부쳤으리라는 짐작이 갔다.

"오늘 명동에 있는 케익집에 갔었다메?" 화제가 끊긴 사이에 창애가 말했다.

"어?" 미스터 강이 파이프에 담배를 담다 말고 약간 당황한 빛을 보였다.

창애는 좀 의외였다. 동업하는 오여사가 창애 자기한테 명동 케익집에서 미스터 강을 보았다는 말을 한 것은 미스터 강이 누구와 데이트하더라는 것을 귀띔해주기 위함이 아니라는 걸 창애는 알고 있다. 애초에 오여사는 창애 자기와 미스터 강이 어떤 사이인지를 모르고 있고, 그저 창애 자기가 미술계통을 나왔으니 화가인 미스터 강과 친한 사이거니만 여겨을 따름이다. 그러니까 오여사가 미스터 강 애기를 한 것은 가게에 그림을 두 장석이나 손수 가져다 걸어준 사람을 한참 누군지 몰랐었다는 자기 기억력을 한탄하려던 것뿐이었다. 그래서 창애도 가벼운 기분으로 꺼낸 말이었는데 미스터 강의 반응이 의외였다. 그 의외가 창애로 하여금 좀더 구체적인 물음을 묻게 했다.

"케익집엔 누구하구?"

"뭘 가지구 그래?"

"그 머리 긴 애가 누구지?"

"아, 걔."

"뭘하는 애야?"

"장차 스타가 되겠다는 여학사."

대강 짐작했던 대로였지만 창애는

"언제부터 안 앤데?" 한다.

"한 달쯤 됐을까."

"자주 만나?"

"가끔."

그러자 창애의 입에서 생각지도 않았던 말이 튀어나왔다.

"그러면서두 숨기구 있었어?" 아차 했을 때는 이미 늦어있었다. 내가 왜 이런 말을 하는 것일까. 숙맥처럼 자존심도 없이.

"숨기긴 뭘 숨겨. 시시한 소리 말어."

"그래, 그런 시시한 소리 우리 그만해." 그러면서 그네는 느닷없이 마음속으로 어떤 결정을 했던 것이다. 미스터 강에겐 알리지 않고 소파수술을 하기로, 그렇게 함으로써 자존심을 상케 한 부질없는 질투심에 대한 보상이라도 하려는 듯이.

다음날 병원엘 다녀와 오여사에겐 몸살이 오는 것같다고 하고는 2층 침실로 가 누운 창애는 무언가 가슴 한구석이 허전했으나 그 허전한 자리를, 나는 인제 자유스러워졌다는 생각으로 메꾸고 있었다. 미스터 강에게도 아무런 부담감을 주지 않고 자유스럽게 해준 셈이다. 사랑이란 의지하는 것도, 의지를 받는 것도 아니지 않느냐.

오여사에게 부탁한 돈이 들어오는 대로 남편에게 넘기고 나면 누구
한테도 구애받지 않는 몸이 되는 거다.

노크소리가 나더니 재봉사로 있는 소녀가 살그머니 들어선다. 일
하는 소녀 중에서 가장 창애를 따르는 애다.

"아주머니 많이 아프세요?" 소녀는 동그만 얼굴에 커다란 눈을 크
게 뜬 채 조심스러운 어조다.

"아아니, 조끔."

"울었어요, 아주머니?"

"아아니, 울긴 왜 울어." 애가 무슨 소릴 하는가 싶으면서 창애는
소녀에게서 시선을 거두고 눈을 감아버린다.

"지가 재밌는 얘기 할 테니 아픈 것 잊어버리세요." 소녀가 침대
모서리에 걸터앉는다. "아주머닌 I 에서 IO 까지 어느 숫자가 젤 좋
으세요?"

"아홉."

"아하, 아주머닌 아홉 명의 애를 낳 거예요."

창애는 웃으려 했다. 그러나 얼굴 근육이 일그러짐을 느꼈을 따
름이었다.

"그럼 II 에서 IOO 까진 어떤 숫자가 젤 좋으세요?"

"아흔아홉."

"아하, 아주머니두, 연애해서 99퍼센트 성공이에요. 좋겠네요, 아
주머닌. 99퍼센트면 IOO 퍼센트나 마찬가지지 뭐예요. 전 20 이라
구 했거든요."

기집애두. 눈속이 무거웠다. 이대로 잠이 들었으면 싶었다. 그리
고 잠이 올 것도 같았다.

"그럼 아주머니, 밤인데 말예요, 전깃불은 꺼지구, 풍로에선 밥이
타구, 방에선 애가 울어대구, 대문에선 벨이 울리구 있다면 아주머
닌 뭣부터 돌보시겠어요?"

"난 불, 밥……"

"애하구 벨은요?"

"벨, 애기……"

소녀가 홋홋 웃고는,

"아주머니두, 불은 쎅스구, 밥은 생활력, 벨은 사교성, 애기는 모성애래요." 손을 꼽아가며 재미있어 한다.

아련한 졸음기의 물살이 전신을 휩싸왔다. 창애는 그 물살에 몇 겹이고 휘감기는 대로 자신을 내맡긴다.

"그럼 또 하나. 다음 풍경을 상상해보세요. 눈이 새하얗게 덮인 높은 산, 코스모스가 가득 핀 넓은 벌판, 붕어가 막 뛰노는 파란 호수…… 네?"

"응?……"

"그중에서 어느 것이 젤……"

그이상 창애는 소녀의 이야기를 제대로 알아듣지 못했다. 창애는 교복을 입고 있었다. 빳빳하게 풀을 먹여 갓 다린 흰 깃이 새로 껴 있었다. 이상하게 신경이 쓰였다. 엄지와 검지로 깃의 이쪽 저쪽을 꼬집듯이 하여 일부러 구김살을 만들어놓는다. 그제야 마음이 안정된다. 그네 앞에 새로 산 노트가 놓여있다. 신경이 쓰였다. 깨끗한 노트장에 잉크방울을 일부러 떨군다. 그제야 마음이 편해서 노트에 뭣을 적으려 하는데 누가 방해를 한다.

"열은 없구먼." 오여사가 이마를 짚고 있다. "이거 좀 마셔봐."

뚜껑을 딴 파인애플이었다. 창애는 이따가 먹겠노라고 하고는 꿈 속에서 자기가 노트에 적으려고 했던 일을 생각했다. 무엇을 적으려 했더라?

"과로해서 그럴 거야. 게다가 돈 걱정두 있구.…… 푹 좀 쉬두룩 해요." 오여사가 아래층으로 내려간다.

노트에 적으려던 것은 엑스표인 것같다. 국민학교 5학년 때 담임선생이 〈하루 한 가지 착한 일 하기〉란 표어를 교실에 붙여놓고 생도들로 하여금 착한 일을 한 날은 일기책에 빨간 연필로 동그라미를 그리고, 그렇지 못한 날은 엑스를 긋게 했다. 좀처럼 생도들을 벌주지 않는 선생이었으나 표어 실천에만은 철저해서 속임수로 동그라미를 그리는 애가 있으면 가차없이 벌을 주곤 했다. 생도들 중에서 동그라미를 가장 많이 그리는 애는 반장과 창애였다. 자연 둘이는 경쟁심이 생기게 됐다. 창애는 반장에게 지지 않으려고 동그라미감을 열심히 찾았다. 학교에 오갈 때는 집 잃은 애를 파출소로 데려다주기도 하고, 노인을 부축해서 길을 건네다주기도 하고, 학교에선 쉬는 시간만 되면 하급반 교실을 왔다갔다 하며 싸우는 애를 달래어 말린다, 소지품 잃은 애의 물건을 찾아준다…… 그러는 동안 창애는 이상한 데에 생각이 미쳤다. 집 잃고 울고 있는 애와 길가에 쓰러진 노인이 늘어나길 바라고, 하급반 애들이 자꾸만 싸우거나 학용품을 잃어버리길 바라고 있는 자신을 깨달았던 것이다. 어린 마음에도 반발이 생겼다. 그로부터 그네의 일기책에는 엑스표만이 계속 그어졌다. 그걸 지금도 그으려 했던 것이다. 그런데 갑자기 그네 앞에 빨간 동그라미 하나가 선명하게 나타났다. 콩알만한 크기였다. 그것은 한 곳에 머물러있지 않고 이동했다. 무슨 생명체처럼 쉴새없이 이동했다. 그네 눈앞에서 가로세로 쪼르르 달려갔다가는 쪼르르 달려오곤 했다. 유심히 보니 그것은 동그라미가 아니고, 빨간 핏방울이었다. 이 핏방울이 이번에는 그네 몸 언저리를 싸고 질주하는 것이다. 그네는 벌거벗은 알몸이었다. 핏방울은 생명체의 의지를 가진 것처럼 그네의 알몸뚱이에 닿을 듯 닿을 듯하면서 겨우 닿지 않을 간격을 두고 잽싸게 이리저리 질주하는 것이다. 그네는 그 핏방울이 자기 몸에 닿아주었으면 했다. 그리하여 자기 몸에 핏자국을 냈으면 했다. 핏방울이 몸에 부딪히게끔 핏방울이 지나가는 몸의 부분을 움직이려 했다. 그러나 몸이 전혀 움직여지지 않았다. 손으로 핏방울을 움키려 했으나 손이 조금도 말을 들어주지 않았다. 안타까웠다.

제 잠꼬대에 깨어나니 공작실에서 재봉틀 소리가 달달달달 자그마하게 들려오고 있었다. 아랫배가 쌀쌀 아팠다. 그네는 병원에서 준 진정제를 먹고 다시금 잠을 청했다.

사람이란 때로 하찮은 일에서 중대한 판단의 암시같은 것을 받는 수가 있는데 준태의 이번 경우가 그랬다. 직장에서 대수롭지 않게 오간 한담에서 준태는 자기 처신에 대한 어떤 결정을 내렸다고 할 수 있었다.

한 동료가 자기 집에서 있었던 일이라면서 쥐얘기를 꺼낸 것이었다. 본시 부엌이던 데를 온돌방으로 만들고 거기 붙여서 새로 부엌

을 들였다. 그후 새로 만든 온돌방 반자지를 전에없이 쥐란 놈이
까즈작까즈작 물어뜯는 것이다. 여러 마리도 아닌 한 마리가 그러
는 것같았다. 그것도 꼭 조그마한 틈새를 뚫어놓고는 다른 자리로
옮기곤 하는 것이다. 뚫린 틈새로 광선이 들어가 몸을 피하는 것처
럼. 그래 반자지 한가운데다 부러 사면 한 자가량의 구멍을 뚫어 광
선이 듬뿍 올라가게 해보았다. 그런데도 쥐는 사라지지 않고 성한
반자지를 까즈작거려 틈새를 내곤 했다. 그런 지 한 열흘 지난 어
제다. 반자지 한가운데 낸 구멍으로부터 쥐가 떨어졌다. 아주 빼빼
말라비틀어진 쥐였다. 떨어져서는 제대로 기지도 못했다. 아내가
보더니 전에 부엌에만 다니던 쥐라고 했다. 하구많은 쥐 가운데 부
엌쥐란 걸 어떻게 알지? 한 동료가 물었다. 그건 분명하대, 꼬리
가 반쯤 잘린 늙은쥐여서 눈에 익다는 거야, 그리구 새루 들인 부
엌에선 한 번도 그 걸 보지 못했다는 거야. 그 부엌쥐가 어째서 다
죽어가는 꼴이 돼가지구 방안 천장에서 떨어졌을까? 다른 한 동료
가 물었다. 글쎄 말이야, 나두 바루 그걸 모르겠단 말야. 뭐 이상
할 게 있어, 부엌에선 먹을 게 없으니까 새루 만든 방 반자지에서
풀이라두 뜯어 먹다가 그렇게 됐겠지. 다른 또 동료 하나가 말했다.
　이야기는 이러한 해석으로 끝이 났다. 그런데 이 쥐얘기가 준태
의 머리에서 사라지지가 않았다. 암만해도 그 늙은쥐가 새로 들인
부엌에선 먹을것이 없어서 방안 반자지의 풀이나 갉아먹다가 그렇
게 된 것같지가 않아 보였다. 그러면 어째서 그 쥐는 빼빼 말라 비
틀어지면서까지 새로 만든 방 천장에만 있은 것일까. 그리고 먹을
것이 있고 없고간에 어째서 새 부엌에는 얼씬도 하지 않은 것일까.
이때 한 생각이 준태를 붙들었다. 그 쥐는 새로 만든 방 천장으로
풀 뜯어 먹으러 온 것이 아니고 예전 부엌으로 들어가려 한 것이
다. 예전 부엌에만 들어가면 전처럼 무어고 먹을것이 있으리라 믿
었던 것이다. 그래서 예전 부엌으로 들어가려 반자지를 뚫으면 밑
에 사람이 있어 못 내려오고, 뚫으면 사람이 있어 못 내려오고 하
다가 나중에 굶어죽게 되니까 할수없이 뛰어내린 것이다. 터무니
없는 공상일지는 모르나 그게 문제 아니었다. 그저 이 생각에서 준
태가 앞으로의 자기 처신에 대해 어떤 암시같은 걸 받은 게 중요

했다.

토요일 근무를 마치고 퇴근 길에, 준태는 집을 팔아달라고 부탁해둔 몇 복덕방엘 들러보았다. 한결같이 요즘은 집 매매란 통 없고, 전세를 놓는다면 혹시 작자가 쉬 나설는지도 모른다고들 했다. 세 놓을 집이 아니었다. 가격을 싸게 해서라도 꼭 팔아달라고 거듭 부탁을 했다. 그러나 준태는 늙은쥐 얘기를 듣기 전처럼 집을 판 후 수원서의 하숙생활로 돌아갈 생각은 하지 않고 있었다.

집으로 돌아오는 길은 내리받이였다. 새로 뚫린, 아직 포장도 하지 않은 길이었다. 길가에는 집도 별로 들어서있지 않았다.

그러한 길 저만큼 앞쪽에서 한 청년이 자전거를 타고 올라오는 게 보였다. 안장에서 궁둥이를 들고 몸을 좌우로 기울거리며 기운차게 페달을 밟고 있다. 사람과 자전거가 일체가 되어 발랄한 리듬에 차있어 보였다.

준태 가까이 거의 와서였다. 돌부리에라도 걸린 듯 핸들이 뒤뚱 길 안쪽으로 휘어들었다 싶은 순간, 청년은 자전거와 함께 앞으로 튕겨졌다. 뒤에 오던 자동차에 떠받히운 것이다. 길바닥에 자빠진 청년은 외양으로는 다친 데도 없고 피도 흘리지 않아 멀쩡했다. 그러면서도 전신에 잔 경련을 일으키고 있는 품이 다 죽은 사람으로밖에 보이지 않았다. 거기 비하면 모로 쓰러진 채 앞바퀴가 제법 빨리 돌아가고 있는 자전거편이 오히려 살아 움직이고 있는 것같았다. 구경꾼이 모여드는 가운데, 자동차 운전사가 청년을 메어다 차에 싣고 간 뒤에까지 자전거 바퀴는 움직임을 멈추지 않고 있었다.

준태는 저도모를 쓴웃음이 지어졌다. 그처럼 팽팽하게 움직이던 조금 전의 청년과 조금 뒤의 청년과의 사이의 연결이 실감을 주지 않는 것이었다. 이 갑작스런 변화는 인간의 의사와는 아무 상관도 없는 것이었다. 준태에게선 쓴웃음이 거둬지지 않았다. 지연이라면 이런 장면을 보고 뭐라고 할까. 인간의 의사 대신 우주를 운전하고 있는 신의 의사가 작용했다고 할까. 인간의 생명이란 이렇듯 허망하다는 걸 알리기 위한. 그래서 현세의 허망함과 내세의 영원함을 인간으로 하여금 깨닫게 하기 위한. 그러나 신이 있다면 그 자체가 허망한 것이 아니고 뭐냐고 준태는 생각했다. 자기의 모습 그대로

인 허망한 인간을 만들어낸 신 자체가.

내리받이를 다 내려간 거리 어귀에서 준태는 한 집으로 들어갔다. 실내사격장이었다. 이 앞을 지나면서 몇번 간판을 보기는 했어도 들어가보긴 지금이 처음이었다. 문 안에 탁자를 놓고 앉아있는 소녀에게 요금을 치렀다. 50원에, 총알 열 개가 든 봉지와 타깃을 준다. 타깃에는 맨복판 부분이 10, 밖으로 나오면서 9, 8, 7의 점수가 적힌 원이 그려져있다.

사격하는 장소는 입구에서 두 계단 올라간 곳에 꾸며져있었다. 석 자가량 높이의 대가 있고, 이 대에 칸을 막아놓았다. 칸의 수가 여남은 될까. 너덧 칸에서 사람들이 사격을 하고 있다.

준태는 빈 한 칸으로 가 대 위에 놓인 소총을 집어들었다. 엠원보다는 조금 가볍고 카빈보다는 조금 무거웠다. 공기로 조작하게 된 이 총의 생리를 얼른 알 수 없어서 매만지고 있으려니까 중년남자가 오더니 공기 집어넣는 법이며 총알 재는 법, 사격할 때의 자세까지 친절히 가르쳐준다. 준태는 소총을 처음 대하는 사람처럼 잠자코 있었다. 남자가 칸막이 한옆에 달린 도르래를 돌려 타깃을 맞은편 벽으로 보낸다. 거리가 10여 미터밖에 안 됐다.

준태는 겨냥을 하고 방아쇠를 당긴다. 전혀 반동은 없고, 다만 총알이 박히는 소리만 툭 한다. 총알이 어디 박혔는지는 알 수가 없다. 곁에서 지켜보던 남자가 도르래를 돌려 타깃을 약간 벽에서 떨어지게 한다. 벽에 켜져있는 형광등빛을 받아 맞은 자리가 드러난다. 8입니다. 첫솜씨치구는 아주 잘 쏘셨는데요, 하고 남자가 칭찬을 한다. 준태는 제손으로 도르래를 돌려 타깃을 벽에 붙인 후 다시 쏘았다. 그리고는 제손으로 타깃을 벽에서 떼어 바라보았다. 역시 8부분이었다. 군대에 있을 때는 일등사수였는데 이게 뭐람, 요맛 거리에서. 총잡아본 지가 오래서 그런가. 세번째는 8과 9경계선쯤에, 네번째는 다시 8부분에, 다섯번째는 8경계선 가까운 9에.

준태는 쏘던 총을 멈추고 담배를 꺼내어 불을 붙였다. 총알이 정통으로 가 맞지 않는 건 오랜 동안 총을 잡아보지 않아서라기보다 그의 심중 탓인 것같았다. 지연과의 일이 줄곧 그를 붙들고 놓아주지 않는 것이었다. 호텔에서 나와 혼자 걸으면서 느낀 자기 속 깊숙이 잠자고 있던 무엇인가가 깨어난 듯한 까닭모를 희열은 무엇이며, 그뒤에 엄습해온 발작은 무언가. 전혀 새로운 경험이었다.

준태는 다시 총에 알을 재고 가늠을 잘 맞춘 뒤 방아쇠를 잡아당겼다. 역시 8. 다른 사람의 사격 조언을 해주러 가있던 남자가 가까이 오더니, 담배를 삼가 주십쇼, 한다. 준태는 담배를 문 채 사격을 하고 있었던 것이다.

다음번 사격도 마음대로 가 맞지 않았다. 종당엔 지연에게 상처만 남기게 되지 않을까. 그 다음번 사격도 비슷했다. 그네의 상처만은 덜어줘야 한다. 준태로서는 인간관계에 있어 처음으로 조심성을 가져보는 것이다. 그러나, 아니다. 어찌됐든 나는 그네를 만날 수 있는 데까지 만나겠다. 다음번 방아쇠를 당긴 그는 한동안 타깃을 바라보고 있었다. 총알이 표적 한복판을 뚫었던 것이다. 남은 총알 하나도 10 부분에 가 맞았다.

어스레한 기운이 사면에서 소리없이 모여들었다. 방안은 아주 차분하게 가라앉고, 공기조차 어떤 알맞는 중량을 차지하고 있는 듯했다.

준태는 움직이지 않고 조용히 한자리에 앉아있었다. 전등을 켜기 직전의 이 몇분 동안 준태는 하루의 피로를 잊는 시각으로 삼을 때가 있었다. 짧은 동안이었다. 어느새 어둠의 농도가 진해졌다.

일어나 전등을 켜고 책꽂이에서 책 한 권을 뽑아들고 아랫목으로 돌아와 앉는다.

제 5 장

앞집에서 이삼일 전부터 정원을 꾸미고 있다. 지금 커다란 정원석을, 앞에 두 사람 뒤에 두 사람인 사목도로 옮기고 있다. 이영차 소리를 지르며 구부렸던 허리들을 펴려 했으나 호흡이 맞지 않았는지 돌은 움직하지도 않고 목도채에서 어깨들을 빼낸다. 앞뒤 사람이 자리를 바꾼다. 이번에는 허리를 펴 한 발자국 옮기는 듯하더니 한 사람이 휘뚱거리자 다른 세 사람도 비틀거리면서 목도채에서 벗어나고 만다. 그들은 목도채 멘 허리를 펴보지도 못할 때도 있고, 허리를 폈으나 한두 걸음 이상 발을 떼지 못하면서도 목도질을 계속하고 있다. 그러는 동안 돌은 차차 옮겨진다. 지연은 전축의 판을 갈 생각도 않고 이 광경을 지켜보고 있었다.

필재가 사는 삼태기골은 국도에서 왼쪽으로 등성이를 하나 넘어야 했다. 동네 이름대로 삼면이 과히 높지 않은 구릉에 둘리고 앞쪽이 틔어 평지를 이루었다. 20여 호는 족히 될 촌락이 평지에 자리잡고 한쪽 구릉자락에 과수원이 있었다. 과목이 한 5백 주가량 돼 보였다.

과수원 입구 집 앞 넓은 마당에 쌓인 사과더미에 네댓 명의 남녀가 둘러앉아 사과알을 추려내고 있었다. 이 과수원의 주인이 필재라는 사람이냐고 준태가 물었더니, 그중 제일 젊은 청년이 그렇다고 한다. 지금 집에 있느냐니까, 마당 끝 창고같은 집을 가리키며 그리 가보라고 한다.

164

창고같은 집은 잠겨져있었다. 뒤로 돌아갔다. 허름한 작업복에
캡을 눌러쓴 한 사내가 거기 있었다. 많이 변모를 했으나 광대뼈가
솟고 눈이 작은 얼굴에 10여년 전 필재의 모습이 남아있었다. 하
는 일에 너무 열중해있어서 누가 왔는지도 모르는 것같다. 준태는
다가가지 않고 서서 구경을 한다. 지금 필재는 매를 가지고 무언가
하고 있는 중이었다.
　네댓 미터가량 사이를 두고 마주 세운 두 개의 장대에 쇠줄이 건
너매어져있고, 거기에 고리로 꿰논 길다란 노끈 끝에 매의 발목이
묶여져있었다. 잠시 후 필재가 허리 뒤에 감추고 있던 죽은 닭을
후딱 공중에 투친다. 닭이 땅에 떨어지기가 무섭게 한쪽 장대끝 홰
에 앉아 고개를 두룩거리던 매가 날쌔게 날아가 한 발톱으로는 닭
의 등을, 한 발톱으로는 닭의 머리를 그러쥐고 닭의 골통을 쪼아댄
다. 꼬리에 단 방울이 딸랑거린다. 필재가 재빠른 동작으로 닭에게
서 매를 메어내어 왼쪽 팔목에 받는다. 그쪽 손에는 장갑, 팔목엔
두툼한 토시를 끼고 있었다. 매가 먹을것 빼앗긴 것에 화가 난 듯
장갑과 토시를 쪼아댄다. 그러자 필재는 미리 준비해뒀던 대추알만
한 것을 매에게 먹인 다음 홰에 가져다 앉힌다. 그리고 한동안 매
를 지켜보고 있다. 이윽고 매가 먹었던 것을 토해낸다. 필재는 손
바닥에 그것을 받는다.
　"견학 잘했지? 매 훈련시키는 거 처음 볼걸." 필재가 준태를 돌
아보며 말했다. 누가 왔다는 걸 모르지 않으면서도 일부러 구경시
키느라고 잠자코 있었다는 어투였다.
　"임마, 모처럼 먼 데서 오신 손님 앞에서 매 훈련만 시키면 젤야?"
준태가 가까이 갔다.
　필재가 장갑 끼지 않은 손으로 준태의 손을 잡는다.
　"참 오래간만이구나. 별루 변하지 않았는데?" 거칠은 손바닥이요
마디진 손가락이었다. "근영인?"
　"가게 일이 바쁜 모양야."
　"그새낀 쇳독이 올랐어. 니 소식은 그새끼한테 들었지. 자, 저리
루 가자."
　"가만있어. 이 매 한번 만져봐두 괜찮니?"

움직이는 성　165

"그럼."

준태가 손을 내밀어 주황빛 눈알을 도록거리는 매의 등을 쓰다듬으려 했다.

"그렇게 해선 못써. 여길 쓸어줘야지." 필재가 매의 부리 밑에서부터 가슴까지 쓸어내리면서, "등을 쓸어주면 성미가 순해져서 안돼. 이렇게 목을 쓸어줘야지."

"근데 좀전에 토해낸 건 뭐야?"

준태의 물음에 필재는 장갑 손에 쥐고 있던 것을 펴보이며,

"고기," 한다.

그냥 고기가 아니다. 의아해하는 준태를 보고 필재는,

"왜 닭털에 싸서 먹이느냐 이거지? 먹었던 걸 도루 토하라구 그러는 거야."

"토하라구?"

"매가 꿩을 잡는 건 사람을 위해서가 아니거든. 제가 먹으려구 잡은 걸 사람이 빼앗는 거지. 그러니 꿩을 채게 하기 위해선 배를 곯려야 하는 거야. 알겠나?"

"그럼 그냥 굶겨두면 될 게 아냐?"

"모르는 소리. 먹을걸 챘을 땐 뭐든지 먹을 수 있다는 생각을 갖게 해줘야 하는 거야. 일종의 속임수지."

"그렇다구 굶겨만 둘 수두 없잖어?"

"물론이지. 그렇지만 많이 먹여서 살을 찌우면 사람의 손을 타지 않아 안돼."

"상당히 커 뵈는데 아직 새끼맨가, 훈련을 시키게?"

"음. 바루 보라매라는 건데, 첨으루 꿩을 채기 땜에 가시덤불 속이구 어디구 마구 쫓아들어가 잘 잡지."

"대체 매는 언제부터 갖구 노셨누?"

"과수원만 주무르구 살기는 너무 비참해서 말야."

필재는 들고 오던 죽은 닭과 함께 장갑과 토시를 벗어 창고문 옆에 쌓아놓은 사과궤짝 위에 던진다.

뒤에서 매가 옮겨앉는지 방울소리가 났다.

"저 맨 언제부터 사냥할 수 있어?"

"이제 한 달가량만 더 훈련을 시키믄 한몫 하지." 그리고 필재는 마당에서 사과알을 추려내고 있는 사람들 쪽을 향해 소리쳤다. "아주머니, 밥 좀 지으시우. 닭 한 마리 잡구. 그 전에 술두 한잔 주시구."

중년여인 하나가 손을 털고 일어선다.

과수원은 관리가 잘 돼있었다. 공을 들여서 가꾸어온 흔적이 뚜렷하고, 지금도 가지의 위치를 바로잡아주기 위해 막대로 받치기도 하고, 줄을 매어 밑으로 늘어뜨려놓기도 했다. 과목 한 그루 한 그루에 정성이 어려있었다.

"과목들의 나이가 틀리는 것같은데?" 멀리서는 몰랐으나 가까이서 보니까 사과나무며 배나무의 수령에 층이 져있어 준태가 말했다.

"맞았어. 십년 동안 개간을 해가면서 몇 단계루 나눠 심었으니까."

"이만큼 만들자면 힘깨나 들었겠는데. 나무들이 모두 건강해 뵈."

"고생이라면 고생두 좀 한 셈이지."

"이제부터 고생한 보람이 나타나겠다. 해마다 수확이 늘 테니."

"그렇게 되는 게 원칙이지만……" 필재가 하던 말을 중단하고 마침 둘이가 걷고 있는 과수원 샛길 곁의 한 과목으로 다가가 이리저리 살핀다. 다른 과목들보다 작고 생기가 없었다.

그 나문 왜 그 모양이냐고, 준태가 물었다.

"젤 먼저 심은 나문데 요꼴이라네." 필재가 가지에 난 흉터를 손끝으로 어루만지면서, "유달리 벌레가 끓구, 병이 나구 허더니 아주 조잡이 들어 요꼴이 됐어."

"그런 나문 제깍 도태시켜야 하는 거 아냐?"

"물론. 과목 구실 못할 나문 일쩍 처치해버리는 게 원칙이지."

그렇다면? 하는 눈길을 준태는 필재에게 보냈다. 필재의 성미로 봐서 이 나무를 그냥 둔다는 게 이상했다.

"속담에 병신자식 더 귀엽다는 식으루 그러는 건 아닌가?"

"실험용으루 남겨뒀을 뿐야."

"괜히 쓸데없는 감상으루 다른 나무에 병이라두 옮기면 어떡할려구?"

"그럴라면 그러라지. 다른 나무가 좀 없어진다구 상관 있나." 필제의 말투엔, 과수원 관리에 정성을 들이긴 하지만 자기 생각대로 해보다가 안 되면 그만이라는 일면이 짐작됐다.

필제의 네댓 평 됨직한 큰 방엔 이불장 겸 옷장으로 쓰는 철제캐비닛과, 같은 철제의 책상이 하나 있을 뿐 다른 가구나 장식물은 없었다.

필제가 아직 독신이란 걸 근영이한테 들어 알고 있었으므로 준태는 자기의 옛날 하숙방생활을 연상했으나 그것과도 달랐다. 어떤 목적한 것에 도달하기까지 옆눈을 팔지 않는다는 근영이의 말대로의 생활이 엿보였다.

아주머니가 소반에 사과와 배, 그리고 김치와 장아찌가 놓인 술상을 보아왔다.

필제가 아주머니더러 잡은 닭대가리는 매에게 주라고 이르고는 준태더러,

"소위 과수원이란 델 왔으니 과일맛을 봐야겠지만 우선 술부터 들자. 이것두 과수원 산물루 만든 거니까."

사과주였다. 조금 산미가 있는 듯했으나 사과향기가 아련히 풍기는 감칠맛 있는 술이었다. 그러면서도 도수가 어지간히 높아 보였다.

"이거 입에 달다구 멋모르구 마셨다가 내 다리 어딨냐구 찾게 될 술 아냐?"

"뭐가 깨끗하니 안심하라구. 근영이 그새끼두 왔음 좋았을 건데. ……그새끼 그렇게 머리가 벗겨지다간 이제 곧 머리털 하나 남지 않겠드라."

"그치는 흔히 말하는 의미루 성공한 친구야. 너두 마찬가지구."

"이거 왜이래. 난 외양뿐이야, 외양."

"뭐니뭐니 해두 무에서 이만큼 이룩해놓기가 어디 쉬워?"

"야 시끄럽다, 시끄러." 필제는 팔을 쭉 뻗쳐 준태에게 잔을 건네고 나서 언성을 낮추어, "얻은 것이 있다면 그동안 매한테서 배운 것 정도겠지."

"또 맨가?"

"너한테 매사냥하는 구경을 한번 시켰음 좋을 뻔했는데 때가 아니어서 유감이다. 매두 아직 훈련이 덜됐구."

"대체 매사냥을 얼마나 잘 하기에 매, 매 하는 거야?"

"꿩을 많이 잡구 적게 잡구가 문제 아냐. 매사냥을 한다는 그 자체에 뜻이 있는 거지. 너같은 선빈 모를 거다. 낚시질같은 거하군 달러. 그걸 알아야 해. 낚시는 낚싯대라는 걸루 고길 잡잖어? 엽총사냥두 그렇지. 총이라는 무생물이 매개체가 돼서 짐승을 잡는 거 아냐? 허지만 매사냥은 매라는 짐승으루 꿩이란 짐승을 잡는단 말야."

"뭐 새삼스러울 것 없잖어?"

"하여간 내 얘길 들어봐. 낚시하구 고기하구 인간의 관계, 엽총하구 짐승하구 인간의 관계, 이런 건 매하구 꿩하구 인간의 관계완 근본적으루 다르거든."

"철학인가?"

"옛날 제왕이나 재상들이 거의 매사냥을 즐기구, 돈푼이나 있는 집에서는 자식에게 매사냥을 시킨 거 알지?"

"그래서?"

"흔히 남아의 기상을 기르기 위해서라구 말들을 하구 있지. 물론 그런 것두 있기야 하지. 허지만 근본적인 목적은 딴데 있단 말야. 한마디루 말해서……" 필재가 넌지시 준태를 건너다보며 천천히, "남을 지배하는 원리를 거기서 배웠던 거야."

중학시절부터 기이한 언행으로 사건을 만들곤 했던 이 친구가 또 무슨 엉뚱한 얘길 하나 싶어 준태는 웃음이 나왔다.

"웃어버릴 일이 아냐. 매사냥이란 최소한도의 것을 매한테 주구, 최대의 것을 매한테서 빼앗는다는 데에 그 원리가 있거든. 알아듣겠나?"

"굉장한 원리를 발견하셨군."

"글쎄 들어보라니까. 매란 배부르면 주인을 떠나버리구 말아. 나두 처음에 기껏 공들인 매를 하나 잃어버렸어. 꿩 챈 걸 늦게 발견해가지구 달려갔을 땐 이미 매가 꿩 잔등을 흠씬 파먹은 뒤지 뭐야. 매란 놈이 날 보더니만 그냥 높은 나무에 턱 올라가 앉드군.

나뭇가지에 주둥일 쓱쓱 문지르다가 다시 하늘루 휘얼. 그리구는 그만야. 이걸 지배잔 매한테서 배우는 셈이지. 피지배잘 너무 배불리 먹이면 안된다는 걸 말야. 그렇다구 매에게 아무것두 안 먹여 굶겨죽여두 안되듯이 지배자두 자기 소득을 잃어버리지 않기 위해선 피지배잘 아주 굶겨죽여두 못쓰는 거지. 왜 아까 봤지 않어, 매에게 닭털에 싼 고기 먹이는 걸? 피지배자에게두 속임수일망정 그때그때 굶어죽지는 않는다는 생각이 들게끔 해줘야만 더 배를 채워볼려구 일을 하는 거야. 결국 지배자가 그걸 빼앗구 말지만 말야."

"너다운 해석이루구나." 준태가 말했다. "자, 잔 받어."

"인간하구 매를 놓구 볼 땐 인간은 지배자구 맨 피지배자지만, 매하구 꿩을 놓구 볼 땐 지배잔 매구 피지배잔 꿩이지 않어? 근데 매하구 꿩하구 사인 묘한 데가 있어. 이것두 작년 겨울 내가 직접 목격한 건데 말야, 매가 꿩의 잔등을 타구 앉았다구 여겼는데 그만 떨어져나와 멍청해있드란 말야. 거기엔 이유가 있었어. 다른 꿩은 매가 덮치면 날 잡아잡수 하구 죽은 듯이 있는 게 보통인데 그 꿩은 날갯죽지를 푸드득거리면서 맬 때린 거야. 우연한 서슬에 그랬는지, 마지막 발악을 하느라구 그랬는진 알 수 없어. 하여튼 꿩 날갯죽지에 한 대 얻어맞은 매가 다시는 덤벼들 염을 못 하구 멍청해있기만 하는 거야. 꿩이 다른 데루 날아가버릴 때까지 말야. 그후루 이 맨 전혀 꿩을 잡지 못하는 바보매가 되구 말았어. 이렇게 매란 영악하면서두 몹시 겁을 탄다는 걸 알았지? 재밌잖어? 인간의 지배자에게두 이런 구석이 있지 않나 싶어."

"그럼 넌 지금 훈련시키구 있는 보라맬 또 시험해 볼려는 거냐. 꿩 날갯죽지에 맞아 바보매가 되는걸?"

필재는 아무말 없이 술잔만 비웠다.

식사 뒤 둘이 담배를 붙여물고 있으려니까 아까 준태에게 필재 있는 데를 아르켜준 청년이 와 묘목 판 돈이라고 하면서 필재에게 주고 간다.

"묘목두 기르구 있나?" 준태가 물었다.

"음, 조금."

준태는 이날 필재를 찾아온 용건을 말할 때다 싶어,

"여기 땅값이 얼마나 나가?"

"왜?"

"이 부근에 자리잡아볼 수 없을까 해서 말야. 너처럼 과수원같은 거라두 시작하면서……"

"그동안 돈 많이 저축했나부군."

"돈이 많음 이런 델 올려구 해?" 준태는 직장을 그만둘 때 받게 될 얼마큼의 퇴직금을 예산에 넣고 있었다. "니가 시작할 때보담두 더 조그맣게 시작해두 괜찮아."

"어림없는 말씀. 농학사란 분이 깜깜소식이군 그래. 아까 넌 내가 10년 동안 고생을 했으니 이제부턴 그 보람이 있을 거라구 했지만, 건 잘못 생각한 거야. 5백 주 안팎의 과수원을 갖구는 아무것두 안돼. 상식적인 얘기지만 가을철에 과일이 쏟아져나올 땐 적당한 수량만 내구, 많은 걸 저장해두구 월동을 시켜가면서 짠값에 팔아야 하는 건데 어디 소규모의 과수원으루 그걸 감당해 나갈 수가 있어? 다른 모든 기업과 다를 바 없단 말야. 조그맣게 해선 결국 꿩잡는 매격이 되구 말아. 꿩을 잡았다구 생각하지만 큰 기업체한테 빼앗겨. 앞으룬 더욱 그게 심해질껄. 근데……" 필재가 담배를 나무로 짠 커다란 재떨이에 비벼끄며, "아직두 소규모의 과수원이 연명을 해가는 건 품삯이 싼 때문야. 쉽게 말해서 노동력 착취지. 마당에서 사과 추려내는 일꾼들 있잖어. 하루 품삯이 남잔 백50원이구 여잔 백원이야. 그게 어디 품삯이라구 할 수 있어? 이제 오를 거야. 올라야 마땅하지. 품삯이 올라 날개를 치면 거기 맞아서 소규모의 과수원은 나가떨어질 테지. 그렇게 되면 됐지 어쩌겠나. 근데 정작 꿩 날개에 맞을 맨 딴 매야 할 텐데 말야. 딴 매, 알아듣겠나?"

준태는 필재를 찾아오면서 여기 어디에 자리를 잡아볼까 했던 생각은 그자리에서 단념하지 않으면 안 되었다. 다음으로 어떻게 해야겠다는 계획은 아직 서있지 않아, 좀 시간을 두고 생각해보는 수밖에 도리가 없었다.

헤어질 때 필재는 준태더러, 겨울이 되거든 근영이하고 같이 놀러오라고 했다. 그때는 매사냥을 할 수 있을 거라고 생각하면서 준태는, 그래보자고 했다. 그러나 그는 십중팔구 다시는 여기에 오게 되지 않으리라는 걸 알고 있었다.

서울서 올 때는 시발점이라 버스에 앉을 자리가 있었으나 지금은 만원이어서 사람들 틈에 끼어 선 채로 있어야 했다. 손잡이를 잡고 터덜거리는 버스 속에서 준태는 무엇에 썰 듯한 얼떨떨함에 젖어있었다. 이날 자기가 필재를 찾아온 건 마치 매이야기를 들으러 온 거나 다름없는 계제가 돼버렸던 것이다. 필재의 논리에 비춰보면 나라는 존재는 어떠한가. 맨가 꿩인가. 매라면 어떤 종류의 매이고, 꿩이라면 어떤 종류의 꿩인가. 준태는 생각하면서 필재의 만사에 뚜렷한 단정적 태도에 부러움을 느끼는 것이다.

《35세의 무당. 주문을 외우면서 하는 손짓이 특이함.》노트에다 민구는 기록해넣는다. 이날 민구는 교회가 끝나자 은희더러 고향친구와 부득이 만나기로 약속이 돼있다고 하고는 미리 계획했던 한 무당을 찾아가 보고 돌아온 길이었다. 흔히 샤먼들이 눈을 연신 깜빡인다든가 필요 이상으로 고갯짓을 한다든가 하지만 이 무당은 또 달랐다. 《손님의 가슴을 한 손으로 연방 두들김. 샤먼의 특질을 단적으로 나타낸 하나의 본보기라고 할 수 있음.》

본시 샤먼이란 말은 만주어의 SAMAN에서 왔다는 것이 정설처럼 돼있는데, 그 어근인 SAM은 만주어와 몽고어에서 종종 볼 수 있는 것으로, 만주어의 SAMARAMBI와 몽고어의 SAMOROMOY는 똑같이 흥분한다, 맹타한다는 뜻이다. 그리고 만주어의 SAMDAMBI는 춤추는 것을 의미하고, 몽고어의 SAMAGU는 흥분한 사람을 말한다. 결국 샤먼이란 말은 흥분해 두들기며 이리저리 뛰는 사람을 의미한다. 무당들이 장고를 치고 제금을 울리면서 정신없이 춤을 추는 것도 무리가 아닌 것이다.

《이 무당의 투시력이 아주 대단함.》이날도 민구는 점치러 온 손님처럼 가장했었다. 소개도 없이 처음 찾아간 무당한테서 얘기를 끌어내리려면 우선 손님 행색을 하는 게 가장 효과적이다. 그런데 한참 이쪽의 가슴을 탁탁 두들기며 주문을 외우던 무당이 불쑥, 진짜 점치러 오신 게 아니군요, 했던 것이다. 그렇노라고 사실대로 말하고 나서, 남의 마음속을 잘 꿰뚫어보십니다, 했더니 무당이 자기 얘기를 쏟아놓았다. 《남편되는 사람이 딴 여자하고 만나기만 하면 반드시, 어느 시간에 이러이러하게 생긴 여자와 어디서 만나지 않았느냐고 알아맞힌다고 함. 전부터 남편이 바람을 피우지 않았느냐고 하니까, 남편이 하도 난봉을 피워 속이 상하다 못해 병까지 났었다고 함. 결국 남편에 대한 불만 속에 허덕이다 무당이 내린 게 틀림없음. 점칠 때 손님의 가슴을 두드리는 것도 남편을 때려주고 싶은 잠재의식의 한 발로로 볼 수 있음.》

얼마 전 만난, 가난에 쪼들리다가 무당이 내렸다는 그 여인은 점을 칠 때 손님이 내놓은 복채를 움켜쥐고 냉수대접 둘레를 덜덜 떨며 돌리면서, 돈이 삼천리강산을 두루 돌 듯이 이분의 형편을 샅샅이 살펴가지고 알려주소서, 하고 돈신을 부르던 일을 민구가 상기하고 있는데 전화벨이 울렸다. 소식이 뜸했던 변씨로부터의 전화였다. 상의할 일이 있으니 곧 좀 나와주실 수 없겠느냐는 것이다.

우주다방에 나가니 기다리고 있던 변씨가 마주앉는 민구 곁으로 슬쩍 옮겨앉으며,

"제 얼굴 상했죠?" 한다.

그러고보니 변씨의 얼굴이 약간 수척해져있었다.

"어디 편찮은 데라두?"

"아뇨." 변씨가 손으로 자기 뺨을 매만지며, "많이 상해 뵈죠?"

"글쎄 조금…… 지방에라두 다녀왔는가요?"

"서울에 쭉 있었어요."

"그러면서두 아무런 연락이 없은 걸 보니 대단히 바빴던 모양이군요."

"선생님편에서 먼저 연락을 하면 큰일나나요." 그리고는 오래 보고 싶었던 사람이나처럼 민구의 얼굴을 찬찬히 들여다보다가, "함경도 오구굿 일이 해결되기 전엔 선생님을 뵙지 않기루 맘먹구 있었거든요. 아마 그 일이 마음에 씌어서 몸이 축갔는지두 몰라요." 푸른 기 도는 윗잇몸이 약간 드러나뵈는 웃음을 웃고는 손등으로 입을 가린다.

그 동작이 변씨로 하여금 여성적이게 만든다고 생각하며 민구는,

"그래 해결을 보게 됐는가요?"

"그러니까 나오시라구 했죠."

"그 노파가 응낙을 했다는 거죠?" 민구의 말소리가 약간 들떠 나왔다.

"그래요. 아무튼 선생님은 너무하셔."

"뭐가요?"

"뭐긴 뭐예요. 딴일룬 절 조금두 생각지 않으시면서 그 노파 얘기만 나오면……" 번씨는 민구에게 흘김눈을 해보였다.

"그래 언제 그 노팔 만나볼 수 있죠?"

"지금 막 응낙을 받구 오는 길예요. 선생님 형편대루 아무때구 좋아요."

"정말 수고가 많았어요."

"그런 얘기 들으려는 건 아녜요."

"그 노파가 딴전을 부리기 전에 속히 만나는 게 상책일 것같은데……"

"그렇기두 해요."

"그럼 내일이라두…… 아니, 낼은 오후 늦게 학교 시간이 있어서 안 되겠구, 모렌 오전에 학교가 끝나니 그때 같이 찾아보기루 하죠."

"그게 말예요, 자기네 집에선 안되겠대요. 그래서 저희 집으루 모셔오기루 했어요."

"이거 정말 미안한데요."

"그런 얘기 들으려는 거 아니래두요."

민구가 손을 내밀어 번씨의 무릎 위에 놓인 손등에 얹었다. 번씨가 자기 손바닥을 뒤집어 민구의 손바닥과 밀착시켜왔다. 둘이는 한동안 그러고 있었다. 이건 한갓 우정표시에 지나지않는다고 민구는 생각했다. 그러나 그 우정이 어떤 것이고, 그것을 상대방은 어떻게 받아들이고 있는지에는 생각이 미치지 못하고 있었다.

아파트에 돌아온 민구는 뜻밖의 일에 부딪혔다. 은희가 와있는 것이었다.

"오래 기달렸어?" 민구는 짐짓 천연스런 태도로 양복저고리를 벗어 걸며 말했다.

"어디 갔다 오는 길이죠?" 은희가 민구를 쏘아보았다.

"아까 말하지 않았어? 고향친구와 만난다구."

"날 속이면 안돼요."

"속이긴 뭘 누가……"

"근데 날 언제까지 이렇게 거북스레 드나들게 할 참이죠?"

"거북스레 드나들게 하다니?" 민구가 넌지시 은희를 바라봤다.

"남들이 이상한 눈으루 볼 거 아네요?"

"남들이야 어쩌건 무슨 상관야."

"날 흔히 있는 여자루 보이게 할 순 없어요."

"그게 무슨 소리야?"

"몰라서 물어요?"

"아 글쎄 남들이야 어쩌건 무슨 상관이냐니까."

"결혼하기까지 드나들지 않기루 했어요." 은희가 핸드백에서 민구의 방 열쇠를 꺼내 테이블 위에 놓으며, "그럼 안녕. 밖에서 만날 땐 꼭꼭 시간 지키는 거 잊지 마세요."

"글쎄 뭐가 어쨌다구 이러는 거야. 조금 더 있다가 가."

은희가 고개를 좌우로 저으며 문께로 간다. 그 어깨를 민구가 와락 뒤에서 붙잡았다. 왜 그런 동작이 나왔는지 민구 자신도 몰랐다. 그네를 돌이켜세우며 다짜고짜 입술을 포겠다. 은희가, 에이 담배냄새, 하며 민구의 가슴을 떠다밀쳤다. 민구의 팔이 풀리면서 제김에 은희는 뒤로 나뒹굴었다. 민구는 아무 여유도 주지 않고 그네의 몸을 자기 몸으로 덮쳤다. 역시 어째서 그런 동작이 나왔는지 민구 자신도 몰랐으나, 은희의 독선과 고집을 꺾어야 한다는 것만은 막연히 느끼고 있었다. 이러지 마세요, 하며 은희는 이런 때일수록 예의 크지도 작지도 않은 미소를 지으며 의연한 자세를 보여야 한다는 생각을 했다. 그러나 그건 생각일 뿐 제대로 되지 않은 채 애써 자기자신을 내세우려 안간힘을 쓰면서 말했다. 날 보통여자처럼 취급해선 안돼요, 이런 걸 바라구 있지 않단 말예요, 더구나 오늘이 무슨 날인 줄이나 아세요, 주일날예요, 주일날. ……그러면서도 민구의 손길이 옷속 살갗에 와닿는 대로 그네의 저항은 차차 누그러져가고 있었다.

제 6 장

전보용지를 앞에 놓고 지연은 한동안 망설인다. 성호에게 집에 들러달라는 전보를 칠 참인데, 정작 글귀를 어떻게 써야 좋을지 머뭇거려지는 것이었다. 글귀 고르기가 이처럼 힘든 줄은 몰랐다. 〈급히〉 또는 〈내일〉 혹은 〈쉬〉 들러달라고 하면 무슨 불의의 사고라도 발생한 것같은 인상을 주어 상대방을 놀라게 할 게 안됐고, 〈오래 간만에 뵙고 싶으니〉 와달라고 하면 자기의 진심을 속이는 것같아 꺼려졌다. 망설인 끝에 그저 《한번 들러 주시기 바람 지연》 하고 써버렸다. 우체국 계원에게 전보용지를 내밀고 요금을 치르고 나니 큰일을 해낸 기분이 되었다.

창애보다 두어 걸음 앞장서 들어선 미스터 강에게 몇몇 사람이 다가와 악수를 하면서, 왜 이리 늦었느냐고들 한다. 이미 파티는 벌어져있었다. 미스터 강이 미술 담당을 한 영화의 시사회가 있고, 그 뒤에 마련된 파티였다.

그리 크지 않은 홀에 한 30여 명의 남녀가 손에 든 컵을 입으로 가져가기도 하고, 식탁에서 먹을것을 집기도 하면서 서성거리고 있었다. 사진으로 보아 창애도 알 만한 남녀 배우 몇도 그 속에 끼어 있는 게 눈에 띄었다.

창애는 미스터 강을 따라 칵테일테이블로 가며 사람들의 시선을 느끼고는 자기가 올 자리가 아니지 않았나 하는 생각을 한다. 미스터 강을 쳐다본다. 별 신경을 쓰는 표정이 아니다.

"강선생님……" 숏컷 소녀가 하나 곁에 와 서더니 창애를 향해 알

꽉한 턱을 까딱 목례를 하고는 미스터 강을 빤히 올려다보며, "왜 늦으셨어요, 영화두 안 보시구?"

"볼일이 좀 있어서."

"장치가 너무너무 좋았어요."

미스터 강과 창애가 웨이터한테서 맥주컵을 받았다.

"이번엔 저두 콜라 말구 비얼 주세요." 숏컷 소녀가 웨이터에게 억양있게 말하고는 맥주컵을 받자, "강선생님, 축배." 미스터 강 컵에 자기 컵을 가져다 재깍 부딪쳤다. 그러나 숏컷 소녀는 자기 컵을 입술에 대는둥 마는둥, 그럼 전 퇴장하겠어요, 하고 여자들이 몇 모여섰는 데로 스텝을 밟듯 가벼운 걸음으로 걸어갔다. 여자들 쪽에서 미스터 강에게 눈인사들을 보낸다.

창애는 미스터 강이 여자들 있는 데로 가 함께 얼려야 하지 않나 하고 생각한다. 그래야만 파티 분위기에 어울리는 행동이 될 것같았다. 그렇게 되면 나는? 다시 한번 창애는 이 자리에서의 자기가 어색한 존재로 느껴졌다. 그렇다고 이제와서 혼자 먼저 빠져나가는 것도 쑥스러운 일이었다. 더구나 이날은 미스터 강에게 모처럼 이끌려온 것을.

여기에 오기 전 둘이는 공원엘 갔었다. 창애의 제의로였다. 산으로 된 공원, 산밑 칠벗겨진 허술한 나무벤치에 해바라기라도 하듯 설핏한 햇살을 쬐며 앉아있는 중늙은이 하나와 구석진 곳에서 아령운동을 하고 있는 청년 하나가 보였을 뿐, 산 중턱을 지나면서는 마냥 한적한 산속이었다. 산새 한 마리가 나무줄기를 피해 날쎄게 누벼가다가 하늘로 솟는다. 고개를 쳐드니 나뭇가지 사이로 맑게 트인 하늘이 눈시울에 시렸다. 창애는 거기 마른 풀포기 위에 아무렇게나 앉아버린다. 아아 힘들어. 조용한 곳을 찾느라고 이 산공원을 택하긴 했으나, 수술후 아직 부실한 창애의 컨디션으로서는 엔간히 벅찼다. 미스터 강이 베레모의 앞부분을 손가락으로 슬쩍 밀어올리면서 피식 웃는다. 제가 오자구 해놓구서 힘들긴, 등산하는 기분인데 뭘, 봄이나 여름철에 왔음 괜찮을 곳이군. 그리고 파이프에 담배를 재면서 주위를 쭉 둘러본다. ……

――이번 내가 맡은 씨나리오에선 말야, 하고 창애 곁의 감색 가

죽점퍼를 입은 청년이 꼬챙이에 꿴 닭내장을 집으며 옆 사람에게 말을 건넸다. ——남녀주인공이 처음 알게 되는 계길 묘한 데서 잡아 봤어. 언제나 남녀주인공을 어떻게 만나게 하나 하는 것이 두통거리거든.

옆의 사내가 별 흥미 없다는 듯이 컵을 입으로 가져간다.

——다름이 아니구, 동전 한 닢으루 해서 인연이 맺어지는 거라. 여주인공이 말야, 친굴 서울역까지 배웅하구 나서 마음이 허전해 돌아오는 길에 영화관엘 들러. 계절은 요즘같은 가을철이래두 좋지. 그저 간단한 옷차림에 조그만 손지갑 하나만 들구 있으면 돼. 들어가 보니 영화가 상영중이야. 아무데나 빈 자리에 가 앉거든. 그리구 한참 화면에 열중하다가 혼잣속으루, 아차, 하는 거야. 자기두 모르게 손지갑을 열었다 닫았다 하면서 탁탁 소리를 내구 있는 거 아니겠어. 이게 여주인공의 한 버릇이지.

——벌어질 얘기가 뻔하군. 옆의 사내가 말했다.

——가만히 좀 들어봐. 아차, 하며 지갑을 급히 닫는데 때그르르 동전 한 닢이 떨어졌지 뭐야. 허지만 그까짓것 땜에 의자 밑을 살피구 어쩌구 하기가 귀찮아서 그냥 화면만 바라보구 있는 거지. 그런데 그때 옆에서 살며시 성냥불을 긋더니 의자 밑을 살피는 사람이 있어. 보니 어둑한 속에서두 젊은 남자야.

——그야말루 멜로드라마의 정석이군.

——조금 더 들어봐. 이제부터가 재밌어. 청년은 성냥개비가 다 타자 다시 켜대는 거야. 여자가 미안해서, 괜찮아요 그만두세요, 하구 속삭여두 청년은 그냥 의자 밑을 살피면서, 얼마짜리 동전인가요? 하는 거야. 아마 10원짜릴 거예요. 여자는 좀전에 버스에서 내릴 때 거스름으루 받은 10원짜리 동전 생각이 났던 거지. 10원짜리라면 커서 잘 보일 텐데, 하면서 청년이 그제야 동전 찾기를 그만두구 의자에 앉으려는데 구두바닥에 뭔가 긁히는 소리가 나. 아, 여기 있었군요, 하며 청년이 내미는 동전을 받는 순간 여자는 두 손으루 입을 막구 웃음을 죽이는 거야. 왜 그러세요? 하구 청년이 묻자 여자가 기어드는 목소리루, 10원짜리가 아니구 1원짜리였네요, 하는 거야. 어때?

──그러구 보니까, 하고 옆의 사내가 뭐라 대꾸하기도 전에 그 곁의 구레나룻 청년이 말했다. ──그 여잔 한 남자만 아니구 여러 남잘 편력하는 여주인공으루 만들 셈이군.

──건 또 무슨 소리지? 점퍼청년이 언성을 높였다.

──지갑같은 걸 열었다 닫았다 하는 버릇을 가진 여잔 대체루 정조관념이 희박하다구 볼 수 있으니 말야.

──그건 누구의 학설이가? 니 경험담이가?

──지갑을 열었다 닫았다 하면서 루즈두 홀리구, 열쇠두 홀리구, 그때마다 새 남자와의 인연을 맺게 하면⋯⋯

⋯⋯파이프를 빨고 있는 미스터 강에게, 나 수술했어, 하고 창애가 말했다. 무엇에도 얽매이지 않은 상태에서 하고 싶었던 말이었다. 지금이 그때라고 생각했다. 몸이 회복되는대로 미스터 강과의 교접이 다시 계속될 것이고, 그렇게 되면 어떤 의미에선 그에게 얽매인 처지가 되는 셈이다. 그 이전에 얘기하고 싶었을 뿐 아니라 얘기할 장소까지도 소홀히 하기 싫어 이 산공원을 택했던 것이다. 미스터 강이 자기 귀를 의심하는 듯한 표정으로 입에서 파이프를 빼냈다. 수술이란 말두 몰라? 약간 힘을 준 창애의 말소리가 떨려나왔다. 그제야 미스터 강이, 수술? 하고 적이 놀란 눈망울을 창애에게로 보낸다. 응, 소파수술 말야. 언제? 며칠 전에. 그래서 안색이 헬쑥했었군. 잠시 창애의 얼굴을 들여다보던 미스터 강이 고개를 거두고 또 파이프만 빨아댄다. 상의해봤자 결정을 내려주지 못할 게 뻔해서 나 혼자 단행해버렸어. 잘했어. 미스터 강이 담배연기를 길게 내뿜으며 말했다. 뭐가, 나 혼자 결단을 내린 거? 떼버린 거 말야. 어째서? 태어날 애가 불쌍할 게 아냐. 그래애? 지금 생각하니 숫제 낳아버릴 걸 잘못했어. 미스터 강의 눈망울이 돌아와 창애를 주시한다. 창애의 진의를 모르겠다는 얼굴빛이다. 그러자 창애는 불현듯 복받쳐오르는 웃음을 참을 수가 없었다.⋯⋯

까르르, 여자의 웃음이 솟았다.

──그후부텀은 소세지를 먹는 남잔 싫어졌어요. 이번 영화의 여주인공으로 뵈는 여자가 말했다.

──그래요? 앞으룬 좋아하는 여자 앞에선 음식 먹는 것두 조심

움직이는 성   179

해야겠는데요. 어느새 끼어들었는지 신문기자인 듯한 청년이 이렇게 말하고는, ——취미는 뭣이든가요? 하고 여주인공으로 뵈는 여자에게 묻는다.

——글쎄요, 혼자 교외루 차를 모는 거라구나 할까요.

——자주 혼자 드라이브하시나요?

——일주일에 서너 번쯤.

——전 말을 타구 싶어요. 숏컷 소녀가 옆에서 말참견을 했다.

——이젠 산은 졸업했구, 말을 탔으면 싶어요. 다방같은 데두 의자나 탁자가 높은 게 기분 좋거든요.

——키가 안 크니까 그런 걸루 보충하구 싶은 본능에선가요?

——키가 문제예요? 제 취미가 문제지. ……

……솟구쳐나오는 웃음을 창애는 어쩌지 못했다. 지난 여름 어느날도 창애는 이런 웃음에 휘말린 일이 있었다. 창애의 제의로 미스터 강과 함께 친구네 별장엘 갔었다. 미리 알리고 간 것이 아니어서 친구네 부처가 시내로 들어가 부재중이었다. 마당 잔디밭에서 얼마를 쉬고는 창애가 별장지기에게 낚싯대와 지렁이통을 달래가지고 강으로 내려갔다. 한강 상류의 강줄기였다. 시내에서는 그런 줄 몰랐는데 꽤 센 바람에 강물이 물결지고 있었다. 주위에 낚시꾼은 한 사람도 보이지 않았다. 나 지렁이 좀 꿰줘, 하는 창애에게 미스터 강은, 뭐 잡힐 것 같지두 않은데, 하면서 느릿느릿 지렁이를 꿰준다. 창애는 바람 때문에 몇번 낚싯대를 고쳐 휘둘러서야 낚시를 바로 던졌다. 고기는 안 잡히더라도 오래간만에 낚시질을 해보는 거라고 생각하며 창애는 미스터 강 쪽을 본다. 사뭇 무료한 표정이다. 창애는 그만 낚싯대를 드리워둔 채 옷을 벗기 시작했다. 수영도 하게 되면 하려고 채비를 갖추고 왔던 것이다. 어쩔려구 그래, 이렇게 바람이 부는데? 미스터 강이 파이프를 피우며 어정쩡한 낯으로 말했다. 잠 좀 깨워줘야겠어, 고기란 놈. 창애는 물속으로 들어가 처음에는 고기를 모는 시늉을 하다가 물이 허벅지에 닿는 데서부터는 헤엄을 치기 시작했다. 그리고 낚싯줄이 잠긴 곳을 들여다보듯하며, 고기란 놈들 어디루 갔어? 하고는 그냥 강 속으로 헤엄쳐 들어갔다. 건너편 모랫벌에 뿌연 바람이 일고 있었다. 강 한가운데서

180

창애는 되돌아왔다. 물에서 나오면서 창애는, 물이 참 뜨뜻해, 했으나 숨을 헐떡이며 벌벌 떨고 있었다. 미스터 강이, 뭔지 모르겠다는 표정으로 창애를 쳐다본다. 이젠 낚싯대 거둬두 돼요, 큰고길 보구서 무서워 다른 고기들이 다 도망갔으니까. 그러면서 그네는 걷잡을 수 없는 웃음이 솟았던 것이다. 그런데 강가에서의 웃음은 마냥 솟구쳐나온 웃음이었는데, 지금의 웃음은 중간중간 컥컥 막히는 것이었다. 미스터 강이 무엇을 눈치챈 듯 몸을 움직여 창애의 허리에 한 팔을 감는다. 팔에, 웃음으로 인한 것과는 다른 떨림이 전해져왔다. 미스터 강이 파이프를 털어 주머니에 넣고는 창애의 얼굴을 지그시 들여다본다. 울구 있는 거 아냐? 아니, 하고 창애는 고개를 흔들며 계속 웃음을 끊지 않았다. 그러는 그네의 시야에서 사물이 원근을 잃고 범벅이 되었다. 눈을 꾹 감았다 떴다. 물기가 가신 시야에 사물들이 제모습을 찾았는가 하는데, 의외의 것이 눈에 어룽져 들어왔다. 아직 남은 물기 때문인가 싶어 손으로 눈을 비볐다. 그리고 웃음을 뚝 그쳤다. 저만큼 오른쪽 사면에 한 여인의 두 유방이 이쪽을 올려다보고 있는 것이었다. 여인은 몸도 작고 얼굴도 홀쭉했다. 헐렁한 남자 작업복바지에 한복저고리를 입고서 맨발에다는 고무신을 신고 한 손에다는 쇠갈퀴를 들고 서서 창애네 쪽을 멍하니 향하고 있는데, 여인의 작업복바지가 흘러내린 데다 짧은 저고리 앞섶이 벙을은 사이로 드러난 검붉은 두 개의 유방에 창애의 눈길은 붙들렸던 것이다. 이 유방은 여인의 신체 어느 부분과도 조화가 안 잡히게 커다래 보였다. 젖꽃판의 면적도 유별나게 넓고 새까만, 두 개의 유방이 가슴 전체를 차지하고도 남아 아래로 처져있었다. 더구나 속이 빈 실룩한 젖퉁이가 아니고 뿌듯이 알이 서있어 뵈는 젖퉁이였다. 여인은 자기 앞가슴이 드러나보이는 것도 깨닫지 못하는 듯 같은 자세로 서있었다. 창애편에서 눈을 거두며 온몸을 한 번 떨었다. 그만 내려가요. 창애가 말했다. 말없이 미스터 강도 일어났다. 산공원을 다 내려온 곳에서 미스터 강이 창애에게 비로소 파티얘기를 했던 것이다. ……

"정말 선생님 늦게라두 오시길 잘했어요." 숏컷 소녀가 다시 미스터 강 곁으로 왔다. "선생님은 영활 못 보셨지만, 동굴 셋트가 참

인상적이었어요. 젖은 동굴벽이랑 거기 붙은 이끼랑 아주 리얼했어
요. 더구나 동굴 속이 무한정 깊어 보이는 게 기막혔어요."
　미스터 강이 그 말에는 대꾸를 하지 않고,
"언제부터 높은 의자나 탁잘 좋아하게 됐지? 낮구 폭신한 의자 있
는 다방만 골라 다니구선?"
"으응, 그야 그때는 그때구, 지금은 지금이지 뭐예요. 변화라는 게
있어야 하잖아요?"
　이때 여자들 속에서 누가 부르자 숏컷 소녀는 한 손을 들어 알았
다는 시늉과 함께, 잠깐, 하고는 역시 스텝을 밟는 듯한 가벼운 걸
음으로 미스터 강의 곁을 떠나갔다.
"저애가 그애 아니예요?" 창애가 어떤 소녀를 머리에 떠올리며 미
스터 강에게 물었다.
"그애라니?"
"가끔 만난다는 애 있잖아요, 배우 지망생. 저애가 그애죠?"
"그걸 어떻게 알았어?"
　창애는 미소를 지었다. 혹시나 했던 느낌이 들어맞은 것이다. 오
여사한테 창애가 들었을 때는 머리를 길게 기르고 있었다던데 그새
숏컷한 것으로 여겨졌다. 그것도 변화를 즐기는 한 방법일 수 있겠
지.
"이름이 뭐죠?"
"미스 전……"
"저, 강형……" 하고 체크무늬의 홈스펀에다 분홍색 노타이를 입
은 사내가 손에 정종컵을 들고 웬만큼 주기가 오른 낯으로 가까이
왔다. 아까부터 창애의 시선에 자주 걸리던 사내였다. "영화의 동
굴 셋트를 보구서 느낀 건데 말야, 이런 셋트를 하나 구상해줄 수 없겠
어? 남녀간의 애정을 상징적으루 표현하려는데, 그걸 깊은 바다 속
의 심해어루써 비유해볼려거든. 우선 햇빛이나 달빛이 비치지 않는
암흑의 바닷속을 셋트루 만들어야 할 거야. 그리구 심해어를 등장
시켜서 이놈들의 애정생활을 보여줘야 해. 세라—— 뭐라는 고긴데,
내 사진을 갖구 있으니까 보여주지. 암놈은 신장이 1미터나 되지
만 숫놈이란 간신히 10센티 정도밖에 안 된다는 것부터 흥미가 있

지만 이놈들의 애정생활이 특이하거든. 작은 숫놈 애긴데, 그럴 듯한 암놈이 나타나면 용감하게 돌진해서 그 암컷의 몸에 진드기같이 달라붙어 배합을 하구선 떨어지지 않는다는 거야. 알겠어? 이렇게 해서 그들의 애정생활은 시작되는 건데, 더 흥미로운 건 세월이 흐름에 따라 둘 사이엔 피부두 같애지구 혈관조차두 하나가 된다니 장관이 아니구 뭐겠나." 그리고는 미스터 강 귀에 입을 바싹 가져다대고, "언제 또 저런 미인을? 지금 말한 고기두 자넨 못 당할거야."

"이런 종류두 있다는 건 모르시나." 미스터 강이 응수를 했다. 어딘가 뼈가 들어있는 어조였다. "역시 이것두 심해어의 한 종류ㄴ데, 암흑 속에서 아가리만 벌렸다 다물었다 하구 있는 거야. 그렇게 해서 먹을것이 입안에 들어오길 기다리는 거지. 허구헌날 밤낮없이 아가리 운동만을 해서 대가리는 거대하게 발달했지만 몸집은 형편없이 조그마해. 아무리 아가릴 들썩거려두 먹을게 제대루 들어오지 않는 모양야. 그런데 대가리가 크다구 두뇌가 발달된 것두 아니구, 그저 커다란 아가리뿐인 대가린 거야. 알겠나?"

창애는 좀전부터 전신이 나른해옴을 느끼고 있었다. 미스터 강에게 좀 앉겠노라고 하고, 홀 한옆에 놓인 의자께로 갔다.

딱딱한 나무의자 등받이에 기대어 눈을 감았다. 어떤 상념이 다가와 그것을 정리하려는 생각과 이를 피하려는 생각이 엇갈리다가 웅성거리는 소음 속에 귀익은 억양이 들려 눈을 떴다. 미스 전이 미스터 강에게로 와 무어라 말을 하고 있었다. 말 전부가 다 들려오지는 않았으나 어떤 영화감독의 지시를 받아 머리를 짧게 잘랐다는 것과 어쩌면 영화에 출연할지도 모른다는 내용의 말이었다. 말하는 동안 그네의 강한 눈길은 줄곧 미스터 강에게 부어지고, 얄팍하고 매끄러운 턱은 갸우뚱 들려지곤 했다. 창애는 그네가 다소 경박하기는 하나 곁에서 볼 때보다 이뻐 보인다고 생각한다. 그네는 한 번도 창애 쪽으론 눈을 주지 않았다. 그러나 이상스레 질투같은 감정은 일지 않았다. 도리어 미스터 강 쪽에서 나이답지 않게 어른스러운 태도로만 대하지 말고 좀더 다정하게 굴 일이다 싶었다.

창애는 다시 눈을 감았다. 좀전의 상념을 다시금 정리하려고도 하

움직이는 성 183

고 이를 피하려고도 하면서, 피하려고 할 때는 짐짓 웅성거림 속으로 귀를 주곤 했다. 잡다한 말들이 귀에 들어왔다. 대개가 연결이 없는 동강말들이었다. ……걔네 방엔 언제나 카네션이 떠나지 않아, 그래서 그런지 커피두 밀크를 많이…… 말이란 얼마든지 조작할 수 있는 거지 뭐예요, 그보다야 느낌이란 게 속임수가 없죠, 왜 있잖아요, 그 느낌…… 서울에서 개봉했을 땐 파리 날리게 형편무인지경이었는데 지방에선…… 글쎄 고것이 자기하구 같이 거릴 걸을 땐 15도 이상의 고개운동은 하지 말래, 다른 여자 구경은…… 타는 배란 밴 적당히 출렁거려야 제멋이…… 그 양반두 별수없이 내리막길이군……

창애는 따분한 속에 몹시 피로를 느꼈다. 눈을 떴다. 미스 전이 미스터 강 앞에서 무슨 웃음 끝엔가 눈을 확대시켜 크게 뜨고 손끝으로 양쪽 눈꼬리 부근을 살살 문지르고 있다. 웃음으로 해서 잡힌 주름을 지우려는 동작같았다. 그 동작이 깜찍스러웠으나 밉지는 않았다. 사실 괴로워서만 주름이 잡히는 게 아니고 웃을 때도 주름은 느는 것이지. 아까 산공원에서도 자기 눈꼬리에는 주름이 늘고 깊어졌을 거다. 좀전에 눈을 감고 있을 때 떠오르곤 한 상념이 또 떠올랐다. 대체 그 불현듯 복받쳐오른 웃음 언저리에 곁들여졌던 흐느낌같은 건 무엇 때문이었을까. 애가 불쌍할 게 아니냐던 말. 어찌 그런 말을 할 수 있을까 싶으면서도 이를 전적으로 부인할 수 없는 안타까움을 나는 절감했던 거다. 야릇한 심정이었다. 그때 난데없이 눈에 들어온 아낙네의 유방. 실상은 그 여인의 유방이 그처럼 큰 것도 아닌데 그렇게 느껴졌던 건 아닐까. 창애는 부지중 자기 가슴에 신경을 모은다. 멘스 전후의 증상처럼 아직 젖속의 알이 풀리지 않고 젖꼭지가 솔고 딱딱함을 느낀다. 수술후 계속되는 증상이다. 이 증상이 가셔지면 심신도 깨끗해지겠지.

미스터 강이 이리로 오고 있다. 돌아가자는 것이리라. 창애도 자리에서 일어났다. 이곳을 나가는대로 수원에 내려가리라 마음먹는다. 이것 또한 좀전부터 머리 한구석에서 맴돌던 생각의 하나였다.

어둠이 내리깔리는 속을 지연은 한손에 종이백을 들고 바쁘지 않은 걸음을 옮기고 있다. 종이백에는 이날 산 책 두 권과 레코드판 한 장이 들어있었다.

가로등이 드문드문 서있는 버스정류장 쪽으로 걸어가던 지연이 어떤 착각에 붙잡혔다. 내가 왜 이리 비틀대나. 걸음이 마냥 흐트러져있다. 아, 위태롭다. 후딱 걸음을 멈춘다. 실은 바바리코트에 양손을 찌른 한 여자가 한길을 가로질러 이쪽 인도로 건너오고 있었다. 몹시 뒤뚝거렸다. 달려오던 자동차가 아슬아슬하게 여자의 옆을 빠져나갔다.

겨우 이쪽 인도로 건너온 여자가 몇 발자국 옮겼는가 하자 크게 비틀거리면서 넘어지고 말았다. 양손을 바바리코트에 찌른 채 버둥거렸다. 지연이 달려가 여자를 부축해 일으켰다. 술냄새가 확 끼얹혀졌다. 보니, 지연 자기 나이와 비슷한 여자의 창백한 얼굴엔 별 상처는 없고, 아랫입술에 피가 조금 배어있었다. 다행스러웠다.

무겁게 일어선 여자가 머리를 설레설레 휘젓더니, 그제야 바바리코트에서 양손을 뽑아 옷에 묻은 흙이라도 터는 시늉을 했다. 그러나 그것은 자기를 그냥 부축하고 있는 지연을 뿌리치는 동작이었다. 지연이 완전히 물러설 때까지 여자의 같은 동작은 계속됐다.

지연이 정류장에 이르러 버스를 기다리고 있는데 여자가 이번에는 이쪽에서 저쪽으로 길을 되건너기 시작하는 것이었다. 지금은 양 팔을 허공에 허우적거리는 품이 질주하는 차들에게 주의라도 주는 듯했다. 여전히 비틀대는 위태로운 걸음이었으나 맞은편까지 무사히 건너갔다. 그러나 여자는 거기서 다시금 크게 휘청거렸는가 하자 쓰러지고 말았다. 지나가던 남자가 부축해 일으켰다. 여자는 또 먼지라도 털 듯 남자를 뿌리치고는 그냥 뒤뚝거리면서도 아무의 도움을 받지 않고 골목 안으로 사라졌다. 지연은 버스 타는 것도 잊고 여자가 뵈지 않게 될 때까지 그네의 걸음걸이를 지키면서, 옳지 옳지, 소리를 저도모르게 중얼거리고 있었다.

"선생님," 하고 창애는 버릇이나처럼 어둠 속에 눈을 커다랗게 뜬 채 입을 열었다. 이날밤 준태에 대한 선생님이란 호칭은 전에 그네의 기분이 좋을 때와는 달리 아주 착잡한 울림으로 나왔다. "우리가 해어지는 데 있어선 누가 이기구 지구가 없는 것같애요."

"말할 것 있나."

"그저 제편에서 멋대루 다가왔다가 멋대루 떠나버리는 것같애 안 됐지만 할 수 없잖아요."

"어쨌든 먼저 용단을 내려줘서 고마워."

이미 두 사람은 내일 아침 같이 가서 법적으로 이혼절차를 밟기로 합의가 돼있었다. 지금까지 창애는 집을 잡히고 빌린 돈 30만 원을 들여놓고 수속을 밟을 작정이었으나 우선 이름만의 부부생활부터 청산하자고 제의하여 준태편에서도 이를 이의없이 받아들였던 것이다.

"이런 결과가 내다뵀을 때 일쩍 결말을 지었어야 좋을 뻔했는데 ……"

"지금두 좋은 시간이야. 이른 시간두 아니지만 아주 늦은 시간두 아닌……"

"제 이미지를 좋게 남겨드리지 못해 죄송해요."

"마찬가지지."

"그치만 이대루 가다간 피차 더 엉망이 될 것밖에 없잖아요?"

"그래 맞아."

"다음엔 저보다 좋은 여잘 만날 수 있을 거예요." 조금도 비꼬임이 섞이지 않은, 그래주길 바라는 어투였다.

"글쎄, 창애두 나보다 존 남잘 만나야지." 그 어투 역시 마찬가지였다.

"참, 언젠가…… 안개비가 내리던 밤이었어요, 분명히. 그때 충무로를 같이 가든 여자 있죠? 지금두 만나세요?"

"음."

"다음부턴 선생님두 유의해서 여잘 심심하진 않게 하세요. 일테면 너무 무관심해 배선 안되는 거예요."

"노력해보지."

"전에두 말했지만 선생님은 사랑을 받을 줄만 알구…… 아녜요, 사랑을 받을 줄두 모르구, 사랑을 할 줄두 모르는 분예요." 창애는 가볍게 웃었다. 이미 지나가버린 일이어서 이런 웃음을 웃을 수까지 있는 것이다.

준태도 따라 웃으며,

"그렇게 생겨먹은가부지 아마."

"그저 자기자신만을 사랑하구 있는 것 아네요?"

"그럴까?" 준태는 창애의 말을 잠시 되씹다가, "나 자신두 사랑할 줄 모르는 인간야 난. 거기 비하면 창앤 너무 사랑을 많이 하는 편이지."

"그런지두 몰라요. 하지만 전 후회하진 않아요. 기억하세요? 4년 전 제 졸업식날 밤 자축 파티에서 파트너하구 호텔 앞까지 갔다가 선생님한테 달려온 일 말예요. 그때 전 진정으루 선생님을 좋아했거든요." 창애가 말을 끊고 이불 속에서 팔을 꺼내어 준태 쪽으로 내밀었다.

어둠 속에 보이지는 않아도 준태는 창애가 무엇을 하려는지 알 수 있었다. 좋든 나쁘든 4년간 같이 살아온 사람끼리의 무언의 상통이라는 것이었다. 준태도 이불 속에서 팔을 빼어 창애 쪽으로 내밀었다. 그리고 두 손은 서로 쥐어졌다. 단단히도 헐겁게도 아니게 쥐어졌다.

"그때 일을 후회하진 않아요." 창애가 되풀이해 말했다. "그땐 그때대루 진실이었으니까요."

"그걸 내가 제대루 받아들이지 못한 셈이지. 결국 우린 서루가 맞지 않았던 거야." 물이 괴고 안 괴고는 둘째쳐놓고 저수지조차 쌓아지지 않았었는지도 몰랐다.

"그랬던 것같애요. 그래서 우린 처음부터 애를 원하지 않았던 모양이죠?"

"앞으루두 난 애를 원하지 않을 거야."

"저보다 좋은 여잘 만나두?"

"음."

"왜요?"

"글쎄…… 굳이 말한다면 나같은 인간을 이세상에 하나라두 더 만들지 않기 위해서랄까."

"아무튼 애가 없길 잘했어요."

"암."

"그치만 앞으루 전 앨 원할는지두 몰라요."

"그야 그럴 수두 있겠지."

흥분하거나 감상에 흐르지 않고 끝까지 평정해있을 수 있는 서로의 분별이 대견스러우면서도 삭막했다. 그것을 견뎌야 했다. 잠시더 둘이는 손을 잡고 있다가 누구편에서 먼저랄것없이 잡은 손을한 번 꼭 쥐고는 놓고 말았다. 안녕, 하는 마지막 인삿말과도 같은것이었다.

지연은 고단했지만 좀처럼 잠이 오지 않았다. 어쩌다 잠이 들었는가 하는데 하얀 고층건물 앞에 서있는 것이었다. 어쩐 일인지 주위가 진공상태라는 게 느껴졌다. 소리 하나 없이 고즈넉했다. 한곳에 서있으면서도 고층건물에 출입문은 없고 사면이 다 촘촘한 창문으로 돼있다는 걸 알 수 있었다. 창문의 유리들이 모두 햇빛을 받아 번쩍거렸다. 그런데도 유리 안쪽은 밤처럼 캄캄했다. 아까부터그네는 건물 안으로 들어가 불을 켜야 한다는 걸로 조바심하고 있었다. 출입문이 아닌 창문으로라도 들어가야 한다고 다가가 밀고 당겨본다. 그러나 쇠가 잠겨 열리지 않았다. 다음 창문을 가 밀고당겨봐도 마찬가지였다. 이렇게 해서 IO층 이상의 창문까지도 모조리 밀고 당겨봤으나 어느 창문 하나 열리지 않는 것이었다. 어떻게 하면 좋은가고 안타까워하고 있는데, 골목에서 열쇠장수가 나타났다. 전신에 온갖 열쇠를 주렁주렁 달고 있었다. 그러나 쩔렁거리는 소리는 들리지 않고, 사위는 한결같이 고즈넉하기만 했다. 진공상태니까 그럴 테지. 그러면 열쇠를 사자고 해도 상대방이 못 알아들을 게 아닌가. 조바심을 하고 있는데 열쇠장수가 옆으로 스치고지나가자, 모든 열쇠가 몽땅 그네의 몸에 옮겨져 붙는 것이었다. 옳구나 싶어 열쇠를 떼어 열쇠구멍에 디밀어본다. 그러나 어느것 하나 맞는 열쇠가 없었다. 여전히 온통 창문으로 된 흰 고층건물은 햇빛을 받아 유리알들이 번쩍거리고 그 안은 밤처럼 캄캄한데, 그네는안으로 들어가 불을 켜야 한다고 안타까이 열쇠질을 하는 것이었으나 언제까지나 창문들은 굳게 닫힌 채 영 열리지를 않는 것이었다.

제 7 장

"꽤 오랜만이지?" 성호는 지연을 따라 2층 그네의 방으로 올라간다. "도대체 무슨 일이 생겼어? 전보까지 치구?"

외진 지역이라 늦게 배달된 지연의 전보를 이날 아침에야 성호는 받았다. 모레가 노회에 가야 할 날이니 그날 시내에 들어왔던 길에 들를까도 했으나 전보까지 받고는 그냥 있을 수가 없었다.

"별일 아네요. 그냥 뵙구 싶어서……"

대답이라고 하는 사람이나 듣는 사람이 그대로 믿어질 말이 아니었다. 그러나 성호는 캐지 않았다. 그저,

"오래간만에 지연이 끓인 커필 마시게 됐네," 하고 필요 이상 큰 소리로 딴청을 폈다. 지연에게 어떤 시간적 여유를 주고 싶었다.

지연이 전축을 틀어놓고 아래층으로 내려갔다.

성호는 방안을 둘러본다. 언제나처럼 안정감을 주는 방이다. 안쪽 오른편 벽에 걸려있는 쟈코메티의 조각 〈광장〉 사진에 눈이 머문다. 곧 또 그류네발트의 〈십자가에 못박힌 예수〉가 거기 겹쳐진다. 왜 그럴까. 외견상 두 작품의 공통성이란 전혀 없는 것이다. 십자가에 못박힌 예수의 지겨운 고초가 고초만에 그치지 않고 이세상 모든 사람들의 고독을 한몸에 지니고 있는 것과 같이, 광장의 가냘픈 인간들의 서로 만남이 없어 뵈는 고독함도 그저 고독에만 그치지 않고 그들 내부에 측량할길없는 아픔을 지니고 있는 듯한 점이 두 작품을 서로 연상케 하는 것일까.

그러나저러나 지연에게 무슨 일이 일어난 것일까. 예삿일이 아닌 것만은 분명해 보였다.

지연이 커피잔과 끓인 물을 쟁반에 놔가지고 올라왔다.
"설탕 두 개 넣죠?" 성호의 찻잔에 각설탕을 넣으며 지연이 물었다.
"물으나 마나지."
지연이 자기 찻잔에도 각설탕 두 개를 넣는다.
"저 피아노 콘체르톤 누구의 거드라?" 스푼을 저으면서 성호가 다시 여유를 주는 화제를 던진다.
"차이코프스키의 피아노 협주곡 I번요."
"난 음악을 몰라서 그런지 피아노보다는 바이얼린이 좋은 것같애. 뭐랄까, 더 가슴에 스며든달까, 가슴을 울린달까."
"그렇긴 하죠. 하지만 피아논 가슴뿐 아니구 전신을, 그리구 좀더 넓구 깊게 울려주는걸요."
"응 그런가." 대화가 걸돈다고 생각하며 성호는 천천히 커피를 두어 모금 마신다. "지연의 커피솜썬 여전 일품야. 그런데 요리사 자신은 전하구 좀 달라진 것같으니 웬일인가?"
"뭐가요?" 지연이 입가에 웃음을 지었다. 어딘가 조금 굳은 웃음이었다.
"우선 얼굴이 좀 안된 것같구……"
"잠을 잘 자지 못해서 그럴 거예요." 어젯밤의 어수선한 꿈이 생각났다.
"잠 못자게 하는 일이라두 생겼나부지?"
"저어, 해몽 좀 해주실래요?"
"해몽이라니, 꿈 해석 말야?"
"수없이 창문이 많은 빌딩인데 말예요, 제가 그 창문 하나하나를 아무리 열려구 애써두 열리지 않는 거예요." 지연은 꿈속에서 겪은 그 안타까움을 말로써 표현할 수는 없다고 생각했다.
"요즘 무슨 마음 답답한 일이라두 생겼나?"
"별루……" 지연이 눈을 아래로 깔았다. "저어, 저희 부모님한테 말씀 좀 해주시겠어요?"
성호는 이제서야 지연이 말문을 트는가보다 싶었다.
"저더러 결혼을 하라는 거예요."

"됐구먼 뭐. 이제 국술 먹게 되는가분데."

"제발 제게 결혼 얘길 마시라구 해주세요." 지연이 눈을 들어 성호를 똑바로 보았다. "아네요. 관두세요. 그런 말씀 안 하셔두 돼요."

"뭐가 뭔지 알 수가 없군 이거." 그리고 성호는, 부모에게 알릴 수 없는 상대라두 있나? 하는 농담을 하려다 그만두었다. 지연의 눈빛이 그걸 막았던 것이다. 무엇에 항거하는 눈빛이었다. 성호는 그 눈빛을 도중에서 자기의 눈길로 부드럽히려 했다.

지연의 눈은 성호의 부드러운 눈길을 세차게 거부하는 빛이 되었다가 밑으로 떨구어졌다. 그리고는 꼼짝않고 있었다. 전축의 음악이 끝나있었으나 다시 틀 염도 하지 않았다. 이윽고 안간힘을 쓰듯 고개를 쳐들었다. 창백해진 얼굴에 기미가 더 드러나보였다. 뽀득뽀득 마른 입술 새로 갈한 음성이 새어나왔다.

"성서에 제일 가엾은 여자가 하나 나오죠?"

"제일 가엾은 여자?"

"돌루 치려구 예수 앞에 끌구 나온 여자 있잖아요?"

불길한 예감이 성호의 심중을 스쳤다.

"그여자가 육신엔 돌을 맞지 않았죠. 그치만 속마음엔 무수한 돌을 맞았을 거예요."

"왜그래, 지연이?"

"저두 마음속으루 돌을 맞기 시작했어요. 아니, 이제부터 맞을려구 해요."

"음?" 저도모르게 성호의 목안에서 신음소리같은 게 비어져나왔다. 성호 자신이 한 여인의 마음속에 수없이 돌팔매질을 당하게 한 사람이었다. 망각 속에 묻어두려던 쓰라림이 되살아왔다.

"돌을 피하진 않겠어요." 지연의 눈이 금세 빨개졌다. "맞는 데까지 맞을 작정이에요."

"지연이, 좀 진정하구 구체적으루 얘기해봐. 대체 누구지 상대가?"

"지금까지 전 운목사님께 모든걸 죄다 말씀드렸어요. 그걸 아셔죠? 하지만 이번만은…… 이 한 가지만은 절대 말하지 않을려구 했어요. 문제가 해결될 때까지……" 지연의 숨결이 높아졌다. "그분은 제게 필요해요. 제가 그분에게 필요한 것두 같구요."

"그 사람이 누구냐니까?"

지연이 책꽂이 쪽으로 고개를 돌렸다. 확고한 동작이었다.

"저기 꽂혀있는 책 주인예요. 농업에 관한……"

그랬었구나. 성호도 따라 책꽂이 쪽으로 시선을 주었으나 그 책들이 어디에 꽂혔는지 눈여겨보지도 않았다. 볼 필요도 없었다. 그러면서 성호는 정작 상대방이 누구라는 것을 알자 그다지 갑작스럽다거나 놀라운 일로 느껴지지 않는 것이었다. 색다른 책들이 이 방에 들어오고, 그 책들이 들어오게 된 연유를 들었을 그때부터 이미 일은 시작돼있었던 것이다.

"저 교회에 안 나가기루 했어요." 지연의 마른 입술이 떨렸다. "하나님은 저같은 건 필요치 않을 거예요. 하나님은……"

"지연이!" 성호의 입에서 쥐어짜듯한 목소리가 나왔다.

"하나님은 외롭지 않을 거예요. 저같은 건 문제두 안 될 수많은 사람들이 헌신적으루 받들구 있잖아요?"

지연은 있는 기력을 한꺼번에 탈진한 사람처럼 윗몸을 휘둥하고는 애써 바로잡았다. 그런 속에서 눈만이 마지막 남은 불꽃처럼 새빨갛게 타고 있었다.

조용하고 밝던 지연이 어쩌다 이렇게 되다니. 성호는 가슴이 답답해왔다. 어쩌면 과거에 자기가 남자로서 걸은 길을 지연이 여자로서 걷고 있는 것만 같았다. 그저 자기는 한 여인으로 하여 지금 목사까지 됐지만, 지연은 한 남자로 인해 교회를 떠나려고 하는 게 다르다면 크게 다른 점일 것이다. 하지만 그 두 사이의 거리는 아주 멀면서도 또 전혀 멀어 뵈지가 않았다. 성호는 지연에게 할말이 있었다. 아흔아홉 마리 양과 길잃은 한 마리 양의 비유였다. 그러나 이 말이 지금의 지연의 마음속에 비집고 들어갈 틈이 있을까. 지난날 자기도 이 말이 들어올 만한 자리를 내주지 않았었다. 한 여인의 일로 가슴이 넘칠 만큼 꽉 차있었던 것이다. 그렇다고 지연을 이대로 내버려둘 수만도 없었다. 성호는 말 대신 지연을 향해 되도록 크게 고개를 좌우로 저었다. 이처럼 무겁고 힘든 고개저음을 해본 적은 없었다.

지연의 집을 나선 성호는 돌마을로 가는 버스정류장 아닌 딴 방향으로 걸음을 옮겼다. 무거운 걸음이었다. 지연에게 말하지는 않았지만 준태라는 사람을 찾아가려는 길이었다. 민구의 약혼식날 밤 처음으로 알게 됐을 때 아무래도 어떤 문제로 혼자 심한 투쟁을 하고 있는 것처럼 느껴졌던 사람, 한번 단둘이 만나 얘기를 나눠봤으면 했던 사람을 찾아가려는 것이다. 인상으로 보아 좀처럼 자기 속마음을 털어놓지 않을 사람같았지만 직접 부딪쳐볼 작정이었다.

"근무중에 죄송합니다." 인사 끝에 성호가 준태에게 말했다.
 준태는 성호의 말이 시간을 좀 낼 수 없겠느냐는 뜻이라는 걸 깨닫고, 괜찮습니다, 하고는 사무실 동료에게 외출한다는 걸 알리고서 성호와 함께 시험장을 나섰다. 아침에는 이혼수속으로 자리를 비우고 또 외출하기가 뭣했지만 성호와 직장 아닌 곳에서 격의없는 이야기를 나누고 싶었던 것이다.
 가까운 곳엔 그럴 만한 데가 없었다. 여름철에는 농업시험장 뒤에 있는 서호에 놀러오는 사람들이 적잖아 임시로 다방같은 게 생기지만 가을철에는 거둬버리고 마는 것이다.
 시내로 들어가는 버스를 탔다. 버스 안에서 두 사람은 그동안 민구를 만나지 못해 궁금하다는 말과 이 부근이 현재는 논밭이지만 몇 년 안 가서 집이 들어설 거라는 지나가는말을 한두 마디 했을 따름이었다.
 시내가 시작되는 어귀에서 버스를 내려 한 다방으로 들어갔다.
 "예고없이 찾아와서 정말 미안합니다. 피로하신 것같은데……" 레지가 주문을 받아가지고 간 뒤 성호가 말했다.
 "그렇게 뵙니까." 준태가 자기 턱을 한 번 쓸어내렸다. 아무렇지도 않게 여기려 했지만 역시 이혼절차를 밟는 게 유쾌할 수 없었던 걸 생각했다.
 성호는 피로해 뵈는 상대방에게 자기가 또 어려운 문제를 짊어지우려 온 것같아 얼른 무슨 말부터 꺼내야 할지 몰라하다가,
 "인간이란 자기 경험 테두리 안에다 다른 사람을 집어넣으려는 습성이 있는가봐요."
 준태를 찾아오는 동안 수없이 성호의 뇌리에 오고간 생각이었다.

지연과 준태의 문제에 자기가 개입한다는 건 자기 개인의 경험 한 도내에서 이를 가늠하는 데 지나지않는 게 아니냐는 생각을 어쩔할 수 없었던 것이다.

"대개의 경우 그렇죠. 그래서 참으루 남을 이해한다는 건 불가능에 가까운 일이 아닙니까." 준태가 담배를 피워물었다.

"제가 자살하려 했다면 어떻게 생각하시겠어요?" 성호의 입에서 자신조차 예기치 않았던 말이 튀어나왔다. 그러나 어쩐지 그 말이 그다지 부자연스럽게 느껴지지가 않았다. 그것은 마주앉은 준태를 감싸고 있는 분위기같은 게 그렇게 만드는 성싶었다.

"아, 그러세요?" 준태도 성호의 말을 별로 놀라움으로 받지는 않았다.

"이건 이미 이세상에 없는 한 여인과 하나님만이 알 뿐, 아무두 모르는 일입니다. 그리구 그러기를 바라구 있는 일입니다."

"알겠습니다."

준태는 민구의 약혼식 때 성호의 주례사를 듣고 그가 미혼자스럽지 않은 실감이 담긴 말을 한다고 느꼈던 일과, 후에 민구의 아파트에서 그가 쓴 〈우리나라 풍습과 기독교〉라는 글에 나있는 그의 사진을 들여다보면서 글 내용과는 상관없이 뭔가 그의 감추어진 고민을 본 것같아 가깝게 느껴졌던 일이 생각났다.

"순전한 오해 때문에 일을 저지를 뻔했죠. 약을 먹을 때까지두 그게 오해라는 걸 몰랐습니다마는."

"저두 죽으려 한 적이 있습니다. 열살 남짓한 어렸을 때 일입니다마는."

"전 그보다는 좀 커섭니다. 스물이 지나서 일이니까요."

불시에 둘이는 함께 소리내어 웃었다. 어떤 공범자같은, 또는 이해자같은 걸 느꼈달까, 하여튼 절로 터진 웃음이었다.

준태가 말했다.

"기독교에서 자살을 최대의 죄악으루 여기구 있을 텐데요?"

"그때는 그런 걸 생각할 바탕이 없었죠."

"지금은요?"

"물론 죄악이라구 생각합니다."

"하나님이 준 목숨을 사람이 함부루 끊어선 안된다는 거죠?" 준태의 입가에 좀전의 웃음기가 남아있었다. 그러나 그것은 차가운 웃음기로 변해있었다. "기독교 입장에서 볼 때 당연할지 모르죠. 피조물인 인간은 자살할 권리가 없으니까요. 다시 말하면 창조주인 하나님만이 영원히 살 수두 있구, 자살할 수두 있는 거 아니겠어요? 전에 이런 걸 생각해본 적이 있어요. 유다가 예술 판 후에 자기 잘못을 뉘우친 나머지 자살을 하지 않았어요? 우리가 보기엔 자기 목숨을 끊을 만큼 뉘우쳤으니 용서받을 만두 한데 되레 다시 한번 더 큰 죄를 범한 결루 돼있잖아요? 그것을 저는 유다가 외람되게두 하나님 자신이나 할 수 있는 자살을 흉내냈다 해서 하나님의 노여움을 산 것이라구 생각했었죠. 그렇지만 나중엔 달리 생각하게 됐어요. 아무리 죄를 짓구 괴롭더라두 끝까지 그걸 참구 견뎌나가기를 하나님은 원하는 게 아닌가 하구요. 그점 하나님은 가혹하다구 할 수 있죠. 인간에게 종신형을 주는 것보다는 차라리 사형을 시키는 게 자비로울 수두 있으니 말예요."

"언제구 인간이 자기 잘못을 깨닫구 돌아오길 하나님은 원하구 계시는 겁니다. 그만큼 너그러우신 거죠."

"그런데 사실 인간에게 자살이 있을 수 있을까요?" 준태가 담배를 깊이 빨았다 후욱 내뿜고 나서, "몽테스큐라는 사람은 자살이란 자기자신을 애지중지한 나머지 취하는 행위라는 말을 했지만, 과연 인간 자체가 그럴 만한 가치가 있는지 없는지는 둘째쳐놓구 엄밀히 따져서 이세상에 자살이란 있을 수 없다구 보는데요. 약을 먹었건 목을 맸건 총으루 쐈건 투신을 했건 말입니다."

성호는 온화한 웃음을 머금은 채 잠자코 있었다.

"사고루 죽거나 전쟁마당에서 죽거나 병에 걸려 죽거나…… 이 모두가 일종의 타살인 것처럼, 자살이란 것두 어떤 원인에 의한 타살루 봐야 할 겁니다."

"그러면 자연사란 어떻게 됩니까?" 성호가 조용히 물었다. 이쪽이 접근하면 준태편에서 껍데기를 단단히 닫고 열지 않을 것이라는 생각같은 것은 이미 문제되지 않았다.

"것두 매한가지죠. 오늘날까지 인간은 수명연장에 무진 노력해왔잖아요. 자연사라구 하지만 결국은 더 살구 싶어 못견뎌하면서 죽는 거 아닙니까. 그러니 태어날 때 자기 뜻으루 태어나지 않은 데다가 죽구 싶지 않아두 죽으니 타살당하는 거지 뭡니까. 요컨대 인간의 어떠한 죽음두 타살당하는 것밖에 안 됩니다. 죽음에 대한 여러가지 이름을 붙여놓긴 했지만요. 그런 뜻에서 윤목사님이나 저는 자살이란 이름으루 타살을 당할 뻔하다가 면한 셈이죠."

"재밌군요. 그렇다면 어떠한 타살을 당하는 게 옳다구 생각하십니까? 자살이란 이름의 타살인가요, 아니면 자연사라는 타살인가요?"

"사람에 따라, 경우에 따라 다르겠죠."

"좀전에 말씀하신 대루 인간이 피조물인 이상 창조주의 의사에 따라야 하지 않을까요?"

"그 창조주에 대한 얘깁니다마는, 다른나라에선 몰라두 우리나라 사람에겐 그 창조주란 게 올바루 받아들여지지가 않구 있습니다."

"그럴까요?"

"전에두 말한 일이 있는 것같습니다마는 우리나라 민족은 진정한 의미에서 종교적인 신앙을 받아들일 만한 바탕을 갖지 못했다구 봅니다."

"어째서 그렇게 보시는지 구체적인 말씀을 듣구 싶군요."

"이건 누구한테 들은 얘깁니다마는 어떤 교회 목사가 자기 죽은 아들 장례 때 묘지까지 덩실덩실 춤을 추며 따라간 일이 있답니다. 실성해서 그런 게 아니구, 정신이 말짱해서 그랬다는 거죠. 장로들이 목사더러, 다른 사람 보기에 덕이 되지 않으니 그러지 마시라구 하니까 그 목사님의 말씀이 뭐라 했는지 아세요. 내 자식이 이 괴로운 세상을 떠나 천당에 올라가서 하나님 품안에 안겼으니 어찌 기뻐하지 않을 수 있겠느냐구 하더래요. 그후에 더욱 신령한 목사님으루 추앙을 받다가 세상을 떠났답니다. 이러한 것이 기독굡니까?"

성호가 준태의 말을 새겨듣는 듯 고개를 주억거리고 있었다.

"주기도문에 무서운 구절이 있죠?" 준태가 말을 이었다. "〈우리가 우리에게 죄지은 자를 사하여 준 것같이 우리 죄를 사하여 주옵시고〉라는 구절 말입니다. 아시다시피 이차대전 때 나치스가 수많은 유태인을 학살했습니다. 전쟁이 끝난 후 독일사람들은 한동안 주기도문 중의 이 구절을 빼구 기도를 했다더군요. 동란 때 우리는 동족끼리 죽이구 죽구 했습니다. 죽이다 못해 심지어는 남자의 그것을 잘라내구 여자의 그것을 도려내가지구 나뭇가지에 걸어놨습니다. 행군하는 병사들의 심심찮은 눈요기가 됐답니다. 그뿐 아니구, 동란이 끝난 오늘날까지두 그 애길 무슨 재미난 음담이나처럼 써부렁대구 듣구 합니다. 그러면서두 〈우리가 우리에게 죄지은 자를 사하여준〉 것같은 태평한 심정으루 〈우리 죄를 사하여 주옵소서〉 하구 기구합니다. 이런 민족 속에 종교가 싹틀 수 있을까요?"

"가까운 사일수록 적이 되면 더 잔인해진다는군요."

"어쨌든 반성은 할 줄 아는 민족이 돼야 하지 않겠어요? 유다보다두 못한 족속입니다." 준태는 담배 꽁다릿불에 새로 담배를 붙였다. "제 친구 하나가 경주에 가있는데, 그친구 말이, 첨성대 둘레에다 장미를 심었더니 며칠 안 가서 다 파가버리드래요. 그리구 계림의 나무들이 하두 늙어 외국에서 나무를 들여다 심었더니 이것 또한 1년두 되기 전에 모주리 떠갔대지 뭡니까. 이건 극히 작은 실례의 하나일지 모릅니다. 이렇게 옛것을 사랑할 줄 모르구 내일을 생각할 줄 모르는 족속이 어떻게 영원을 바랄 자격이 있습니까?"

"그래두 우리나라에 불교가 성했던 적이 있잖습니까. 절들이 별처럼 널려져있구, 탑들이 기러기 행렬처럼 연이어 섰었다는 기록이 있을 만큼 말입니다."

"그게 왜 쇠퇴했겠어요. 조선조 때의 배불사상 때문만은 아닐 겁니다. 그건 우리나라 사람에게 진실루 불교를 받아들일 만한 요소가 결핍돼있기 때문일 겁니다. 이세상 권력이나 실리에서 초월해야 할 불교를 우리가 그러한 것들과 손을 잡게 했으니 말입니다. 결국 우리 민족은 미래에 대한 비전보다는 눈앞의 이해관계에만 급급한 성정을 갖구 있는 거죠. 게다가 권력이나 금력에 대한 아부심까지 겸한…… 기독교계두 예외는 아니잖아요. 해방후 기독교를 등에 업구 정치권력에 눈이 어두웠던 교역자가 있었죠? 교역자라구 해서 정치가가 되지 말라는 법은 없죠. 허지만 그를 지지한 신자들이 그가 정치가루서 유능하다구 판단해서가 아니구 기독교에서두 정치하는 사람을 내세워야 행세하는 데 유리하다는 지극히 실리적인 면에서 그랬던 게 아닙니까."

"신자 전체가 그 사람을 지지한 건 아니잖아요?"

"그렇지만 그 일의 옳구 그름을 가리려 한 사람두 없었죠. 이런 현상은 요즈막에두 형태는 다르지만 계속되구 있다구 배지는데요. 우리나라 사람의 실리적인 성정을 교묘히 이용해가지구 무슨 성이나 하는 교파를 만들어놓구 거기 들어오지 않는 사람은 구원을 못 받는다든가, 자기가 재림한 예수니 앞으루 지상천년 왕국을 이룩할 터인즉 자기네 교파에 들어오지 않는 사람은 그 왕국에 참례할 수 없다든가 하면서, 뒤루는 신도들을 동원해서 기업체 운영에 혈안이 돼있지 않습니까. 한 교파에서는 엽총제조업을 경영하면서 자기네 생산품 판매망 확장을 위해 세계 수렵대회라는 것까지 우리나라에서 개최한 일이 있죠. 자기네의 기업 번창을 위해선 그러지 않아두 해마다 줄어가는 우리나라 동물들을 하나 남김없이 씨를 말린대두 상관찮구 할렐루야를 부를 겁니다. 이렇게 받아들여진 기독교가 참다운 종교일 수 있을까요?"

"그건 이단입니다. 말세엔 별의별 걸 사칭하는 개인이나 단체가 나타나리라는 게 이미 성서에 밝혀져있습니다."

"좋습니다. 그러면 어째서 그런 이단적인 것이 유독 우리나라에서만 전염병처럼 창궐할까요? 설마 성서에 그런 이단적인 것이 우리나라에만 창궐하리라는 게 적혀있진 않겠죠? 그건 역시 우리 민족성에 그러한 것이 번질 수 있는 소지가 충분히 마련돼있다는 증좌일 겁니다."

"어쨌건 기독교가 우리나라에 들어온 이래 적잖은 순교자가 나온 건 부인 못할 사실 아닙니까."

"순교자가 아니구 희생잘 겁니다. 예로부터 그런 희생자는 기독교에서만 아니구 각계각층에서 나왔죠. 아마 앞으루두 나올 겁니다."

"세월이 오래 걸리드라두 언젠가는 기독교의 뿌리가 내리구 건전한 종교이념이 형성될 날이 있겠죠."

"그렇게 될까요? 굉장히 낙관적이시군요." 준태의 차가운 웃음기가 더 짙어졌다가 사라졌다.

성호는 좀전부터 준태의 싸늘한 웃음기 속에 어떤 뜨거운 열기같은 것을 감지하고 있었다. 그 열기엔 노기가 서려있었다. 그것은 단지 무엇을 부정하기 위한 부정의 노기가 아니고, 긍정을 모색하기 위한 어쩔수없는 부정의 노기같은 것으로 비쳤다.

준태는 준태대로 공연히 어설픈 얘기를 많이 지껄였다 싶었다. 성호가 가져왔을 용건이 궁금하면서도 쓸데없이 엉뚱한 데에서만 빙빙 에돌고 있는 자기가 퍽은 솔직하지 못하다고 뉘우쳐졌다. 성호와 자기가 이자리에서 해야 할 얘기의 초점은 다른 데 있을 것이었다. 그렇게 생각되자 그는 여유를 두지 않고 말했다.

"남양의 일루 오셨을 텐데……"

"아, 네." 성호는 자기가 찾아온 이유를 준태편에서 짐작하고 있을 줄은 알았지만 이렇게 먼저 얘기를 꺼내준 게 다행스러웠다. "남양이 지금 무척 고민하구 있습니다."

"저 때문이라는 거죠?"

"분명히." 성호는 잠시 말을 끊었다가, "그런데 제가 오늘 여기 온 걸 남양은 모르구 있습니다."

"알겠습니다. 윤목사님 자신의 경험에 비춰서 남양에게 더 고민을 시켜서는 안되겠다는 거죠?"

"제게 할말을 없게 하시는군요." 그러는 성호는 문득 고통을 느꼈다. 지난날 홍여사와 자기의 고민이 과연 불행했다고만 할 수 있을까.

"알았습니다."

준태는 복잡할 수 있는 이야기가 단번에 다 끝난 심정이었다. 어쩐지 마음의 짐이 덜린 것같은 기분이기도 했다. 그러나, 하고 준태는 무슨 말인가 나오려는 것을 참았다. 자기는 이제 이혼한 입장이라는 걸 말하려던 것이었다. 그러면서 그는 식은 홍차를 맛없이 마시고 있는 성호를 건너다보며 생각했다. 내가 이혼한 건 지연과 관계없는 일이다. 성호에게 알았다는 말은 했지만 지연과의 일은 앞으로 새롭게 생각해야 할 문제다. 그러고보면 실은 단번에 간단히 끝난 일도 아닌 것이었다.

약속한 대로 변씨의 집을 찾아가는 민구는 미지의 기대에 마음이 부풀어있었다. 이미 녹음해놓은 남쪽지방의 오구굿 무가를 오늘의 함경도 것 수집 참고로 어젯밤 새로이 들어두기까지 했었다.

오구굿은 죽은 뒤 좋은 곳으로 가기를 기원하는 굿으로, 출생을 기원하는 시준굿과 함께 중요한 굿거리의 하나다. 이 오구굿의 무가를 서울지방에서는 〈바리공주〉, 전라도지방에서는 〈바리데기〉 또는 〈오구물림〉, 경상도지방에서는 〈비리데기〉라 일컫는데, 부분적으로 서로 다른 대목은 있어도 근본 줄거리나 테마는 같다.

고귀한 집에서 딸만 일곱형제를 낳자 지겨워 막내딸을 내다버린다. 그후 부모가 병으로 눕게 되어 점을 쳐보니 서천서역국에서 약수를 구해다 먹어야 낫겠단다. 큰딸부터 차례로 약수 길어올 것을 종용해봤으나 여섯째딸까지 모두 이평계 저평계 대고 가지 않는 것을 내다버린 막내딸이 온갖 고생을 다 겪으면서도 약수를 구해다 이미 죽은 부모를 소생케 하고, 나중 자기는 저승에 가 신이 되어 죽은 인간의 영혼을 낙지로 인도하는 소임을 맡는다.

이 세 지방의 무가를 살펴보면 전라도지방의 것이 가장 불교적인 색채가 적고, 서울지방의 것이 그중 짙다. 그 일례로서 내다버린 막내딸아기를, 전라도지방에선 〈낮에는 볕이 쬐여 크고 밤에는 이슬맞아 큰다〉로 돼있고, 경상도지방에선 〈하늘에서 학 한 쌍이 내려와 한 마리는 한쪽 날개를 땅에 깔고 또 한쪽 날개로는 애의 몸을 덮어 보호하고 다른 한 마리 학은 먹이를 물어다 키운다〉로 돼있고, 서울지방에선 〈석가세존이 삼천 제자를 거느리고 사해 구경을 나왔다가 바리공주를 발견해가지고 비리공덕 할아비와 비리공덕 할미에게 분부하여 키운다〉로 돼있는 걸 보아도 알 수 있다. 그리고 내다버린 딸아기의 부친도 전라도지방에선 〈오구대왕〉, 경상도지방에선 〈천별산 대장군〉으로 돼있는데, 서울지방에선 조선조라는 시대적 배경과 함께 인물도 신적 존재가 아닌 〈대왕마마〉로 돼있다. 이런 점들로 미루어 전라도 것이 보다 원형이고, 경상도 것이 그다음 단계의 형태요, 서울지방 것이 제3단계의 형태로 볼 수 있다.

지금 수집하러 가는 함경도지방의 오구굿은 과연 어떤 형태의 것일까. 민구는 자못 기대에 차있었다.

변씨의 집 담장 가장자리로 돌아가며 심은 해바라기의 잎은 그새

200

말라 비틀어지고, 굵고 싱싱하던 줄기도 생기없이 꺼무튀튀해진 데다가 소담스럽던 꽃잎도 시들어 볼품없이 됐으나, 둥그런 씨받침판에 박힌 씨들만이 옹골차게 영글어 두드러져 나와있었다. 씨를 받을 때도 멀지 않은 것같았다.

변씨에게 인도되어 방에 들어선 민구는 눈이 부셔 잠시 주춤했다. 바깥 해바라기를 본 눈에 방안 휘장의 해바라기빛이 더없이 선명한데다가 방바닥에 깐, 전에 보지 못한 융단의 진홍빛이 강한 대조를 이루면서 눈을 쏘았던 것이다.

눈을 길들이고 있는 민구에게 변씨가 담배를 권하고 성냥까지 그어대주면서,

"선생님은 이런 색깔이 마음에 안 드세요?" 한다.

"뭐 그런 것두 아니지만……"

"전 색깔이든 뭐든 어중간한 건 좋아하지 않거든요."

식모아이가 차를 가져왔다. 인삼차였다. 가루가 아닌 삼뿌리가 찻잔 밑에 담겨있었다.

변씨가 푸른 기 도는 윗잇몸이 보일 듯 말 듯한 웃는 표정으로,

"얼마나 기달렸는지 몰라요, 이때를 말예요."

"정말 고맙습니다. 그동안 수고가……"

"아이 그게 아네요. 이렇게 만나게 된 거 말예요."

변씨는 이날도 곱게 빗은 머리에 깨끗한 양복차림이었다.

민구는 변씨의 시선을 피하며,

"그 할머니가 어디 계십니까?"

"안심하세요. 어련히 대령했을까봐요."

"할일부터 어서 해치우죠." 민구는 한시바삐 노파를 만나 무가를 듣고 싶었다.

"서두르시지 않아두 돼요. 그 할머니가 저희 집에 와있는데요 뭐."

변씨가 입을 꼭 다물었다가, "그런데 그 할머니의 말을 잘 알아들을 수가 없어서 큰일예요."

"함경도 사투린 대단하죠."

"게다가 고집은 왜 그리 센지."

"노인이라 할 수 없잖아요."

"선생님 하라는 대루 해달라구 구슬르긴 했지만서두……"

"어쨌든 만나봅시다."

"참 선생님두, 그 일밖에 모르시네. 저고리는 벗으세요."

변씨가 민구에게 여자같은 흘김눈을 해보이고 나서 등뒤로 와 저고리를 벗기고는 민구가 갖고온 녹음기와 카메라를 집어든다. 변씨 자기는 저고리를 벗지 않은 채였다.

민구는 변씨의 뒤를 따라 휘장에 가려진 문으로 해서 옆방으로 갔다.

장롱이며 화장대가 놓여있는 안방같은 느낌을 주는 방이었다. 아랫목 돗자리에 노파가 누워 담배를 피우고 있었다. 변씨가 찬찬한 손길로 노파를 부축해 일으켜 앉혔다.

자그마한 몸집이 아주 단단해 뵈는 노파였다. 칠순이 넘은 나이치고는 머리칼도 별로 세지 않고, 우둥퉁한 얼굴에 주름도 많지 않았다. 오랜 동안 병을 앓았다는 표는 어디서도 찾아볼 수가 없었다. 그점 민구는 마음이 놓였다.

그러나 노파의 사진을 찍은 후, 노파로부터 함경도 오구굿 무가를 알아내기에는 무진 애를 먹어야만 했다. 함흥 태생이라는 노파의 사투리도 사투리지만 입안에서 웅얼거리듯 해 변씨가 걱정한 대로 잘 알아들을 수가 없었다. 더구나 기억력이 감퇴하여 전후가 바뀌어가지고 녹음해 나가다가도 처음으로 되돌아가기가 일쑤였다. 그때마다 노파편에서 짜증을 냈다. 그것을 일일이 달래야 했다. 그리고, 목이 마르다고 하여 주스를 가져다주어 먹는 동안 쉬고, 생각이 미처 떠오르지 않는다고 담배를 피우며 쉬곤 했다. 시작한 지 한 시간 남짓 되자 머리가 어지럽다고 드러눕기까지 했다. 누운 채로 구송하다가 까무룩 잠이 들어버리는 것이었다. 제물에 잠이 깨기를 기다리는 수밖에 없었다.

쉽게 진행되리라고는 예기치 않고 있었지만 이렇게까지 시간이 걸릴 줄은 몰랐다. 노파의 구송이 더딜대로 더뎌서 저녁식사가 들어올 때까지 일곱째공주의 약숫물 구하러 길 떠나는 대목에도 이르지 못했다.

그런대로 그때까지의 노파의 구송만으로도 남쪽지방의 오구굿 무가와는 색다른 점을 발견할 수 있어 민구는 그다지 힘든 줄은 몰랐다.

오구굿 무가를 함경도에서는 〈칠공주〉 또는 〈오기풀이〉라고 부르는데, 우선 그 형식이 특이했다. 남쪽지방의 것은 노랫조로 돼있지만 함경도의 것은 노랫조와 이야깃조가 섞여서 극적 요소를 이루고 있는 것이다. 처음 생각하기는 노파가 노랫조로만 구송하기가 힘들고 귀찮아 적당히 이야깃조로 바꾸는 줄 알았으나, 같은 대목을 되풀이해 시켜봐도 노랫조로 할 데 가서는 노랫조로 하고, 이야깃조로 할 데 가서는 이야깃조로 하는 것이었다. 그리고 일곱공주의 아버지가 함경도에선 〈대감님〉으로 돼있고, 이 대감님은 일곱째공주가 태중에 있을 때 어디론가 가버리고 말아, 병을 앓게 되는 사람은 어머니 혼자뿐인 것이다.

저녁식사 뒤에도 별 진척을 보지 못했다. 노파의 정신이 더 흐리멍덩해진 듯 종잡을 수 없는 말을 늘어놓기도 했다. 그리고 낮보다도 더 자주 어리바리 잠에 빠지곤 했다. 변씨가 보다못해 민구더러, 내일 아침 정신이 맑을 때 계속하는 게 어떠냐고 했다. 민구도 이대로는 옳은 수집을 할 수 없다고 생각하고 있던 참이라 변씨의 의견에 좇기로 했다. 손목시계가 아홉시 가까이 돼있었다.

해바라기빛 휘장에 진홍빛 융단이 깔려있는 방으로 오니 어느틈엔가 술상이 차려져있었다.

"천천히 좀 쉬세요."

변씨가 여자처럼 두 다리를 한옆으로 모으고 앉아 전번과 같은 죠니워커의 새 병마개를 땄다.

한꺼번에 밀려오는 피로를 느끼며 민구도 한잔 마시고 싶어 변씨의 권에 순순히 응했다.

"그동안 저두 술 좀 배웠어요." 변씨가 예의 도톰한 입술에 웃음을 머금으며, "그때 선생님이 남긴 술을 제가 찔끔찔끔 다 먹었는 걸요."

사실 이날 변씨는 제법 술을 마셨다. 그러면서 민구가 잔에서 입을 뗄 때마다 조개귀며 육포를 안주로 집어주는 것이었다.

"제 얼굴 빨갛죠?" 두 잔째 비운 변씨가 손끝으로 볼을 사분사분

눌러 보였다. 그러나 변씨의 얼굴은 해바라기빛 휘장과 진홍빛 융단의 빛깔이 어려있어서 딱히 어떤 빛인지 지적할 수가 없었다. "보기 숭허죠?"

"별루." 술이 취한 결로 보이지 않는다는 뜻으로 민구가 말했다.

"가슴이 확확 달아오네요." 기대듯이 변씨의 한 손이 민구의 무릎을 와 짚었다. 그와함께 변씨의 뜨거운 입김이 민구의 목줄기를 스쳤다.

민구가 담배를 뽑아 입에 물었다. 물고 나서야 일종의 방어태세를 취하고 있는 자신을 깨달았다. 변씨가 민구의 무릎에서 손을 거두어 성냥을 그어대주었다. 민구는 급히 담배를 몇 모금 빨았다.

"저두 담배를 배우면 어떨까요."

민구는 잠자코 있다가,

"글쎄요."

"선생님이 하라는 건 뭐든지 하겠어요." 변씨의 가느스름한 눈매가 젖어있었다.

민구가 언뜻 손목시계를 들여다보며,

"이만 실례해야겠습니다."

"제가 주정하는 줄 아시구 무서우신가봐." 변씨가 웃음을 손등으로 가리우듯 하면서, "그동안 술 배웠다구 했잖아요. 요까짓것 먹구 취하진 않아요. 자아, 염려 마시구 잔이나 드세요."

"그만하겠습니다. 그럼 오늘은……"

"아니 왜그러세요?"

"이제 늦었는데 가봐야죠. 오늘은 여러가지루 정말 감사했습니다."

"또 그런 말씀. 선생님의 일이 곧 제 일인걸요. 그럴것없이 말예요, 불편하시드래두 예서 주무시구 낼 아침 일적 일을 계속하시는 게 어떠세요? 저 할머니가 눈을 뜨는 대루 정신이 맑을 때 하는 게 좋지 않겠어요?"

"그렇긴 하지만…… 갔다가 날이 밝으면 달려오죠."

"글쎄 그러실 것 없으시대두요. 예서 주무세요. 불편하신 대루."

"불편할 건 없지만 미안해서……"

"또오."

변씨가 젖은 눈으로 흘겨보는 시늉을 하고는 민구의 결정을 기다
리지 않고 식모아이를 불러 이부자리와 자리끼를 준비하게 했다.

자정이 거의 다 되어서야 준태는 집으로 돌아왔다. 이렇게 밤늦
게까지 혼자 술을 마시기란 드문 일이었다. 할멈이 깨어있다가 저
녁식사 드셔야 하지 않느냐는 걸 그만두라고 했다. 적잖은 술을 마
셨으나 정신은 또렷한 편이었다. 그는 방 한가운데 한동안 우두커
니 서있었다. 의롱이며 장롱이며 화장대며 하는 것들은 곧 창애가
가져가기로 돼있었다. 그러고 나면 그야말로 지난날의 하숙생활 기
분으로 돌아갈 수 있을 것이나 이제와서 그것은 한갓 형식에 지나
지않는다는 걸 알고 있다. 그러는 그의 앞에 지연의 존재가 크게
자리잡아 왔다. 그게 조금도 부담스럽게 느껴지지 않는 게 너무도
이상했다.

제 8 장

그만 창애는 탕에서 나왔다. 여느때보다 오래 탕 속에 들어있은 탓인지 별나게 나른했다. 축 늘어진 채 맥을 놓고 있는데 옆의 중년 여인이, 등밀어 드릴께요, 하고는 창애가 미처 괜찮다는 말을 할 새도 없이 어깨 한쪽을 잡아 돌려앉히면서 뭉친 수건으로 등을 밀어대기 시작하는 것이다. 어쩌면 피부가 이렇게 곱구 희담, 매끄럽긴 또, 때꺼정 희구먼, 앨 몇 낳았을 나일 텐데두 어떻게 이렇게 펭펭할꼬 살이, 글쎄 우리 영감쟁이 좀 봐요, 한다는 소리가 내 살갗은 구두창가머리라나. ……

창애가 여인의 등을 밀 차례가 됐을 때도 여인은 잠시도 입을 쉬지 않는다. 그래 거길 좀더 빡빡, 옳지 옳지, 아니 요쪽에, 좀 위에, 이번엔 물을 끼얹구설랑, 그래 옆으루, 손에 힘을 줘서, 어이 시원해. ……

간신히 여인한테서 풀려난 창애는 팔부터 미는 보통때와 달리 가슴께부터 때를 밀어내면서 여기저기 자기 몸을 뜯어본다. 멘스 전후와 같은 증상은 없어지고 아래의 이슬도 멎고, 솔던 젖속도 풀려 있었다. 물론 애낳이한 표적인 허물같은 자국이 배밑에 나있을 리 없고, 허리가 굵어진 것도 아니다. 그러나 유방만은 다소 전과 같지 않아 보였다. 때 밀던 손을 멈추고 두손으로 유방을 받쳐본다. 분명 전보다 실해진 것같고 유두의 빛깔이 약간 진해진 듯했다. 창애는 다시 수건을 말아쥐고 때를 밀기 시작한다. 이런 변화야 뭐 대순가. 모든건 새로 시작되는 거다.

욕실을 나온 창애는 전에없이 심신이 가뜬했다. 속옷만을 입고 머리를 말리기 위해 손가락을 넣어 흔든다. 이러는 창애를 향해 옷을 벗고 있던 목욕손님이 혼잣말처럼, 꽃이 폈네, 한다. 창애는 얼른 그말의 뜻을 잡지 못했다가 그사람의 시선을 더듬고서야 알아차린다. 하얀 팬티 짜개미에 빨깃한 것이 배어나와있었다. 웬일일까, 말끔히 멎었었는데. 당장 거기 대비할 만한 것도 갖고 있지 못했다. 창애는 머리의 물기 말리는 것도 그만두고, 총총이 옷을 껴입고 그곳을 나와버렸다.

밖은 쌀쌀한 기운이 감도는, 날이 샌 이른 아침녘이었다. 그러나 창애의 마음은 차가운 기운과 함께 그냥 어두워있었다.

걷던 창애가 퍼뜩 이상한 소리에 붙잡혀 몸을 도사렸다. 가냘픈 비명소리가 자기 몸속에서 들려왔던 것이다. 틀림없이 자기 몸속에서 새어나오는 걸로 느꼈다. 조용히 소리를 받아들였다.

길가 가축병원에서였다. 끌리듯이 그리로 가까이 갔다. 유리창 안에 세층으로 된 철망우리 맨 위칸에서 테리어 종의 까만 강아지가 앞발을 세우고 앉아 깨갱거리고 있는 것이었다. 조그만 입을 벌리고 애처롭게 우는 소리를 그냥 창애는 자기 몸속에서 새어나오는 소리로 듣고 있었다.

사람들 말소리에 민구는 잠이 깼다. 방안이 훤했다. 늦잠을 잤는가보다고 머리맡의 손목시계를 집어보니 일곱시가 지나있었다. 집에서라면 벌써 깨고 남을 시각이었다.

사람들의 말소리는 대문 쪽에서 들려왔다. 점치러 온 손님과 식모아이 사이에 주고받는 말소리였다. 손님들은 변씨를 찾고, 식모아이는 오늘은 점을 치지 않는다는 입씨름이다. 변씨의 목소리가 식모아이를 부르더니, 이걸 대문에 붙이라고 한다. 오늘은 휴업이라는 쪽지라도 붙이는가보았다.

평상시라면 일어날 시각이 지난 데다가 일찍 함경도 노파와의 일을 시작해야 한다는 생각이 머리에 차있으면서도 민구는 잠시 더 자리에 누워있었다. 어젯밤 일은 도대체 어떻게 된 일일까. 생시가 아니었다기에는 너무나 생생한 촉감이 몸에 살아남아있었다.

잠결에 아래께의 이상한 촉감을 느끼며 민구는 잠이 깼었다. 그리고 놀라 정신을 차려보니 그것이 입술에 빨리우고 있는 것이었다. 자리를 깔아놓고 간단히, 안녕히 주무시라고 하고는 방을 나갔던 사람이 어느틈에 돌아와 이러고 있는 것일까. 저번 창부옷 때의 일로 생겼던 변씨에 대한 징그러움은 그동안 점차 사라지고, 일종 호기심같은 걸로 바뀌어져있었던 것은 사실이었다. 그런데 이 뜻밖의 일은 또 무언가. 어느새 그것이 깊숙한 데로 들이밀어졌다. 거침없이 미끄러웠다. 그곳은 영락없는 여자의 속이었다. 그 속이 천천히 물결치기 시작했다. 민구는 상체를 일으키면서 손을 내밀어 상대방 몸을 더듬었다. 손에 상대방의 얼굴이 만져졌다. 민구는 손을 움츠렸다가 다시 내밀어 이번에는 얼굴 밑으로 더듬어 내려갔다. 알몸이 된 상대방 가슴께에 채 내려가기도 전에 민구의 손은 상대방의 손길에 뿌리쳐졌다. 상대방은 민구의 허벅다리 양쪽 밖으로 두 가랑이를 벌려 무릎을 꿇은 자세를 하고는 한 팔은 밑을 짚고 남은 한 팔로 이쪽의 손을 뿌리치는 것이었다. 무엇을 방비하려는 잽싸고도 완강한 손짓이었다. 민구는 거듭 같은 시도를 해봤으나 번번이 실패하고 말았다. 그러는 동안에도 같은 물결은 끊임없이 여러가지 모양으로 움직였다. 어쩌다 잠깐 머무르는 듯했으나 그것은 새로운 다음 물결을 일으키기 위한 방향바꿈에 지나지않았다. 그 물결 속에서 민구의 남성은 이리저리 부대끼며 밀리어다녔다. 물결에 꿈쩍않는 바위였으면 하나, 물결에 휩쓸리고 휩쓸리고 했다. 물결이 차차 빠르고 거칠어졌다. 민구는 바위가 되려, 바위가 되려 저항해보다가 거칠고 센 물결에 확 부서져, 부서진 조각들을 모아보려는 안간힘도 보람없이 그만 물결 속에 완전히 풀려 녹아버리고 말았다. 그리고 정작 녹아버리고 말자 아무런 아쉬움이 없는 충족감이 전신에 밀려왔다. 기괴한 경험이었다.

민구가, 이러고만 있을 수 없다고 일어나 화장실엘 다녀오니, 이부자리는 걷히고 세숫물과 양치소금이 들여놓여있었다. 세수를 마치기가 바쁘게 식모아이가 잣죽 사발을 쟁반에 받쳐가지고 왔다. 잣죽을 먹고 담배 한 대를 거의 다 피웠을 즈음 변씨가 들어왔다. 안녕히 주무셨느냐고 하며 시선을 비끼는 변씨의 본시 창백한 얼굴엔 발그레 상기된 기운이 어려있었다.

민구는 여전히 알 수가 없었다. 언제나처럼 기름을 발라 곱게 빗어넘긴 하이칼라머리에 단정한 남자양복차림이었다. 그러나 두 다리를 옆으로 모으고 두 손을 무릎 위에 모아쥐는 자세만은 여실한 여자의 앉음새였다. 대체 어찌된 일일까. 어젯밤 종내 그것을 알 수 없은 채 그일이 끝나자 변써편에서 곧 잠자리를 빠져나가버렸던 것이다.

"그 할머니 일어났겠죠?" 민구는 뒤숭숭한 생각을 털어버리며 말했다.

"그게 말예요," 변써가 민망한 듯이 말소리를 낮추어, "아침을 먹구 나서야 시작하겠대요. 식전엔 기운이 없어 못하겠다느만요."

아침상을 물린 뒤에도 한참만에야 시작된 노파의 구송은 어제나 진배없이 애를 먹었다. 아침결이라고 정신이 맑아진 것도 아니었다. 생각이 안 난다고 연신 담배를 피우고, 몸이 쑤신다고 드러눕는 등, 어제의 반복이었다. 민구마저 지친 지경이었다.

이럭저럭 노파의 구송이 끝난 것은 정오 가까이 돼서였다. 수집의 결과는 민구를 크게 놀라게 했다. 결말이 이럴 수 있는가 싶었다. 등장인물 전부가 죽어버리고 마는 것이다.

일곱째공주가 약숫물을 얻어가지고 집에 당도하니 어머니의 상여가 나가고 있다. 사정사정하여 상여를 내려놓게 한 후 길어갖고 온 약수 한 쪽박을 떠서 입에 넣으니까 죽었던 어머니가 눈을 뜬다. 또 한 쪽박 떠넣으니까 썩은 살이 되살아난다. 또 한 쪽박 떠넣자 일어나 걷는다. 이렇게 해서 모녀는 손에 손을 잡고 집으로 돌아온다.

그 다음부터가 문제인 것이다.

집에서는 딸 여섯이 어머니 장례가 있건 말건 집안 기물을 나누고 있는 중이다. 그것도 그저 나누는 게 아니고 조각을 내어서 나누는데, 꼭 여섯 조각이 났으면 아무일 없으련만 일곱조각이 나, 남은 한 조각을 놓고 너 가진다 나 가진다 실랑이를 하고 있는 것이다. 그러다가 일곱째공주가 어머니를 모시고 들어오는 것을 보고는 부엌으로들 나가 아궁이 속에 숨어버린다. 착한 일곱째공주는 어머니더러 언니들을 불러 기물을 다 나눠주라고 애원한다. 그러나 어머니는 딸들을 불러내어, 너희들에게 기물을 주되 저승의 시왕기물을 준다, 하고 저주한다. 그러자 딸 여섯은 그자리에 통통 부어 쓰러져 죽고 만다. 이를 본 일곱째공주는 기가 막혀, 어머니 나는 잠깐 자겠습니다, 하고 눕는다. 응, 고단할 테니 자거라, 하고 어머니가 밥을 지어가지고 들어와 아무리 깨워도 일곱째공주는 일어나지 않는다. 어머니는 하는수없이 일곱째공주를 내다묻고는 밤낮을 가리지 않고 애고대고 운다. 산신령이 울음소리를 시끄럽게 여겨 대신할멈을 시켜서 삼우제하러 오는 칠공주어머니에게 이르게 한다. 가지 마오, 일곱째공주가 무덤을 파헤치고 여우가 되어서 어머니가 오면 잡아먹으려고 앉아있소, 가지 마오, 가지 마오. 그 말을 듣지 말고 그냥 올라갔으면 신선이 됐을 건데 그만 무섬증이 생겨 대신할멈에게, 가르쳐 줘서 고맙소, 하고는 광주리에 이고 오던 음식을 몽땅 주어버린다. 그 사례로 대신할멈은 칠공주어머니에게, 아무 때 아무 절에서 재를 올리니 구경 오오, 한다. 재를 올린다는 말에만 정신이 팔려 어느 날 어느 절이란 걸 잊어버린 칠공주어머니는 이 절 저 절 찾아다니다가 한 곳에 이르니 중이, 무슨 일로 돌아다니냐고 한다. 재 구경을 왔노라니까, 재는 엊그제 끝났다고 한다. 시장한 칠공주어머니는 어쩔줄 모르다가 절 뒤로 돌아가 보니 뜨물통에 잿밥 찌꺼기가 가득했다. 배고픈 김에 마구 퍼먹고 집으로 돌아오다가 삼년 묵은 나무그루터기에 걸려 엎어져 죽고 만다. 무가의 다음 부분은 이야깃조로, ──죽구낭이까 옐네(열녀) 나는 가문이 좋지 못하오, 소재(효자) 나는 가문이 좋지 못하오, 옐네 충신이 나면은 집안이 좋지 못항이 옐네 충신 바라지 말구 살아갑세.

마지막머리에 가서 희한한 일이 일어났다. 노파가 일어나고 싶어하는 눈치여서 변씨와 민구가 부축해 일으켜줬더니 이게 웬일일까 노파가 두 팔을 벌리고 너울너울 춤을 추는 게 아닌가. 여태 앉아있는 것조차 성가셔하던 노파의 둔해 뵈던 몸뚱이가 제법 가볍게 움직이는 것이다. 그리고 노래를 부르는 소리도 여태와는 달리 높고 맑은 청이었다.

　　옛날옛적부터 옛날이라 젯날이라
　　역사가 망녕이 들어서
　　일곱째공주가 망녕이 들어서

노랫소리와 춤이 그침과 함께 노파는 힘없이 풀썩 주저앉았는가 하자 그대로 쓰러지듯이 누워버렸다. 좀전의 상태로 돌아간 것이다.

이것이 함경도 오구굿 무가의 끝이었다. 민구가 노파를 달래어 몇 번 되풀이해 시켜봐도 똑같았다. 민구는 이 결말을 이해할 수 없었다. 이래가지고서야 어떻게 오구굿 구실을 한단 말인가.

오구굿을 포함한 모든 무가의 본바탕을 이루고 있는 신관 내지 영혼관, 그리고 우주관 및 조상숭배관은 물론 불교나 기독교의 그것들과 근본적으로 다르다. 샤먼의 세계에서는 인간을 위시해 모든 생물은 말할것도 없고 무생물에게까지 신령이 깃들어있다고 보고 있다. 한 그루의 나무가 동네를 지키는 수호신이 되기도 하고, 한 덩어리의 바위가 소원성취를 해주는 복신이 되기도 하고, 한 벌의 옷에 역신이 붙기도 하는 것이다. 그리고 우주관은 천상, 지상, 지하의 셋으로 나뉘어, 천상에는 우두머리되는 신들이, 지상에는 인간이, 지하에는 인간이 죽은 뒤에 가는 곳으로 돼있는데, 지하에는 또 상계, 중계, 하계로 나뉘어있어, 생존시에 선덕을 쌓은 사람은 상계인 낙지로, 악한 일을 한 사람은 하계인 지옥으로, 어중간한 사람은 중계로 가되, 설사 지옥으로 갈 사람이라도 오구굿을 하면 낙지로 간다고 보고 있다. 다음, 조상숭배관은 어른들이 노동력을 보유했을 때는 어린것들을 보호하고 기르지만 노쇠하여 병들 때는 성장한 자식이 이에 보답해야 한다는 경제적 상환관습과 함께, 설사 부모에게 잘못이 있다 하더라도 효도를 해야 하는 걸로 돼있다.

이러한 샤먼세계의 전반적인 본바탕이 함경도 오구굿 무가에는 반영돼있지 않을 뿐만 아니라 결말에 가선 오히려 이를 파괴하고 말살해버리고 있는 것이다. 그저 일곱째공주만은 아름답게 그려져있다. 잠자듯이 죽어버리는 그네의 죽음조차 간략하면서도 아름답기 그지없게 그려져있다. 그러나 이 일곱째공주의 애처롭도록 아름다운 고행이 가족 중의 어느 하나도 구원하지 못하고 더러운 죽음을 맞게 하는 것이다. 게다가 열녀나 효자, 충신이 나온 집안이 좋지 못하다고까지 못박고 있는 것이다. 함경도의 오구굿 무가가 여러가지 면에서 남쪽지방의 어느것보다도 가장 뒤늦은 형태에 속한다는 것만은 알 수 있다. 그런데 이토록 파격적인 것이 이루어진 연유가 무얼까.

"이럴 수가 있어요? 이래가지구서야 어디……" 민구는 미심쩍어 견딜 수가 없었다.

"글쎄 말예요." 변씨도 어정쩡한 표정이었다, "굿거리가 고장에 따라서 조금씩 다르긴 하지만서두……"

"이건 숫제 반대가 아니예요?"

암만해도 알 수가 없었다. 그저 이런 추측만을 할 수 있었다. 처음에는 남쪽지방의 것과 같았던 것이 후대로 내려오면서 변했는지도 모른다는. 그러면 변하게 된 요인은 무얼까.

노파를 데려다주러 가는 변씨와 함께 큰길로 나오면서도 민구의 머리는 궁금증으로 차있었다. 그러면서 한참 밑을 보고 걷던 민구가 고개를 들었다. 그렇다! 머리 속에 어른거리던 노파의 춤추며 노래부르던 장면이 또렷이 부각돼오면서 한가닥 실마리같은 게 잡히는 듯했다. 그토록 둔해 뵈던 노파의 제법 가볍게 너울거리던 몸놀림, 그리고 지금까지와는 달리 높고 맑은 청의 노랫소리. 도리어 그렇기 때문에 거기에는 무엇인가에 항거하는 빛이 어려있었던 걸로 떠오르는 것이었다.

본래 함경도땅은 지리적으로나 역사적으로 다른 지방과 색다른 데가 있는 곳이다. 대륙과 인접돼있어 외적의 침범이 빈번했던 곳인데다가 조선조시대에는 유배지의 하나이기도 했다. 충신이나 효자들이 억울한 누명을 쓰고 정배가던 고장이다. 이러한 것들이 효자 충신에 대한 불신을 불러일으키게 하고, 그게 오구굿 무가에까지 반영되었다고 볼 수 있지 않을까. 효자건 열녀건 충신이건 죽음 앞에서는 탐욕스런 사람과 다를 바 없다. 선과 악도 죽음 앞에선 매일반이다. 〈역사가 망녕이 들어서〉 〈일곱째공주가 망녕이 들어서〉 함으로써 죽음에 의한 평준화를 얻고자 한 것이 아닐까. 그리고 그것으로써 구원을 삼으려 한 게 아닐까. 하여튼 희귀한 수집을 했다는 생각이 민구로 하여금 피로마저 잊게 했다.

"뭐라구요?" 민구는 변씨가 무슨 말인가 한 걸 제대로 듣지 못했다.

"뭘 그리 골똘히 생각하구 계시죠?" 변씨가 곁으로 바싹 다가와

있었다.

"아 네, 좀……"

조심스럽게 민구의 눈치를 살피면서 변씨가 속삭이듯 말했다.

"이젠 저하구 만날 일이 없으시겠네요. 그치만 만나주시죠? 그 죠?"

아내와의 일을 정리하고, 바로 다음날로 집까지 팔게 된 것은 준태에겐 정말 예상외의 일이었다. 마치 짝이 맞는 두 장의 표가 뜻밖에 꼭 맞아떨어진 격이었다. 어제 오후 준태 없는 사이에 복덕방 영감이 어떤 사람을 데리고 와서 집구경을 하고 갔다는 말은 할멈한테 들어 알고 있었다. 집구경한다고 다 살 사람이 아니므로 그저 그쯤 생각하고 있었던 터인데 사무실로 복덕방 영감이 찾아온 것이다. 영감이 흥정걸어온 집값이 시세에서 빠졌으나 준태는 그냥 응낙해버리고 말았다. 며칠두고 버티면 다만 얼마라도 더 받을 수 있을는지 모르나 그럴 마음이 일지 않았다. 어제 아내와의 일을 정리하고 난 준태에게 이따위 집문제는 극히 하찮게 여겨졌다. 이런 일로 시간이나 신경을 쓰고 싶지 않았다. 준태는 영감이 써서 내미는 계약서에 도장을 눌러 찍었다.

"집 팔어?" 복덕방 영감이 돌아가자 옆의 동료가 물었다.

"음."

"갑자기 집은 왜?"

"그저."

"늘리나부군?"

"아니."

"그럼 부인이 서울서 사업을 한다더니 서울루 옮겨보려구?"

준태는 소리 안 나는 웃음으로써 대답을 대신했다.

"집값이 시원치 않은 것같은데?"

"왜?"

"얼굴이 어두우니 말야."

준태는 자기의 얼굴빛이 어떠한지는 모르나 짜장 시원한 생각만도 아닌 게 분명했다. 모든게 처리되고 정리되면 홀가분해지리라는 생각과는 달라져있는 자신을 느꼈다. 인간관계란 이런 건지도 모른다. 어쨌든 이걸로 창애와의 일은 일단락짓고 이제부터는 나 자신의 문제가 남았을 뿐이다.

삼일예배를 끝낸 성호는 교인들이 다 돌아가기를 기다려 불을 끈 후 여인을 따라나섰다. 술주정뱅이에다 노름꾼인 남편을 교회에 나오게 한 일이 있는 여인이 자기 집에 좀 가줘야겠다는 것이다.

"무슨 일이 생겼습니까?"

"주인이 돌아왔어요, 목사님."

"어디 가셨던가요?"

"목사님껜 부끄러워 말씀 못 드렸지만 엿새 전에 집안 돈푼이랑 옷가지랑 몽땅 긁어갖구 없어졌었어요."

그러고보니 성호는 지난 주일에 남편되는 사람이 보이지 않았던 게 생각났다.

"근데 아까 예배당에 올려구 나서는데 송장이 다 돼가지구 어떤 사람한테 업혀서 오지 않았겠어요, 목사님."

"아니, 교통사고루요?"

"그렇기나 했음 밉지나 않게요. 병들어서 다 죽어가는 꼴이 돼가지구 왔는걸요."

여인의 말이 결코 과장이 아니었다. 전등불에 그늘지워진 움푹 파인 눈하며, 바싹 꺼진 볼하며 꼭 오랜 동안 중병을 앓아 죽어가는 사람의 몰골이었다.

"여봐요, 목사님이 오셨어요." 여인이 남편의 귀 가까이 몸을 내밀고 큰 소리로 말했다.

남편되는 사람은 눈을 감은 채 아무런 반응도 보이지 않았다.

여인이 남편의 몸을 잡고 흔들며,

"어쩌자구 이꼴이 돼가지구 돌아왔어요? 아까 나한테 한 말 다 거짓말이죠? 무슨 장사를 해보려다 실패했다는 건 거짓말이죠?"

남편되는 사람은 여전히 눈을 감은 채 잠잠히 있기만 했다.

"목사님 앞에서 바른대루 말 좀 해봐요. 가만있다구 되는 일예요?"

이윽고 남편되는 사람의 눈이 힘들게 떠어졌다. 아물었던 깊숙한
상처 자국이 벌어지는 것같았다. 누구를 보는 건지 분간이 안 됐다.
"목사님……" 목에 걸리는 가느다란 목소리가 더듬거렸다. "전……
하나님한테…… 벌을 받았어요." 그리고는 상처 자국같은 눈이 도
로 아물어졌다.
　"그럼 또 그 돈으루 딴짓을 했다는 거죠?" 여인이 재우치듯 따졌
다.
　남편되는 사람의 뼈만 남은 턱이 보일락말락 까딱거렸다.
　"당신이 사람요? 짐승만두 못하지. 벌을 받아 싸요. 죽어두 싸
요!" 여인이 발악을 했다.
　남편되는 사람의 얼굴표정은 한결같았다. 부끄러움이나 후회의 빛
은 어디서도 찾아볼 수가 없었다. 이미 자기가 저지른 일에 대해 내
려지는 여하한 징벌도 고스란히 받기로 체념한 것같아 보였다. 그
리고 그것은 강한 의지에서가 아니고, 미리 어떤 징벌이나 고통이
내려지리라는 것을 예측하면서도 어쩔수없이 유혹에 이끌려 저지른
일에 대한 체념같아 보였다. 이처럼 인간이란 약한 것이다. 성호는
전에 이 사내가 아내와 함께 와서 교인이 되겠다고 약속했을 때 그
가 자연스럽게 교회에 나오게 되려면 상당한 시일이 걸리리라고 생
각한 일이 있었지만, 그 시일이 앞으로도 얼마나 오래 걸릴지 모른
다고 생각했다. 늦으면 늦는 대로 기다리는 거다. 지금은 우선 건
강을 회복할 단계다.
　배웅을 나온 여인에게 성호는 타이르듯 말했다.
　"환자에게 너무 심하게 굴지 않는 게 좋을 겁니다."
　"목사님……" 여인은 격한 감정을 억제치 못해하는 듯 잠시 말을
끊었다가, "그렇지만 전 남편을 용서할 수 없어요!"
　"괴로우시겠지만 참구 용서하셔야 합니다."
　"아녜요. 용서할 수 없어요. 목사님두 전에 들으셨죠? 남편이 다
시는 술 안 먹구 노름두 않겠다구 하나님 앞에 맹세한 걸. 그걸 어
겼으니까 벌을 받아서 싸요. 제가 진심으루 하나님께 기돌 올렸거
든요. 남편이 다시 죄를 지면 용서없이 때리시라구요. 그 기도대루
된 거예요, 목사님. 하나님이 용서치 않은 거예요. 벌을 받아서 싸

요!"

그러나, 하고 성호는 생각했다. 약함으로 해서 저지르는 인간의 잘못을 인간이 단죄할 수는 없는 거다. 그는 말했다.

"하나님이 용서하시구 안 하시구는 우리가 헤아릴 수 없는 일입니다. 다만 하나님의 의량이 우리들보다 옹졸하지 않으시다는 것만은 말할 수 있겠죠."

여인은 한동안 뻣뻣한 몸가짐을 하고 있다가 갑자기 두 손으로 얼굴을 감싸면서 흐느끼기 시작했다.

성호는 마음이 무거웠다. 다른것은 그만두고 이들 부부로 하여금 현재 이들이 생각하고 있는 것처럼 만든 데에는 내 책임이 없지 않다. 남편되는 사람이 술을 마셨건 노름을 했건 몸을 해치게 된 것을 하나님의 벌로 여기는 것이나, 여인이 자기의 기도대로 이루어졌다고 여기는 것은 얼마나 빗나간 믿음이냐. 내가 그들에게 부어 넣은 신앙이란 고작 이런 정도밖에 안 된단 말인가. 성호는 여인의 울음이 가라앉을 때까지 어둠 속에 같이 서 있었다.

하얀 정구공이 탱탱 아침 맑은 공기를 울리며 오간다. 지연은 가볍게 이리저리 뛴다. 이삼일 동안에 솜씨가 전대로 완전히 회복된 건 아니지만 우선 스윙이 부드러워진 데다가 공이 네트에 걸린다든가 아웃되는 도수가 현저히 줄어들어 상대방에게 덜 미안했다.

맑은 아침 공기 속을 탱탱 선명한 음향으로 울리면서 하얀 공이 오갈 적마다 거기에 구멍이 뚫린다. 꼭 공의 부피만한 구멍이다. 그러한 구멍이 자꾸만 퐁퐁 뚫린다. 뚫린 자리엔 또 다른 밝은 공간이 훤히 트이는 것이었다. 그 밝은 공간 저쪽을 향해 지연은 마음먹는다. 다음 일요일까지 함선생한테서 아무런 연락이 없으면 내편에서 찾아가보리라.

지연은 빗나간 공을 주워 높이 공중으로 치켰다가 부드러운 서브를 넣었다.

제 9 장

"여기서 기달리는 시간이면 아파트루 오구두 남을 텐데?" 민구가
우주다방에 먼저 와있는 은희 자리로 가 마주앉는다.
"거긴 안 가기루 했잖아요." 은희가 쏘아붙였다.
"그럼 우리 교외루 놀러가자, 이참에."
"안 가."
"수원이든가 인천에 가서 조용히……"
"쓸데없는 생각 하지 말아요." 은희가 핸드백에서 편지 봉투 하나
를 꺼내어 민구 앞에 밀어놓는다. "이걸 가지구 노회 사무실루나 가
보세요."
"노회 사무실? 대체 이게 뭔데?" 민구는 정색을 한다.
"아버님의 분부세요. 거길 가면 윤목사님을 만나게 될 거래요. 그
래서 도울 수 있으면 도와드리래요."
"성호 말야?"
"그래요."
"도대체 무슨 얘기야? 내가 그친굴 돕는다는 건 다 뭐구?"
"저두 몰라요. 아버님 말씀이 하여튼 가보면 안대요. 가서 이 편
질 노회장님께 드리래요."
"내참, 이게 무슨 퀴즈야."
"어쨌든 무슨 일이 있는 것만은 틀림없으니까 얼른 가보세요. 너
무 늦기 전에."

  노회 사무실은 조그만 응접실을 통하게 되어있었다. 응접실에 들

어선 성호를 보자 거기 나와있던 사무원이 잠깐 기다리시라고 하고
는 사무실로 들어간다. 먼저 온 손님이 있는가보다고, 벽시계를 보
니 두시 십분쯤 전이었다.

딱딱한 의자에 앉아 성호는 창밖으로 시선을 준다. 교회당 돌집
귀퉁이가 창문의 삼분의 일쯤 가리고, 남은 공간을 여염집 지붕들
이 차지하고 있다. 지붕에는 꺼먼 개와버섯이 돋고, 마른 잡초들이
드문드문 줄기만 드러내놓고 있는 기왓골에 햇살이 반 이상 그늘을
지우면서 내리쬐고 있다. 일기예보엔 흐린 후 비가 오겠다고 했는데
아직 맑은 날씨다. 참, 지연이 어떻게 지내나. 마음을 좀 잡았는지.
지혜로운 데가 있으니까 스스로 타개해 나갈 거야.

출입문 여닫는 소리에 고개를 돌리니 예전부터 잘 아는 주목사가
가방을 끼고 들어서면서 서로 시선이 마주쳤다고 느꼈으나 곧장 사
무실로 들어간다. 도수높은 안경을 꼈기 때문에 사람을 얼른 알아
보지 못하는가보았다.

조금 뒤에 사무실 문이 열리며 사무원이 나와 성호더러 들어가시
라고 하고 자기는 밖으로 나가버린다.

사무실에는 안쪽 테이블에 세 사람의 목사가 앉아있었다. 세 목
사 모두 피난시절 성호가 소년봉사단을 이끌고 거제도에 갔을 때부
터 익히 아는 사람들이었다. 그들이 각각 다른 자세를 취하고 있다.
가운데 자리에는 노회장인 신목사가 앞에 놓인 서류에 눈을 주고 있
고, 그 오른쪽의 주목사는 테이블에 바싹 도수높은 안경을 갖다대
다시피 하고 훅훅 먼지를 불어내고 있고, 왼쪽 배목사는 허공을 쳐
다보고 있는데, 그러한 각각의 자세가 어떤 긴장감으로 한데 연결
돼있었다. 성호는 좀전에 사무원이 자기를 응접실에서 기다리게 한
일이며 주목사가 외면하듯 지나쳐버린 일 생각켜 눈앞의 세 목사
와 자기 사이에 어떤 차단된 기운같은 것을 감득했다. 성호는 그들
에게 인사를 하려다 주춤하고 말았다.

"거기 앉으시오." 신목사가 서류에서 고개를 쳐들며 뭔가 굳은 어
조로 입을 열었다.

서먹서먹한 기분으로 성호가 의자에 앉자 신목사는, 우리 같이 기
도드립세다, 하고 기도를 시작했다. 이제부터 있을 일은 사람의 의

사가 아니라 하나님의 의사라는 것, 첫시간부터 끝시간까지 사람이 주관하지 말게 하고 하나님이 친히 주관해달라고 간구했다.

성호는 가슴이 두근거렸다. 자기가 불려온 일이 심상치 않다는 게 너무도 분명히 느껴졌던 것이다.

기도를 마친 신목사는 곧장 성호를 바라보며 말했다.

"오늘의 모임이 결코 유쾌한 일이 아닙네다마는 인간의 일이 아니요 하나님의 일이니까니 숨김없는 문답이 되기를 바랍네다."

그제야 성호는 비로소 자기가 어떠한 처지에 놓였다는 걸 깨달았으나 무엇 때문인지는 알 길이 없었다.

"먼저 묻겠습네다." 신목사는 잠시 사이를 두더니, "크리스챤주보에 발표된 〈우리나라 풍습과 기독교〉라는 글은 윤목사가 손수 쓴 것이 틀림없갔지요?"

아, 그걸 가지고 그러는구나, 하고 성호는 마음을 가라앉히며 짤막히 대답했다.

"네."

"그 글을 쓴 의도가 뭣입네까?"

"교역자의 입장에서 한번 정리해보구 싶었습니다."

"정리해보다니 뭣을 정리한다는 겁네까?"

"때늦은 감이 없지않지만, 우리나라 풍습에 관한 기독교의 한계를 밝혀두구 싶었습니다. 말하자면 교리에 저촉되지 않는 한, 우리나라 풍습에 기독교가 지나친 간섭을 말아야 하겠다는 겁니다."

"그르니까니······" 신목사의 말속에 평안도 어투가 섞여있었으나 성호가 거제도에서 그를 만났을 때에 비하면 많이 서울말로 변해있었다. "제사 지내는 게 우리 기독교에 저촉되지 않는다는 겁네까?"

"네."

"어째서 그렇습네까. 우상과 미신을 생게두 교리에 어긋나지 않는다는 거웨까?"

"제사는 조상에 대한 추몹니다. 어떤 신에 대한 신앙행위는 아닙니다."

"아 그럼 혼백상을 만들어놓구 거기다가 절을 하구, 그리구설라니 죽은 사람의 혼이 와서 먹으라구 음식을 채려놓는 것두 우상이나 미신을 섬기는 짓이 아니라는 겁네까?"

"그건 추모의 한 형식으루 봐야겠죠. 아마 가난한 나라 사람들이라 우리들에게 가장 귀중한 음식을 마련해놓는 게 아닐까요."

"기독교가 우리나라에 들어오믄서부터 제사를 금해왔는데 이제와서 그걸 타파하겠다는 건 이단의 짓이 아니웨까?"

"글에서두 잠깐 언급했습니다마는……"

"누구십네까?" 신목사가 성호 뒤쪽을 향해 언성을 높였다.

누가 사무실에 들어왔는지 성호는 문소리도 인기척도 듣지 못하고 있었다.

"지금 회의중이니까 좀 나가주시오." 신목사가 명령조로 말했다.

누군가가 성호 곁을 지나 목사들 앉았는 데로 간다. 무심코 바라본 성호는 적이 놀랐다. 민구가 여기 웬일일까. 그가 무슨 일로 왔을까. 민구는 목사들 앞으로 가 흰 봉투를 내민다. 겉봉을 뜯어 내용을 읽은 신목사가 좌우 목사에게도 읽게 한다. 그리고는 난처한 빛으로 세 사람이 뭐라고 상의를 하더니 신목사가 민구더러 저리 가 앉으라는 손짓을 한다.

돌아서오며 민구가 성호에게 시키면 눈썹을 피끗거리면서 싱긋 웃는다. 내가 왔으니 그리 알라는 표정이다.

성호는 어떻게 된 영문인지 알 수 없었다. 민구가 소개편지까지 갖고 방청이라도 온 듯싶은데, 자기는 여러날 전에 통지를 받고도 오늘의 일을 영 짐작도 못하고 있었던 것이다. 물론 이 이상의 일이 벌어진다는 걸 미리 알았다 해도 이를 막아보려든가 하지는 않았을 테지만.

"윤목사, 니애길 계속하시오."

"서양 선교사들이 처음 우리나라에 왔을 때 제사를 무슨 종교의식의 하나루 잘못 판단하구 금한 것이니까 이제라두 시정해야 할 것은 시정해야 할 줄 압니다."

"백보를 양보해서 그것이 미신의 짓이 아니라치드래두 여태 신자들은 제사를 안 하는 것으루 알구 있는데 혼란을 일으케두 좋다는 겁네까?"

"일시적인 혼란이 있을른진 모르지만 고칠 것은 고쳐야죠. 이건 어

220

떤 책에서 본 겁니다만, 서양의 어떤 목사 한 사람은 죽은 아내의 무덤을 아침저녁 찾아가 이런 말을 하군 했답니다. 아침에는, 여보 간밤에 잘 잤수? 애들과 나두 잘 잤소, 그리구 저녁에는, 여보 오늘 하루두 애들 잘 놀았소, 그럼 잘 자오, 이렇게 말입니다. 이것이 우상숭배냐 미신이냐 아니냐를 따지기에 앞서 인간으루서의 아름다운 정의 표시루 봐야 하지 않을까요?"

"남의 니얘긴 그만두구, 우리 문제만 놓구 말합세다!" 신목사가 퉁기듯 말했다.

"제가 평소 느껴오던 걸 한 말씀 드려두 될까요?" 하고 성호 뒷좌석에 앉았던 민구가 끼어들었다. "그건 기독교 자체에 샤머니즘적인 요소가 적잖이 들어있다는 사실입니다. 예를 들자면 예수의 탄생부터 그렇죠. 동방박사 세 사람이 찾아오지 않았어요?"

세 목사가 동시에 미간을 모았다.

"동방박사들이 별을 보구 찾아왔거든요. 이를테면 점성술을 가진 샤먼들이었던 거죠. 기독교에서 이 세 샤먼을 높이 칭송하구 있다구 보는데요."

"샤먼이 아니구 박사요."

"그건 우리나라 말루 번역할 때 그렇게 된 거죠. 그 시대에 무슨 천문학박사가 있었겠어요. 점성술에 밝은 사람들이었겠죠. 영어루는 와이즈 맨(WISE MAN)이라구 돼있더군요. 또 하나. 예수가 장성한 후 40일간 광야에서 금식기도를 하구 나서야 이적을 행했잖아요. 목사들 가운데두 금식기도 끝에 성신을 받아가지구 병을 고치는 예가 있구요. 샤먼두 오랫동안 음식을 전폐하다시피 앓구 나서야 신이 내려가지구 예언두 하구 병두 고치구 합니다. 이렇게 기독교와 샤머니즘은 피차 상통하는 데가 있어요. 그리구 크리스마스 전날 밤의 산타클로스 할아버지 얘기는 제쳐놓더라두, 부활절 날 달걀에 알록달록 물감칠하는 건 하나의 샤머니즘적 요소가 아니구 뭐겠어요? 예수의 부활을 마치 병아리가 달걀에서 부화해 나오는 것과 같이 보려는 그 발상이 말입니다."

세 목사는 민구 쪽을 주시한 채 어리벙벙해있었다.

"그리구 또……" 민구가 말을 이었다. 그는 언제나처럼 샤먼의 이

야기를 꺼내면 흥이 나는 그런 상태가 돼있었다. "예수의 화상 있
잖습니까, 예수의 그림 말예요. 그 화상 앞에서 신자들이 절을 하
구 기도하는 모습을 종종 보는데, 화상 속의 예수가 자기 기도를 직
접 들어준다구 믿는 사람이 적잖다구 봅니다. 그뿐인가요, 택시를
타면 운전대에 어린 사무엘이 꿇어앉아 두 손을 모으구 기도하는 그
림을 붙여놓은 걸 가끔 보는데, 운전사에게 기독교인이냐구 물어보
면 대개 아니라구 합니다. 그러면서두 그림 속 어린 사무엘이 자기
대신 빌어줘서 사고를 내지 않는다는 위안을 받구 있는 게 사실입
니다. 기독교를 국교루 삼구 있는 나라에서두 볼 수 없는 현상이
아닌가 하는데요."
"그게 나쁜 일은 아니지 않습네까?"
"좋구 나쁘다는 걸 말하는 게 아니예요. 그저 사무엘의 그림이 부
적구실을 하구 있다는 게 재미있다는 거죠."
"사무엘의 그림은 부적이나 우상이 아니웨다. 잡신의 화상하구는
다릅네다." 신목사가 못마땅한 어조로 말했다.
"허지만 샤먼의 화상과 다름없이 돼가구 있다는 걸 아셔야 합니다.
그래서 언젠가는 예수의 화상이 지금과 같은 서양식 모습이 아닌 우
리나라 사람의 모양으루 바뀌리라구 봅니다. 성모 마리아상은 벌
써 우리나라 것으루 바뀌지 않았어요?"
"우리는 현재 있는 예수의 그림으루 족합네다."
"그렇지만 지금 우리가 보구 있는 예수의 화상이 사진은 아니잖아
요. 서양사람들이 상상으루 그린 그림이지. 실제루 예수가 어떻게
생겼었는지는 우리가 모르는 거죠. 아시다시피 희랍에선 예수의 화
상을 양치는 목자의 모습으루 그리구, 곳에 따라선 검둥이의 모습으
루 그리고 있지 않습니까. 앞으룬 얼굴두 우리의 거구, 옷두 우리의
것인 예수의 화상이 나온다구 해서 안될 일은 없다구 보는데요. 그
렇게 되면 우리들에게 더 친근감을 주겠죠. 샤먼의 화상들처럼 말
예요. 그리구……"
에헴, 하고 신목사가 헛기침으로 민구의 말을 제지하고는 좌우 두
목사를 봤다. 그리고 세 사람이 고개를 모으고 뭔가 작은 말을 주고
받더니 신목사가 민구에게 말했다.

"선생께서 말이웨다, 우리가 니애기하구 있는 윤목사의 문제에 관해설랑 보충할 말이 있으믄 보충해두 괜찮지만 그 범월 벗어난 니애긴 말아주기 바랍네다."

성호는 좀전부터 석연치 않았다. 민구가 이자리에 나타난 것도 모를 일인 데다가, 그가 방청객인가 했더니 성호 자기의 변호인격이라는 데에 납득이 가지지 않는 것이었다. 그가 자진해서인지 누가 시켜서인지는 알 수 없으나 기분좋은 일은 아니었다. 자신의 일은 자기가 처리해나가고 싶었다.

그러나 민구는 가만있지 않았다.

"윤목사의 글은 발표됐을 때 저두 읽었습니다마는, 그 글 자체루서 충분해서 제가 새삼스레 더 보태서 할 말은 없습니다. 문제는 이를 실천에 옮기느냐 어쩌느냐 하는 노회의 결단만이 남아있다구 보는 거죠. 그래서 저는 여기서 제가 하던 애길 하나만 더 하겠습니다. 다른 게 아니구 십자가에 대한 겁니다. 많은 신자들이 십자가 그자체에 성령이 깃들어있는 것처럼 생각하구, 병든 사람이 십자가를 만진다든가 거기에 입을 맞추면 병이 낫는다, 십자가를 몸에 지니구 다닌다든가 방에 걸어두면 잡귀가 범접치 못한다구 믿구들 있거든요. 마치 샤먼들이 어떤 기물에 주술력이 있다구 믿는 것과 같이 말입니다. 샤먼이란 말을 자꾸해서 기분나쁘실는지 모르겠습니다마는 생각해 보십쇼. 십자가하구 샤먼들의 기물하구 뭐가 다릅니까. 따지구보면 십자가란 예수가 처형된 형틀에 불과한 것 아녜요. 로마법에 의해 예수가 처형을 당했기 땜에 십자가에 못박혔을 뿐이지, 유대사람의 법대루 했다면 돌에 맞아 죽었을 거 아닙니까. 그랬다면 돌을 교회 안팎에 매달아야 했을 거구, 돌을 목에 걸구 다녀야 했을 겁니다. 그리구 교수형을 당했다면 올가미밧줄이 됐을 거구, 단두형을 당했다면 단두대가, 옛날 우리나라에 있었던 것처럼 오차에 찢어죽임을 당했다면 또 어떤 모양이 됐을는지 모르는 겁니다. 하여튼 형틀의 하나인 십자가 자체에 무슨 신령이나 깃들어있는 것처럼 믿는다는 건 조금 전에두 말했지만 샤먼들이 어떤 기물에 주술력이 있는 걸루 믿는 거와 다를 바 없다구 봅니다."

"일부 신도들의 하는 일을 가지구 전체를 단정해선 안됩네다."

"허지만 두구보십쇼. 그러한 신자가 점점 늘어갈 테니. 그리구 이 대루 가다가는 언젠가는 무당이나 점쟁이들까지 십자가나 우리나라 사람 모습을 한 예수의 화상을 모시구 굿을 하구 점을 칠 날이 오지 않는다구 누가 장담하겠습니까. 제가 흥미를 느끼는 점은 이렇게 우리나라 기독교와 샤머니즘이 불가분의……"

"자아, 시간이 없으니까니……" 드디어 신목사가 민구의 말을 끊었다. "다시 본문제루 돌아가서 윤목사에게 묻겠습네다. 제사는 물론 혼인 때 사주나 궁합을 보는 것두 교회에서 간섭하지 말아야 한다는 뜻이 글에 쓰여져있는데 정말 그렇게 생각하십네까?"

"교회에서 하지 말라구 금하자면 혼인 후 폐백 때 신부 치마폭에다 대추를 던져주면서 소생이 많기를 축원하는 것두 미신의 짓이라 해서 안된다구 해야 할 거구요, 돌잔치 때 상위에 실타래니 책이니 연필이니 돈이니 하는 것들을 놓구 어린애에게 집게 하는 것두 미신의 짓이라 해서 안된다구 해야겠죠. 허지만 이렇게 교회에서 이것두 해서는 안된다, 저것두 해서는 안된다, 하구 .안된다는 걸 많이 제정해놓을수록 자연 그걸 범하는 율이 많아질 게 아니에요? 그렇게 되면 범한다는 데에 타성이 생겨 정말 신도로서 범해서는 안될 것까지 범해버리기가 쉽죠. 그것은 마치 우리나라엔 외국에선 볼 수 없는 별의별 법률이 범람해서 그 하나하나를 다 지킬 수 없다보니 그만 면역이 생겨서 꼭 지켜야 할 것마저 안 지키게 되는 것과 흡사합니다. 결국 해서는 안된다는 규제를 많이 만들어놓을수록 신도들의 죄의식을 마비시키는 결과밖에 안 됩니다. 그보담은 신도들루 하여금 어떻게 하면 기독교 정신으루 선을 키울 수 있는가, 어떻게 하면 악과 싸울 수 있는가에 관심을 기울이게 해야 할 줄 압니다."

"요컨대 윤목사가 쓴 글을 한 구절두 수정할 의사가 없다는 거 아니웨까. 그럼 알았습네다."

성호는 이걸로 치리(교회재판)의 심문은 끝났거니 생각했다. 그러나 그런 게 아니었다. 신목사가 테이블 위에 놓인 서류 중에서 밑의 것을 위로 올려놓으며 목청을 가다듬어 말했던 것이다.

"다음 문제두 숨김없는 솔직한 문답이 되기를 바랍네다. 아다시피 이 시간은 사람이 주관하는 시간이 아니요 하나님이 주관하는 시간

입네다."

분위기로써 지금까지는 서론에 지나지않고 이제부터 본론에 들어
간다는 걸 성호는 직감할 수 있었다.

"정목사님을 안 지가 언젭네까?"

"정목사라뇨?"

"6·25 때 납치된 정목사님 있지 않습네까?"

정목사라는 말을 듣자부터 성호의 가라앉았던 가슴이 울렁거리기
시작하다가 그만 쿵 하고 크게 울렸다.

"제가 고등학교 때 나가던 교회 목사님이십니다, 정목사님은."

"그분과는 가까이 지냈습네까?"

"가까이 지냈다기보담 저는 그분을 존경하구 그분은 저를 귀여워
해주셨습니다."

"그분 집에는 자주 드나들었습네까?"

"예배가 필한 후면 들르군 했습니다. 그분은 제게 많은 것을 가르
치신 분이었죠. 아마 제가 피난 때 소년봉사단을 만들어가지구 거
제도에 간 것두 그분 영향이라구 할 수 있습니다."

"영향이라니 어떤 영향 말입네까?"

"그분이 제게 봉사정신을 길러주셨던 것입니다."

"순전히 피난민을 위한 봉사정신으루 그때 거제도에 왔던 겁네까?"

"물론입니다."

신목사가 입을 지그시 다물며 고개를 갸우뚱했다.

성호는 자기 말에 거짓이 없다고 생각했다. 티없는 정열이 웬만
한 고난을 딛고 넘어설 수 있었던 나이였다. 그냥은 거제도에 갈 수
가 없어 봉사단을 조직했던 것도 이 정열에서였고, 거제도에서 피
난민을 위해 천막을 쳐준다, 먹을것과 구호물자를 나눠준다, 환경
을 정리한다, 병구완을 한다, 어려운 일이 생긴 집을 찾아다니며 일
일이 거들어준다, 그야말로 하루 두세 시간 눈을 붙여볼까말까한 봉
사의 연속도 이 정열의 소치였다. 눈앞의 이 세 목사도 역시 여러
가지로 성호의 봉사 속에서 산 사람들이었다. 이들 셋 중 누구는 어
떻게 도와주고 누구는 어떻게 도와줬다는 개별적인 기억은 하기조
차 싫었다. 기억에 남기기는커녕 오히려 잊어버리고 싶은 일들이 많

왔던 것이다. 이 세 사람 중의 누군가는 식량배급의 인원수를 늘리기도 하고, 누군가는 배급받은 담요가 좀 낡았다고 새것과 바꿔가기도 하고, 누군가는 구호물자 중에서 조금이라도 값나가는 걸로 고르느라 혈안이 되기도 했던 것이다. 보통피난민보다 더하면 더했지 나을 게 없었다. 도리어 교역자들의 특전을 노골적으로 강요하려 들었던 것이다. 이러한 일들이 20전의 어린 성호의 눈에 추잡하게 비치었던 게 사실이다. 그러나 세월이 지나감에 따라 그들도 인간이니까 어쩔 수 없었던 거라고 이해하게 되고, 이들 자신 또한 그때의 일을 주름잡힌 얼굴 안쪽에 묻어두고 살게끔 되었던 것이다. 물론 이들의 그때의 일과 오늘의 자기에 대한 심문과는 아무런 관련이 없다. 그렇지만 그때의 순수했던 자기의 봉사정신을 이들한테 의심받는 건 의외의 일이 아닐 수 없었다.

신목사가 다물고 있던 입을 다시 열었다.

"혹시 정목사님의 사모님을 찾으러 거제도에 왔던 건 아닙네까?"

올 게 오는가보다 하고 성호는,

"그렇기두 했습니다." 정녕 그랬었다. 그러나 자기가 홍여사를 찾으러 거제도에 갔었다 해도 그당시는 단지 그네를 피난민의 한 사람으로 간주하고 있었다는 데에서 한 걸음도 벗어났던 건 아니었다.

"순전히 피난민을 위한 봉사정신으루 거제도에 왔었느냐는 물음에두 그렇다구 하구, 정목사 사모님을 찾으러 왔었느냐는 물음에두 그렇다구 하니, 대관절 어느쪽이 진실입네까?"

"둘 다 진실입니다."

신목사가 다시금 잠시 입을 다물었다가,

"그르믄 거제도를 떠나 부산으루 간 것두 사모님을 찾기 위해서였습네까?"

"말씀대룹니다. 겉으루 보기엔 몰랐지만 사모님은 심장이 나쁘시다는 걸 들어 알구 있었습니다. 제가 피난민 속에서 사모님을 찾으려 한 것두 건강이 좋지 못한 분이라 도와주기 위해서였습니다."

그러나 성호가 거제도를 떠나 부산으로 온 데에는 다른 이유가 없지도 않았다. 교역자의 가족들이 주로 거제도로 집결되던 때라 좀더 거기서 홍여사가 오기를 기다린다든가, 거기서 홍여사의 행방을

226

좀더 수소문해보고도 싶었으나 이들 교역자들의 추한 거동을 그이상 더 볼 수가 없어 그곳을 떠났던 것이었다.

신목사가 좌우의 두 목사와 또 뭔가 소곤소곤 상의하기 시작했다. 먼지라도 있는지 이따금씩 테이블 위를 손바닥으로 쓸어내던 오른쪽 주목사도, 허공에 눈을 주고 있던 왼쪽 배목사도 한결같이 성호의 말에 귀를 기울이고 있다가 신목사에게로 고개들을 모았다.

성호는 세 목사와 자기 사이에 튀는 불티를 보았다. 그 불티가 성호 자기에게 튀어 태워진다는 건 괜찮다고 생각했다. 다만 홍여사에게까지 번지지 말기를 진심으로 바랐다. 어떠한 책벌이라도 받을 테니 이쯤에서 심문은 끝났으면 했다.

한동안 상의를 하더니 신목사가 앞에 놓인 서류 중에서 노트 한 권을 집어 왼쪽 배목사에게 넘긴다. 배목사가 그것을 성호에게 가져다준다. 손때가 절은 낡은 노트였다.

"전에 그 노트를 본 일이 있습네까?" 신목사가 애써 뜨적뜨적한 목소리로 물었다.

"없는데요." 성호가 아무것도 씌어있지 않은 누르께하니 변색한 회색 노트 뚜껑을 내려다보며 대답했다.

"펴보시오."

표지를 젖히는 순간 자잘한 글씨들이 일제히 성호의 눈을 빨아들였다. 종내 불티는 홍여사한테까지 번지는구나.

"누구의 글씨인지 알갔습네까?"

성호는 어지럼을 느껴 눈을 감으며,

"네."

"그르믄 빨간 연필루 표한 곳만 읽어보시오."

잠시 까딱도 않고 있던 성호는, 불 속이건 어디건 뛰어들어라 뛰어들어라, 하는 소리에 마음을 다져먹고 노트장에 눈을 박고는 아물거리는 글자들을 가려잡았다.

수기체에 가까운 글이었다. 어떤 곳은 간단한 사실을 메모해놓는 데 그치고, 어떤 곳은 꽤 길게 심정을 펼쳐놓기도 했다. 거의 망각 속에 묻혀버렸던 십칠팔년 전의 일이 노트 갈피 속에 숨어있다가 되살아왔다. 때로는 애틋한 즐거움으로, 때로는 뉘우침의 아픔으로 성호의 가슴을 저몄다.

성호로서는 자기의 읽는 속도가 느린지 빠른지 의식지 못하고 있었다. 어떤 대목은 죄책감에 못이겨 얼른 지나쳐버리기도 하고, 어떤 대목에 가서는 노트 속 홍여사와 대화를 하느라고 더디 넘기기도 했다.

다 읽고 난 성호는 한동안 고개를 숙이고 있었다. 자기의 고통에 비길 바도 아닌 홍여사의 고통이 전신을 죄어왔다. 그 고통의 무게를 쳐들 듯이 얼굴을 서서히 들었다. 거기에는 자기네의 고통과는 아무 상관도 없는 세 얼굴이 이쪽을 향해 앉아있었다.

"다 읽었습네까?" 신목사가 노트 주인을 대신이나 하듯 무거운 어조로 물었다.

성호는 잠자코 있었다.

왼쪽의 배목사가 성호에게서 노트를 거둬갔다.

"여기 나오는 Y란 것은 윤목사의 성을 딴 것이라구 생각하는데 어떻습네까?"

"맞습니다."

"그르믄 여기 써있는 내용이 모두 사실이란 걸 인정합네까?"

"인정합니다."

성호는 아까부터 의문으로 남아있는, 그 노트가 어디서 났느냐는 걸 묻고 싶은 충동을 받았으나 참았다. 홍여사가 미처 노트의 처리를 하지 못한 채 세상을 떠났다 하더라도 이미 사람들의 기억에서 사라져가고 있는 지금, 그네의 과거를 무덤으로부터 파헤쳐 드러내 놓은 자가 대체 누구냐. 그자에 대한 분노가 치밀었다. 그러나 이제 그자가 누구냐는 걸 알아서 무엇하랴 싶었다. 그리고 성호는 그 노트를 이제라도 자기가 차지해야 하지 않나 하는 생각을 했다. 내용으로 보아 그것은 응당 홍여사와 성호 자기의 것이다. 그것이 부당하게도 외인들에 의해 제멋대로 유린당하고 있는 것이다. 저걸 빼앗아야지. 그러나 이때 어떤 계시와도 같은 것이 성호의 가슴에 밀려닥쳐왔다. 홍여사가 노트를 미처 처리치 못하고 세상을 떠난 게 아니다. 무슨 일에나 세심한 신경을 가졌던 홍여사로서 그런 것에 허수로울 리가 만무하다. 일부러 남겨놓은 것이다. 그리고 누군가

의 눈에 띄기를 바란 것이다. 비록 생존시에는 말하지 못했지만 죽
은 뒤에라도 자기의 지난일을 남에게 알리려 한 것이다. 그렇게 해
서 깨어지려 한 것이다. 그것을 내게도 원하고 있다. 그럼 나도 깨
어져야지. 몇조각이 나든 깨어져야지. 그리고 나서 어떤 형태로든
다시 빚어져야지. 성호는 홍여사가 운명할 적에, 우리는 용서받았
다고 무언의 말을 한 것처럼 느낀 것은 오늘의 이러한 과정을 전제
로 하였음을 비로소 깨달은 심정이 되었다. 주여, 전에 저는 우리
들의 일이 세상에 알려지지 않게끔 보호해주신 것을 감사해했습니
다. 그것은 잘못이었습니다. 지금은 제가 산산이 깨어지고 부서져
도 이를 견딜 만한 힘을 주신 것을 감사합니다.
 "무슨 말이구 할말이 있으믄 하시오." 신목사가 마지막 자비라도
베풀 듯 말했다.
 "없습니다." 성호는 이 자리에서 처음 온화해진 얼굴빛으로 말했
다. "그저 세 분 목사님께 여러가지루 심려를 끼쳐드린 걸 진심으루
죄송스럽게 생각합니다. 이 이상 더 저 때문에 마음을 쓰시지 않아
두 되실 겁니다." 성호는 자연스럽게 몸을 일으켰다. "늦은 감이 없
지않지만 오늘루 교직에서 물러나겠습니다."

 어, 놀라운 일이다. 성호와 헤어진 민구는 혼자 중얼거렸다. 성
호 그친구가 그런 과거를 지녔다니.
 노회 사무실을 나와 걸으면서 성호는 민구에게,
 "노트의 내용이 궁금하지?" 하고는 자신의 파멸을 가져왔다고 할
수 있는 그 노트에 얽힌 이야기를 비교적 차분히 해줬던 것이다.
 "한마디루 말해서 그동안 내 생활은 비겁했던 거야."
 피난지에서 홍여사의 행방을 수소문한 끝에 제주도에 있다는 걸
알자 어떻게든 그곳으로 가려고 애써봤으나 전시라 민간인은 배를
탈 수가 없어 밀항까지 계획했었던 일, 다행히 어떤 군인편에 연락
하여 홍여사의 남편이 납치된 교역자라 그 생사를 알기 위한 명목
으로 해서 그네를 부산으로 오게 할 수 있었던 일은, 이제는 잃어
버린 소년 성호의 순수했던 봉사정신과 의협심의 발로에서였다. 부
친에게 부탁하여 셋방을 얻어주고 생활비까지 대준 것도 역시 그런

정신에서였다. 그리고 양키배에서 바다에 떨어진 통조림을 꺼내던 일. 홍여사에게는 안심시키느라고 자기가 중학교 때 수영선수였다고 했지만 사실은 헤엄을 잘 칠 줄 모르는 데다가 자맥질엔 더 서툴렀다. 그렇지만 실수를 하여 죽으면 어쩌나 하는 겁도 없이, 다만 홍여사와 아들 대식이를 기쁘게 해주려는 일념으로 몸이 오그라드는 차가운 밤바다에 뛰어들곤 했다. 그것으로 어린 성호는 만족할 수 있었다. 그리고 어처구니없는 오해로 해서 수면제를 먹었던 일. 그때의 일이 지금은 뭔가 부끄럽게 여겨지는 한편 그러한 지금의 자신이 어딘가 때가 껴 불순해졌다는 느낌도 들었다. 그때의 자기 행동은 극히 순수했던 것이다. 질투심의 소치였다는 것은 일상적인 용어로 표현하자니 그렇게 되는 것이고, 당시의 자기 심정은 아무 잡념없이 이세상에서 사라지고 싶다는 희구뿐이었다. 그때의 일을 홍여사는, 어떤 두려움과 함께 형언할 수 없는 행복감을 느꼈다고 노트에 기록하고 있다. 얼마 뒤의 홍여사의 수기에는 성서를 눈에 띄지 않는 곳으로 치워버렸다는 말이 적혀있었다. 사실 둘의 사이는 연령의 차같은 건 문제 안 되는 강한 애정으로 묶여져있었다. 그리고 다음 수기에는 성호로서 그처럼 두려워했던 것까지 끝내 밝혀져있었다. 4개월된 태아의 유산수술. 홍여사는 이 대목에서, 자기네가 한 일이 과연 잘한 일인지 잘못한 일인지 모르겠다고 하고 있다. 그러나 다음에 가서 홍여사는, 태아 유산에 대한 말을 서로 한마디도 하지 않고 있었지만 숫제 낳았더라면 좋을 뻔했다, 애를 갖고 싶어서가 아니라 그때 세상에 알려졌었다면 나중에 숨어사는 괴로움을 면했을 게 아니냐고 말하고 있다.

"사실 첫번째 용기를 낼 기회를 잃어버린 셈이었지."

민구는 묵연히 귀를 기울이고 있었다.

서울로 환도하여 집을 한 채 장만했다. 부친한테서 미리 자기 몫의 재산을 분배받았던 것이다. 그 뒤에도 몰래 어머니가 용돈을 보내줬지만. 집은 대식이의 명의로 등기를 냈다. 그무렵부터 홍여사의 건강이 현저히 나빠졌다. 조금만 오래 서있거나 어쩌다 좀 걸어도 숨이 가빠지고 현기증이 난다고 했다. 병원에 입원을 시켰다. 고질화된 심장병에다가 신경이 보통 쇠약해진 게 아니라는 종합진단이었다. 그뒤에도 퇴원했다가는 입원하기를 몇 차례나 했다. 홍여사의 수기에는 번번이, 자기의 존재가 성호에게 얼마나 짐이 될까 괴로워 못견디겠다고 되뇌이고 있다. 언제부터인가 성호는 술을 마시기 시작했다. 무엇을 잊어버리기 위한 게 아니고 좀더 뚜렷해지기 위해서라고 스스로 변명하고 있었으나 기실은 자기네가 직면한 현실에서 피해보려던 것이었다. 홍여사를 소사로 정양 보낸 것 또한 그네가 원해서였지만, 성호 자신이 그네와 좀 떨어져있어 보려는 심사가 없지않았다. 그렇게 해서 자신의 정신이나 육신의 휴식을 취하고 싶었던 것이다. 한 달에 한 번 정도로 소사에 내려갔다. 자주 내려가는 게 정양에 좋지 못하리라고 타당화시켜가면서. 그 즈음의 수기에서 홍여사는, 왜 한 달에 한 번썩밖에 만나지 못하는 걸까, 왜 1주일에 한 번쯤 내려오라고 하지 못할까, 그러면서도 그네는 차라리 성호로 하여금 아주 자기를 떠나가게 해주기를, 그렇게 되면 무슨 대가를 치르더라도 이를 참고 견디겠다고, 아니 참고 견디보겠다고 기구하고 있다. 그러던 중 성호가 용기를 낼 수 있는 기회가 다시 있었다. 홍여사가 소사로 정양간 지도 1년이 넘은 뒤 대식이가 대학엘 들어갔을 때였다. 대식이의 나이는 성호 자기가 처음 홍여사를 만났을 때의 나이보다도 위가 돼있었다. 한번은 소사에 갔더니 홍여사가 자기네의 일을 대식이에게만이라도 털어놓는 게 어떠냐고 물어왔었다.

"나는 동의를 못 했어. 개는 어려서 나더러 아빠라 부르자구까지 한 일이 있었지만 나는 개가 누구보다두 두려웠어. 이렇게 해서 또 다시 기회를 놓쳐버리구 만 거지. 개한테만이라두 털어놓구 얘기했었다면 또 좀 달라졌을지두 몰라. 결국 말야, 그여자의 고통을 더하게 한 건 나야. 말하자면 완치불능의 환자이긴 했지만 생명을 단축시킨 건 나였단 말야. 내가 신학교에 들어간 것두 그여자에겐 도움을 주지 못했어. 마침내 그여자는 마음의 괴로움을 견디다못해 자학을 했어. 수기에 보면 점차루 곡기를 줄여갔던 거야. 세 끼에서 두 끼루, 두 끼에서 한 끼루. 어떻게 해서든지 자신에게 고초를 주구 싶었던 거지. 억지루 서울루 데려다가 또 입원을 시켰어. 긴 입원 생활이었지. 허지만 헛일이었어. 의사가 포기하다시피해서 퇴원하구나서는 이미 이세상 사람이 아니었어. 모든 빛을 싫어하구, 모든 소리를, 모든 냄새를 싫어했어. 다른 사람에게는 어두워서 못견딜 만큼 사방에 두꺼운 휘장을 두른 방안에서두 검은 우산을 쓰구 있구, 귀와 코를 틀어막구 있구 싶어했어. 그여자를 그렇게 만든 건 나야. 왜 내가 미리 좀 용기를 내지 못했을까. 왜 체면에만 구애돼서 우리들의 관계를 떳떳이 세상에 내놓지 못했을까. 그랬드라면 한동안 주위의 비난은 받았겠지만 그여자나 나자신을 오늘과 같이 비참하게는 만들지 않았을 게 아냐. 아, 또 한가지, 그여자가 세상을 떠났을 때 나는 눈물을 흘리면서 거리를 쏘다닌 일이 있는데, 그것두 슬픔에서보담은 어떤 해방감에서 그랬던 거야. 이렇게 나라는 인간은 철저히 비겁했던 거지."

이야기를 끝낸 성호의 입가에 자조의 웃음이 쓰게 떠올라있었다.

민구는 당장 위로나 격려의 말이 나오지 않는 채,

"앞으론 어떻게 할 작정인가?"

"아직 무슨 계획이 있을 수 없지." 그러면서도 성호는 초조해하거나 불안해하는 빛은 없었다.

민구는 성호와 헤어지기 전 자기가 이날 노회에 오게 된 연유를 이야기했다. 성호는 그랬었느냐고 담담히 고개를 주억거렸다.

민구는 버스정류장을 몇 군데나 그냥 지나쳐버리면서 성호를 생각했다. 그런 큰 아픔을 지녔다니 대단한 일이라고 되풀이하다가, 한장로가 자기를 그자리에 참례시킨 까닭이 무얼까에 생각이 미쳤다. 한장로가 오늘의 일을 미리 알고 있는 것으로 보아 그의 힘이 노회에까지 뻗치고 있는 것만은 짐작이 갔다. 그런데 오늘의 성호에 대한 심문이 크리스천주보에 쓴 글은 부차적이고, 그 노트에 관한 사건이 본제였으니 민구 자기로서 도울 수 있는 일이 아니라는 걸 알면서도 그자리에 보낸 한장로의 저의가 무엇일까. 혹시 내가 훌륭하다고 소개한 성호란 인물이 이 모양이라는 걸 내게 보이기 위한 건가. 하여튼 좀 두고 한장로의 저의가 무엇이었는지 살펴보자. 그러면서 나는 나대로의 길을 조심스럽게 걸어가면 되는 거야. 민구는 마침 다음 정류장에 멎은 버스가 자기 방향 차인 걸 보자 급히 달려가 탔다.

제 III 부

제 1 장

　싸락눈이 뿌리고 있었다. 성글었다. 짜장 그건 내리는 게 아니고 눈싸라기를 흩뿌리고 있었다.

　강원도 대관령 부근의 겨울걸음은 확실히 몇 발자국 빠른 성싶었다.

　고산지대의 눈이라 역시 다르구나 생각하며 준태는 창밖을 내다보고 있었다. 성글게 뿌리는데도 사방은 눈빛으로 해서 저녁그늘이 잠시 멈춰서기라도 한 것처럼 훤했다. 메마른 싸락눈은 땅바닥에 떨어지면서 튀어나 구른다. 유별히 하얗게 드러나뵈는 곳은 패인 땅에 싸락눈이 괴인 때문이리라.

　준태는 박기사와 함께 사무실을 나섰다. 목덜미에 떨어지는 눈싸라기가 등허리로 흘러들어 산뜩거린다. 목을 곧추 세우면 싸락눈이 덜 들어가리라 생각하면서도 준태는 그냥 머리를 약간 숙이고 걸음만 빨리했다.

　어스레한 수위실 안에서 신문을 들고 있던 수위가 의자에서 일어나 인사를 한다. 그 앞을 지나 정문을 나서면 바로 국도다. 국도를 사이하고 맞은편에 초가집이 여남은 채 나지막이 늘어서있고, 그 뒤로 가로지른 편편한 언덕 너머에 농가 세 채가 있지만 여기서는 보이지 않는다. 세 채 중 초로의 부부가 사는 집에 준태는 기숙하고 있다.

　준태는 좀 처져오는 박기사를 기다려 국도 건너편의 한 집으로 들어간다. 문짝이 말을 잘 듣지 않고 뒤뚝거린다. 부근에 산재해있는 농가를 상대로, 값싼 잡화와 식료품을 벌여놓고 있는 가게인데,

이 마을에서 유리 달린 앞문을 가진 유일한 집이다.

　준태는 제손으로 소주 한 병을 집어내린다. 한겨울철이 아니면 변질할 우려가 있어서 막걸리는 받아놓지를 않는단다. 주인사내가 술잔과 김치를 가져다 허수레한 상품 틈서리의 빈 자리에다 놓는다. 준태는 며칠 전 박기사가 술을 살 때 하던 것처럼 또 제손으로 오징어 한 마리를 집어온다. 주인더러 일일이 뭣을 달라 하지 않고 손님이 제마음대로 집어다 먹고 나중에 셈할 때 무엇무엇 먹었노라고 하면 되는 것이다. 주인사내는 양다리 사이에 끼고 있던 질화로를 이쪽으로 옮겨놓고, 남폿불을 켜 심지를 올렸다 내렸다 하다가 되도록 낮게 하고는 숫제 방으로 들어가버리고 만다. 아직 주위가 어둡지 않아 그만한 불빛이면 견딜 만했다.

　"금년 눈은 이른 것두 아닙니다." 술을 한 모금 넘기고 나서 무심히 밖을 내다보는 준태에게 박기사가 말했다. "이보다 한 보름 전에 오는 수두 가끔 있으니까요."

　"일찍두 오지만 많이 올 땐 굉장하다죠? 작년엔가두 이 근방에 폭설이 내려서 며칠간 교통이 두절됐다는 신문기사 본 것같은데……"

　"한 사날 막혔었죠. 걸핏하면 길이 막히군 하니까요 뭐."

　"거 눈이 주는 피해두 적잖겠어요."

　"종종 눈사태가 나죠. 이 일대의 수목이 우거졌을 땐 눈사태가 거의 없었어요. 그게 지금처럼 벌거숭이 산이 되면서부터 자주 일어납니다. 여름에 또 물사태는 어쩌구요. 글쎄 생각 좀 해보십쇼. 벌레송충인 잎새나 갉아먹죠. 이 인간송충인 형태두 안 남기구 밑둥이째 깡그리 먹어치운단 말씀예요. 땔나무가 없어서 가지를 쳐간대두 모르겠는데, 이건 조직적인 남벌이라니까요."

　준태는 경주 계림의 나무 도난에 관한 친구의 얘기를 상기했다.

　"어디 남벌뿐입니까."

　"그러게 걱정이죠. 독일에선 산의 나무 위하기를 사람 다루듯 한다든데……" 박기사는 안경을 벗어 구겨진 손수건으로 거칠게 몇번 닦아낸다. "어떤 외국인이 사냥을 하다가 나무에 총알이 박혔대요. 나중 산을 내려오니까 산지기가 그사람더러 당신은 몇호 나무에 상처를 입혔으니 보상을 하라구 하더래요. 나무마다 번호가 붙어있는

236

거죠. 독일사람들 나무 소중히 여기는 건 이루 말할 수 없답니다. 결국 한 그루의 나무가 아니라 자기네 고장을 소중히 여기는 거죠. 고장이 헐벗으면 거기 사는 사람의 마음이 삭막해지구, 사람의 맘이 삭막해지면 그 고장을 버리게 되는 게 아니겠어요? 내가 또 흥분을 하네. 나무 얘기만 나오면 정말로 미칠 것같습니다."

혼히들 하고 듣는 얘기지만 그것이 박기사의 입을 통하니까 더 절실하게 들렸다. 일전 술자리를 같이한 일이 있어 그가 여기서 얼마 상거돼있지 않은 횡계 태생이라는 걸 알고 있다. 말하자면 고향이나 다름없는 이곳 고산지시험장에서 20년 가까이 일을 해오며 특히 감자 병충의 포자 발견을 위해 현미경만 들여다보느라고 눈까지 상한 그다. 그러한 그가 헐벗은 제고장 산천에 대해 개탄함으로 해서 더 절실하게 들리는지 몰랐다.

술잔을 주고받고 있는데, 트럭 한 대가 가게 앞을 느린 속도로 지나간다. 힘없이 켠 누런 헤드라이트로 싸락눈발을 비추며 기어가는 품이 늙어빠진 길짐승과도 같다.

"무슨 생각을 하십니까?" 박기사가 준태의 얼굴을 들여다보듯 하며 말했다. "이런 곳에서 겨울 나실 생각을 하니 한심하십니까?"

"그런 게 아니구……"

"원체 궁벽한 곳이라……"

"아까 바둑을 두면서 박선생이 한 말씀을 생각하구 있었습니다."

"무슨 말을 제가 했길래요?"

"바둑이란 그대루 인생과 같다구. 장기는 한 번 쓴 말을 다음에 다시 쓸 수 있지만, 바둑은 한 번 놓으면 그만이라구요. ……재미있는 비유지 뭡니까."

박기사가 웃으며,

"아, 제가 바둑을 두면서 그런 말을 했던가요? 모르겠는데요."

"한 나라의 경륜두 장기보다는 바둑편이 아니겠어요?" 준태가 말했다.

다시 술을 몇잔 주고받고 있느라니까 앞 유리문이 뒤뚝뒤뚝 열리면서 옆구리에 보퉁이를 낀 한 노인이 가게 안으로 들어선다. 강릉 가는 버스가 와닿은 모양이다. 노인과 박기사는 아는 사인 듯, 간단한 인사를 한다. 그리고 박기사는 주인이 미처 방에서 나오기 전에 남포의 심지를 약간 돋운다. 노인이 통성냥 한 통을 사가지고 나간다. 주인이 다시 방으로 들어간다.

약간 돋운 남폿불빛에 박기사의 도수높은 안경 속 여러 개의 동그라미 선이 드러나있다.

"함선생……" 그러나 박기사는 준태를 보는 게 아니고 안경 속 동그라미가 지워지도록 머리를 밑으로 떨구며 말했다. "고향을 지켜야 할 사람은 누구일까요? 젊은이들이 아닐까요? 그런데 젊은이들은 계속 고향을 떠나기만 합니다. 떠날 수밖에 더 있어요. 그러나 말입니다, 언젠가는 돌아와야 할 날이 있을 겁니다. 돌아와서 황폐한 제고장에 관심을 가져야 할 날이 있을 겁니다. 꼭 그렇게 돼야 합니다."

준태는 자기가 기숙하고 있는 집 농부 내외의 아들도 타처로 가버리고 없는 걸 생각하며,

"이런 말 물어두 괜찮겠죠. 박선생께서는 여길 떠나구 싶은 적이 없으셨나요?"

"왜 없었겠어요." 오징어쪼가리를 집어 씹으면서 박기사는, "떠나려구 한 적이 한두 번이 아니었죠. 허지만 막상 못 떠나구 못 떠나구 했습니다. 그런대루 제겐 현미경이란 게 있었거든요. 감자의 병해충 포자가 날 붙들구 놔주지 않은 거죠. 그러나저러나 함선생은 이곳에 자진해 오셨다면서요?" 이번에는 박기사가 준태에게 물었다.

"그런 말이 났습니까."

"제가 여길 못 떠나는 것보다 그게 더 불가사의입니다. 안 그렇습니까."

수원에서 한 동료가 이곳 고산지시험장으로 전근하게 된 것을 준태가 대신 왔던 것이다. 그러나 박기사는 그이상 더 캐물을 빛을 보이지 않았다. 준태편에서도 굳이 설명을 하지 않아도 뭔가 서로 양해가 된 듯한 심사여서 입을 다물었다.

"여기 계신 걸 모르구……" 수위가 뒤뚝거리는 앞문을 열었다. 그새 싸락눈 아닌 송이눈으로 변한 듯싶어 수위의 머리와 어깨에 눈

238

송이가 희끗거렸다. "함기사님, 손님 오셨읍니다. 댁으루 가신 줄 알구 그리루 모셔다드렸습죠."

"그러셨어요? 수고하셨습니다." 그러면서 이 의외라고 할 수 있는 수위의 알림을 준태는 웬지 자연스럽게 받아들이고 있었다. 그리고 수위가 주라도 달 듯이 여자손님이라는 말마저도. 마치 박기사와 자기가 술잔을 비우고 붓고 하는 것이 자연스럽듯이, 둘레의 어둠이 짙어지면서 남폿불빛이 좀 밝아진 게 자연스럽듯이, 질화로가 있는데도 차츰 주위의 냉기가 더해지는 것이 자연스럽듯이.

"그럼 가보셔야죠." 지금까지의 분위기를 마무리하듯 박기사가 말했다.

날이 아주 어두운 뒤에야 성호는 군고구마통을 거두었다. 그동안엔 판자촌 옆 개천가에서 혼잣손으로 시멘트벽돌을 찍었었으나 겨울이 닥쳐와 임시 군고구마 장사로 바꾼 것이다.

성호는 자기 집이 있는 골목으로 들어선다. 좌우에 다닥다닥 붙어있는 판잣집들이 활기를 띠고 있다. 벌이를 위해 흩어져 나갔던 주민들이 모여든 것이다.

판자촌 맨 안쪽에 있는 자기 집에 이르러 성호는 한데 나있는 아궁이의 연탄불을 들여다본다. 꺼지지 않을이만큼 구멍을 막아놓은 불이 여전하다. 저녁나절이 되면서 갑자기 날씨가 차가워졌지만 불구멍을 그대로 둔 채 방으로 들어간다. 사방 일곱 자쯤 되는 방이다. 아침에 함께 해논 밥으로 저녁을 때운 다음 선반 위 보따리에서 파카를 꺼내 입은 성호는 자루를 들고 방을 나선다. 고구마를 사러 가야 하는 것이다.

골목을 다 빠져나오기 전 한 판잣집에서 남자의 거친 목소리와 여자의 악쓰는 소리가 뒤범벅이 돼 나오고 있다. 그리고 쪽문 밖 어둠 속에 사내애 하나가 쪼그리고 앉아 훌쩍훌쩍 울고 있다. 매일이다시피 보는 광경이다. 성호는 걸음을 빨리한다.

골목 밖 한길에 나서면 앞이 트인다. 이 한길이 판자촌의 한쪽 끝이자 주택가의 한쪽 시작이기도 하다.

성호가 한길을 건너 고구마가게 있는 쪽으로 향하는데 옆 그늘 속에서 한 여인이 불쑥 다가서며, 이뻔 각시 있어라우, 하고 말을 붙인다. 이맘때 이 부근에서 이미 몇번 성호에게 같은 말을 걸어온 일이 있는 여인이다. 여인 쪽에서는 또 지금까지 여러번 말을 걸어보았으나 아무런 반응도 없는 남자라는 걸 알고는 더 수작을 않고 팔짱을 찌르며 그늘 속으로 사라진다. 성호는 좀더 걸음을 빨리한다. 이미 벌써 전에 이 여인으로 해서 자신의 무성의를 뉘우친 적이 있었다는 것은 모르는 채. 후줄그레 비에 젖은 치마가, 질질 끄는 신발에 밟힐 만큼 내려온 것도 상관않고 온몸을 축 늘어뜨리고서 돌마을로 들어가는 길 한복판을 걸어가던 여인. 트럭이 클랙슨을 울리며 달려와도 길을 비키지 않아 성호가 여인의 팔을 잡아 길 가장자리로 이끌어냈다. 무언가 여인은 깊은 괴로움에 잠긴 얼굴빛이었다. 그날 밤 여인이 아들과 함께 연탄가스 중독으로 병원에 실려갔다는 말을 다음날 들었다. 성호는 실수에 의한 연탄가스 중독이 아니라 아들과 함께 동반자살을 꾀한 결로 해석했다. 그리고 성호는 전날 여인에게 아무것도 해주지 못한 것을 뉘우쳤다. 그 여인이 살아나 지금 여기 와있는 것이다. 설사 지금의 펨프 여인이 이전의 그 여인이라는 걸 성호가 알아봤다 해도 이제는 무성의의 뉘우침보다 더한, 자기 개인의 힘으로서는 도저히 이 여인을 어떻게 해줄 수 없는 자신의 무력을 새삼 통감할 뿐이었을 것이다.

성호에게서 떨어져나간 전주댁은 다음 손님을 붙들려는 데에만 골몰한다. 오늘도 허탕을 치면 어쩌나. 여관으로 갈 손님을 하나만이라도 붙들어야겠는데. 손님의 의향에 따라 판잣집에든 여관에든 안내를 한 후 판잣집의 경우는 50원, 여관인 경우는 100원의 팁을 받는다. 전주댁은 몸을 한번 으스스 떨고는 저만큼 그늘 속에 어른거리는 욱이엄마에게로 가까이 가며, 워디서 눈이 오는개비여 이리 치운 걸 보닝게, 한다. 욱이엄마는 애를 앞으로 돌려 젖을 물리고 있다.

전주댁은 욱이엄마 옆을 지나 허리춤에서 담배를 꺼내 불을 붙여 연달아 서너 모금 빨고는 불을 끈 후 조금 가다가 걸음을 멈추면서 전신주 밑을 주시한다. 걸이가 손님 하나를 붙들고 있다.

정말 아다라시예요 아저씨, 오늘아침 시골서 갓 올라온 처녀예요,

거짓말이면 제 입을 찢어두 좋아요. 걸이가 조잘거린다. 전주댁은 제발 애녀석이 판잣집 손님이라도 좋으니 마수걸이를 해주었으면 한 다. 그러지 않아도 걸이가 전주댁보다는 성적이 낫기도 했다. 그러 나 손님이 걸이를 떨어버린다. 전주댁의 실망과는 달리 걸이는 노 래를 흥얼거린다.

　　이제 다시는 싫어어

　　웃는 것도 싫어졌네……

　　고산지시험장으로 오기 얼마 전, 준태는 서울 올라와 지연을 만 났었다. 바람이 꽤 세게 부는 날 오후였다. 서소문 다방에서 만나 둘이는 덕수궁 뒤쪽으로 거닐었다. 여린 햇살이 높다란 덕수궁 돌 담장 위에 비껴있었다. 지연이 흘러내린 머리카락을 쓸어올리며, 전 에 이 길을 얼마나 많이 걸었는지 몰라요, 했다. 준태로서는 익지 않은 길이지만 지연은 아침저녁 이 길을 걸어야 하는 여학교엘 다 녔던 것이다. 특히 저녁때가 좋아요, 하고 그네는 덧붙였다. 지금 은 저녁때에서 좀 이른 시각이고 자기네들은 정한 곳 없는 걸음걸 이였으나 마치 일부러 여길 찾아오기라도 한 듯한 느낌이 준태에겐 들었다. 그는 새삼스레 바람이 와 부닥치는 높다란 담장에로 눈이 갔다. 네모 반듯하게 다듬은 돌들을 꽤 정교하게 쌓아올렸다. 돌 과 돌 사이의 메지를 새로 한 데도 군데군데 있었다. 전에 이 밑을 지나며 늘 하는 생각이 있었어요, 지연이 웃으며, 이 담장을 네트 삼아 공을 한번 쳐봤으면 하구요. 준태도 따라 웃으며, 욕심두, 동 서고금을 한꺼번에 차지하겠다는 건가, 아직두 정구치구 싶은 생각 이 나? 얼마 전부터 아침마다 정굴 다시 치기 시작했는걸요. 왜 무 슨 복잡한 생각이라두 있어서 그걸 털어버리기 위한 방편으루? 아 뇨, 되레 모든걸 깨끗이 지워버린 뒤에 하는 기분좋은 운동이죠. 다시 복잡한 생각이 들면 운동을 중지해야겠군? 그래서 중지하는 일은 없을 거예요, 어떤 망설임에 결정을 봤는걸요. 경기고녀 앞으 로 해서 광화문 쪽 육교 밑에 다다르자 지연이 잠시 주춤거렸다. 준 태는 그네의 미소 머금은 눈빛에서 자기더러 앞장서라는 말을 읽었 다. 육교를 오르내리는 동안 준태는 그네의 펄럭이는 코트자락 소리를 뒤로 들으며 자기가 그네의 바람막이가 돼줘야 하지 않나 하는 생각을 속으로 삼켰다. 이날 준태는 헤어질 때까지 자기가 지금 있는 자리를 옮겨보련다는 말은 꺼내지 않았다. 아직 어디로 옮긴 다는 게 결정돼있지 않은 때이기도 했지만, 옮겨서 자리를 잡은 후에 알려도 되지 않느냐는 생각이었다. 그러나 이 고산지시험장으로 온 지 열흘이 지나도록 그냥 있었다. 정작 편지로 알리기엔 미진해 어떻게 해서든 서울로 가서 직접 만나리라 마음먹고 있었다. 그러던 차에 지연편에서 준태 있는 벽지를 찾아온 것이다. 뜻밖의 일이었다. 그런데 이 뜻밖의 일을 자연스럽게 받아들일 수 있는 건 무얼까. 설명이 되지 않는 어떤 예감이 진작부터 그의 가슴 속에 자리하고 있었던지도 몰랐다.

지연은 지연대로 고산지시험장이 횡계에 있다는 말만 듣고 거기서 버스를 잘못 내렸다가 다음 차로 오느라고 늦어졌다는 말만 하고는, 준태더러 왜 그동안 아무런 기별도 없었느냐든가 자기가 수원까지 가서야 여기 와있다는 걸 알았다는 얘기는 입밖에 내지 않았다. 그저간의 사정을 그네는 헤아릴 수 있을 것같았던 것이다. 그가 무관심해서도 아니고, 어떤 효과를 예상한 테크닉도 아니란 걸 지연은 알고 있었다. 그저 애정표시가 남달리 서투를 따름이며, 그 서투름이 체취처럼 몸에 배어있다는 것도 알고 있었다. 지연은 그러한 준태에게 더 친근감이 감을 어찌할 수 없었다. 빼앗고 빼앗긴다는 계산이 끼어들 여지가 있을 리 없었다. 흙벽냄새가 풍기는 어둠 속에서 서로가 눈에 뵈지 않는 상처를 핥아주기라도 하듯이 살과 살이 얽혔다.

이튿날은 눈 멎은 하늘이 흐려있었다. 기온이 푸근했다.

어젯밤 내린 얇은 눈이 햇볕도 받지 않은 채 녹기 시작하여 아침 나절 동안에 땅을 적셔놓고는 흔적조차 없어지고 말았다.

"오늘밤은 제가 대신하죠."

토요일이라 오전근무를 끝내고 테이블 위를 정리하고 있는 준태 곁으로 박기사가 와 말했다. 이날밤 준태는 숙직이었던 것이다. 박기사는 어젯밤에 온 여자손님이 누구냐고 준태에게 묻지도 않았다. 그 일에 대한 호기심의 빛도 보이지 않았다. 담담한 어조로 박기사가 다시 말했다.

"어디 잠깐 다녀오시려거든 월정사루나 가십쇼. 강릉 경포대는 제철두 아니구 허니까 월정사가 나을 겁니다. 그 부근만은 그런대루 옛모습이 좀 남아있죠. 예서 멀지두 않구요. 강릉에 전활 걸면 택시가 금방 옵니다."

눈이 녹아 조금 질긴 했으나 과히 사납지는 않은 길을 택시는 달렸다.

횡계 쪽으로 평퍼짐한 구릉을 몇개 넘어 한 다릿목에 이르러 차는 우측 계곡을 타고 들어가기 시작했다. 길 양쪽에 뽕나무밭이 수섭미터나 잇따라있었다. 날씨는 들어 험하지 않은 계곡에 햇살이 조용히 비쳤다. 눈녹이물에 젖은 바위가 새파란 이끼를 피우고 있었다. 준태, 지연 어느 한쪽이 한곳에 눈을 주고 있으면 다른쪽도 어느샌가 같은 데에 눈을 주고 있곤 했다. 둘이는 다같이 즐거운 소풍기분이 돼있었다.

이윽고 앞 차창에 나무숲이 나타났다. 전나무숲이었다. 전나무숲 초입 가까이에 있는 집 앞에서 차가 섰다. 그리고 운전사가 다 왔다고 한다. 여관 간판이 내다보였다. 여관 선택을 운전사가 제멋대로 하는가 싶었더니 여관이 이집 하나밖에 없다고 한다. 뿐만 아니고 숫제 집이라곤 부근에 이집 외엔 보이지도 않았다.

울타리도 대문도 없었다. 집 모퉁이를 돌아 들어가니 널쩍한 안마당을 사이에 두고 두 채의 집이 마주 향해 앉아있다. 한 채에 방이 네댓씩 됐다. 모두 비어있는 듯했다. 주인을 부르니까 김이 자욱이 서린 바깥채 부엌에서 중년여인이 나와 안내를 한다.

방을 정한 후, 월정사 있는 방향을 물어가지고 둘이는 밖으로 나왔다.

길 좌우에 다른 나무는 섞이지 않은 순 전나무만이 빽빽이 들어서있다. 한결같이 아름드리로 굵었다. 박기사의 말대로 옛모습을 지니고 있어, 벌목한 흔적도 눈에 띄지 않았다.

우거진 가지 사이로 간혹 기운 햇살이 가느다랗게 새어들 뿐, 주변은 나무그늘로 꽉 차 어스름을 자아냈다. 아늑한 어스름이었다.

둘이는 마주보고 웃음을 지었다. 이곳에 오기를 잘했다는 말을 눈길로 주고받았다.

길은 습기가 져있었다. 그늘져 생긴 습기지 눈 때문은 아닌 것같았다. 어젯밤 눈이 여기엔 얼마큼 왔는지는 몰라도 모두 나무가 받아버린 듯, 나무줄기 꼭대기 부분이 다소 젖어있었다.

오륙분쯤밖에 걷지 않은 곳에 월정사가 있었다. 절 계단 밑에 안내판이 세워져있어, 월정사를 포함한 오대산 전체의 사찰 안내도가 그려져있었다. 범위가 엔간히 넓었다.

계단을 올라간 둘이는 어리둥절했다. 절을 고쳐짓느라고 기초만 해놓은 마당에 건축재들이 여기저기 너저분하게 널려있는 것이었다. 마당 한귀퉁이에 있는 바라크가 임시 승려들의 거처로 돼있는 듯싶었으나 사람의 그림자는 보이지 않았다. 그러고보니 예까지 오는 도중에도 누구 하나 만난 사람은 없었다.

층계를 내려와 둘이는 타성처럼 발길 가는 대로 걸음을 옮겼다. 점점 전나무숲이 엉성해지고, 잘라낸 그루터기도 많이 눈에 띄었다. 절 입구 쪽과는 달리 벌목한 흔적이 완연했다.

왼쪽에 낀 계곡물이 때로는 멀어지고 때로는 가까워지고 하면서 길은 꾸불꾸불 산허리를 감고 이어져있었다.

어디라고 목표를 정하고 가던 것도 아니어서, 한 산모퉁이를 돈데서 그만 발길을 돌리려 했다. 그때 계곡물 저편 2백미터쯤 떨어진 산자락에 초막이 하나 엎드려있는 게 준태의 눈에 들어왔다. 이미 산그늘에 싸여 나무숲 속의 어스름보다 더 짙은 어스름이 초막 둘레에 깔려있었다. 어쩌된 일인지 초막에서 눈을 떼지 않고 있는 준태의 가슴이 설레기 시작했다. 고통인지 희열인지 분간할 수 없는 설레임이었다. 뭘 하는 사람이 사는 집인가 하는 것은 아무래도 좋았다. 그저 초막이 오래 전부터 거기 지어져있지는 않았으리라는 것과 앞으로 오래 거기 정착해있지도 않을 것이라는 상념이 이상하게 마음을 뒤흔들었다.

"화전민일까요?" 지연이 준태의 시선 쪽에 자기 시선을 겹치며 말했다.

"글쎄……"

244

"약초 캐는 사람일까요?"

"글쎄……"

"쓸쓸해 뵈요."

쓸쓸해 뵈고 안 쓸쓸해 뵈고가 문제 아니지. 그러면서 준태는 지금의 설레는 자기 심중을 자신이 알 수 없어 하다가 발길을 돌리며,

"아까 무슨 빛깔 얘길 하다 말았지?"

"듣구 계셨군요." 지연이, 자기는 사는 것을 늘 빛깔로 구분해왔다는 얘기를 하다가 초막 때문에 중단됐던 것이다.

준태가 고개를 끄덕여 보이며,

"처음의 새까만 빛은 동란 때 일일 거구, 다음의 하얀 빛은 정구칠 시절, 그 다음의 잿빛은?……"

지연이 밤색 눈동자의 시선을 안으로 모으는 표정이 되며,

"저 쟈코메티라는 사람의 조각 〈광장〉 있잖아요? 그 사진판을 제 방에 걸어놓구 있는데요. ……"

준태는 지연의 말을 들으면서도 마음 한구석엔 좀전 초막의 영상이 떠나지 않고 있었다.

"……광장의 인물들이 한가운데를 향해 걸어들어가구 있지만 서루가 한자리에 모이질 못하구 지나쳐버려 대화따윈 나눌 것같지두 않아 보였어요."

준태는 애써 지연의 얘기에로 정신을 집중시켰다.

"그 고독에 짓눌린 작대기같은 사람들을 볼 때마다 잿빛을 느끼군했죠." 지연은 잠시 사이를 두고, "그게 얼마 전부터는 다르게 보이기 시작했어요. 그 광장의 사람들이 언젠가는 반드시 한자리에 모여 대화를 이루게 될 거라구요. 그렇게 보이면서부터는 아무 빛두 안 느끼게 됐어요."

"꽤는 소녀같은 얘기군."

"유치하죠? 더 유치한 얘기 좀 할께요."

준태는 그네의 말을 기다렸다.

"공기처럼 무색인 상태에서 저의 어떤 망설임에두 결말을 지었어요."

지연에게로 눈을 준 준태는 잔잔한 미소가 떠올라있는 그네의 옆

얼굴이 아름답다고 생각했다. 그 얼굴이 말하고 있었다. 그렇게 해서 우리는 만나, 이렇게 대화를 할 수 있는 거예요. 준태도 그 말속으로 풀려들어가는 자신을 깨달았다. 좀전 초막을 바라보며 느꼈던 건 한낱 환상으로 돌려야지. 현재의 나에게서 외면할 필요가 무언가. 숨죽였던 행복감이 생생히 물결쳐왔다. 준태는 팔을 지연의 어깨에 얹었다. 지연의 몸이 지체없이 끌려들어왔다. 순간, 준태의 가슴이 답답해지면서 느닷없이 기침이 치밀어올랐다. 뒤이어 내쉬는 숨이 힘들어져 준태는 두 팔로 지연의 몸을 훑으며 웅크리고 앉아버렸다. 별안간의 일에 지연은 어찌할 바를 몰라했다. 연속되는 기침과 숨막힘에서 벗어나려고 준태는 몸을 비틀어댔다. 지연은 엉겁결에 고통으로 들먹이는 준태의 잔등을 문지르기 시작했다. 자꾸 자꾸 힘껏 문질렀다. 준태는 더 가슴이 답답해와 견딜 수가 없었다. 그만 문지르라고 하고 싶었으나 말이 돼 나오지 않았다. 마침내 그는 지연에게서 빠져나가다시피 하여 조금 떨어져있는 나무밑둥이를 가 한 팔로 안고는 상체를 나무밑둥이 옆으로 내밀고 숨막힌 기침을 연발했다. 어떻게 해줄 수 없을까 하여 다가가는 지연에게 준태는 뻣뻣한 손짓으로 내버려둬달라고 했다. 준태의 목에서 짜여져 나오는 새액새액 소리를 들으면서도 지연은 자기가 아무런 힘이 되어줄 수 없음을 깨닫고 안타까웠으나 망연히 지켜보고 있을 수밖에 도리가 없었다.

가까스로 발작이 가시자 준태는 나무밑둥이에 이마를 댄 채 몸이 다부라져 꼼짝달싹을 못했다. 지연이 손수건을 꺼내어 준태의 얼굴에 흐르는 땀을 훔쳐주었다. 준태의 코끝이며 입술이 하얗게 식어 있었다. 땀을 훔치고 난 지연이 준태의 손을 꼭 쥐었다. 그 손톱마저 창백했다. 지연은 너무도 가슴이 아파 눈을 감았다.

"어쩌죠? 인제 괜찮으세요?" 한참만에야 지연이 눈물어린 눈을 뜨고 물었다. "이런 일이 전에두 있었나요?"

"음. 이게 두번째." 그러나 첫번째보다 이번이 더 심하다는 말은 하지 않았다.

둘이가 여관으로 돌아오니 안채에 손님이 든 듯 남녀의 신발이 방문 밖에 여러 켤레 놓여있었다.

"절구경 가셨었나요?" 아까는 보지 못했던 중년 남자가 부엌 옆 뒷마루에 앉아있다가 말을 건넸다. "여기 절은 아무것두 없죠. 상원사엘 가면 몰라두. 글쎄 난리 때 불타버린 걸 겨우 짓기 시작했는가 했더니 말썽이 생겨서 그모양으루 나자빠져있지 뭡니까."

준태는 더 말이 뻗어날 것같은 남자의 수작이 귀찮아 모른 체했다.

준태네가 방에 들어가자 곧 저녁상이 들어왔다. 더덕, 취, 고사리 등 산나물 위주의 반찬 중에 순두부가 끼어있었다. 낮에 준태네가 도착했을 때 부엌에 김이 서려있던 것은 두부를 만드느라고 그랬던 모양이었다. 준태는 입맛이 제껴져 밥을 몇술 뜨는둥 마는둥 했다.

남폿불을 켠 지 얼마 안 있다가 지연이 자리를 펴고 준태를 눕게 했다. 지연은 잠이 안 왔으나 준태는 쉬 잠드는 것같았다. 남폿불을 끈 어둠 속에 준태의 윤곽이 어렴풋이 드러나보였다. 그럴싸라 해서 그런지 이불에 덮인 준태 가슴의 부피가 사뭇 얇아 보였다. 무슨 일이 있어도 내일은 병원에 가 진찰을 받게 해야지.

준태가 잠에서 깬 듯싶더니 주섬주섬 옷을 껴입는다. 이쪽의 잠 방해가 안 되도록 조심스런 동작이었다. 걱정이 되어 지연이, 왜그러시느냐고 불켜드리느냐고 하니까 준태는, 잠깐 변소에 다녀오려고 하니 괜찮다고 했다.

변소는 안채 뒤쪽 꽤 멀어진 곳에 있었다. 그뒤로 흐르는 골짜기 물이 낮보다 한결 높은 돌물소리를 내고 있었다.

변소를 다녀나온 준태는 방으로 들어가려다가 어떤 생각에 이끌려 발길을 월정사 쪽으로 돌렸다.

어두운 길을 더듬어 걸었다. 별빛이 컴컴한 나무숲 꼭대기에 띄엄띄엄 걸려있었다. 월정사 앞을 지나쳐 그냥 걸었다. 드디어 한곳에 이르러 걸음을 멈추고 섰다. 그리고 건너편 산자락이라고 짐작되는 데로 눈을 주었다.

산 자체의 어둠과 바깥 어둠이 합쳐진 듯한 진한 어둠이 깔려있는 속에 노르께한 불빛이 하나 조그맣게 가라앉아있었다. 이로 인해 사위의 어둠이 더 두껍게 느껴지는 가냘픈 불빛을 얼마 동안이나 바라보고 있었을까. 불빛과 어둠이 준태에게로 다가들어왔다. 그리고 준태와 하나가 되어 움직이기 시작했다. 어디론가 삭막한 벌거숭이 바위산을 기어오르고 허허벌판을 비틀대며 자꾸만 이동해갔다. 이 모습을 준태는 놓치지 않고 한동안 지켜보며 서있었다.

여관으로 돌아오는 길 중도에서 준태는 자기를 찾아나선 지연과 만났다.

잠옷으로 갈아입은 창애는 얼굴의 화장을 지운 후 찻장에서 포도주병과 글래스를 꺼낸다. 밤마다 자기 전에 포도주 한두 잔으로 피로를 푸는 것이다. 양장점을 혼자 맡아하게 되면서부터는 전보다 더 바빴다. 혼자 가게에 오는 손님을 상대하랴, 작업장을 돌보랴, 간간이 손님의 요구에 따라 외제옷을 구하기 위해 이태원이나 한남동의 단골집도 드나들랴 분주히 돌아가야 했다. 그러나 동업 아닌 혼자의 손으로 가게를 운영하게 되면서부터는 의욕이 더 생기고 보람스럽기까지 했다. 다행히 동업하던 오여사가 자기 몫의 권리를 조건좋게 넘겨준 데다가 준태에게서 집 정리한 돈 반몫을 받아 사업을 독립할 수 있었던 것이다.

창애는 포도주를 또 한 모금 마신다. 오늘밤도 미스터 강은 귀가하지 못하는가보았다. 가게 2층에서 둘이 동서생활을 해오는 지도 스무날 가까이 된다. 이런 생활에 들어서면서부터 미스터 강은 강대로 부쩍 자기 하는 일에 열중했다. 창애는 미스터 강의 밥을 식모애가 아랫목에 잘 묻었는가를 살핀다. 그러다가 멈칫한다. 전남편과의 사이에서는 없었던 일에 자기가 신경을 쓰고 있는 걸 깨달았던 것이다. 결국 남녀간의 결합이란 어떤 공식에 의해 유지돼나가는 건 아닌가보다. 어제 노상에서 미스 한을 만났을 때 창애는, 자기 부부에 대해 남다른 관심을 갖고 있는 그네에게 남편과의 이혼을 알려줬더니 놀라운 표정을 해보이고 나서, 종내 그렇게 되셨군요, 하며 동정의 빛을 감추지 못해했다. 역시 남편이 딴여자와 교제를 끊지 않아 파탄이 온 줄로 아는 모양이었다. 그렇지 않다는 말을 하지 않았다. 그렇지 않다고 해도 그것을 한낱 이쪽의 허세로 받아들일 것이 틀림없었다. 이렇게 남녀간의 미묘한 상황은 제삼자로서는 더구나 이해하기 곤란한 게 아닌가.

창애는 내일 찾아가봐야 하는 한남동 외국인촌 부부에게로 생각이 뻗어나간다. 50은 좋이 됐을 미국인하고 사는 그 여자는 고작 스물을 갓 넘을까 말까 했다. 자그마한 키에 가무잡잡한 얼굴이 짙은 화장을 해서 포르족족해 뵈는 게 인상적이었다. 그러나 이 여자를 생각할 때 창애의 머리에 강하게 떠오르는 건 발이었다. 언제나 맨발인 것이다. 매니큐어한 발톱 언저리에 한결같이 까만 때가 껴 있는 것이었다. 그리고 수다스러웠다. 별일도 아닌 걸 가지고 창애 면전에서 미국인 남편에게 경상도 사투리로 쏘아붙이곤 했다. 그래도 덩치가 큰 은회색 머리에 파란 눈인 미국인 남편은 어이없다는 듯이 양팔을 벌리고 어깨를 으쓱하며 멋쩍게 웃으면서 귀여운 듯 여자를 바라보는 것이다. 여자가 이러한 자기네 사이를 일부러 남에게 보이고 싶어하는지도 모른다고 창애는 느끼곤 한다. 그렇지 않고서야 남편이 집에 있는 일요일에만 들르라고 할 까닭이 없는 것이다. 어쨌든 부부생활은 제삼자로서는 이렇다저렇다 비판할 수 없는 건 분명하다. 낼은 또 그 여자를 찾아가 그 정경을 보면서 몇 가지 물건을 흥정해와야 할 일을 생각하니 좀 우울해졌다. 언젠가는 외국인촌을 찾아다니는 구지레한 일은 집어치워야지. 창애는 마음속으로 다짐을 하며 경대 앞으로 간다. 얼굴을 비춰본다. 바쁜 생활치고는 얼굴이 못되지 않은 편이라고 생각하는데 언뜻 거울 속 자기 눈에서 외로움의 그림자를 본 듯싶었다. 그 자취를 붙들려 한동안 거울 속 자기 눈을 정시하다가 잔에 남은 포도주를 다 입에 넣어 목안으로 넘겼다.

침실로 연결된 전화벨이 울렸다. 미스터 강이 관계하고 있는 영화회사에서였다. 급한 일이 있는데 이틀째 미스터 강이 나타나지 않아 낭패라고 하면서 밤엔 집에 있을 줄 알고 늦게 거는 건데 어디가 있는지 연락이 안 되겠느냐고 묻는다. 창애 역시 그의 행방을 알고 있을 리 없었다. 이틀째 집에 안 들어오길래 밖의 일이 바쁜 줄만 믿고 있었던 터였다.

수화기를 놓은 창애는 새로 포도주를 잔에 따른다. 미스터 강은 영화장치에 열중하고 있는 듯할 뿐, 실은 전혀 거기 마음을 두고 있지 않는지도 모른다는 생각이 그네를 엄습했다.

그 시각에 미스터 강은 미스 전과 함께 술집에 있었다.

약주를 손가락 끝으로 찍어 탁자에다 무엇인가를 연방 끄적이고 있는 미스 전은 취기로 해서 눈언저리가 연보랏빛으로 변해있었다. 맥주 한두 컵 정도가 고작인 그네가 약주를 이렇게 여러 잔 마시는 건 미스터 강으로서 처음 보는 일이다.

미스 전이 고개를 치켜들더니,

"선생님, 이 명화가 뭔지 맞춰보세요."

미스터 강은 들은체만체 파이프만 빨고 있다.

"달팽이. 저어기 앉아있는 저 남잘 그린 거예요. 세상 고민을 혼자 떠멘 것같은 꼴을 한 저 남잘. 지가 무슨 소크라테스라구. 나는 크린트 이스트우드가 더 좋더라. 단순하구, 뒤탈없구."

미스터 강이 잠자코 담배연기를 미스 전의 면상에다 후욱 내뿜는다. 그 연기를 미스 전이 입술을 오무려 공중으로 올려불고 나서 젓가락 끝으로 술잔 밑을 휘젓더니 잔을 들어 단숨에 들이켠다. 미스터 강은 그네의 술마시는 폼이 제법이라고 생각하며 씁스레 웃는다.

"오늘은 취할래. 곤드레가 되두록 취할래. 술은 이유를 묻지 않아 좋더라. 술만은 내 기분을 알아주더라."

"그렇게 마셔두 괜찮아?"

"겁나세요? 나중 업어달랄까봐서요? 내가 아무리 멱국을 먹었다 해두 떼깡은 부리지 않을께요. 암, 그만한 예의는 지킬 줄 알죠. 뭐 이번 캐스트는 다 찼다구요? 시원찮다 그 말씀이죠? 대스타가 될 날 못 알아보구, 흥! 그 감독이란 작자가 날 만났을 땐 옷을 홀랑 벗긴 듯이 바라보구 침을 흘렸으면서……" 미스 전이 술마신 푼수치고는 깔끔한 목소리로 말을 이었다. "알았어요. 어른들은 우리들더러 뭐든 경쟁할 때 승부보다는 정정당당히 싸웠느냐 어쨌느냐가 더 중요하다구 가르쳤어요. 하지만 그따윈 패자의 자위에 지나지않아요. 우선 이겨놓구봐야 해. 모든건 이겨놓구봐야 해요. 패자에겐 아무것두 있을 수 없어요. 있다면 어둠뿐예요. 무슨 정신, 무슨 명분하구 떠들지만 어둠 속에선 아무것두 보이지 않거든요. 그저 뭐가 있는 것처럼 보이려구 애쓰지만……"

"왜 이러지, 오늘. 누굴 설교하는 건가?"

"연기가 서투르니 N·G를 내야겠다아 이 말씀이군요." 미스 전이 배시시 웃었다. "한마디만 더 하게 해주십시요오 각하. 전 이기구 싶어요. 이기구 싶단 말예요. 어떠한 수단 방법을 써서라두 이기구 말 테예요. 자아 사기를 돋구기 위해서 잔을……"

미스 전을 달래어 술집을 나서 좁은 골목을 빠져나오는 동안 미스 전은 한 손으로는 미스터 강의 팔을 끼고, 다른 한 손으로는 어깨에 멘 백을 붙잡은 채 약간 헛놓이는 걸음으로 걸었다.

"차만 태워주면 갈 수 있겠지?" 미스터 강이 물었다.

"어디루?"

"어딘 어디야, 집이지."

"싫어, 집은 싫어. 우리집만 아니면 아무데라두 좋아. 데려가줘."

"나두 어디루 가야 할지 모르겠는걸."

다음날, 미리 말해뒀던 어제의 택시가 오자 지연과 준태는 고산지 시험장으로 돌아가지 않고 그길로 내처 강릉까지 갔다.

준태의 발작증상을 듣고 진찰을 끝낸 의사는 단정하듯이,

"다른 이상은 없구 천식입니다. 혹시 처음 발작이 일어나기 전에 감기를 오래 앓은 일은 없습니까?"

"없습니다."

"인후병을 앓은 일은요?"

"없습니다."

"어려서 계란이나 우유, 또는 생선같은 걸 먹구 두드러기가 난 적은 없는가요?"

"그런 기억 없습니다." 숫제 계란이나 우유같은 것은 먹어보지도 못하고 자랐던 것이다.

"담배를 많이 피는 편인가요?"

"하루에 한 갑 정듭니다."

"첫번째 발작이 왔을 때 말입니다, 무슨 냄새, 가령 곰팡이냄새나 꽃냄새같은 걸 맡은 일은요?"

"글쎄요, 아침 일쩍 길을 가다가 갑자기 숨이 답답해졌는데……

거기에 아무런 꽃두 없었던 걸루 압니다. "

"두번째는 산에서라구 그러셨죠? 혹시 찬 기운이 싫다 하구 느끼지는 않았습니까? "

낮에 갔던 장소에 기온이 낮아진 밤에 갔을 때는 별 이상이 없었던 걸 상기하며 준태는,

"별루 그런 걸 느끼지 못했습니다. "

"알레르기성 천식같은데, 그 원인이 뭔지 알아야 하겠습니다. 앞으루 발작이 오기 직전의 상황을 주의해서 살펴두세요. 원인을 알아서 그걸 제거해야 고칠 수 있으니까요. "

"네. " 준태는 건성 대답하고 있었다. 막연하나마 무엇이 원인이라는 걸 자기대로 짐작하고 있었다. 그러나 그것을 말로 표현할 수도 없고 표현하고 싶지도 않았다. 그러면서 두꺼운 그림자가 눈앞을 가로막는 섬뜩함을 맛보았다.

"주사를 놔드리구, 약두 드리죠. 허지만 원인을 제거하지 않는 한, 완치가 안 될 뿐 아니라 점점 심해져갑니다. 그러다가는⋯⋯" 의사가 무슨 말인가 하려다 말았다.

주사를 놓고 나서 의사는 준태더러 일부러 기침을 해서 담을 뱉아내라고 하지만 아무리 억지로 애를 써도 담은 나오지 않았다.

약을 받아가지고 대합실에 근심스레 기다리고 있는 지연과 함께 병원을 나서면서 준태는 그네에게 걱정시키지 않기 위해 자기 증상을 대수롭지 않은 걸로 가볍게 얘기해넘겼다.

준태의 심상한 거동에 적이 안도한 지연은 과일가게에 들러 귤과 사과 등을 사고, 커피 파는 곳을 물어서 커피도 한 통 샀다.

처음에 성호는 잘 알아듣지 못하고 있다가 낮고 조심스런 음성이 밖에서 자기를 찾는 것같아 자리에서 일어났다. 일요일이어서 장사는 쉬고 판자촌에서 상당히 떨어진 곳에 있는 교회엘 다녀와 책을 보고 있던 참이었다.

쪽문을 열어보니 평이아버지가 서있다가 허리를 굽혀 인사를 하는데, 뒤에 사람이 하나 있었다. 성호의 눈이 크게 뜨여졌다. 대식인 것이다. 평이아버지는 이삿짐을 이곳까지 날라다주었기 때문에

성호의 거처를 알고 있다지만 용케도 그 평이아버지를 앞세우고 찾아온 대식의 출현엔 정말 놀라지 않을 수 없었다.

제 2 장

"어머니의 일기장을 누가 노회에 보낸 줄 아세요?" 도전하듯 대식이 뱉았다. "바루 접니다. 제가 그걸 노회에 갖다 바쳤단 말입니다."

평이아버지가 선 채로 돌아가고 대식이만이 방에 들어와 성호는 그동안 자기가 너무 그에게 무심했다 싶어, 군복무는 끝마쳤느냐고 물었더니, 네 하는 짤막한 대답이었고, 고생 많이 했겠다는 말에는 아예 대꾸도 않고 한동안 묵연히 앉아있다가 입을 연 대식의 첫말이었다.

"뭐라구?"

성호는 저도모르게 큰 소리가 되어 나왔다. 그러나 이내 자신을 수습했다. 실은 성호로서도 그 사건이 터졌을 당시 대식을 짚어보지 않은 건 아니었다. 홍여사의 노트를 누구보다도 먼저 발견할 수 있는 가능성을 지닌 사람은 대식일 것이었다. 그렇더라도 어찌 자기 어머니의 비밀을 노회에 보내 공개할 수 있으며 또 그럴 필요가 어디 있으랴 싶어 곧 의심을 밀어냈던 것이다.

"나쁘죠?"

성호는 대식의 눈을 마주보았다. 대식이의 눈에는 두 가지 면이 어느때보다도 또렷이 나타나있었다. 속눈썹이 짙은 큰 눈매는 어머니 홍여사를 닮고, 안으로 빛을 간직한 눈빛은 아버지 정목사를 닮아있었다. 성호가 홍여사를 자기의 존경하는 목사의 사모님으로 받들고 대식을 그 아들로 귀여워했을 때는 언제나 반갑게 접할 수 있었던 눈이나, 그러한 테두리가 무너진 뒤에는 늘 두렵게 대해야 했던 눈이었다. 그 눈에 지금 약간 핏발이 서려있었다. 그것은 한 동안 묵연히 앉았던 대식이가 입을 열었을 때부터 서리기 시작한 핏발이었다.

"왜 없애버리지 않구 그런 짓을 했느냐구 욕하실 테죠." 대식이 핏발선 눈을 방바닥으로 내려뜨렸다. "어머니 물건 속에서 처음 그걸 발견했을 땐 물론 저두 태워버릴 생각이었어요. 그런데 다 읽구 나서는 그냥 없앨 게 아니라는 결론을 내렸습니다."

무엇이 이 청년으로 하여금 그런 결론을 내리게 했을까.

대식이 다시 시선을 성호에게로 꽂았다.

"당신들은 저를 무척 위해주었습니다. 이세상 어느 부모두 못 따를 만큼 절 위해주었습니다. 그리구 전 알구 있었습니다. 성장하면서부터 당신들의 괴로움을 다 알구 있었습니다."

대식이가 자기 어머니와 성호를 한데 묶어 서슴없이 당신들이란 말을 쓰는데도 왠지 그 말이 성호에게 불쾌하게 들리지가 않았다.

"어머니가 아버지의 체면과 윤선생님 체면, 그리구 자식인 제 체면까지두 손상시키지 않으려구 애쓴 것두, 윤선생님이 속죄하는 뜻에서 신학을 택한 것두 다 알구 있었단 말입니다. 아니, 알구 있었을 정도가 아니죠. 제게까지두 알리지 못하구 고민한 당신들을 이해하려구 했었습니다. 그런데 어머니의 고백은 그게 뭡니까. 어머니는 보다 더 고된 십자가를 짊어지기 위해서 일기를 남긴 게 아녜요? 물론 그 기록은 어머니에게 있어 견디기 어려운 고문이었을 겁니다. 그것을 읽으면서 어머니가 가엾이 여겨졌습니다. 그렇지만 다 읽구 나서 전 뭘 생각한 줄 아세요. 왜 더 좀 어머니는 자신에게 솔직하지 못했을까, 왜 더 좀 인간적일 수 없었을까, 뭣 땜에 인간으루서 힘에 겨운 십자가를 감히 짊어지려구 했을까, 하구 생각하니까 화가 나서 견딜 수 없었습니다. 제가 어린 탓일까요? 세상을 모르는 탓일까요?"

화가 나다니? 그러면 어머니의 고행이 한갓 감상으로 보였다는 건가? 그런 게 아니라고 고개를 젓는 심정으로 성호는 말했다.

"어머니가 한 일은 지극한 속죄야."

"속죄라구요? 죽음을 재촉해서까지 속죌 해야 하는가요? 하나님이 그걸 원한다는 건가요? 제겐 일종의 허영으루밖에 뵈지 않았습니다. 그래 당신들의 그 허영심을 만족시켜주기 위해서 그걸 노회에 보냈던 겁니다."

성호는 대식의 언성에서 여태 보지 못한 강한 분노를 느끼고 있었다. 이미 그에게서는 어머니 홍여사의 눈매나 아버지 정목사의 눈빛은 없어지고 다만 분노와 고통에 뒤엉킨 생소함만이 느껴질 따름이었다.

"하여튼 그 노트가 나를 깨우쳐줬구 또한 변화시켰어." 성호가 나직한 소리로 말했다. "날 비겁자루부터 건져줬단 말야. 나두 속죌 받은 셈이지." 대식의 핏발선 눈길에서 자기 눈을 비키지 않고 성호는 말을 계속했다. "이건 어떠한 보상으루두 갚을 수 없는 귀중한 일이 아닐 수 없어."

"위선 덩어리들!"

화가 난 채 밖으로 나온 대식은 개천이 나타나자 노회장한테서 되찾은 어머니의 일기장을 안주머니에서 꺼내어 아무 미련없이 그 속으로 힘껏 던져버렸다.

은희는 거울 속에 전신을 담는다. 창애네 양장점에서 지은 옷이 역시 마음에 든다. 백을 집어든 은희는 다시금 거울에 몸매를 이리저리 비춰본다. 그 거울 속 얼굴이 옆에 서있는 민구에게 보일 듯 말 듯한 미소를 짓는다. 며칠 동안 민구가 무슨 일인지 바빠해 오늘에야 저녁예배 전 시간을 이용해서 결혼 후의 살림집을 보러 같이 나가려는 길이었다.

은희는 자기 방을 잠그고는 큰방으로 건너가 문을 열어잡은 채 머리만 디밀고,

"다녀와요, 아버지……" 하다가 주춤한다.

방안에는 손님이 와있었다. 그러나 은희가 주춤한 것은 손님 때문이 아니고 아버지의 표정이었다. 언제나 웃음기가 떠나지 않고 부드럽던 아버지의 얼굴이 차갑게 굳어져있는 것이었다. 그러한 아버지가 무섭기도 했지만, 아버지를 그렇게 만든 손님에게서 아버지를 비호해야 할 것같은 생각이 퍼뜩 들어 민구에게 손짓하여 같이 문

안에 들어섰다.

아버지는 은희네 쪽은 거들떠보지도 않고 앞의 사내에게 말했다.

"그 돈이 어떤 돈인 줄 아오? 하나님의 돈이오. 내 돈이 아니라 하나님의 돈이란 말이오."

"제발 젊은놈 하나 살려주시는 셈치시구 얼마 동안만 참아주세요." 30대의 사내가 무릎을 꿇고 벌겋게 달아오른 얼굴도 들지 못한 채, "어떻게든 재기해서 꼭 갚아드리겠습니다."

"아니, 몇번을 말해야 알아듣겠소? 그 돈은 내가 하나님한테서 맡아둔 것뿐이란 말요. 그 돈이 제날짜에 들어오지 않는 걸 하나님은 원치 않구 있소. 만약 그 돈을 제날짜에 받아들이지 않으면 하나님께서 노하셔서 내게 맡긴 전재산을 거둬가실 거요. 그래두 좋단 말이오? 어림없는 소리! 제날짜에 갚지 않을 땐 별수없이 법적으루 처리하는 도리밖에 없소."

"이 고비만 넘기면 어떤 전망이 보이니까 그러는 거 아닙니까. 제발 얼마 동안만 참아주십쇼."

"내가 하는 일이 아니구 하나님이 하시는 일이니까 난 모르겠소." 아버지의 말소리는 냉엄했다. "청산하구서 남는 걸루 재기하두룩 노력하오."

"지금 청산하구 나면 재기할 수가 없습니다. 제발 한 번만······"

한장로가 그 말엔 아랑곳 않고 은희에게 누그러뜨린 언성으로,

"한두 집 보구서 무턱대구 결정하지 말구 나한테 알려라."

"네."

은희는 민구를 앞세우고 방을 나와버렸다.

집을 나서며 민구가,

"좀 봐주시지 않구," 한다.

"아버님이 옳지 뭐예요." 은희가 잘라 말했다. 그리고 아버지의 표정이 전에없이 변해있는 것도 당연하다고 생각한다.

이날 민구는 집을 보는 데 있어 자기의 의견을 내세우지 않았다. 자기로서는 건물의 크기보다 뜰이 넓은 편을 염두에 두고 있었으나 은희의 취향에 맡겨 번듯한 주택 위주로 집구경을 돌았다. 민구가 될수록 은희의 의향에 좇기로 한 것은 번써와 무속수집 이상의 관

계를 맺은 데 대한 미안감을 상쇄하기 위함인지도 몰랐다.

몇 집을 구경한 뒤, 큰길에서 과히 들어가지 않은 곳에 있는 한 양옥집 앞에서 둘이는 동시에 걸음을 멈췄다. 2층 베란다에 늘인 박덩굴이 눈을 붙들었던 것이다. 겨울철이 아니면 그대로 믿을 만큼 실물과 여실했다. 줄기에 돋은 털하며, 잎사귀의 잎맥하며, 탐스럽게 달려있는 세 통의 박도 꼭지 쪽의 파르스름한 빛깔이 배꼽께로 오면서 차차 연해지다가 희으스레해진 것까지 제철의 박 그대로였다.

"이런 철에 저런 성성한 박덩쿨을 보니까 기분이 이상하네요." 은희가 박덩굴을 쳐다보며 말했다.

"그러게."

"신통하게들 만들어내지 뭐예요. 조화하구 생화하구 구별을 못하겠어요 요샌. 이러다간 가짜가 진짜가 되구, 진짜가 가짜가 될는지 몰라요."

"어쨌든 사시사철 볼 수 있으니 됐지 뭐야."

"조환 저래두 좋지만 사람은 달라요. 가짜와 진짜가 정확히 구별돼야 해요. 근데 남자들은 모두 멍청이라니까. 제대루 그걸 구별 못하구 뭉개거든요. 대표적으루 함선생같은 분. 도대체 진짜를 못 알아봐두 분수가 있지, 그 멋쟁이 아낼 놓치다니."

길에서 만난 창애한테 들었노라는 이혼소식을 전하면서 은희는 준태를 비난했다. 아직 준태 부부의 이혼을 모르고 있던 민구는 놀랐다. 은희는 그들의 이혼이 지연이라는 여자 때문이라고 풀이하고, 따라서 전적으로 잘못은 준태의 사람 볼 줄 모르는 안목에다 돌렸다. 전부터 지연이라는 여자로 해서 준태의 가정에 어두운 그림자가 드리워졌다고 생각해오던 민구도 은희의 말이 옳다 싶었다. 그러나 한편으로는 거기에 남모를 사정이 내포돼있을지도 모른다고 준태를 무조건 탓하고 싶은 마음은 일지 않았다. 하여튼 종내 파탄에 이르고 만 그친구를 곧 찾아가 사정얘길 들어보리라 마음먹는데 은희가 또,

"함선생뿐예요? 윤목산 또 어떻구요. 목사직을 파면당했다면서요? 잘만 있으면 아버님이 좋은 자릴 장만해주게 돼있는 걸……"

민구는 뜨끔했다. 아닌게아니라 주위가 몹시 뒤숭숭한 것만은 분명했다. 궁금해할까보아 자기의 거처를 누구에게보다 먼저 알린다는 전화가 있어서 성호를 찾아간 적이 있었다. 그런 밑바닥생활로 모든걸 속죄하려는 듯한 사고방식이 도무지 이해가 가지 않았다. 부산서 큰 사업을 하고 있는 부친이 있지 않느냐고, 직접 말하기 뭣하면 민구 자기가 부친에게 가봐주겠노라고 해도 막무가내였다.

"근데 노회에서 윤목사 변호한 당신 태돈 그게 또 뭐예요."

민구는 다시 뜨끔했다. 노회에서의 내 말이 좀 지나쳤었는지 몰라. 그건 그렇고, 한장로가 그때 나를 노회에 보낸 것은 성호를 도와주라기보다는 성호의 사건을 직접 보게 함으로써 장차 사위가 될 내 처신에 어떤 경고를 주기 위해서였을 거다. 민구는 아까 목격한 일도 있고 하여 앞으론 한장로한테 모든걸 좀더 조심해야겠다고 다시 한번 마음속으로 다짐했다.

"어쨌든 남자란 모두 믿을 수 없어요." 은희가 결론이라도 내리듯 또박또박한 어조로 말했다.

"나까지 포함해선가?" 민구는 다시금 뜨끔했으나 얼버무리듯 큰 입으로 소리내어 웃었다.

이즈음 민구가 일요일 저녁예배에까지 나가는 것도 은희의 의사에 좇는 것 중의 하나였다. 그러나 이날 저녁예배가 끝나자 민구는 택시로 은희를 집까지 바래다주고는 그네가 잠깐 들어갔다 가라는 말에 누구와의 피치못할 약속시간에 늦었다고 하면서 그 차로 그냥 돌쳐서고 말았다.

서두르듯 차 문을 닫고 떠나는 민구를 못마땅히 전송하고 섰던 은희는 차가 골목을 채 다 빠져나가기 전에 어떤 생각에 번뜩 미친다. 거의 무의식적으로 주위를 휘둘러본다. 마침 빈 차 하나가 골목안에서 이리로 오는 게 보였다. 탔다. 운전사의 눈치도 개의치 않고 누구를 쫓는 길이니 빨리 달리라고 재촉했다. 그러나 자기가 방금 내린, 지금은 민구 혼자 타고 있을 노란색의 차에 닿지 못한다. 더 달린다. 서너 구역쯤 헛되이 달리다가 은희는 힘없이 운전사더러 차를 자기 집 쪽으로 돌리라고 이른다. 백미러로 이쪽을 살피는 운전사의 관심 따위는 안중에 없었다. 바쁘다는 건 핑계고 뭔가 그이는 내게 숨기고 있는 게 틀림없어. 그러고보니 석연치 않은 점이 한 두 가지가 아니다. 마주대할 때 전에없이 눈길을 피하곤 하는가 하 면, 그럴 계제도 아닌데 허황스레 웃기도 하고. 모든게 실감이 담 겨져있지 않았다. 괜히 오래오래 다방에 붙들어 앉혀놓기도 하고, 아무 일도 없다면서 안절부절못하기도 하고. 그러고보면 요즘 그이 가 무조건 내게 양보하고 내 의향에 좇는 것도 수상하다. 오늘만 해도 집을 보는데 자기 주장은 조금도 내세우지 않지 않았나. 나는 그것이 결혼을 앞둔 남자의 변화인 줄로만 여겼었는데 실상은 뭔가 숨기기 위한 제스처인지 몰라. ……결국 남자란 믿을 수 없다고 은 희는 바동바동 뇌까리고 있었다.

이날 밤 변써는 자줏빛 반회장을 단 연두색 저고리와 같은 색 치 마 차림으로 푸른 기 도는 윗잇몸 드러나는 웃음을 지으며 민구를 맞 이해주었다. 영락없이, 남자를 기다렸다 반기는 여인의 태였다.
미리 보아두었던 술상으로 양주 한두 잔썩을 나누고 굿거리 실습 에 들어갔다. 엊그제부터 실제로 배우기 시작한 굿거리에 민구는 신 명이 나있었다.
열두거리 중 첫번째인 부정거리는 끝내고, 오늘은 둘쩻번인 가망 거리 차례였다. 부정거리에서 여러 신이 오는 길과 좌정할 처소를 깨끗이 한 다음 신의 감응을 비는 굿이다.
민구는 앉아 장고를 두들기면서 변써가 선창한 것을 되받아옮긴 다.
한동안 계속되던 구송이 노랫가락조로 변한다. 변써가 팔을 벌리 고 가락에 태워 춤을 춘다.
무가 구절도 아름다웠다. 본향 양산 오시는 길에 가얏골로 다리 놓소, 가얏골 열두 줄에 어느 줄로 오시려노, 줄 아래 덩기덩 소리 노니려고……
민구도 흥겨워 장고채를 놓고 일어서자 변써가 대신 장고를 잡는 다. 다앙기다기 당딱다아기 다앙기다기 당딱……
민구는 두 팔을 벌린다, 무릎을 굽혔다 편다, 엉덩이를 왼쪽으로 돌린다, 오른팔을 안으로 접는다, 어깨를 으쓱거린다, 고개를 밑으로 꼰다, 오른팔을 넌짓 밖으로 뿌리고는 왼팔을 안으로 접는다, 엉덩이를 오른쪽으로 돌린다, 이런 동작들을 무릎과 어깨를 중심삼아 거듭한다.

"얼씨구 좋다아!" 변써가 흥을 돋운다.

민구는 굳던 몸이 차츰 풀려감을 느끼며 신바람이 솟는다. 좀아까 은희와 같이 교회에서 찬송가를 부른 자신이 지금 무가를 부르며 춤을 추고 있는데 대한 아무런 마음의 갈등도 느끼지 않았다. 그저 굿거리가 제법 몸에 붙는 것같아 흡족스러울 따름이었다.

"좋오습니다. 자알 추십니다." 변써가 칭찬을 던졌다.

민구는 더 흥겹게 몸을 놀렸다.

실습을 마친 뒤 다시 술잔을 나누고 나서 변써가 아랫방에 잠자리를 폈다. 첫번 일이 있은 후부터 민구가 묵는 날은 으레 아랫방에다 자리를 펴곤 하는 것이다.

변써는 언제나와같은 자세로 그 행위가 끝나기 바쁘게 윗방으로 올라갔다. 민구는 이번도 변써의 비밀을 알아내지 못한 아쉬움을 남긴 채 잠 속으로 들어갔다.

다음날 아침 민구는 언제나와같이 윗방에서 변써가 점치러 온 손님들을 상대하는 소리에 눈을 떴다. 배를 깔고 엎드려 담배를 붙여 깊숙이 빨아들이며 자신이 온전히 무속세계에 젖어든 기분이 되어 있었다.

판자촌 끝 큰길과 접한 모서리에 있는 이발소 앞이 그중 양지발라 날씨가 차가워지면서 판자촌 애들은 자연 그리로 모인다. 애들이 오늘의 놀이종목을 무엇으로 할까 하고 왁자지껄 떠드는데, 판대기조각으로 묶어서 만든 이발소 문짝이 벌컥 열리며 한손에 바리깡을 쥔 주인이 눈을 부라리고서, 이느무새끼들 날마다 시끄러 죽겠네, 절루 꺼지지 못해! 하고 고함친다.

애들이 우르르 저만큼 물러난다. 걸이만이 물러나지 않고, 괜히 핏대야, 하고 맞꼬봐본다. 이느므새끼가 보이는 게 없나, 하며 주인이 절룩거리는 다리로 쫓아나올 기세를 보이다가 그냥 안으로 들어간다.

놀음거리가 하나 생겼다는 듯이 걸이가 이발소문을 열어제낀다. 그리고는 두 손을 바지주머니에 찌른 후 버티고 서서 소리친다. 야 점발이 남 노는데 왜 김새게 지랄야? 그러자 저만큼 물러났던 숭이가 걸이 곁으로 와 같이 소리친다. 점발이 찌일뚝, 점발이 찌일 뚝…… 걸이와 숭이는 아이들 중에서 늘 대장노릇을 하는 터로, 무슨 놀이를 하든 언제나 양편에 갈려 적수가 되면서도 친한 사이다.

이발손님이 웃으면서, 그러면 못쓴다고 타이른다. 주인은 금이 간 거울 속으로 이쪽을 슬쩍 곁눈질만 한다.

걸이는 더 기승을 올려, 점발이 이리 나와, 왜 대답이 없어, 죽었나?

주인이 손님의 머리를 다 깎고 나서 솔로 머리칼을 털어낸 후 아무렇지도 않은 체하더니 냅다 쫓아나온다. 걸이와 숭이가 잽싸게 피한다. 주인이 절뚝거리며 쫓아가 잡으려 하나 그때마다 걸이는 주인의 손을 피해 안 잡힐 만큼만 달아난다.

숭이는 숭이대로 얼마큼의 거리를 두고 주인을 흉내내어 절름발이걸음을 해보이며, 찌일뚝 찌일뚝……

주인은 약이 오를수록 다리를 더 절뚝거린다. 찌일뚝 찌일뚝…… 주인의 흉내를 내며 빙빙 돌아가던 숭이가 그만 돌에 걸려 넘어진다. 주인이 가 덮친다. 그리고는 등깃을 말아잡고 마구 흔들어댄다. 이 느무새끼 또 까불래, 내 별렀다 별렀어! 목이 졸려 얼굴이 빨개진 숭이는 숨이 막혀 견딜 수가 없다. 아저씨 다시는 안 그럴께요, 하고 쥐어짠 소리로 애원을 한다. 그 순간 돌연 주인이, 억, 하고 모로 쓰러진다. 옆에서 슬슬 기미를 보던 걸이가 주인의 옆구리를 머리로 받은 것이다.

주인이 몸을 일으키며 돌을 집어드는데, 누가 앞을 막아선다. 어른이 애들허구 왜 이러슈. 주인이 흘끔 사내를 쳐다보더니 아무말도 않고 이발소 안으로 들어가버린다.

그러면 그렇지, 훈장아저씨한테는 꼼짝을 못하는구나. 걸이는 깜장양복에 빨간 넥타이를 맨 언제나 말쑥한 몸차림의 훈장아저씨를 보고 씩 웃는다. 사내가 걸이에게 가까이 오라고 손짓을 한다. 아이들이 부러운 듯 주시하는 가운데 걸이가 다가가며 사내의 왼쪽 관자놀이께에 세로 기다랗게 나있는 흉터를 올려다보고는 우쭐해진다. 이 흉터로 해서 훈장아저씨라 별명붙은 이 사내와 자기가 친근하다는 게 자랑스러운 것이다.

너 한탕 또 해야겠다. 사내가 길 한귀퉁이로 걸이를 이끌며 주머니에서 종잇조각을 하나 꺼낸다. 그리고 거기 그린 약도를 조용조용 설명하고는 호주머니에서 자그마한 봉지를 꺼내주며 다짐하듯 말한다. 오늘밤 열한시다, 알았지?

"무슨 전활 그리 오래 하구 오시누?" 성호 옆의 목판장수 노인이, 명숙이 입원해있는 병원에 전화를 걸고 돌아오는 성호에게 말했다. "고구말 내가 두 번이나 뒤집어봤구마, 그새에. 그러나저러나 존 전환 아니었든가뵈. 얼굴에 수심이 그득한데?"

"글쎄 말입니다."

성호가 지난날의 모든것과 단절하고 현재의 생활로 옮기고 나서도 단 한가지 그를 지난날에 묶어놓는 것은 명숙의 병이었다. 그동안 거의 일정한 간격을 두고 전화로 병세를 알아보고 찾아가보기도 하고 있었다. 지난번까지만 해도 그만저만했는데 이날의 전화론 아주 좋지 않은 소식이었다. 꽃과 관련된 새로운 증상인데 명숙이가 전에 자기 어머니와 함께 꽃장사를 한 일의 잠재의식적 발작인 것 같다고 담당의사는 말했다.

명숙이가 꽃이란 말을 자꾸 웅얼거려 국화꽃 한 송이를 갖다 주었더니 꽃잎 하나하나를 정성스레 따서 병실 바닥 가득히 널어놓고는 그 한가운데 앉아, 내 돈이다 내 돈이다, 아무도 손대면 안된다고 한나절이나 주절거렸다는 것이다. 그러다가 별안간 옷을 훌훌 벗고 벌렁 누워 꽃잎을 다 따낸 꽃가지를 자기 배 아래에 꽂더라는 것이다. 간호원이 아무리 말려도 천연스레 누워서, 봄인데 꽃나무를 다시 키워야지, 그래야 울 엄마가 오지, 꽃송이가 많이 달릴 거야, 하고 주절거리더라는 것이다.

담당의사의 얘기를 다 듣고 나서도 성호는 그냥 전화 옆을 떠나지 못했다. 정신병 환자의 증상은 예측할 수 없는 것이어서 악화됐다가도 호전되는 수가 전혀 없는 것도 아니라고 위로 비슷이 말하는 담당의사의 차분한 음성이 도리어 불길하게 남았다.

성호의 막막한 기분은 그날 밤 자리에 누웠을 때까지 끌었다. 명숙이 무당이 내린다고 해서 달려갔던 날, 자기가 너무 급작스런 충격을 준 것이 결정적인 잘못이었다는 후회가 거듭거듭 밀려왔다.

애써 잠을 청하려고 하는데, 뒷집에서 술취한 남자의 말소리가 들려왔다. 좀전에 문 여닫는 소리가 들리더니 그집 여인이 남자를 붙들고 온 모양이었다. 서른이 훨씬 넘어 뵈는 여인이었다. 이마와 눈 언저리에 잔주름살이 잡혀있었다.

——이 풋내기가 누구한테 반말야? 여인의 거침없는 목소리가 말했다.

뭐라고 남자의 작은 말소리가 그것을 받았다.

——보면 몰라? 거기보다 열살은 더 월껄. 말과 함께 여인의 나직한 웃음소리.

——폼잡네. 비로소 들리는 남자의 말. 그럴싸라해서 그런지 남자의 술취한 목소리 속에 앳된 가락이 들어있었다.

성호는 뒷집 여인이 남자를 붙들고 온 날 밤에도 별로 개의치 않고 잠들곤 했었다. 판자 담벽을 사이한 거리라 조용한 밤이면 웬만한 소리가 다 들리는 터이지만 차차 그러한 것에 유별히 신경을 쓰지 않게끔 돼있었다. 성호는 다시 명숙이 생각으로 되돌아간다. 벌거벗은 채 몸 속에 꽃가지를 꽂은 명숙이가 성호 자기를 노려보고 있다. 성호는 그 눈길을 피했다. 다시금 잠을 청하려고 애쓴다. 그때 뒷집에서 남자의 똑똑한 말소리가 성호의 귀를 끌어갔다.

——우리 같이 죽지 않을래?

성호는 자기도 모르게 다음 말에 귀를 기울였다.

여자의 대답은 없이 재우쳐 남자의 좀 큰 목소리가,

——죽기가 싫다 이거지?

——난 벌써 여러번 죽어봤는걸.

——또 죽어봐.

——어째서 죽겠다는 거야? 여자가 가소롭다는 투로 말했다.

——살기가 고달퍼. 남자의 목소리가 밑으로 처진다.

——사람이 꼭 살구 싶어서만 사나.

264

——그러니까 같이 죽어버리자.

——이봐요, 날 좀 보라구. 나같은 것두 이렇게 살구 있잖아.

——죽구 싶을 적은 없어?

——벌써 몇번 죽었다구 하잖았어. 그치만 내 악착같이 살껄. 날 이렇게 만든 이놈의 세상하구 끝까지 해볼 작정야.

남자의 소리는 낮아서 잘 들리지 않고 여자의,

——아이참, 도둑질보다야 낫잖아. 비록 몸을 팔아먹구 산다지만 내 노력으루 살아가구 있는 거니까.

그냥 알아들을 수 없는 남자의 소리.

——내 그런 줄 알았지. 자, 그럼 여기 물이 있으니까 먹구 죽어 보시지.

한동안 아무소리도 들리지 않았다. 성호는 뒷집에서 그들의 말대로 무슨 일이 벌어지는 게 아닌가 하고 상반신을 일으켰다.

이때 다시 여자의 큰 목소리가,

——왜이래! 시시하게 굴지 마. 이런 짓을 하구두 사는 사람 있잖아. 모질게 사는 거라니까.

그러자 남자의 흑흑 숨죽여 우는 소리가 들렸다.

——자아, 이리 들어와요. 내 폭 재워주께.

뒷집의 대화는 더 이상 들려오지 않았다.

성호는 안심하는 마음이 되었다. 인생에 있어 해결이란 없는 법이다. 그저 해결에의 고리를 하나씩 달아가는 길밖에. 지금 한 여인의 측은할 만큼 가식없는 진정이 한 청년으로 하여금 조촐한 고리 하나를 달아놓게 한 것이다. 성호 자신이 그 청년을 만났다면 과연 그렇게 만들 수 있었을까. 자신이 없다. 감은 성호의 눈안에 이어지지 않은 무수한 고리들이 제멋대로 떠돌아다닌다. 명숙의 고리를 찾아줄 수 있을까? 성호는 한참 더 잠을 이루지 못했다.

훈장아저씨가 약도로 아르켜준 집을 걸이는 힘들이지 않고 찾을 수 있었다. 담장께로 가기가 무섭게 안에서 개가 짖어댄다. 그러나 걸이는 태연하다. 막걸리를 한 사발 들이켜고 온 효력이 있는 것이다. 미니대폿집 아저씨는 아무도 없을 땐 말없이 걸이에게 막걸리를 부어주어 마시고, 곁에 누가 있을 땐, 너의 어머니가 또 속이 편찮나보구나, 하며 부어주어 사발을 들고 밖에 나와 몰래 마시는 것이다. 밤거리의 손님을 끌기 시작하면서부터 걸이는 어머니 눈을 속여 따로 떼두는 돈이 있었다.

걸이는 훈장아저씨한테서 받은 봉지를 풀고 끈에 맨 솜뭉치를 꺼낸다. 끈 한쪽 끝을 잡고 솜뭉치를 담장 안으로 던진 지 조금 후에 개짖음이 멎는다. 걸이는 알고 있다. 암내난 암캐의 거깃것을 묻혀 낸 솜뭉치인 것이다.

끈을 슬슬 끌어당긴다. 담장 중턱쯤에 솜뭉치가 왔다고 짐작되자 끈을 당겼다 늦추었다 한다. 개가 솜뭉치를 따라 뛰어올랐다 내렸다 하는 소리가 들린다. 그 소리에 온 신경을 모은다. 개에게 적당히 기승을 내게 한 다음 슬쩍 솜뭉치를 담장 이쪽으로 끌어넘긴다. 예기했던 대로 개가 후딱 담장을 뛰어넘어온다. 꽤 큰 검은 잡종개였다. 이쯤되면 다 된 거나 다름없다. 걸이는 미리 봉지에서 꺼내 쥐고 있던 돼지고기조각 펜 낚시를 솜뭉치 곁에 던진다. 개는 잠시 솜뭉치에 코를 박고 있다가 곁의 돼지고기조각에로 주둥이를 옮겼는가 하자 그대로 먹어버린다. 이때를 놓칠세라 낚싯줄을 나꿔챈다. 개가 발을 뻗치며 움찔 뒤로 물러나는 듯하다가 목을 길게 뽑고 앞으로 걸어나온다. 굵지 않은 낚싯줄이지만 목에 걸리면 별수없이 끌려오게 마련인 것이다. 걸이는 재빨리 솜뭉치를 거둬 봉지에 싸서 바지뒷주머니에 쑤셔넣는다.

구태여 골목길을 택할 필요도 없다. 사람의 왕래가 덜한 곳으로만 끌고가면 되는 것이다. 실은 이것도 만일의 경우를 생각해서이지, 밤중에 낚싯줄이 눈에 띌 리 없는 것이다. 어쩌다 개가 끌려가지 않으려고 주춤하다가는 낚시 걸린 곳이 아픈지 끄응 하고 목안의 비명을 나지막이 지르고는 좀전보다 더 순순히 뒤따라온다. 걸이는 뒤돌아볼 것도 없이 태연하게 앞만 보고 걷는다.

판자촌 옆 개천의 다리가 눈에 들어오고, 둑 위와 둑 밑에 사람의 그림자도 보인다. 둑 위는 훈장아저씨요, 둑 아래는 꺽다리아저씨다.

걸이는 뒤따르는 개의 걸음이라도 맞추려는 듯이 천천히 디딤돌

을 밟고 개천으로 내려간다. 그리고 다리 쪽을 향해 휘익휘익 두어
번 휘파람을 분다. 성공했다는 신호다. 둑 위의 그림자는 여전히 꼼
짝않고 있는데, 밑의 그림자가 허리를 굽혔다 펴는 동작을 하더니
좀전처럼 꼼짝않는 자세가 된다. 걸이는 차츰 걸음의 속도를 늦추어
가며 다리밑을 향해 걸어간다. 껑다리아저씨가 나무기둥인 양 미동
도 않고 서있다. 그 앞을 걸이는 의젓하게 지나친다. 순간 걸이는
둔탁한 물건이 부딪는 소리와 함께 땅속에서 솟는 듯한 외마디 개
의 비명을 등뒤로 듣는다. 껑다리아저씨가 안고 있던 커다란 돌로
개의 골통을 면바로 내리친 것이다. 걸이가 몸을 돌린 것과 껑다리
아저씨가 다시 돌을 집어 버둥거리는 개의 골통을 내리친 것은 거
의 동시에였다. 껑다리아저씨는 계속 몸을 놀려 거적대기에 개를 둘
둘 말아 싸기 시작한다. 그러면서 중얼거린다. 사오천원짜린 넉넉
하겠는데.

걸이는 이날 밤의 모험을 무사히 해낸 것이 기분좋아 잠시 껑다
리아저씨의 하는 일을 내려다보다가 둑 위로 올라간다. 훈장아저씨
가 한결같이 꼼짝않고 서있다. 걸이는 뒷주머니에서 봉지를 꺼내어
훈장아저씨에게 건넨다. 비로소 훈장아저씨가 대견해 못견디겠다는
듯이 걸이의 머리를 손바닥으로 마구 문질러댄다. 걸이는 만족해 키
득거린다.

제 3 장

　잠시 지연은 자기 눈을 의심하지 않을 수 없었다. 허수레한 누비 작업복으로 군고구마통에 붙어 서있는 남자가 성호라고는 얼핏 알아볼 수가 없었다. 얼굴도 까맣게 그을고 까칠하니 여위어 아주 딴 사람이었다. 그저 몸 전체의 분위기만이 간신히 그라는 걸 말해주고 있었다. 지연은 아까 민구한테서 성호 신상의 변화를 들었을 때의 놀람과 아픔이 되살아오면서 가슴이 메어 서버리고 말았다.

　이쪽 호흡이 물결져 밀려가기라도 한 듯이 성호가 고개를 돌렸다. "아니 이게 누구야." 언제나와 다름없이 아무런 격의없는 어투였다. "그렇잖아두 내 다시 전활 걸려든 참인데…… 여행갔었다면서?"

　성호의 밝은 맞음에 지연도 얼굴에 웃음을 띄우며 가까이 갔다.

　"어떻게 알았지 여긴?"

　"송선생한테요. ……어쩌면 제겐 일쩍 안 알려주시구 이제야 오두룩 하세요."

　"그렇게 됐어. 그러나저러나 이런 덴 첨 와보지? 가만있자…… 여긴 다방두 없구……"

　성호는 이렇게 말하며 두리번거렸다.

　"우선 고구마 굽는 솜썰 보여주시는 게 어때요."

　지연의 말에 순간 두 사람은 극히 평안한 미소를 주고받았다.

　성호가 군고구마 한 개를 골라 제법 익숙하게 이손 저손 옮겨쥐며 조금 식혀가지고 지연에게 건네고는 지연이 혼자 먹기가 거북해할까보아 자기도 하나 집어들면서,

"속이 약간 탈 만큼 골고루 노오랗게 익혔을 때의 기분, 이건 고구말 구워보지 못한 사람은 맛보지 못할걸." 그리고 잔잔한 웃음을 웃는다.

지연은 뜨거운 고구마를 뜨거운 가슴속으로 삼켜넣었다. 도대체 교회란 무언가. 인간 내면의 옳고 그름을 그처럼 여지없이 재단할 수 있는 곳이란 말인가. 그러나 지금 지연의 가슴을 뜨겁게 하고 있는 것은 그런 데에 대한 게 아니었다. 커다란 핏멍을 자기 안으로 흡수시켜가며 건강한 자세로 몸을 일으킨 성호에 대한 감사에서였다.

"얼굴이 좀 못된 것같은데?"

"며칠째 좀 아팠어요."

"조심해야 해. 난 병없는 덕분에 견뎌나가구 있어. ……응, 영이 왔구나."

손가락을 입에 문 계집애 하나가 군고구마통 앞에 와 선다. 눈이 동그랗고 얼굴이 갸름한, 너덧살쯤 난 애다. 과히 낡지 않은 하늘색 스웨터를 입었다.

"손가락 빨면 안된다구 했는데?"

계집애가 얼른 입에 물었던 손가락을 뽑는다.

"영인 아주 식은 걸 좋아하지." 성호가 통 가장자리에 내놨던 것 중에서 한 개를 집어준다.

계집애는 아무말 없이 받아가지고 돌아서 골목 안으로 통통통 뛰어들어간다.

"저렇게 좋을깜……"

"불쌍한 애야."

"고구말 받아쥐구 그렇게 좋아할 수가 없네요."

"고구마 한두 개루 해결된다면 오죽 좋을까. ……남양 어때, 온 김에 내가 사는 꼴두 볼 겸 집으루 가지."

"저두 그랬으면 좋겠어요."

"할아버지, 이것 또 좀 봐주십쇼." 성호가 장갑을 벗으면서 옆 목판장수 노인에게 군고구마통을 부탁했다.

지연은 성호를 따라 판자촌 안으로 들어섰다. 연탄재며 쓰레기가 마구 널려있는 좁고 꼬불꼬불한 길이다. 지연은 한 여인과 길을 어기면서 무심결에 시선이 마주쳤다. 무표정한 얼굴이었다. 그 무표정한 얼굴이 도리어 지연으로 하여금 자신이 이곳 주민이 아니라는 걸 더 느끼게 했다.

저만큼서 영이가 군고구마를 먹으면서 한 손으로 굴뚝을 만지며 간다.

"여깃사람은 전의 돌마을 사람들보다 더 비참해. 그치만 난 이곳에 온 걸 다행으루 생각하지. 안 와봤음 상상두 못했을 생활실태가 너무 많아. 나는 이번 교직에서 쫓겨났지만, 원은 진작 떠났어야 했어. 생존의 밑바닥에서 허덕이구 있는 사람들에게 종교란 한갓 사치에 지나지않는다는 걸 여기 와서야 깨달았거든. 일체 사적 전도를 하지 않기루 했어. 애최 먹혀들어가지두 않지만 말야."

영이는 빼지 않고 굴뚝을 만지며 간다. 대부분이 깡통을 이어 만든 녹슬고 삭은 굴뚝으로 간혹 대포탄피를 포갠 것도 있다.

"저애 집은 어떤 줄 알어? 엔간히 기구하지. 엄마하구 단 두 식군데 이 빈민촌엔 나보다 늦게 들어왔어. 쟤가 하루두 빼지 않구 나한테 오는 거야. 어떤 때는 5원짜리 동전 한닢을 쥐구 오는 적두 있지만 대개는 그냥 손가락만 입에 물구 오는 거야. 하루는, 우리 엄마 죽는다구 하면서 막 울며 달려오지 않겠어. 안 가볼 수 있어야지. 가보니까 쟤 엄마가 배를 움켜쥐구 이리 뒹굴구 저리 뒹굴구 막 야단났어. 임신중인 데다 매를 맞아 그렇다는 걸 뒤에 알았지만."

영이가 어떤 굴뚝은 슬쩍 만져보고, 어떤 굴뚝은 거듭 쓰다듬어 보기도 한다.

"애기를 들어보니 기가 막히드군. 쟤 아빠는 재일교폰데, 지금 임신하구 있는 태안 그 사람 아들의 거래. 알아듣겠어? 쟤 아빤 재일교포 중에서두 이름있는 실업간 모양야. 한동안은 거의 한 달에 한 번 정도 일본과 서울을 왕래했대. 수단이 좋구 인정이 많아 뵈는 사람이었다구. 쟤 엄마가 나가구 있는 나이트클럽에서 알게 됐다나. 처음엔 돈 좀 비쳤겠지. 근데 쟤를 낳구 한 달쯤 뒤 그사람이 다녀가구 나서 한 청년이 찾아왔드래. 교포남자의 아들이라는 거지. 우

리나라 말을 대충 알아듣기는 해두 말은 거의 못 하드란 거야. 서
울에 와 어떤 대학에 입학을 했는데 고교 때부터 야구선수였대나.
문제는 그다음부터야. 한집에 산 지 보름두 못된 어느날 새벽녘 청
년한테 겁탈을 당했다구. 교포남자한테선 생활비는 고사하구 자기
아들 학비조차 보내오지 않는 중에 임신이 됐대. 죽기루 작정했다
드군."

"정말 너무했다. ……근데 쟤가 왜 굴뚝마다 쓿어보죠?" 좀전부
터 궁금히 여겨오던 지연이 물었다.

"따뜻한 굴뚝을 찾는 거야. ……죽는다는 게 조금두 무섭지 않드
래나." 나도 그건 좀 알지. 무섭기는커녕 산속 무덤이 눈앞에 나타
나고 그 속에 죽어 눠있는 자신이 여간 평안해 뵈지 않던 기억이 있
다. "담담한 맘으루 밤중에 나가 세코날을 사 모아가지구 집에 돌아
와 약을 먹으려다 혹시 약이 써서 삼키지 못하면 낭패다 싶어 여유
있게 다시 가겟집까지 가서 오렌지주스 한 병을 사다가 삼켰대." 몸
이 매사하니 나른해지는 걸 느끼면서 드러누웠다. 성호 자신의 기억
이다. 그리고는 베개를 베야겠다고 기어가서 간신히 끌어내렸다. 그
러나 베개를 머리 밑에 제대로 넣을 수가 없고 머릴 베개에 가져다
얹으려 해도 핀트가 맞지 않았다. 안간힘을 써 머릴 베개에 싣는다
는 게 어깨 밑에 괴어졌다. 몸을 놀려서 바로 베려고 애쓰다가 의
식을 잃고 말았다. "의식이 회복된 건 사흘만에 병원에서였는데,
그통에 유산이 됐다는군."

"죽는다는 것두 임의루 안 되는 거 아녜요?"

"물론이지. ……먹구 살기 위해서 다시 비어홀에 나가야만 했다는
거야. 그러면서 마음을 고쳐먹었대. 애를 낳자, 사내애를 낳아서 그
애루 하여금 복수를 하게 하자, 하구 말야. 그런 어리석은 생각이
어뗬어. 허지만 쟤 엄마는 그런대루 절실했겠지. 그러다가 올여름
다시 임신을 한 거지. 청년이 한사쿠 떼버리라는 걸 듣지 않았대.
그랬더니 매질을 시작하드래나. 애 하나 있는 것만두 거추장스러운
데 또 낳구 어쩌구 하면 돈벌이 나가는 데 지장이 생길 거 아니냐
구 하면서 말야. 견디다못해 몰래 집을 뛰쳐나오구 만 거래. 몇 군
데 숨어 다니다 돈은 떨어지구 결국 이런 데루 왔대지 뭐야."

"정말 너무했다. ……부자가 짜구 한 짓 아네요?"

"말해서 뭐해. 자기 입으루두 우리 아버진 밀수업자다, 그리구 난 악당이다, 하구 큰소릴 치군 했대. 그러면서 한다는 소리가 이나라 에서 추방당하면 일본가 살구, 일본에서 못 살게 되면 제삼국으루 가 살면 된다구 하드래나."

"그럼 어떻게 되죠 쟤넨?"

"글쎄…… 뭐 기막힌 사연을 지닌 사람이 쟤네 하나뿐이어야 말이 지. 얘기하자면 한이 없어. ……자아, 다 왔어." 성호가 쪽문을 열 고 허리를 굽혀 먼저 들어가며, "신발은 들구 들어와."

지연이 엉거주춤 머뭇거렸다.

"놀랬지?" 성호가 웃으며 말했다.

그러나, 밝은 데 있던 눈에 쪽문 안쪽이 캄캄해 지연은 얼른 발 을 들여 놓지 못하고 있었을 뿐이었다.

"웬만해선 와볼 수 없는 데라니까. 어서 들어와요."

지연이 방으로 들어섰다.

"나두 첨에 들던 날은 선뜻 들어서지질 않드군. 그런대루 살아보 니까 괜찮아. 여깃사람들이라구 태어날 때부터 달랐을라구. 속담대 루 가난이 죄일 밖에. 허지만 가난하다는 것두 어디 여깃사람들의 잘못뿐인가."

낮은 천장에 조그만 방이었으나 도배를 갓하여 그런대로 안만은 깨끗한 편이었다. 아랫목 선반엔 이부자리 한 채, 그 옆에 보통이 가 하나, 다음에 스무남은 권의 서적이 두 줄로 쌓여 있고, 윗목 방 바닥엔 흙을 담은 사과궤짝 네 개가 크게 자리를 차지하고 있었다.

"궁상맞지? 그래두 이렇게 맘이 편할 수가 없어." 성호는 지연의 눈길이 사과궤짝에 머물은 것을 보자, "은상이야. 우선 고추 오이 토마토 싹을 낼려구. 벽돌 찍든 개천가 한옆에 비닐하우스를 만들 어볼 계획야. 여기 판판이 놀구 있는 애들이 얼마나 많게. 놀구만 있어두 모르겠는데 나쁜 짓만 자꾸 배운단 말야. 그애들과 공동작 업을 할 참이지. 아까두 얘기했지만 최소한 먹구 사는 문젤 해결 하 구 나서 신앙문제구 뭐구 운운해야 될 거야. 이거 뭐 개척자라두 된 체하는데 내가? 오래간만에 남양을 만나니까 자꾸만 지껄이게 되

272

는구면. 이젠 남양 차례. 여행갔던 얘길 아직 못 들었으니 말야."
"대관령 쪽엘 갔드렸어요."
"응? 이 겨울에 대관령?"
"함선생님이 그곳 시험장으루 전근가신 거 모르시죠?"
"그랬나? …… 음 그랬군. 알겠어, 알겠어."
알겠다는 말이 많은 뜻을 포함시켜가지고 지연에게로 전달됐다.
한동안 둘이 다 자기 생각에 잠긴 듯 잠잠히 있었다.
"근데 남양, 나 남양한테 한 가지 사과할 게 있어." 이윽고 성호
가 다시 입을 열었다. "남양 일루 내가 함선생을 찾아갔던 일 모르
지? 남양과의 관계를 고려하라구 충고한답시구 말야. 결국 나처럼
만들구 싶지 않다는 생각에서랄까."
지연이 울컥 울 것같은 심정으로 고개를 떨구었다. 늘 자기 주위
를 맴돌며 보살펴주는 성호의 배려나, 성호의 말을 듣고도 전혀 눈
치를 안 보인 준태의 애정을 실감하고 있었다. 드디어 지연이 말했
다.
"실질적으룬 벌써 전에 함선생님과 그 부인은 타인이 돼있었어요."
"지금 내게 그런 말 하지 않아두 돼. 그때 내가 한 일을 곧 후회
했으니까. 어떠한 인간관계이건 동일한 건 없어. 남녀간의 문제는
더더욱 그렇다구 봐. 내 경우에 비춰서 남양을 보다니 그건 말두 안
되는 소리지. 그래 부모님껜 알려드렸나?"
"아직……"
이때 문이 밖으로부터 벌컥 열리며 젊은 여자 하나가 고꾸라지듯
뛰어들어왔다.
"절 좀 도와주세요."
지연은 별안간의 일에 어리둥절 성호를 보았다.
성호는 아무렇지도 않은 표정이다. 이 여자가 어떤 부류의 여자
라는 것도, 도와달라는 뜻이 무엇인지도 잘 알고 있는 태도였다.
"얼른요, 절 좀 도와달라니까요."
여자는 방안에까지 신발을 신고 들어왔다는 걸 그제야 깨달았는
지 벗어서 한쪽 구석에 놓는다.
성호가 쌓여있는 서적 위에서 성경책과 찬송가 책을 집어다 방바

닥에 펴놓더니 찬송가를 부르기 시작했다.

"그것 말구요. 저두 같이 부를 수 있는 걸 불러주세요. 크리스마스 때 부르는 노래면 저두 조금은 알아요."

여자가 빠르게 말하고는 성호가 뭐라고 응하기도 전에 자기편에서 부르기 시작한다.

　　기쁘다 구주 오셨네

성호도 그 노래로 바꾼다.

　　만백성 맞으라

그것도 여자는 가사를 몰라 차차 성호의 목소리가 주가 되고 여자는 곡조만 따라 웅얼거린다. 성호가 찬송가책을 집어 지금 부르는 노래를 찾아 여자 앞으로 밀어놓는다.

그때까지도 어인 영문인지를 몰라하는 지연을 여자가 바라본다. 센 눈길이다. 지연이 저도모르게 같이 노래를 불러준다.

밖이 수런거리더니 문이 홱 열리면서 한 사나이의 머리가 쑥 디밀어진다.

　　다 찬송 찬송 부르세에

한참 방안을 휘둘러보던 사나이가 콱 문을 도로 닫으면서, 미친 것들 아무리 예수쟁이래두 아직 크리스마스가 언제라구, 하고 투덜거린다.

찬송가를 다 부르고 나자 여자는 아무렇게나 펴놓은 성경책을 들여다보며 더듬더듬 소리내어 읽는다.

"〈우리가 바벨론의 여러 강변 거기 앉아서 시온을 기억하며 울었도다 그중의 버드나무에 우리가 우리의 수금을 걸었나니……〉"

여자가 성경책에서 고개를 들며,

"무슨 소린지 통 알아먹을 수가 없네요," 한다.

그리고도 얼마 동안 여자는 바깥 동정에 귀를 기울이고 있다가,

"이젠 다 꺼졌나보다, 개새끼들! 저희가 밥멕여주나?" 하며 일어선다. 그리고는, 고맙다는 인사도 변변히 하지 않고 신발을 들고 나가버린다.

"대담하네요." 비로소 어떤 여자라는 걸 안 지연이 감탄스레 말했다.

"전신으루 살아가는 사람들이니까. ……밤중에두 들이닥치군 해."
성호는 좀전 여자가 읽던 성경구절의 다음을 더듬었다. 〈……이는
우리를 사로잡은 자가 거기서 우리에게 노래를 청하며 우리를 황폐
케 한 자가 기쁨을 청하고……〉 그 활자 위에, 시궁창물이 질퍽한
어두운 하수구 속을 좀전의 여자가 기를 써 기어나오고 있는 모습
이 겹쳐졌다. 〈희망원〉이라는 윤락녀 수용소에서 20여 명이 하수
구로 집단 탈출한 것을 겨우 10여 명밖에 붙잡지 못했다는 사실을
엊그제의 신문은 보도하고 있었다.
"저 인제 갈래요." 지연이 몸을 일으켰다.
"같이 나가. 근데 아직 남양의 일을 부모님께 알려드리지 않았다
구 했지?"
"아버지가 보통 노하신 게 아닌 것같애요. 눈치를 채셨는지……"
"그렇다면 더더구나 빨리 말씀드려야지. 내가 거들어줄까?"
"내버려두세요. 제가 어떻게든 할래요."

    지연은 먼저 차에 올라 아버지 나오기를 기다리며 앉아있었다. 꽤
오랜 시간이 흘렀는데도 아버지는 나오지 않는다. 하기는 X광선사
진을 몇 장이나 찍었으니 진찰 결과를 알려면 적잖은 시간이 걸릴
것이나, 시간 걸리는 것이 그 이유뿐만 아닐 거라는 좋잖은 예감이
자꾸 지연을 엄습했다. 간단없이 지나가는 행인의 모습이 유난히 건
강하게 비쳐왔다. 지연은 시선을 거둔다. 그리고는 다리를 옆으로
뻗고 길게 기댄 자세로 고쳐앉는다.
    지연은 성호를 만나고 돌아온 날로 그토록 벼르던 준태애기를 부
모에게 털어놓았다. 지금까지 부모에게 말하지 않은 건, 입을 떼기
도 힘들었지만 그와함께 자기 마음을 좀더 정리하기 위해서였다고
할 수 있었다. 자기가 진정 준태에게 필요한 존재인가, 그리고 자
신의 애정은 정직한 건가. 이런 생각들을 되풀이 확인해보고 싶었
던 차에 성호를 만나 애기를 주고받는 동안 어떤 확정을 얻었던 것
이다. 예측했던 대로 아버지는 이미 그저간의 딸의 내면변화와 진
통을 감지하고 있었던 듯, 내 벌써 짐작하구 있었다, 늦은 감이 없
지않지만 속시원히 말해주니 됐다, 하고 무척 노할 걸로 알았던 것

과는 달리 너그러움으로 받아주었다. 그것이 지연을 더 아프게 했다. 반면, 역시 부모란 자식을 낳구 키울 뿐이지 종당엔 남남이나 다름 없구나, 하고 침통한 말소리를 뒤로 남기고 방을 나가버리는 어머니는 되레 가볍게 넘길 수 있었다. 가려낼 수 없는 오만가지 꿈으로 그 밤을 새우다시피 한 다음날 아침 지연은 자리에서 일어나지 못했다. 며칠동안 온몸이 찌뿌드드하고 머리가 멍하던 것이 오한까지 겹친 것이다. 필시 긴장감에서 풀려난 심신의 피로거니 여겼다. 그랬는데 다음날도 같은 증상으로 괴롬을 겪고 사흘째되는 날 아침은 좀 나아 일어나려고 하는데 아버지가 평시와 다름없는 표정으로 올라와 다른 말은 없이 지연더러 진찰을 받아보자고 하여 전에 늘 다니던 병원을 찾아왔던 것이다.

얼마가 또 지난 후 아버지가 병원에서 나왔다. 그리고 차에 오르자 운전사에게 비원으로 가자고 했다. 갑자기 비원엔 왜 가자는 걸까 하고 쳐다보는 지연에게 아버지는, 날써두 좋구 하니 나온 김에 바람이나 쐬자꾸나, 한다. 지연은 좋은 진단이 아닐 거라는 자기 예감이 들어맞았다고 단정했으나 잠자코 있었다.

비원 안은 낙엽이 져 시야가 투명해진 주위에 사람의 모습이라곤 별로 보이지 않았다. 서양사람 셋이 번갈아가며 사진을 적는 광경과, 양복차림의 청년이 한복차림의 노인과 함께 정자 위에 서성거리는 광경이 눈에 띄었을 정도였다.

"좋기두 해라." 묵묵히 걷던 아버지가 사방을 둘러보며 혼잣말처럼 중얼거렸다.

둘이는 다시 얼마를 말없이 낙엽 깔린 길을 걸었다.

"호랑이 우는 소리가 들리누나." 아버지가 또 중얼거렸다.

창경원 쪽에서 투명한 공간을 타고, 으어홍 으어홍, 호랑이 울음 소리가 두세 번 들려왔다.

다시금 입을 다문 채 좀 걷다가 한곳에 눈을 주며 아버지는 소리 내어 웃었다.

"허 참, 저게 뭐가 3천 척이람. 석 자두 안 될 걸 가지구."

지연도 전에 친구들하고 놀러와서 이걸 보고 웃은 적이 있었다. 석 자도 될까말까한 바위에다 〈飛流直下三千尺〉이라는 글귀가 새겨

276

져있었다. 전에 지연이 보았을 때는 그래도 물이 졸졸 흘러 떨어졌었는데 그나마 지금은 말라붙어 더 초라해 보였다. 그래서 처음 보는 것도 아닐 이 아기폭포와 거기 새겨진 과장된 문구가 아버지에게 더 우스운지 모르나, 아버지의 웃음에는 그것과는 걸도는 어떤 헛헛함이 배어있었다.

"무슨 말씀이래두 괜찮아요, 말씀하세요 아버지." 드디어 지연이 말했다.

"좋은 소식은 아니구나."

"알구 있어요." 미리 어떤 각오 비슷한 것은 서있었으나 말이 떨려나왔다. 그네는 숨을 조절하면서 말을 이었다. "구체적으루 말씀해주세요."

"음…… 카리에스가 다시 도질 우려가 있다는 거야. 꼭 그렇다는 게 아니구 그럴 수두 있다는 거지. 물론 그렇지 않을 수두 있지만 말야."

"그러니 결혼해서는 안된다는 건가요?"

"그것두 말야, 꼭 결혼을 해서 안된다는 것두 아닌데, 다만……"

"다만, 뭐예요?"

"애를 낳아서는 안된다는구나."

좋잖은 예감과 함께 어떤 각오같은 게 서있긴 했었으나 정작 아버지의 말을 들으니 지연은 암담해지지 않을 수 없었다.

"내 함군을 한번 만나보두룩 하지." 아버지가 그만 얘기하자는 듯이 말했다.

창경원 쪽에서 호랑이 울음이 또, 으어흥 으어흥, 두세 번 들려왔다.

밖으로 나와 차에 오른 지연이 아버지를 위해 천연스러우려 애쓰며 창밖에 눈을 주고 무엇인가를 찾았다. 길가에 주간지와 신문을 팔고 있는 것을 보자 운전사더러 신문을 모조리 사오라고 했다. 이 신문 저 신문의 영화광고란을 눈으로 훑었다. 그리고 한곳의 조그마한 광고를 손가락으로 짚으며 아버지에게, 오래간만에 극장구경이나 가요, 했다. 삼류극장에서 하는 서부영화였다.

웬만해서 서부영화는 개봉관에서도 보지 않던 지연이었다. 더구나 이날의 영화는 필름이 긁히고 끊기고 하여 엉망이었다. 그러나 딱딱한 나무의자에 불편스레 앉아 지연은 화면에 눈을 둔 채 아까 비원에서 아버지가 한 일을 지금은 자기가 해야 한다고 생각했다. 별 것 아닌 대목에 웃고 놀라고 간 아버지에게 소곤거리기도 했다. 권총 솜씨가 기막히죠? 아유 죽을 고빌 또 넘겼어요, 꼭 죽는 줄 알았는데. 그러다가 그네의 눈에 화면이 우그러들면서 아무것도 보이지 않게 되었다. 필름 탓이 아니고 그네의 눈 탓이었다. 아버지 보는 데서 손등이나 손수건으로 눈물을 훔쳐내서는 안됐다. 절로 마르도록 내버려둬야 했다. 그이를 만나보고 싶다. 아버지보다도 자기가 만나보고 싶었다. 만나 그이의 판단을 받고 싶었다.

민구로서는 준태가 자청해서 벽촌으로 전근갔다는 사실이 이해가 가지 않는 대로 그다운 처신이라고 생각했다. 그친구가 입버릇처럼 뇌까리던 우리 민족의 유랑민근성을 몸소 겪으려는 행위? 지연이란 여자와의 사랑의 도피행? 에잇 어떤 것이라도 상관없는 거다. 사람이란 제 소관껏 요령껏 사는 수밖에 없는 거니까.

수원까지 준태를 만나러 갔다가 허탕을 치고 돌아오는 길로 민구는 성호를 찾아갔다. 자기는 자기대로 누구를 만나 뭐든 쏟아놔야 마음이 조금이라도 후련해질 것만 같았다. 요전 일요일 은희네 집에는 들어가지 않고 범써한테 갔던 날 밤 은희는 밤늦게와 이튿날 일찍 두 차례나 아파트로 전화를 걸어본 모양이었다. 늦어져서 친구네 집에서 잤다고 했지만 은희는 곧이들어주지 않을 뿐 아니라 며칠이 지나도록 냉전이 풀리지 않고 있는 것이다. 이날 준태를 찾아간 것은 그를 한번 위로해주자는 목적이었기도 했지만 둘이서 술이라도 마시면서 자신의 우울한 기분을 풀어보려던 기대도 있었다. 그것이 어긋나버리자 성호를 찾아가서라도 뭐든 쏟아놓지 않고는 못배길 심정이었던 것이다.

"여전히 도를 닦구 계시는군, 저녁 늦게까지."

"응, 어서 오게. 장살 못 해봐서 그렇지 막상 해보면 달러."

"고생을 사서 하시는 데 보람을 느끼시는 분이니."

"한개 맛보겠나?"

278

"뒀다가 코묻은 돈하구나 바꾸시지. 대체 일부러 고생을 사서 할 필요가 뭔가. 이러다가 우리나라에 예수 탄생하시겠군."

"또 그소리."

"예수를 잘못 생각하구 있는 것 아냐?"

"이거 왜이러지."

"나 오늘 말써름하기루 작정한 사람야. 건드리지 말구 대답만 하시는 게 어때?"

"뭘 대답하란 말야, 이친구야."

"난 예수의 일생을 하나의 상징으루 생각하는데, 안 그래?"

"얘기해봐, 들어줄 테니."

"그렇구 말구, 하나의 상징이지. 그걸 사람들은 잘못 해석하구 있단 말야. 너두 그중의 한 사람이라 이 뜻이야."

"어서 더 얘기해봐."

"들어보시라구. 글쎄 상징이 아니구서야 하나님의 아들인 예수가 왜 하필이면 말구유에서 탄생해야 해. 왜 40일 동안이나 광야에서 금식기도를 하구 나서야 악마의 시험을 이겨내게 돼. 왜 마지막엔 그 쓰라린 십자가에까지 못박혀야 해. 왜, 왜, 왜? 다른 사람두 아닌 전지전능하신 하나님의 아들이 말야. 말하자면 이건 인간에 대한 하나님의 사랑을 예수라는 상징을 통해 보여준 거 아니겠어. 그러니까 인간은 이 예수라는 상징을 통해 하나님의 사랑을 느끼면서 위안과 위로를 받으면 그만인 거야."

"그래서?"

"그런데두 불구하구 하나님의 아들이 그 고난을 당했으니 인간은 더 고난을 받아야 하지 않느냐구 자진해서 고행을 하는 수가 많지. 바루 너처럼 말야. 그래서야 예수라는 상징을 통해서 인간에게 보여준 하나님의 사랑이 뭐가 되나?"

"지금의 내 생활이 내게 위안이 되구 즐거움이 된다면?"

"억지부리지 마. 억지루 생각하는 위안이나 즐거움따원 진짜 위안이나 즐거움이 될 수 없어."

"억지루 생각한다는 말은 좀 심한데." 성호는 얼굴에 웃음을 띄운 채 말했다. "하긴 사람이 사람을 이해하기란 어려운 법이지. 사람이란 각기 생각하는 바가 다르거든. 그래서 좋지 뭐야. 거기서 자기 보람을 느낄 수 있으면 말야."

"하여튼 니가 진정으루 예수를 믿는다면 지금의 생활태돌 고치라구."

"대체 무슨 말을 하구 싶어서 그러나?"

"우선 교회재판 결과에 너무 구애될 것 없단 말야. 그 목사 부인과의 사랑같은 걸 다시 해두 된단 말야."

"자네 오늘 돌았나?"

"준태녀석 좀 봐. 아무 거리낌없이 이혼을 하구, 다른 여자와 사랑의 도피행을 하구…… 말하자면 그 친구의 요령껏 사는 태도가 부럽잖나 말야."

"그사람은 그사람대루의 고민이 또 있는걸."

"이래두 고민, 저래두 고민, 제발 그 고민이란 말 좀 집어치지 못하겠어?"

"그러는 자네두 오늘 무슨 고민같은 게 있어 뵈는데?"

"웃기지 마." 그러나 민구는 내심 찔끔한다. "왜그런지 오늘 왕창 취하구 싶은데 동무 못해주겠어? 역시 전직 목사라 안될 테지."

"가줄 용의 있지. 니 고민을 조금이라두 덜어줄 수 있다면 말야. 근데 니가 열심히 내세우는 그 샤먼의 신께서두 귀하의 고민은 덜어주지 못하는가부군."

성호가 깜짝 놀랄 정도로 민구는 큰 입을 벌려 웃어제꼈다.

다음날 민구는 술이 덜 깨고 두통이 나 학교에도 못 나가고 있는데 전보가 와닿았다. 모친이 별세했다는 알림이었다. 운명하기 전에 왜 알리지 않았을까 하고 속으로 형을 탓했으나, 잔병이 늘 떠나지 않았던 어머니라 미처 알릴 때를 놓쳤을는지도 모른다고 생각을 고쳐잡았다.

왜그런지 슬픔이 안겨지지가 않았다. 고향에 가서도 울음이 나오지 않으면 어쩌나 하고 엉뚱한 근심을 하며 울어야지 울어야지 하고 뇌까리고 있느라니까 눈물이 주르르 솟았다.

은희와 학교에다 전화로 사유를 말한 다음, 번써한테도 알릴까 하다가 만약 은희와 번써가 다 전송하러라도 역에 나와 서로 마주치면 귀찮다 싶어 그만두었다. 그러면서 민구는 이참에 기분전환도 할 겸 고향에 내려가게 된 것을 무척 다행으로 여겼다.

"댁두 계고장인가 뭔가 나왔습디까?" 목판장수 노인이 불만스레 성호에게 말을 건넸다.

"네, 받았습니다."

"초가을부터 벌써 몇 차례째구먼."

성호는 철거하라는 계고장까지 나오는 곳인 줄은 모르고 5만원이나 주고 지금의 판잣집을 산 처지였다.

"선거 땐 이 일대의 판잣집을 양성환가 뭔가 시켜준다구 큰소릴 하더니 이제와선 철거하라구 야단 아닌가배. 어느 장단에 춤을 춰야 할지 원."

"십이월 30일 이전까지 꼭 철거하라는 거 아닙니까."

"그렇다니까요. 허지만 더럭더럭 추워지는 이 동절에 어딜 가요, 가긴. 어떡허든 내년 봄꺼정 뻐텨야지."

"겨울 동안에 여길 밀어냈다가 이른봄부터 상가아파트를 세우기루 돼있다던데 그냥 넘어가겠어요?"

"글쎄 상가아파트구 뭐구, 갈 데 마련두 안 해주구 어떡하겠다는 거람. 하여간 뻐티구 있는 수밖에 없어요, 뻐티구 있는 수밖에."

성호도 그러는 길밖에 도리가 없다고 생각했다.

"이 내 팔자야. 그 돈 다 잃구 이 무슨 팔자람." 노인이 마른코를 들이마신다. "한 번밖에 와주지 않는 운술 그만 놓쳐버리구선 이꼴 이라니까." 벌써 몇번인가 들은 넋두리를 또 폈다. 전에 품팔이로 한푼 두푼 기를 쓰고 모아 구멍가게까지 내어 기십만원 앞세워놓고 먹고살기 걱정없이 지내다가 어떤 젊은 과자도매상 꾀임에 빠져 큰 몫 장사를 하려다 삽시간에 다 날리고 빚마저 지는 신세가 됐다는 푸념이다. "운은 두 번 오는 게 아니우. 딱 한 번밖에 안 오는 거요. 임자두 운이 찾아오거든 한눈팔지 말구 꽉 붙들구 놔주지 않두룩 하라구." 언제나 같은 결론을 되풀이한다.

"감사합니다." 그러면서 성호는 노인의 말대로 운이라는 게 있다 하더라도 자기 역시 놓쳐버린 지 오래라고 생각한다. 그렇다고 미런은 없었다. 이미 그것은 그것대로 완성됐다는 생각이었다.

막벌이꾼같아 뵈는 청년에게 군고구마 50원어치를 팔고 있는데, 영이가 울면서 달려왔다. 울 엄마 죽어, 울 엄마 죽어, 하는 소리를 연방 되뇌었다.

성호는 영이엄마가 또 갑자기 몸이라도 몹시 아픈가 하여 따라가 보지 않을 수 없었다. 그러나 영이네가 세들어있는 판잣집 앞에서 딴 일이 벌어져있었다. 영이엄마가 어떤 청년에게 매를 맞고 있는 것이었다. 성호는 그 청년이 누구라는 게 금방 마음에 짚였다.

청년은 땅바닥에 웅크린 영이엄마에다 대고, 안 갈 테야 안 갈 테야? 하며 어깨와 옆구리를 걷어차고 있었다. 동네 아낙네들이 너무한다고 해도 청년은 아랑곳하지 않았다. 청년은 술이 취해있는 것같았다. 키는 크지 않으나 몸집이 다부지고, 머리통이 큰 얼굴 전체가 불그레한 가운데 두툼한 입술이 더욱 붉었다.

흐트러진 머리카락이 땅에 닿도록 작은 체구를 웅크린 영이엄마는 두 손으로 배를 감싸듯 하고는 청년에게 걷어차일 때마다 흑흑 숨막힌 소리를 냈다. 마침내 청년이 영이엄마의 등깃을 거머잡고 끌기 시작했다. 영이엄마가 두 손으로 땅을 버텼다. 그러나 청년의 힘을 당해내지 못해 질질 끌리자 양쪽 손가락을 땅바닥에 세웠다. 손가락 끝에서 흙이 패었다.

구경하고 있던 애 둘이 불쑥 나와 영이엄마가 끌려가지 않게끔 붙잡았다. 걸이와 숭이였다.

청년이 두 아이를 발길질로 쉽게 떼어버린다.

"이봐 학생!" 성호가 앞으로 나섰다.

청년이 힐끔 성호를 치떠보며,

"학새앵? 내가 학생이건 마알건 무슨 상간이오?" 붉고 두툼한 입술을 빙글거린다.

"말루 할 것이지 이게 무슨 짓야?"

"내 에펜네 내가 데리구 가는데 머가 잘못이란 마알이오?" 청년이 말은 별로 부자유스럽지 않게 하고 있으나 발음과 억양에 어설픈 구석이 뚜렷했다.

"이것 놓구 말해!" 성호가, 영이엄마 등깃 그러잡은 청년의 손을 잡아챘다.

"그래 어찌할 테요?"

"학생, 비열한 짓은 그만두란 말야!" 성호의 언성에 노기가 띠어졌다. "비열한 짓은 이세상에서 젤 치사스러!"

흥! 하고 청년은 입술을 다시 빙글거리며 영이엄마의 등깃을 도로 거머잡고 좀더 우악스럽게 끈다.

영이의 울음소리가 높아지는 속에서 영이엄마는 좀전과 같은 자세로 몸을 잘게 떨고 있다가 피가 내밴 양쪽 손가락 끝을 또 땅바닥에 세웠다.

성호가 이를 어떻게 제지시키나 하고 망설이는데, 청년이 영이엄마를 끌다 말고 후딱 뒤로 물러난다. 보니, 언제 어디서 퍼왔는지 걸이와 숭이의 손에 오물 담긴 깡통이 들려있고 곧 끼얹을 태세다.

청년이 두 아이에게 달려들 듯한 기세를 보였으나 두 아이는 아이대로 가까이 오기만 하면 끼얹겠다는 시늉을 하고 있다. 그만 청년이 뒷걸음질을 쳤다. 거기 따라 두 아이는 오물깡통을 청년에게 겨눈 채 거리를 좁혀갔다. 드디어 청년이 뭐라고 투덜거리고는 몸을 돌려 달아나기 시작했다. 그 뒤를 두 아이는 쫓아갔다. 모여섰던 아낙네들이 와르르 웃음을 터뜨렸다.

영이엄마는 여전히 같은 자세로 좀전보다 크게 몸을 떨고 있었다. 성호가 다가가 영이엄마를 부축해 일으켰다. 산발이 된 머리를 폭 떨구고 비틀대는 영이엄마는 소리없이 울고 있었다.

그곳을 떠나며 성호는 아이들과 함께 청년을 쫓은 일에서 어떤 일깨움을 받은 듯한 느낌에 젖었다. 지금까지 막연하던 어떤 생각에 확신같은 것을 갖게 하는 그런 느낌이었다.

제 4 장

선 사람은 없이 앉아있는 버스 안의 승객들 모두가 으스스한 몸가짐으로 허연 콧김들을 내쉬고 있다. 담배를 피우고 있는 앞자리의 중년 남자는 담배연기와 콧김이 한테 엉겨 얼굴 전체가 가려지듯 한다.

행선지를 외치는 차장의 입에서도 풀썩풀썩 김이 서려나온다. 바지통이 팽팽하도록 속옷을 많이 껴입은 차장이 돈을 챙기고 있는데, 손에 낀 장갑이 양쪽 엄지손가락과 검지손가락 중동에서 썩뚝 끊겨 있다. 해진 게 아니고 가위로 자른 듯한 장갑가락 밖으로 나온 손끝이 마치 손과는 상관없는 독립된 생물처럼 음지락거린다. 손이 시리니까 장갑은 껴야겠고, 돈을 세거나 챙길 때마다 일일이 벗었다 꼈다 하기 번거로우니까 편리하게 장갑 끝을 잘라버린 것이리라. 장갑 하나라도 자기 생활수단껏 이용하고 있는 데에 준태는 이해를 하면서도 어떤 위화감같은 걸 얼른 씻어버릴 수가 없었다.

차창 밖 행인들의 걸음이 사뭇 재다. 가게의 문들도 한기를 막기 위해 꼭꼭 닫혀있어 보였다. 자전거포 앞에서 청년 하나가 타이어에 바람을 넣느라고 꺼불거리는 동작도 추위 때문에 더 빨리 놀리는 것같았다. 새로 짓는 빌딩의 삐죽삐죽 솟은 철근들이 낙엽진 나뭇가지처럼 싸늘하게 비쳤다. 꽤 냉랭한 날씨였다.

버스에서 내려 대학병원 정문에 들어선 준태는 사방을 휘둘러보았으나 길 가장자리를 따라 우거진 상록수들로 해서 시야가 가로막혔다. 구내다방이 바른쪽에 있다고 했는데. 수위에게 물을까 하다가 그냥 들어간다.

반원을 그리다시피 안으로 굽으면서 경사진 시멘트 바닥길을 걸어들어가던 준태의 눈이 한곳에 멎었다. 10여 미터쯤 앞에 감청색 코트에 두 손을 찌른 한 여자가 걸어가고 있었다. 길이 경사져서 그런지 약간 몸을 앞으로 숙인 듯한 자세로 한 발 한 발 도장찍듯 걸음을 옮기고 있다.

준태는 순간 이름을 부르려던 것을 삼켜버리고 발걸음을 빨리하여 여자의 옆을 앞지르고는 도로 보통걸음으로 바꿨다. 조금 있으려니까 이번에는 여자편에서 준태를 앞지른다. 준태가 다시 걸음을 빨리하여 여자를 앞지르려는데 여자편에서 걸음을 멈추며 천천히 몸을 돌렸다. 다문 입에 웃음을 담뿍 물고서.

"아침에 오셨다죠?" 지연이 웃는 얼굴인 채 말했다.

준태도 웃는 얼굴로 고개를 끄덕이면서 지연이 곁으로 갔다.

"다방은 어딘고?"

"이거 아네요?"

반원을 그리다시피 한 굽이 끝을 돌아 푸른 페인트칠을 한 2층 목조건물 바로 앞에 와있었다. 아래층 출입문 옆엔 검은 페인트로 식당이라 씌어있고, 윗층 창문가엔 다방이라 씌어있다. 밖으로 난 2층 나무계단을 밟고 흰 가운을 입은 남자와 평복의 남자가 내려와 악수를 하고 헤어진다.

"식산 어떡하셨어요?" 지연이 다방으로 올라가려 않고 묻는다.

"역전에서 먹었어."

"어제 오후 버스루 오시지 않나 했어요, 토요일이라."

"오후엔 서울 오는 버스가 없어. 그래 강릉으루 가서 저녁기찰 탔지. 근데, 누가 입원하셨어?"

"아뇨."

"난 또 여기서 만나자구 하길래……" 지연이 자기 아버지와 함께 나오려니 했는데 혼자여서 혹시 부친이 입원중에 있는 거나 아닌가 했었다.

"이 근방에 다른 다방은 알지 못하거든요. 그래서 여기루 정한 것뿐예요."

그렇다면 굳이 이 근방에서 만나야 할 까닭이 무언가 하는데 지연이,

"저 말이죠, 오늘 창경원엘 가보구 싶었어요."

"창경원?"

"네, 겨울창경원. 그것두 오전의 겨울창경원엘요. 재밌을 것같애요."

"원 취미두."

"그런데 그만둘래요. 밤차루 오시느라구 피곤하실 테니까요."

"피곤해서 못 갈 건 없지."

새벽 여섯시 반경 청량리역에 내려 시간을 보내기 위해 목욕을 하고 났더니 몸은 가뜬한 편이었다. 준태가 새삼스레 지연의 얼굴을 들여다보며,

"내 피로보다 그쪽이 더 시원찮은 것같은데? 어디 아팠어?"

지연 눈의 쌍꺼풀이 평상시보다 깊게 지어져있었다.

"네 좀. 선생님은 그동안 괜찮으셨어요?"

"음." 그동안 두어 차례 천식발작을 일으켰으나 심한 편은 아니었다. "자, 이왕 여기까지 왔으니 소녀의 소원대루 하지." 준태가 지연의 어깨에 손을 얹어 정문 쪽으로 이끌었다.

그 서슬에 지연도 자연스레 한손을 돌려 준태의 뒷허리 쪽을 어루만졌다.

일요일이라서 그러리라. 전혀 사람이 없을 거라고 생각했는데 창경원 안에 들어가니 띄엄띄엄 관람인이 눈에 띄었다.

날씨도 햇살이 퍼지면서는 엔간히 누그러지는 성싶었다.

"동물들 배치를 왜 조류부터 시작했을까요?"

지연이 조류 우리 앞에 다다르자 말했다. 굳이 이유를 알고 싶어서가 아니고, 무언가 소리내어 말하고 싶은 마음이었다.

"글쎄…… 큰 동물 구경하는 흥밀 뒤루 남겨두기 위해설까."

"그러구보면 같은 새 중에서 맹금류를 먼저 보이는 건 사람들의 첫 관심을 끌기 위한 건지 모르겠네요." 역시 뭐고 소리내어 말하고 싶어서 한 말이었다.

매 우리 앞에서 준태는 잠시 걸음을 멈춘다. 무엇을 항상 노리는 듯 도록거리는 눈알, 일단 움켜잡으면 절대 놓아주지 않을 성싶은 발톱, 물어뜯기 시작하면 갈기갈기 속속들이 요절을 내고 말 것같

286

은 주둥이. 필재 그친구가 훈련시키던 보라매도 이제는 사냥을 하게 됐을 거다. 꿩에게 매를 띄워놓고 방울소리를 따라 쫓아가는 필재의 모습이 나타났다. 그것도 매가 꿩을 채는 것보다 꿩이 매를 날갯죽지로 후려치기를 기대하고 달려가는 모습이. 왠지 준태도 필재의 그러한 전도된 소원이 이루어지기를 바라는 심정이 된다.

공작새 우리에 사람이 몇 모여있다. 꼬리 펴기를 기다리는 것이리라. 지연도 그걸 기다려보는 심정이다가 땅에 끌려 더러워진 공작새의 꼬리 끝을 바라보며 그 기다란 꼬리가 얼마나 주체스러울까 하는 생각을 하니 더 머물기가 싫어진다. 흰 공작새 앞은 그냥 지나쳐버린다.

차라리 검은 고니가 볼 만했다. 몸 전체가 맑게 검고 부리가 밝은 주홍빛인 게 아름답기까지 했다. 물에 뜬 놈이나 둑에 서있는 놈이 주홍빛 부리를 물속에 넣었다 빼곤 한다. 그때마다 재냥스럽게 짧은 꼬리를 호르륵호르륵 흔들어댄다.

둥글게 도랑을 파고 물을 댄 넓은 철망우리 안에는 거위, 두루미, 황새, 갈매기, 해오라기 따위의 새들이 혹은 날아다니고 혹은 헤엄을 치고 혹은 둑에서 서성거리고 있다. 갈매기가 꺼욱꺼욱 울지만 어느놈이 우는지는 분간이 안 됐다. 두루미 한 마리가 둘이 서있는 철망 가까이의 둑에 날아와 앉는데 보니까 주둥이에 미꾸라지같은 먹이를 물고 있다. 두루미는 가늘고 긴 다리로 걸어 한곳에 가더니 거기 괸 물에 물고온 먹이를 헹구어서 넙쩍 삼켜버린다.

"저놈은 곧은밸이야. 그래서 뱀을 집어삼키면 뒤루 그냥 산 뱀이 기어나와. 그러면 다시 집어삼키구 집어삼키구 해서 뱀이 아주 죽어버린 댐에야 먹어치워."

"아무리!" 지연이 피식 웃었다. 그 말이 사실이고 아니고는 상관없이 그저 웃음이 나왔다.

준태도 자기 말을 더 내세우지 않고 따라 웃었다.

지연은 준태가 이곳에 온 것을 따분해하지 않는 눈치여서 우선 다행스러웠다. 준태의 상경한다는 기별을 받고 그녀는 준태에게 해야 할 말을 어디서 어떻게 꺼낼까 하는 것을 짜내다가 아버지와 함께 비원 갔던 일을 생각해내고 그것이 아침창경원으로 발전했던 것인데, 준태가 의외로 즐거워하니, 할 말보다도 이대로 준태와 더불어 즐거워보리라 마음먹으며 긴장을 푼다.

어느때보다 동물의 모습이 적다고 여겼더니 추위타는 동물들을 따로 옮겨둔 〈열대동물관〉이란 건물이 있어 그리 들어갔다.

직경이 거의 1미터나 되는 거북이는 그대로 균열이 간 둥글고 넙적한 바위였다. 주둥이와 꼬리를 몸속에 디밀고 꿈쩍않아 더 그렇게 보였다. 그런 바위 두 덩어리가 좀 사이를 두고 자리하고 있었다.

"어따, 크다. 이만한 거북이면 용궁까지두 타구 가겠네." 우리 앞에 섰던 50이 넘어 뵈는 시골아주머니가 탄성을 올렸다. 아까부터 지연네와 앞서거니 뒤서거니 하던 아주머니다.

동행이 없는 그 아주머니가 구렁이 우리 유리창 바싹 얼굴을 들이대고 어멋 소리를 연발하는 곁을 지연네는 그냥 지나쳐 맞은편 쪽으로 갔다.

성성이 두 마리가 바닥의 들뜬 시멘트부스러기를 손등으로 쓸어모으기도 하고, 긴 양손에 시멘트조각을 집어들고 맞춰봤다 비벼봤다 하기도 한다.

"하는 짓이 천상 사람이로군." 어느틈에 왔는지 좀전의 아주머니가 또 한마디 했다.

손등으로 시멘트부스러기를 쓸어모으던 쪽 성성이가 이라도 잡듯 자기 몸을 헤집다가 다른 쪽 성성이에게도 긴 팔을 내밀어 몸을 더듬는다. 처음에는 무엇을 하는 건지 알 수 없었다. 몸 더듬이를 받는 쪽 성성이가 별안간 끽끽하고 기성을 질렀다.

"어라 저놈 보게, 암놈의 젖을 만져주잖나." 아주머니가 이번엔 신기한 거나 발견한 듯 거리낌없이 언성을 높였다.

지연이 급히 그 앞을 떠났다. 기성을 지른 쪽 성성이의 불룩한 배의 커다란 모습이 지연에게 남았다.

구석의 큰 우리에서 코끼리 한 마리가 서서 우물우물 입놀림을 하고 있는 앞을 지나 2층으로 올라갔다. 조류 우리가 있었다. 보통 동물원의 배열과는 달리 아래층에서 먼저 큰 동물을 보이고, 2층에서 조류를 보이게 한 것은 큰 동물을 2층으로 옮기기가 힘들어

288

서일 것이다.

원앙새, 따오기, 앵무새 등을 스치고 코뿔새의 길고 큰 부리 위에 장식품같은 주황색 뿔이 길쭉하게 돋혀있는 기이한 모양 앞에 잠깐 머물고는 지연이 2층 뒷문으로 해서 밖으로 나왔다. 그리고 언덕 밑 우리 속에 누워있는 검정곰 눈두덩에 박힌 흰점을 눈으로 착각하는가 하면, 흑표범의 몸뚱이는 보지 못하고 노란 눈동자만 본 듯이 지나쳐버리기도 했다. 얼룩무늬진 커다란 호랑이가 왔다갔다 하며 으어흥거리는 소리에 아까부터 이따금 들어온 소리라고 느끼기도 하고, 저번 아버지를 따라 비원에 갔을 때 들은 소리를 그렇게 느낀 것같기도 하면서 문득 옆을 봤다. 곁에 준태가 없었다. 그제서야 그네는 자기가 열대동물원 성성이 우리에서부터는 건성 동물들을 보아넘기며 준태보다 앞장서 왔다는 걸 깨닫는다.

"낙타, 기린같은 건 어디 있죠?" 뒤떨어져 오던 준태가 땅을 쓸고 있는 소제부에게 묻고 있었다.

"저어쪽입니다." 소제부가 반대쪽을 가리켰다.

"인제 그만 봐요." 준태가 가까이 오기를 기다려 지연이 말했다.

"피로해?"

"좀 쉬어요."

둘이는 멀지 않은 곳에 있는 구내식당으로 갔다. 상당히 넓은 홀 안에 난로만이 중심을 차지하고 있고 손님은 없었다.

지연이 난로 곁으로 자리를 잡았다.

"역시 겨울이라 동물들이 생기가 없군. 맹수만 여전하구."

"그러게 말예요."

소녀애가 주문을 받으러 왔다.

"점심을 할까, 좀 이르긴 하지만."

"점심은 이따가 나가서 하구, 차나 마셔요." 지연은 자기의 할 얘기가 식사를 하면서는 어울릴 것같지가 않았다.

차를 시키고 난 준태는 턱을 괴고 말없이 지연을 바라본다. 다시금 그네의 안색이 좋지 않다는 데에 생각이 미친다. 밤색 눈동자가 그늘에 싸여있다. 어디가 많이 아픈가, 아니면 자기 일로 집에서 불화라도 생겼나 하다가 준태는,

움직이는 성 289

"참 편지엔 아버님이 날 좀 보시겠단다구 했던데?"

"그랬는데 갑자기 회사 일루 지방에 가셨어요." 그러면서 지연은 시선을 피했다. 아버지의 출장은 꾸며낸 말이었다. 진찰 결과를 어디까지나 자기가 말해야 한다는 결심같은 것도 있었지만 앞으로 헤어지게 될지도 모를 준태와 단둘이 시간을 갖고 싶어 혼자 나왔던 것이다. 이러한 귀중한 시간들을 그냥 좀더 차지하고 싶었다. 해야 할 이야기를 또다시 뒤로 미룬다. 그리고는 자세를 바로해 준태의 시선을 소중히 받아들였다.

둘이 창경원을 나가려고 할 즈음엔 사람들이 제법 많이 들어오고 있었다. 그런데 준태네가 정문께로 거의 다 갔을 때 은희와 함께 정문을 들어서는 민구와 마주쳤다. 너무나 의외의 부딪침에 준태와 민구는, 어, 소리를 질렀을 뿐 잠시 말을 잃는다. 그러다가 약속이나 한 듯 한꺼번에 웃음을 터뜨렸다.

"좌우간 묘하게 만났군. 원수 외나무다리에서 만난다드니." 여자끼리 간단한 인사가 끝나자 민구가 큰 소리로 말했다.

"요즘 서울양반들은 겨울창경원 구경이 유행인가부지."

"잔소리 말어. 아무 신고두 않구 시골루 도망가는 건 도대체 뭔가."

"오늘 들르려던 참이었어."

"시간이 남으면 여가리루 말이지?"

"한다는 소리가."

"하여튼 모처럼 만났으니 같이 밖으루 나갈까? 나 요새 무슨 글을 하나 쓰려는데 참고할 게 있어서 왔지만 낼 다시 오지 뭐." 민구는 새와 관련된 논문을 쓰려는데 봐둘 게 있어 명륜동 혜화동 방면으로 집구경을 하러 가는 길에 들렀던 것이다.

그러나 밖으로 나가자는 민구의 말에 은희의 표정이 응하지 않고 있었다.

저연이 준태를 쳐다본다.

준태가 말했다.

"오늘은 그냥 헤어지지. 무슨 논문인진 몰라두 방해를 놔서야 되겠나. 언제 나 있는 데루 한번 와. 그곳 무속수집두 할겸." 준태는

290

종이와 볼펜을 내어 주소를 적어준다. "횡계 좀 지나 고산지시험장
이란 데서 내려달라면 돼."

"언제 내려가게?"

"오늘 밤차루. 그럼 천천히 다녀나와."

그들은 헤어졌다.

"뭣하러 같이 나가겠다는 거예요. 두 사람 틈에 우리가 끼어들 게
없잖아요." 조류 우리 쪽으로 걸음을 옮기며 은희가 탓했다.

"하긴 그렇기두 해." 민구가 은희의 말에 찬성했다. 모친상 치르
고 돌아온 뒤 냉전이 풀린 것을 기화로 민구는 전보다도 더 은희의
비위를 거슬리지 않도록 조심해오는 터였다.

"그여자 얼굴이 왜 그렇게 됐죠? 기미투성이데요."

"그렇드군."

"남잔 정말 알 수 없다니까. 그여자가 어디 전부인하구 댈 거예
요."

"그렇다니까." 민구는 예의 비교론이 또 나오누나 하며 건성 대꾸
를 한다.

은희가 계속 준태의 떳떳치 못한 표정이 어떠니, 양심이 어떠니
하고 늘어놓는 대로 민구는 건성 대꾸를 해가며 독수리 우리 안을
들여다본다. 사납게 웅크리고 있는 독수리 주둥이에 피가 묻어있다.
먹이를 갓 먹은 모양이었다. 거기 써붙인 걸 보니 먹이는 토끼와 닭
으로 돼있다. 만약 산 채로 준다면 그걸 먹는 품이 꽤 볼 만할 거
라고 생각한다. 동시베리아에서는 바로 이런 독수리를 신성시하고
있고, 우리나라 샤먼들 사이에서도 특히 명두점을 치는 축은 거의
전부가 날짐승과 중요한 관련을 갖고 있는데, 우리나랏것은 약하
고 아름다운 형상의 새가 중심이 돼있다. 한 명두할미는 마당에 서
있으려니까 난데없이 새 한 마리가 머리에 와 앉더라는 것이다. 초
록빛 새였다. 손으로 잡아도 날지 않았다. 이 새를 하늘로 투쳐 날
려보내고 나서부터 무병을 앓고 신이 내렸다. 전해 홍역으로 죽은
딸애의 신이 새가 되어 와 지폈다는 것이다. 점을 칠 때 입 속으로
스스스스 새소리를 냈다. 한 명두할미는 또 네살짜리 죽은 딸이 노
랑새가 되어 나무꼭대기에 날아올라가 앉아있는 것을 내려오라고

해서 신이 실렸다고 하면서 신당에 노란 장난감새를 모셔놓고 점을 치고 있었다. 이는 곧 우리나라 사람들이 새를 신령의 화신 내지는 전달자로 여기고 있음을 말하고 있다. 하늘을 날으는 새에 대한 경의 역시 경천사상의 한 발로가 아닐까. 민구는 〈새와 우리나라 민족성〉이라는 논문의 방향을 더듬으며 한껏 부풀어갔다.

종로에서 점심을 먹은 준태와 지연은 서점 몇 군데를 들러보았다. 꼭 무슨 책을 사기 위해서가 아니고, 그저 같이 걷다가 서점가를 지나게 되어 들러본 것이다. 한 서점에서 책을 둘러보던 준태가 지도책을 뽑아 이리저리 뒤적였다.
"어딜 찾아보시게요?"
"아니 그저."
"세계 정복의 꿈이라두?" 지연이 장난스레 웃으며 속삭였다.
"지연이 농학에 관한 책에 흥밀 가지는 것보다야 낫지." 준태도 웃으며 낮게 말했다. "좀 봐요. 이렇게 아무데나 펼쳐두 좀 아름다운가. 여긴 평야, 여긴 산악지대, 여긴 바다…… 평야만은 녹색 일색이지만, 산악의 높낮이에 따라, 바다의 심도에 따라, 색깔이 다르지. 이 색깔들만은 세계 어느 평야나 산악지대나 바다나 한가지거든."
"그치만 농학책에 담겨진 우리 사연은 거기 없을껄요."
둘이는 마주보며 눈으로 웃었다.
서점에서 나온 둘이는 차맛 좋은 다방이 근처에 있다는 지연의 말을 좇아 그리로 갔다.
크지 않은, 가라앉은 분위기의 다방이었다. 너무 어둡지도 너무 밝지도 않은 실내조명이 아늑한 감을 주었다.
날라온 찻잔과 스푼도 격이 있는 것들이었다.
"커피맛 괜찮죠?"
"글쎄, 원래 난 커피맛을 잘 모르지만 지연이 끓인 것만큼은 못한 것같은데."
지연이 쿡 웃었다.
"내 말이 틀렸나?"

"여자 추키는 테크닉이 선생님한텐 어울리지 않아요. 그렇게 어색할 수가 없어요."

"그런가." 준태도 따라 웃었다.

이날 둘이는 곧잘 웃고웃고 했다.

갑자기 요란스러운 사이키델릭사운드가 크게 울려나왔다. 쾅쾅 실내를 울리는 그 음악이 오히려 둘이를 자기들만의 분위기 속에 따로 떨어져있게 해주었다.

둘이는 한참씩 입을 열지 않고 있기도 했다. 그렇건만 그 침묵도 아무런 거북함을 안겨주지 않았다. 바라볼 수 있는 시선 안에 서로가 있다는 것만으로 마음들이 흡족해있었다.

애기 중에 성호가 화제에 올랐을 때도 지연이 그의 근황을 요점만 추려서 알리자 준태는 말한마디 없이 고개만 끄덕였다. 그것이 어떠한 말보다 성호를 잘 이해하고 있다는 표시같아 지연은 흐뭇해하기도 했다.

"몹시 취했군요.." 약속시간이 훨씬 지나서야 눈이 게슴츠레해가지고 제과점에 들어서는 미스터 강에게 창애가 말했다.

"몸을 좀 풀려구."

저번 미스터 강의 생활에 어떤 변조를 낌새챈 후로 창애는 그가 본격적인 그림에 다시 돌아가도록 종용해왔다. 미스터 강은 응할 듯하면서도 이런저런 구실을 만들어 미적미적 미뤄오던 것을 겨우, 부족한 화구를 구비하자는 결정을 보아 오늘 사들이기로 하고 밖에서 만난 것이다.

"술을 마셨다구 화구 못 고를 정돈 아니겠죠?"

"눈은 취하지 않았는데 마음이 취했어. 그만둡시다아, 그림따위!"

"바루 어제 그처럼 다짐하구서?"

"좀더 생각해봐야겠어."

"뭘 더 생각해봐야 한다는 거지? 그동안 그만큼 의도했음 됐지, 이대루 주저물러앉겠단 말야?"

"영 의욕이 안 나는 걸 어떡해?"

"오래 손을 놨어서 그럴 거야. 착수만 해봐, 자연히 의욕두 생길 테니.”

“암만해두 자신이 안 서구 겁만 나.”

“미스터 강은 의지가 강한 것같으면서두 약한 데가 있어 틀렸어 뭔가 요즘 딴 잡념이 있는 거 아냐?”

“잡념?”

“남자의 잡념이면 여성관계 아니겠어? 어디 솔직히 말해봐.”

“당신은 무서운 여자야.”

“미스 전이란 애야? 롱헤어를 짧게 자른 애 말야.”

미스터 강이 부산하게 파이프에 불을 붙이며,

“아닌게아니라 성가시게 굴어 걔가.”

“걔가 문젠가 미스터 강이 문제지.”

“뭐가?”

“좋아하느냐 말예요?”

“특별히 좋아할 것두 없구, 특별히 싫어할 것두 없구.”

“알겠어요. 싫진 않단 말이죠? 좋아요. 완전히 감정의 윤곽이 드러나면 숨기지 말구 말해요. 난 누굴 속박하기 싫어하는 성미니까. 그걸 알거든 날 속여가면서까지 미스 전하구 만나진 말아요. 같이 집에 놀러와두 괜찮으니까.”

“당신은 무서운 여자야.”

“벌써 그말 두번째야. 그게 무슨 의미지?”

“너무 철저해 당신은. 어수룩한 데가 너무 없어.”

“상대적이겠지 그건.”

“합쎈가 하는 사람이 어떤 사람인진 몰라두 손을 든 게 무리가 아냐.”

“그분 애길 함부루 하면 안돼. 좋은 데가 있는 분이었어. 서루 가진 고집이 끝내 융합될 수 없었을 뿐이지.”

“난 어때?”

“고집이 있는 듯하면서두 약한 구석투성이지 뭐. 그 약한 자리를 채워주구 싶어 내 이러나 보지? 자아, 베레모 바루 써요. 떨어지겠어요. 졸면 어떡해. 그럼, 화구 사는 건 다음으루 미루구 오늘은 집에 돌아가 쉬어요.”

창애는 일요일인 데다가 오랜만에 일쩍 집에 들어와있는 미스터 강을 생각해서 초저녁에 가겟문을 닫았다.

미스터 강은 자릿속에 있었다.

"술 좀 깼어요?" 창애가 옷을 갈아입으며 말했다.

"한숨 잤지."

"내가 너무 강요했던 것같애. 다시 그림을 그리라구 말야."

미스터 강이 배를 깔고 엎드려 파이프에 천천히 담배를 담는다.

"안 그래?" 창애는 얼굴의 화장을 지우기 시작한다.

"모르겠어."

"모르다니?"

"어떻게 하면 좋을지 말야."

"조금은 심각하게 생각해야 할 거예요."

"심각한 건 싫어. 축축한 건 정신위생상 좋잖거든." 미스터 강이 담배연기를 한숨처럼 푸우 내뿜는다.

"하긴 그래요. 자신이 생각해서 길을 택하는 수밖에요. 어쨌든 오늘은 얘기 이만해요."

"동감이야."

창애가 찻장에서 포도주병을 꺼내 글라스에 따른다. 그 술을 입에다 머금고 미스터 강에게로 간다. 그리고는 한 손으로 미스터 강의 턱을 받쳐들고서 입과 입을 합친다. 미스터 강이 포도주를 뿜어주기만 기다리니까 창애가 도리질을 한다. 마침내 미스터 강이 창애의 입에다 포도주를 되옮겨준다. 다 옮겨지자 창애편에서 다시 미스터 강의 입에 옮긴다. 이렇게 옮겨가고 옮겨오고 하는 동안 액체는 절로 조금씩 피차의 목안으로 넘어가 없어져버린다. 이러한 자기 동작에 창애는 감정이 들어있지 않은 걸 깨닫는다. 어째서 내게서 이렇게 생기가 감퇴돼가는 걸까. 이것도 상대적 현상의 하나일까. 창애는 몸을 일으켜 글라스에 또 포도주를 따른다. 그리고 이번에는 혼자 단숨에 들이켠다.

사람들이 거의 기차에 오른 플랫폼에 준태와 지연은 남아있었다. 준태는 별 거북스러움 없이 지연의 손을 꼭 잡은 채 자기 주머니에 찌르고 있었다.

"아까 낮에 저더러 얼굴이 못됐다구 하셨죠?" 지연은 이제 아무 것도 두렵거나 망설여지는 게 없었다. 설사 그를 놓친다 해도. 그 네는 말을 이었다. "이제 전 다 틀렸어요. 고산지시험장에서 돌아 온 뒤루 쭈욱 몸이 시원찮았어요. 결국 진찰을 받아봤드니……" 생 각과는 달리 말이 끊기고 말았다. 그네는 할 이야기가 적지 않았다. 진찰을 받아봤드니 온전한 여자가 될 수 없다는 거예요, 전에 저는 카리에스 땜에 자신이 여자라는 걸 포기하구 있었어요, 아니 포기 한 게 아니구 여자라는 데에 무관심했어요, 그리구 무관심한 대루 살아갈 수 있었어요, 당신을 알구 나서두 그랬어요, 근데 당신이 내 전부루 들어앉으면서부터 그게 달라졌어요, 여자이구 싶어졌어요, 그리구 여자일 수 있다구 생각했어요.

"카리에스가 도졌다는 거군?" 준태가 조용히 물었다.

"그보다두 어머니가 될 수 없다는 거예요." 그리고 지연은 속으로 뇌었다. 어머니가 될 수 있으면서 안 되는 것하구 어머니가 될 수 없어서 못 되는 것하군 달라요, 저 혼자의 문제가 아니구 우리의 문 제걸요. 지연이 입술을 축였다.

"이참에 내 의견을 분명히 말해두지." 준태가 천천히 입을 열었다. "난 되레 지연이가 애를 원하면 어쩌나 하구 있던 중이야. 알겠어? 이건 뭐 지연일 위로하기 위해선 하는 말은 결쿠 아냐. 예전부터 그 랬어 난. 이걸 알아줘."

지연이 고개를 약간 떨군 채 숨을 죽이고 있었다. 눈으로 번지려 는 물기를 목안으로 넘겼다.

준태가 별 쑥스러움 없이 자연스럽게 자기 이마로 지연의 이마를 가벼이 밀어 바로세웠다. 밝지 않은 전등빛 속에서 두 시선이 가까 이 마주쳤다. 둘이의 시선은 서로 상대방의 눈안으로 들어가 얽혀 졌다. 그러면서 시선들은 말을 주고받았다. 난 너를 사랑한다, 그 러면 되는 거다. 저두 당신이 좋아요, 정말 정말.

발차 벨이 울렸다.

둘이는 같이 입을 다문 웃음을 웃고 떨어졌다. 준태는 승강구로 올라가고, 지연은 손 하나 까딱않고 그자리에 서있었다.

꼼짝않고 서있는 지연의 모습이 시야에서 지워지자 차내로 들어가려 몸을 돌리던 준태는 거기 쇳대를 붙잡았다. 느닷없이 숨결이 답답해왔다. 그러고보면 좀전부터 어떤 전조를 예감하고 있었던 것도 같았다. 쇳대를 잡은 채 웅크리고 앉아 상체를 앞으로 내밀면서 닥쳐오는 고통을 빤히 대기하고 있었다.

지연은 지연대로 기차의 빨간 꼬리등을 향해 왜그런지 가슴이 자꾸 뛰었다. 승강구에서 자기 쪽을 바라보며 멀어지던 준태의 모습이 무슨 고통같은 것을 참고 견디고 있는 것처럼 비쳐왔던 것이다. 밝지 않은 전등빛의 음영으로 그렇게 보인 것일까. 어쨌든 자기는 준태 곁에 타고 있어야 옳았을 것만 같았다. 지연은 이미 시야에서 사라진 지 오랜 기차의 빨간 꼬리등을 무작정 따라가고 있었다.

민구가 모친상을 치르고 돌아온 후 은희의 마음을 어느 정도 누그려놓고 나서 처음 변씨를 찾아간 이날 밤, 변씨의 집에는 낯모를 청년이 하나 와있었다. 변씨의 이종사촌동생으로 그동안 월남에 파병됐다가 제대 전의 휴가를 맡아 나와있는 중이라고 했다.

"선생님 말씀은 벌써 이 형님한테서 들어 자알 알구 있습니다." 스스럼없이 말하면서 이종사촌이라는 청년은 의미있게 웃었다.

"이 동생이요, 앞으루 선생님 굿거리 실습을 도와드릴 거예요." 변씨가 덧붙여 말했다.

술상을 내왔다. 이종사촌이라는 청년은 술을 못 했다. 변씨만큼도 못 했다. 민구가 권하여 마지못해 두어 번 입술에 대었을 뿐인데도 목까지 빨개가지고 썩썩거렸다.

"형님 대단한 발전인데, 술을 다 마실 줄 알구."

변씨는 말없이 청년을 한 번 흘겨보았다.

"월남에선……"

"또 또, 그 월남 얘긴 말라는데두." 변씨가 쏘아붙이듯 했다.

청년은 민구를 향해 히죽 웃고 나서,

"아 누가 전쟁얘기 한댔어요. 이 형님은 전쟁애길 하면 질색이에요. ……이 육폴 보니까 생각나서 하는 얘긴데요, 월남에선 소고기 값보다 채소값이 엄청나게 비싸요. 아마 소 한 마리 팔아서 배추 몇

포기 살까말까 하죠. 여기하구 반반이었음 얼마나 살기 좋겠어요. 허기야 세상 불공평한 게 그것뿐이 아니지만요."

"말할 것 있습니까." 민구는 초대면이지만 꽤는 붙임성있는 청년이라고 생각했다.

굿거리 실습으로 들어가자 청년은 변씨의 말대로 장고채놀림이 보통 능숙한 게 아니었다. 민구도 거기 따라 어울렸다. 한동안 동이 떴는데도 제대로 맞춰갈 수 있어 민구는 흥이 새로웠다. 시간가는 줄 몰랐다.

이날 밤 민구는 여태 변씨에 대해 **궁금했던** 일을 풀었다. 실습을 끝낸 민구는 청년도 있고 하여 돌아갈까 했으나 변씨가 자기들의 사이를 청년에게 죄다 이해시킨 듯 묵고 가라는 눈치여서 그대로 주저앉았던 것인데 잠자리에서 변씨에 대한 미지의 부분을 알게 되었던 것이다.

거센 물결 속에서 민구의 남성은 여지없이 이리저리 부대껴 밀려다니며 바위가 되려는 저항을 별로 해볼 사이도 없이 부서지는 순간 저도모르게 변씨를 옆으로 쓰러뜨렸다. 그리고 변씨의 사타구니로 손끝을 미끄러뜨렸다. 불의의 일에 당황한 변씨가 방어의 태세를 취했으나 이미 민구는 어떤 이질물을 만지고 난 뒤였다. 그것은 조그맣고 부피라고는 별로 없는, 쪼그라든 가죽쪼가리같은 것이었다. 그러나 그것은 남성의 표징물임에는 틀림없었다.

민구에게서 놓여난 변씨는 전처럼 자리를 빠져나갈 생각은 않고 돌아누워 얼굴을 가린 손가락 새로 애소하듯이 중얼거렸다.

"싫어졌죠? 이젠 제가 싫어졌죠? 그치만 제발 버리지 말아줘요."

민구도 일단 이질물에 놀라긴 했어도 이상스럽게 혐오증이 일거나 하지는 않았다. 진작부터 변씨의 육체에 어떤 이상이 있다는 것을 감지해왔고, 그 이상이 예상 밖의 일일 것이라는 짐작에 익숙해진 때문인지도 몰랐다. 민구는 손을 내밀어 변씨의 등허리를 부드럽게 만져주었다.

"자아, 자요, 걱정 말구."

아침결에 영이엄마가 태아를 사산했다.

성호의 주선으로 불러댄 산부인과 의사는 고갯짓으로 성호를 밖으로 불러내더니 머리를 좌우로 저었다. 지혈젤 놨지만 워낙 출혈이 심해서 산모마저 가망이 없다는 것이다. 최후로 링거를 놓는 거라면서 간호부를 남기고 의사는 가버렸다.

꺼멓게 죽은 얼굴로 영이엄마는 미동도 않고 있었다. 영이는 의사가 와 진찰할 때 이미 성호가 이웃집에 가있도록 해놓아 곁에 없었다.

"어머니……" 하고 링거 주사로 해서 일시 기운을 차린 듯 영이엄마가 눈을 감은 채 가느다란 목소리를 짜냈다. "물 좀……"

성호가 숟갈로 물을 떠 영이엄마 입술 새로 넣어주었다. 제대로 넘기지 못해 입꼬리로 물이 흘러내렸다. 그것도 세 숟갈쩨는 그만두라고 보일락말락 턱을 저었다.

성호는 영이엄마의 링거 맞지 않는 쪽 싸늘하게 식은 손을 두 손으로 감싸쥐었다. 그러나 미처 기도가 돼나오지 않았다.

"어머니……" 불러놓고 좀만에야 영이엄마는 눈을 떠 성호를 보더니 정신이 든 듯, "절 천당 가라구 기도하진 마세요, 선생님. …… 전 천당 가구 싶지 않아요."

영이엄마의 손을 감싸쥔 두 손에 성호는 힘을 주었다.

"전 지옥에 가야 해요. ……" 가늘고 뜨적뜨적한 말로 영이엄마는, "그자가 지옥에 올 게 아녜요? …… 이세상에서 못 갚은 원술 거기서 갚을래요."

"그런 생각은 하는 게 아녜요, 영이어머니."

"영인 어떡하죠? ……" 다시 감는 영이엄마의 눈언저리에 눈물이 비어져나왔다.

"영이 걱정은 하지 않아두 됩니다."

"전 지옥에 가있다가 그자를 꼭 만나야 해요. ……근데 선생님, ……전에 약을 먹구 죽을려구 했을 땐 아주 편했는데…… 지금은 왜 그렇지 않을까요. ……" 영이엄마가 외면하듯 고개를 저쪽으로 돌렸다. 그쪽으로 쭈르륵 눈물이 쏟아졌다.

성호는 이 눈물을 막을 아무것도 찾지 못하고 망연히 앉아있었다.

서울 다녀온 지 며칠 안 되어 준태는 지연으로부터 편지를 받았다.

〈……요즘처럼 떨어져있는 거리를 절감해본 적은 없습니다. 제가 도움이 되건 안 되건 선생님 곁에 있고 싶어요. ……〉 이 구절을 준태는 몇번이나 되풀이해 읽었다.

편지 끄트머리에 지연 부친 쪽에서 틈을 보아 준태 자기를 만나러 오기로 됐으니 그리 알라는 말이 적혀있었다.

제 5 장

　전등을 끄고 초에다 지연이 성냥을 그어댔다. 불꽃이 커짐에 따라 어둠에 묻혔던 사람들의 윤곽이 점점 제 모습으로 살아난다. 아날 밤 성호의 판잣집 좁은 방엔, 엄마 죽은 뒤 성호가 데리고 있는 영이와 지연 외에, 저번 불심검문 때 뛰쳐들어왔던 거리의 여자가 자기 친구 둘과 함께 초대되어 와 나란히 앉아있었다. 지연이 모든 걸 마련한 자리였다.

　관상대 예보로는 화이트크리스마스가 되리라고 했는데 비교적 포근하고 맑은 날씨의 크리스마스이브였다. 하늘엔 별이 또렷했다.

　성호네 비닐 붙인 들창으로 촛불빛이 불그레 비치고, 그 속에서 크리스마스송과 동요가 잇따라 흘러나왔다. 과자와 과일을 집으며 주고받는 말소리와 때때로 솟는 웃음소리가 집밖 멀리까지 번졌다.

　지연은 문득문득 이자리에 준태도 같이 있었으면 하는 간절함에 젖곤 했다. 그이가 몸성히 있기나 한지. 서울 왔던 준태를 청량리역에서 보내던 날 밤의 일이 자꾸 마음에 걸려 아버지한테 월정사에서의 준태의 발작을 얘기했더니 대번 천식같다고 했다. 지연이 의학백과를 뒤적여 알아본 것도 마찬가지였다. 아버지의 어투에 근심스런 빛이 어려있었지만 의학백과에도 그 병이 간단치 않다고 씌어져있었다. 아마 이쪽이 걱정할까보아 그이는 그걸 숨겨온 것이리라. 하여튼 아버지가 연내로 그이를 찾아가보겠다고 하니 어서 다녀오시고 난 후에 어떻게든 내가 보살펴주는 방도를 강구해야지.

　누가 문을 두드린다.

　성호가 일어나 문을 열더니,

"어서 들어와, 왜 인제들 오니?" 한다. 걸이와 숭이다.

걸이가,

"우린 가야 돼요. 아주머니들 빨리 나와요. 저……"

거리의 여자 셋이 약속이나 한 듯이 벌떡 일어난다. 지연이 그네들에게 좀더 놀다가 같이 돌아가자고 한다. 그네들은 말은 않고 성호와 지연에게 소리없는 웃음만 지어보인다. 어딘가 어색하고 쓸쓸해 뵈는 웃음이다. 지연은 지금까지 그네들이 같이 노래를 부르고 웃고 하긴 해도 무언가 완전히 풀려들지 않고 있었던 걸 비로소 깨닫는다. 그것이 무엇 때문이었다는 것도 알 수 있을 것같았다. 통금이 없는 이날 밤이지만 이제부터 그네들 나름대로의 장사를 해야 하는 것이다. 지연은 같은 여자로서 사뭇 가슴이 아팠다. 그러면서 지연은, 들어오지 않겠다는 걸이네를 위해 과자와 과일을 주섬주섬 싸서 안겨주었다.

좀전까지 지연이 선물로 사다준 장난감강아지를 쓰다듬으며 어른들 틈에서 즐거워하던 영이가 어느새 잠들어있었다.

"내년 음력 오월달엔 가물겠군." 준태 맞은편 자리의 한 동료가 일손을 멈추고 담배를 빼어물며 창밖을 향해 혼잣말을 중얼거린다.

"왜요?" 준태 곁에서 본청에 제출할 금년도 〈사업보고서〉와 〈시험연구보고서〉의 원고정리를 돕고 있던 젊은 임시고원이 말을 받았다.

"동짓달에 눈이 안 오니 말이지. 그해 동짓달 눈하구 이듬해 오월달 비하구 맞잡구, 그해 섣달 눈하구 이듬해 유월달 비하구 맞잡거든."

"그거 초문인데요. 눈 얘기가 나왔으니 말이지, 전 눈이 올 때면 잊혀지지 않는 추억이 딱 하나 있어요." 임시고원이 입모서리에 웃음기를 흘리면서 말했다. "처음 국민학교에 부임돼 갔을 적 일인데 어느 눈이 펑펑 쏟아지는 날예요. 종례두 끝내구 교무실에 앉아서 밖을 내다보구 있자니까 묘한 감상에 빠지데요. 어느 다정한 친구가 불쑥 나타나서 어깨를 툭 쳐줄 것만 같구, 내편에서 누구의 어깨를 툭 쳐주구만 싶은 그런 기분이드란 말예요. 옆자리에 아직 미혼인 여선생이 하나 있었는데 마침 그 미스 선생두 그때 눈내리는 창밖을 내다보구 있길래 쪽지에다 한마디 써서 슬쩍 넘기지 않았겠어요. 눈 속을 무한정 같이 걷고 싶습니다, 하구 말이죠. 그랬드니 내가 보낸 쪽지 끝에다 써서 돌려보낸 회답 좀 보세요. 눈이 너무 많아요, 이렇게 썼잖아요. 하늘의 눈, 사람의 눈, 둘 다 포함시킨 말이죠."

"보기좋게 딱지를 맞았군."

"그런데두 그 회답이 기분나쁘진 않든데요."

"기분두 안 나빴겠다."

모두 웃었다.

준태는 보고서를 마지막 손질하고 있었다. 이것으로 여기 고산지 시험장의 실태를 일단은 파악하게 되었다.

이곳 시험장의 주요 연구사업이란 고냉지 농작물의 품종 개량, 재배법 개선, 병충해 방지 및 축산물의 사양법 개선 등인데, 그중에서 가장 중요한 부분을 차지하고 있는 것은 감자에 관한 것이라고 할 수 있다.

우선 각지방의 씨감자로서 이곳 고산지의 것을 권장하고 있다. 그 이유는 대개 평지에서는 이른봄에 파종하여 첫여름에 거둬들이지만 고냉지에서는 오월에 파종하여 구시월에 수확하므로 씨감자를 저장하는 데 수월한 이점이 있기 때문이다.

현재 우리나라 감자의 표준품종은 〈남작〉으로, 생김새는 둥근 타원형이고 눈이 옴폭옴폭 깊고 살이 파삭파삭하여 일반의 구미에 맞고 있다. 그리고 다른 여러 감자에 비해 전분함량도 제일 높다는 통계가 나와있다.

외국에서 새로운 품종을 들여다 여러가지로 개량시험을 하고 있는 터이지만, 현재로서는 남작의 품질 우수성에다 어떻게 하면 수확을 더 내게 하고 병에 견디게 할 수 있느냐는 데에 역점을 두고 있다.

보고서를 정리하면서부터 자꾸 준태의 관심을 끄는 부분이 하나 있었다. 그것은 남작과 같은 품질의 감자를 가을파종용으로도 얻을 수 없을까 하는 것이었다.

물론 남작을 그대로 추작의 씨감자로 사용할 수 있게끔 여건이 맞는다면 이에서 더 바람직한 일은 없겠으나 그럴 수 없는 문제점이 몇 가지 있었다. 각 지방의 기후와 환경에 따라 감자의 파종기와 수확기의 차이가 있으나 중부 지방을 기준으로 할 때 남작의 경우 삼월하순께 파종하여 칠월상순께 거둬들이는데, 그후의 휴면기간이 유달리 길어 넉 달이 넘는 것이다. 그러나 우리나라 기후로 보아 어느 지역이건 십일월에 파종해가지고는 제대로의 발육을 기대할 수 없는 것이다. 하기는 자발적 휴면기간을 인공적으로 타파할 수는 있다. 일정한 기간 동안 고온에 두었다가 저온에 처리하는 방법, 껍질을 벗겨 자극을 주는 방법, 약제를 사용하는 등 여러 방법이 강구되어 시험돼왔으나 일반 농가에 보급 장려하기에는 애로점이 많고, 그중 지베렐린 약제를 사용하는 것이 가장 간단한 방법이지만 이곳 시험장의 경험으로나 다른 나라의 시험성적으로 보아 약해에 의한 수량감소를 어쩌지 못하고 있는 실정인 것이다.

　이에 관해 준태는 박기사에게 말해본 적이 있었다.

　"남작을 추작에 맞두룩 개량하는 시험을 해본 일이 있는가요? 이를테면 휴면기간을 줄이는 시험같은 것 말입니다."

　"그런 시험은 해본 일이 없는데요."

　"이건 하나의 가상입니다마는 휴면기간이 가장 짧은 〈다찌바나〉와 교배를 시키면 어떻게 될까요?"

　"남작의 휴면기간을 좁힐 수 있지 않을까 하는 거죠? 물론 그런 품종이 나올 수는 있겠으나, 단점이 더 많이 나타날 우려가 있지 않을까요."

　준태는 박기사의 말하는 뜻을 안다. 다찌바나는 추작으로서 일부 권장해왔지만, 시장성이 좋지 못하여 재배자가 환영치 않는 품종으로 돼있다. 모양은 길고 허연데 눈이 몇개 없고 얕다. 그리고 살이 물고 맛이 없어 우리나라 사람의 구미에 별로 맞지 않는 것이다. 이 다찌바나와 남작을 교배시키면 휴면시간이 짧아질는지는 모르나 그외의 단점이 많이 나타나기 쉽다는 것이다.

　"그치만 실제루 시험을 해볼 필요가 있지 않습니까? 좋은 품종을 얻기 힘들 거라는 것두 이론상 그렇다는 것뿐 아닙니까?" 왠지 준태는 좀 따지는 듯한 어투가 돼나왔다.

"옳은 말씀입니다. 이론만으론 안 되죠. 장구한 세월 인내를 갖구 시험을 거듭해봐야 확실한 결괄 알 수 있는 거죠."

교배를 시켜 얻은 씨로써 한 품종을 만드는 데에 보통 3년 이상이 걸린다. 당년에는 콩알 만한 것이 달리는데, 그것을 연차적으로 키워 일반 감자 크기만큼 되게 하는 데에는 그만한 세월이 필요한 것이다.

박기사가 조금 흘러내린 안경을 치켜올리며 말을 이었다. "아시다시피 그런 시험을 하려면 예산이 있어야 하거든요. 예산의 뒷받침이 없으니 좁은 테두리 안의 시험 외에는 엄두두 못내구, 그러자니 폭넓은 발전이란 기대할 수 없는 게 아니겠어요."

박기사의 말에 이해는 갔지만 어떻게든 해봐야 하지 않느냐는 아쉬움이 남았다.

"요놈의 바이러스를 싹 없애든가, 진딧물을 전멸시키는 방법은 없나 원." 임시고원이 열을 올려 말했다.

감자의 불치의 병은 바이러스라고 할 수 있다. 이 바이러스를 진딧물이 옮기고 있다. 각지방에서 가장 많이 서식하고 있는 것은 복숭아혹진딧물이고, 다음이 목화진딧물, 제일 적은 것이 싸리수염진딧물이다. 어떻게 하면 이 진딧물 서식을 억제하느냐에 이곳 시험장에서는 부심하고 있다.

"여기 보고서에 보면 진딧물의 서식 분포가 강릉지방이 제일 많구, 김제 옥구지방이 그중 적은 걸루 돼있는데 무슨 까닭인가요?" 원고를 정서하던 임시고원이 누구에게라없이 물었다.

"그건 진딧물 붙는 기주식물이 많구 적은 데 따라 그런 현상이 나타나. 벼를 많이 심는 지대일수록 기주식물이 적기 때문에 자연 진딧물두 적은 거지." 맞은편 동료가 대꾸를 했다.

이날 오후 보고서 정리를 거의 끝냈을 무렵, 준태는 지연 부친의 방문을 받았다. 강릉에 볼일이 있어 왔다가 준태한테 들른 것이다.

"건물두 깨끗하구 주위가 조용해서 좋은데요." 지연의 부친은 준태와의 인사가 끝나고 잠시 화제가 끊겼을 때 응접실 안을 둘러보며 말했다.

"작년에 새루 지었답니다."

"이 시험장에선 주루 감자종잘 개량하구 있다죠?"

"그렇습니다."

"우리나라 사람들두 감자에 대한 인식을 달리해야 할 텐데요. 다른 농작물이 별루 나지 않는 산악지대에서나 할수없이 심어먹는 음식물루 생각하구 있는데 그 생각부터 고쳐야죠. 감자의 영양가두 영양가지만 쌀보리루는 절대식량이 부족한 우리나라에선 감자를 장려해서 심구, 감자를 주요식물루 삼아야 할 줄루 아는데요. 오랜 관습에 젖어서 하루아침에 고치기란 힘들겠지만요. 세계 각국에서 얼마나 감자를 주요식품으로 상용하구 있어요?"

"사실 그렇습니다." 준태도 동감이었다.

"하긴 서양에서두 감자를 처음 보급시킬 때 별수단을 다 쓴 모양이드군요. 나폴레옹은 군대를 시켜서 감자밭을 망보게 했다잖아요. 그러니까 사람들이 희귀한 농작물루 여길 밖에요. 그렇게 낮에는 망을 보게 하구 밤엔 군댈 거둬버려서 훔쳐가게 했다죠. 묘한 방법을 써서 보급시킨 셈이죠."

준태는 그게 사실 있었던 일이고 아니고간에 그럴 듯한 얘기라 싶었다.

응접실에서 보이진 않으나 사환애가 물을 긷는 듯 찌꾸둑찌꾸둑 빈 펌프질 소리가 들려왔다. 걸핏하면 고장이 나곤 하는 펌프다.

지연의 부친이 들고와 탁자 위에 놓았던, 네모나게 포장된 것을 준태 앞으로 밀어놓으며,

"우리집 애가 보냅디다. 써봐서 효험이 있으면 또 보내겠답디다."

약으로 치료될 병이 아니라는 걸 알면서도 준태는 다른 말은 않고 감사하다는 표시로 고개를 숙여보였다.

"혹시……" 지연의 부친이 담배를 꺼내 불을 댕기더니, "혹시 여길 뜰 생각은 없는가요? 공긴 맑아 몸에 좋을진 몰라두 병원이 멀어서……"

준태는 갑작스런 물음에 어떻게 대답해야 좋을지를 몰랐다.

"생각이 있다면 서울 어디루 직장을 옮기두룩 힘써봐줄 수는 있는

데……"

　방직회사 전무라 발이 넓을 것이라는 생각을 하며 준태는,
"여러가지루 염려해주셔서 감사합니다."
"하기는 직장을 바꾼다는 게 그리 간단한 일은 아니니까 좀 두구
생각해보두룩 하오. ……그럼 이만 가봐야 하겠소. 지금 떠나두 밤
늦게야 서울에 닿을 거요. 만나보니 반갑소."
　사환애가 펌프의 고무패킹이라도 떼어 고치고 있는지 빈 펌프질
소리는 멎어있었다.
　준태는 지연의 부친이 밖에 세워둔 차에 올라 멀어지기까지 현관
앞에 서있었다. 극히 짧은 동안에 지연 부친과의 면담은 끝난 것이
었다. 한번은 거쳐야 할 절차를 복잡하지 않게 쉬 끝낸 셈이었다.
그 간단히 끝낸 면담 내용이 처음엔 준태를 솜반처럼 포근히 감싸주
었다. 아무 부담을 주지 않는 부드러운 촉감이었다. 그 솜반이 점
점 습기에 젖어왔다. 그래도 견딜 만했다. 그것이 아주 젖어들면서
묵직하게 달라붙어 죄어드는 것이었다. 견딜 수 없게 답답해왔다.
하기는 이러한 솜반의 포근함에 뒤따른 습기의 감득은 지금 비롯된
게 아닌 것같았다. 지연을 생각하게 된 이후로 때때로 일어났지만
짐짓 외면하고 있었던 것만 같았다. 몸을 돌리려는 준태의 다리가,
예의 발작을 예감하면서 후들후들 떨리고 있었다.

　웬만한 박수구실을 하는 변써의 이종이라는 청년의 도움으로 민
구의 굿거리실습은 순조로운 진도를 보였다. 게다가 청년은 열성스
럽고 누긋한 성품이어서 민구에게 별 신경을 쓰게 하지 않았다. 아
무 거리낌없이 밤이 늦어지면 묵곤 했다.
　이렇게 하면서 민구는 변써를 만나는 데에 일종의 가치를 부여하
고 있었다. 지금 자기가 하고 있는 작업은 무속연구가라 해서 누구
나 다 함부로 손을 댈 수 있는 것이 아니며, 이 작업을 끝내기 위
해서는 상식적인 면에서 다소 어긋나는 일을 저지른다 해도 밀고
나가야 한다고 생각하고 있었다. 단 한가지 이 일로 하여 은희와의
사이에 생길지도 모를 말썽만은 극력 조심했고, 또 그래서 나쁠 것
없다고 믿는 민구였다.

그날 밤도 민구는 조심조심 변써의 집을 찾아갔다. 자기 거동에도 주의를 했지만 아파트 교환에는 자기한테 오는 전화가 있거든 수화기 고장이라 하라고 일러두기까지 했다.

변써의 집에는 이종사촌이라는 청년만 있었다. 변써는 급한 볼일이 있어서 외출했다는 것이다. 청년이 미안해하며,

"좀 늦더라두 꼭 돌아온다구 했습니다," 하고 민구를 방으로 이끌었다.

일단 변써의 집에 온 이상 민구는 시간의 구애를 받지 않아도 됐다. 늦으면 자고 가면 그만인 것이다. 그러나 육감의 작용이라고나 할까, 이날 밤 민구는 변써의 집에서 묵고 싶지가 않았다. 요즘 가끔 이상한 불안감에 휩싸이곤 하는데, 지금도 누구한테 뒤를 밟히고 있는 듯한 의구심이 퍼뜩 일었던 것이다.

"오늘은 쉬죠."

"아니 왜그러세요. 형님이 오실 때까지 우리끼리 연습하면 되지 않습니까."

기왕 왔던 길이니 그렇게 할까 하는 생각도 없지 않았으나 내키지가 않았다.

"그럼 술이라두 한잔 하시구…… 서투른 술이나마 대작을 해드리죠. 재밌는 월남얘기가 많습니다."

"아무래두 오늘은 이만 돌아가는 게 좋겠습니다."

청년이 만류하는 것을 돌아서 나온 민구는 희미한 외등 속에서 주위를 휘둘러 살핀 다음 걸음을 빨리 떼어놓았다. 변써가 돌아올 때까지 기다릴 걸 그랬나 하는 미련과 오늘은 이대로 돌아서기를 잘했다는 생각이 몇번 민구의 머리에 엇갈려 오갔다.

변써의 집에서 한 50미터쯤 떨어진 가게 앞을 지날 때, 가게 안에 은희가 몸을 숨기고 밖을 엿보고 있다는 건 물론, 그길로 그네가 변써의 이종사촌이라는 청년과 만난 일을 민구로서 알 턱이 없었다.

그런데 이틀만에 민구는 다시 변써의 집에 와있었다.

이날은 대감거리 실습이었다. 본격적으로 쾌자까지 입은 민구는 안올림벙거지를 양손에 받쳐들고 천천한 걸음질로 앞으로 나갔다 뒤

로 물러났다 하며 변씨가 선창하는 무가를 구송해 나간다. 그와함께 변씨의 장고는 더엉더엉 덩덕쿵, 청년의 제금은 처엉처엉 처르르…… 앞으로 나갔다 뒤로 물러났다 하며 방안을 돈 민구는 벙거지를 머리에 쓴다.

대감신 모셔들이는 대목이 지나자 장고와 제금은 조금 빨라진다. 당당 당닥꿍, 창창 차르르…… 빨라진 장단에 맞춰 민구는 훌쩍훌쩍 위로 뛰어오르기 시작한다. 한참 뛰어오르다가 멈추며 왼쪽으로 빙그르르 한 바퀴 돌고는 우뚝 서버린다. 장고와 제금이 뚝 그친다.

녹수청산 내린 줄기 명줄 복줄 휘어다가 이댁 가중 남녀자손에게 이어주자아, 하는 공수가 끝나자 다시 장고는 당당 당닥꿍, 제금은 창창 차르르…… 민구는 다시금 훌쩍훌쩍 뛰어오르기 시작한다. 장고와 제금이 더 빨라진다. 당당 당기당, 챵챵 챠르르…… 민구의 몸은 자꾸만 높이 솟는다. 땅땅 땅땅, 챵챵 챵챵…… 민구는 차차 자기 몸의 놀림을 의식하지 못한 채 장고와 제금에 맡기는 듯싶다. 발이 방바닥에 닿는지 마는지, 진홍빛 융단이 휘장인지 해바라기빛 휘장이 융단인지, 위아래 앞뒤가 뒤엉킨 속에 그저 아무 형태도 없이 허공을 훨훨 떠도는 느낌이었다. 제금소리가 끊겼지만 민구는 상관치 않았다. 청년이 카메라의 셔터를 누르는 것도 안중에 없었다. 민구는 얼마를 더 그렇게 뛰어오르다가 저도모르게 사르르 잦아들며 빙그르르 몸을 왼쪽으로 한 바퀴 돌리면서 서버렸다. 장고소리가 함께 멎었다.

"아아, 놀랐습니다." 청년이 우쭐우쭐 앞으로 나섰다. 그리고는 마치 민구의 황홀경을 이어받기라도 한 듯이 연방 어깨를 우쭐거리며 가락을 붙여 주절거린다.

천애고아 의지할 곳 없어
월남땅까지 헤매이다가
오늘에야 우리 대감 만났구나아

어느 무가에도 없는 사설이다. 청년은 그냥 어깨를 우쭐거리며 두 손을 마주잡고 위아래로 흔들어대면서 민구의 둘레를 돌기 시작한다.

황홀경이 아직 가시지 않은 몽롱 속에서 민구는 멍히 청년에게 눈을 주고 있었다.

　　천신님 지신님

　　친히 굽어살피사

　　영험하신 시위를

　　베풀어줍소사아

　　역시 어느 무가에도 없는 사설을 주절댄다. 그와함께 어깨의 우쭐거림과 마주잡은 손의 흔들어댐과 민구의 둘레를 도는 발놀림이 점점 빨라진다. 거기 끌리듯 변써의 장고가 다시 땅땅 땅땅 울린다.

　　우리 대감 송대감님께

　　시위를 듬뿍 베풀어줍소사아

　　그만 민구도 어울려 청년의 어깻짓을 맞받는다. 둘은 한동안 서로 상대의 둘레를 돌 듯하며 움직인다. 그러다가 청년이 잘게 어깨를 우쭐거리며 손을 신장대 켠 듯 흔들어대면서 급히 급히 민구의 둘레를 돌다가 넓죽 민구 앞에 엎드리며,

　　"천신님 지신님이 교를 세우라는 분부십니다아." 숨을 헉헉거리면서도 가락을 넣은 말을 단숨에 쏟아놓는다.

　　계속 여운을 끄는 몽롱 속에서 민구는,

　　"교?" 한다.

　　"거 왜 있잖습니까, 교오."

　　"음, 교오."

　　"그 교를 세우라는 겁니다. 선생님이 그 교의 교주가 되십니다. 교주께서는 책을 써서 경전을 만듭니다. 온갖 굿거리를 다 넣어서 말입니다. 그리구 저희들은 교도가 됩니다. 훌륭한 교가 될 겁니다. 교 이름은……"

　　"교 이름은……" 민구가 몽롱한 속에 들뜬 기분으로 청년의 말을 가로챘다. "교 이름은 당굴교라 하면 어떻소?"

　　"당굴교요? 당굴이란 말이 무슨 뜻입니까?" 청년이 물었다.

　　"단군이란 말과 같은 거요."

　　"좋습니다. 당굴교. 그러구보니까 선생님께서두 교 만들 생각을 하구 계셨든 게 아닙니까?"

　　"글쎄……" 만은 민구 자신이 샤먼세계를 하나로 묶은 교가 있어

나쁘지 않다는 생각을 해온 것도 같았다.

청년이 변써에게로 고개를 돌렸다. 형님은 물론 교 만드는 데 찬성이죠? 하는 눈길이었다.

변써가 보일 듯 말 듯 의아해하는 눈초리를 청년에게 보내고 있었으나 고개를 끄덕거렸다.

"그럼 다시 한번 교주님께 축하 인사 드립니다아." 청년이 넙죽이 엎드렸다.

이 모든 것이 굿거리의 한 연장처럼 딱딱 맞아떨어졌다.

아랫방에 민구와 단둘이 됐을 때 변써가 작은 말로, 허풍이 좀 심하죠? 했다. 청년의 언동이 민구의 기분을 상하게 하지 않았나 싶어 한 말이었다. 그러나 민구는 아직까지도 몸 어느 구석에 한가닥 여운이 남아있는 듯한 아까의 황홀경을 되새기며 도리어 청년이 제의한 교 창설에 알지못할 기대를 걸어보는 것이다.

청년은 청년대로 윗방에서 전등을 끄고 혼자 누워서 훅훅훅 나직이 웃었다. 이렇게 좋은 기회가 쉬 와닿으리라고는 예상 밖의 일이다. 월남 가기 전처럼 변써가 나 혼자만의 차지가 될 날도 멀지 않다. 청년은 어둠 속에서 머리맡 물주전자를 찾아 주둥이를 입에 물고 한참 꿀꺽꿀꺽 들이마셨다. 무직이 막혔던 가슴을 화악 트이게 하는 물맛이었다.

걸이가 미니대폿집문을 열고 날렵하게 들어서자 숭이도 재빨리 뒤따라 들어온다. 걸이가 미리 보아두었던 대로 안에 다른 사람이라곤 없다.

술집아저씨가 말없이 술사발 둘에다 막걸리를 붓는다. 걸이는 술사발을 들어 몇번에 쉬어가며 다 마셔버린다. 그러나 숭이는 어름어름하다가 한 모금 맛을 보고는 상을 찡그리며 진저리를 친다. 새끼, 하고 걸이가 째려본다. 아니, 불알두 여물었겠구만 고까짓 것 가지구, 하고 술집아저씨도 한마디 던진다. 숭이는 눈을 질끈 감고 역겨운 것을 참아가며 간신히 한 사발을 다 넘긴다. 그동안에 걸이는 두 사발째를 거뜬히 비웠다.

숭이보다 자기가 어른답다는 걸 과시해 만족스러운 걸이는 술집을 나와서도 자세를 가다듬으며 의젓이 걷는다.

숭이는 걸이처럼 아무렇지도 않게 걸으려 해도 제대로 되지 않는다. 머리가 휑휑거리고 속이 울렁거린다. 구역질이 난다. 배를 움켜잡는다. 들떨어진 새끼 폼잡네, 하고 걸이는 숭이를 내버려두고 가버릴까 하다가 자기가 얼마나 더 어른스런가를 보여주고 싶어 숭이 곁으로 가 팔을 잡아준다.

숭이가 연방 구역질을 한다. 걸이는 숭이를 부축해가지고 동네사람들의 눈을 피해 개천둑으로 간다. 중낮의 겨울햇살이 지저분한 개천가에 환히 비취고 있었다.

숭이가 시큼털털한 액체를 토해낸다. 쌔끼, 고까짓 걸 처먹구 쑈오야? 걸이가 어른처럼 숭이의 등을 두드려준다.

얼마를 토해낸 숭이가 햇살을 눈에 받기 싫은 듯 돌아앉아 훌쩍훌쩍 울기 시작한다. 쌔끼 울긴, 느이 아빠가 뒈졌냐? 훌쩍거리는 사이사이 숭이는, 복이가 복이가, 하고 주절거린다. 새끼, 니 동생이 어쨌다는 거야? 복이가 밥을 달라구 했어 밥을, 그래 한대 때려줬어, 그랬드니 복이가 복이가⋯⋯

이때 동네 쪽에서, 속히 짐들을 들구 나오시오, 어서 속히 짐들을 들구 나오시오! 하고 같은 말을 되뇌이는 마이크소리가 들려왔다. 귀를 기울이고 있던 걸이가 한팔로 숭이의 겨드랑을 껴 잡아일으켰다.

판자촌 철거반이 들이닥친 것이다. 동네 어귀에 세워놓은 중형트럭에서 마이크는 동네 안쪽을 향해 연신 짐들을 갖고 나오라고 외치고 있고, 지렛대며 빠루며 망치를 든 10여 명의 철거반원들이 명령만 내리면 때려부술 태세로 버티고 서있는 반대쪽엔 일 나가지 않은 동네사람들이 우르르 몰려나와 이들과 대치하고 있었다. 이젠 짐을 다 갖구 나온 줄 알겠소! 마이크가 외쳤다. 이 엄동에 어딜 가라는 거냐아! 동네사람 하나가 고함을 쳤다. 이젠 짐들 다 갖구 나온 줄 알겠소! 갈 데나 정해주구 내쫓아라아! 철거반원들 준비! 우릴 쥑이구 나서 마음대루 해라아! 부셔! 철거반원들이 움직인 것과 동시에 동네사람들이 우욱 앞을 막는다. 공무집행 방해자는 붙들어라! 그러나 동네사람들은 물러서지 않는다. 빨리 부셔! 철거반원들이 동네사람들을 밀치고 들어가 한 판잣집을 부숴댄다. 망치로 치고, 빠루로 젖히고, 지렛대로 쑤시고…… 너희는 자식새끼두 없냐아! 빨리빨리 부셔! 제 명에 못 죽을 놈들아아! 빨리빨리 부셔! 우릴 먼저 쳑여라아 쳑여! 삼시간에 판잣집들이 너절한 조각조각으로 분해돼버린다. 가려낼 수 없는 아우성소리, 아이들의 울음소리…… 빨리빨리 부셔! 그러는데 철거반원들이 우웅 한켠으로 물러난다. 돌멩이와 오물이 한꺼번에 날아왔던 것이다. 계속해서 걸이와 숭이랑은 깡통에 오물을 나르고 아낙네들은 돌멩이를 주워오고 있다. 대기하고 있었던 듯 경찰대가 밀려와 방망이를 휘두르기 시작하자 이쪽이 우르르 뒤로 물러나고, 이쪽이 돌과 오물을 날리자 저쪽이 와르르 뒤로 물러나고…… 마이크는 연신, 주동자를 붙잡아라, 주동자를 붙잡아라! 그런 속에서 성호가 뛰쳐나와 동네사람들에게 진정하라고 소리쳤다. 그의 몸에도 돌이 날아와 맞고, 가슴에 오물이 튀었다. 그러나 그는 피하지 않고 동네사람들을 향해, 우리가 상대할 사람은 저들이 아니고 그 위엣사람들이라고 소리쳤다. 동네사람들 속에서 누군가가 나와 타월로 성호의 가슴에 튄 오물을 닦아냈다. 오물을 끼얹고 돌 던지던 게 멈칫했다. 성호는 저쪽을 향해 몸을 돌려 소리쳤다. 윗사람을 만나게 해주시오! 주모자 나오너라! 만약 이대루 나가다 사태가 악화되면 이쪽 책임이 아니란 걸 명심하시오! 주모자 나오너라! 성호는 자기 혼자만이 아닌 동네사람 전체의 힘을 감지하면서 천천히 앞으로 걸어가 자진해서 트럭에 올랐다.

이튿날 판자촌 주민들은 조각조각의 판잣집을 뜯어가지고 관에서 내준 트럭에 실려 남한산성 근처의 땅으로 운반됐다.

"어유, 높은 산등성이다아." 지연이 펄럭이는 스카프를 고쳐맸다.
"그래서 동네 이름을 별나라촌이라 부르기루 했지." 소리내어 웃는 성호의 웃음이 휙휙 바람에 날려갔다.
"영이는요?"
"방에서 자. 바람 속에서두 잘 땐 세상모르구 자. 이런 바람은 여기선 보통이지만."

"왜 저렇게 우렸다가 거둔 자리가 많아요?"

"별나라촌에서 하계를 해서 도루 서울루들 간 거야. 어디 여기서야 날품팔인들 할 데가 있어야 말이지. 얼마되지두 않는 권리금을 받구 팔구 간 거지. 그걸 사 모으는 브로커들이 있거든."

"그 여자들은 어디쯤 들었어요?"

"그 여자들이라니?…… 응, 아예 서울 떨어졌어. 그나마 판잣집두 제집이 아니구 세들어있었으니까. ……여러가지 생각하는 게 많은가부지만 당분간은 직업을 바꾸지 못할 모양야. 시간을 내서 놀러오겠다구 하면서 서운해들 하드군."

걸이네도 그 거리의 여자들처럼 세들어있었기 때문에 이곳 땅을 배당받지 못해 서울에 처진 축이었다.

지연이, 얼굴에 센 바람을 받으면서도 잔잔한 웃음을 머금고 성호를 바라보았다.

"내 생활이 우습다는 거지? 여기서 뭣을 해야 할지 아직은 정하지 못했어. 온상은 안되겠구, 우선 내년봄엔 이 부근에 돌아가며 도라지씨나 뿌리면 어떨까 싶어. 기회가 있음 함기사한테 에서 뭘 했음 좋을지 상의해볼까봐."

성호 입에서 준태 얘기가 나오자 지연은 자기가 준태 곁에 있어야 하지 않느냐는 생각이 또 와락 밀려왔다. 아버지의 권유대로 준태가 서울로 직장을 옮기든 그렇지 않든 자기는 준태 곁에 있어야할 거라는 생각이었다. 그리고 그 시일이 빠르기를 간절히 바랐다. 지연은 추운 바람 속에 잠시 더 서있다가 성호를 따라 방으로 들어갔다.

수첩 끄트머리에 붙어있는 지도에서 준태는 지금 자기가 가려는 곳까지의 노선을 눈으로 더듬고 있었다. 며칠 동안 숙고 끝에 떠난 여행이었다.

지금 이 버스는 지도상의 어느 지점을 달리고 있는 것일까. 지도상의 어디에 차창 밖 평지는 자리하고 있는 것일까. 평지라야 멀지 않은 곳에 산들이 둘러싼 분지와 같은 평지다. 눈어림으로 지도의 요쯤일 거라고 지목해놓고 보니 일대에 초록빛 채색이 돼있다. 그

314

초록빛 채색이 현재 창밖 풍경으로는 검붉은 흙이고, 그 가운데로
난 길은 앞선 트럭의 바퀴 밑에서 뿌연 먼지로 변하여 흩날리고 있
다.

　동네가 보인다. 한 동네가 지나면 또 한 동네가 나타난다. 대개
비슷비슷한 집들의 모양새요, 어귀에 버드나무 느티나무가 서있는
동네다. 가끔 이런 동네의 풍물과는 동떨어진 벽돌집이나 돌집이 동
네 제일 높은 지대에 자리잡고 있는데, 지붕에 십자가를 세운 교회
당이다. 차창 밖으로 물끄러미 이들 현대양식의 교회당 건물을 내
다보며 준태는 그 동네하고는 무척 어울리지 않게 느낀다. 그러면서
저 교회당들을 평일엔 동네애들 가르치는 학교로 사용하고, 일요일
엔 교회로 사용하면 어떨까 하는 생각을 해본다.

　좌우의 산이 다가서더니 버스가 협곡으로 들어선다. 돌박이길이
어서 차체가 털럭털럭 들까분다. 겨우 차체의 상하동요가 덜해졌다
싶더니 찻머리가 약간 들리면서 속력이 준다. 비탈길을 기어오르는
것이다. 굽이를 돌 적마다 경적을 울린다. 그러다가 차체의 균형이
바로 잡혔는가 하자 이번에는 찻머리가 앞으로 숙으면서 속력이 가
해진다. 준태의 앞쪽으로 엇비스듬하게 앉았던 아낙네가 웩웩거린
다. 차장이 심통난 얼굴로 뻘겋게 녹이 난 깡통을 아낙네 발밑에 디
민다. 아낙네가 앞자리 등받이에 이마를 대고 구역질을 하며 토해
낸다. 아낙네의 괴로워하는 모습에 잠시 눈길을 준 채 준태는, 저
위장에서 소화되다 되나오는 건 옥수수거나 감자겠지 하는 생각을
한다.

　원주에서 충주행 버스를 바꿔타고, 충주에서 청주로, 청주에서 대
전으로 가 거기서 밤을 묵었다.

　아침 일찍 호남선 기차를 타 김제에서 내렸다. 김제는 생각했던
것보다 커다란 읍이었다. 여기서부터는 계획대로 걸을 수 있는 만
큼 걷기로 한다. 옥구방면으로 가는 국도를 물어가지고 김제읍을 벗
어났다. 대관령 일대에 비해 기온이 확실히 따뜻했다.

　주위의 지세며 형편을 세심히 살피며 걷는다. 좌우로는 넓은 벌
이 질편했다. 벌판 속에 마을들이 띄엄띄엄 널려있었다. 논 아닌 밭
에 둘린 마을이면 들러보곤 했다. 두서너 집뿐인 곳이 눈에 띄어도

국도에서 멀리 떨어진 것을 상관않고 들어가 살펴보고 **나오곤 했다.**
필요한 메모를 해가면서.

　만경이라는 데를 거쳐 오정 때가 훨씬 지난 뒤에야 눈에 띄는 길
목 주막에 들러 토장국에다 맵고 짠 무우말랭이로 밥 한그릇을 다
먹고 나서는 시간을 생각하고 옥구로 가는 버스를 탔다. 차안에서
도 양쪽 바깥 살피기를 게을리 하지 않았다. 그리고 옥구군에 들어
선 한곳에서 버스를 내려 또다시 걷기 시작했다.

제 6 장

　오후 배달로 온 준태의 편지를 받아 읽자 지연은 그달음으로 어머니에게 애기한 후 간략한 여행채비를 꾸려가지고 집을 나섰다. 늘 마음으로 대기상태였던 터라 마치 만반의 태세를 갖추고 있다가 신호에 따라 움직이는 운동선수의 거침새없음과도 같았다.
　그러나 그 움직임은 항공사 매표소에서 걸리고 말았다. 여기 날씨는 좋으나 저쪽 기상이 좋지 않아 강릉행 비행기는 아침부터 결항이라는 것이었다. 지체없이 시외버스 터미널로 달려가 보았으나 이미 강릉방면 막차가 떠나버린 지 오랜 뒤였다.
　하는수없이 청량리역으로 가 밤차표를 준비했다. 집에 돌아가 기차시간까지 가만히 기다릴 수 없는 조급한 심정이었다. 택시에 올랐다. 동대문 못미처 고스톱에 걸려 멈춘 새에 지연은 차에서 내렸다. 그리고는 걷기 시작했다. 별로 무겁지 않은 백을 자주 이손 저손 바꿔쥐었다. 손이 시리고 구두가 무겁게 느껴졌다. 그러한 괴로움이 도리어 지금의 죄어드는 불안과 초조함을 삭감해주는 것같았다.
　어느새 화신 앞에 다다라있었다. 좀더 걷던 지연은 눈에 띄는 한 미장원으로 쑥 들어섰다. 본래 미장원엔 거의 안 드나드는 그네였다. 치장에 그다지 관심이 없는 탓이기도 했지만, 머리를 내맡기고 거울을 보고 앉았는 시간이 그처럼 무의미하고 고역일 수가 없기 때문이었다. 파마하는 데 얼마나 걸리죠? 지연의 물음에 미용사 하나가, 시간반이면 넉넉해요, 이리루 앉으세요, 한다. 그 이상 시간이 걸려도 좋다고 생각하며 백을 놓고 자리에 앉았다. 그리고 앞가리개를 두르는 미용사에게 한마디, 컷은 맘대루 해주세요, 하고는

눈을 감은 다음 오히려 이날은 머리에 바르는 역한 약냄새, 클립을
끼우고 있는 동안의 기분나쁜 뻑뻑함을 기다리고 있었다.

　결혼식까진 안 들르겠다던 은희가 예고도 없이 민구의 아파트를
찾아왔다. 의외의 방문에 기쁜 낯으로 반기려던 민구는 그네의 심
상찮은 표정에 굳어버리고 말았다. 은희는 선 채로 핸드백을 열더
니 엄지와 검지 끝으로 징그러운 물건이라도 집어내듯이 하여 민구
앞에 내미는 것이 있었다.
　민구는 그것을 받아 들여다보는 순간 흠칫했다. 꽤 큰 사진이었
다. 화면 전체가 흐린 데다가 피사체가 상당히 떨려있어 형태는 분
명치 않으나 민구 자신의 모습이 틀림없었다. 안올림벙거지에 쾌자
자락을 날리면서 뛰어오르는 형태의 자기 사진이었다. 어떻게 이런
모습이 찍힌 것일까. 기억을 더듬자 한창 정신없이 뛰어오를 때 번
써의 이종사촌이라는 청년이 카메라를 매만졌던 일이 불거져나왔
다. 그렇더라도 이것이 어떤 경로를 밟아 은희의 수중에 들어온 것
일까. 민구는 애써 마음을 진정시키며 묻지 않을 수 없었다.
　"이거 어디서 났지?"
　"그걸 내가 말해야 하나요? 그리구 그게 뭐 문제가요. 사실인가
아닌가가 문제일 뿐이지."
　은희가 냉랭히 말했다. "좌우간 당신 사진이 틀림없죠?"
　민구는 피할 길이 없었다.
　"뒷면두 마저 봐요."
　사진을 뒤집는 민구는 자신의 손끝이 떨리는 걸 느꼈다. 그리고
볼펜으로 또박또박 잘게 쓴 글자들이 눈안으로 뛰어들자 뒤통수를
얻어맞는 아찔함이 왔다.
　《당굴교주님에게》한 다음에 《시비를 가리시지 않는 편이 현명하
실 겁니다. 이 모든 사실을 누구한테도(물론 번써에게까지도) 발설
않으시는 것이 후환을 방지하는 길이 될 것입니다. 만약 그렇지 않
으셨다가는 걷잡을 수 없는 사태로 일이 확대되리라는 것을 명심하
시기 바랍니다. 저도 이 이상 누구한테도 아무말 않을 것을 확언해
둡니다. 이후의 거취에 관해서는 현명하신 교주님의 의량에 맡길 따

름입니다. 한 신도로부터》

　민구는 멍한 머릿속으로 변써의 이종이라는 청년의 정체를 더듬고 있었다. 결국 그랬었구나. 그 청년과 변써는 친척간도 아니고, 그렇다고 범연한 남남 사이도 아니라는 것, 민구 자신과 변써와의 관계같은 것이 청년의 월남 가기 전까지 있었으리라는 것——그것은 민구 자기가 변써의 집에 처음 드나들 때, 남자가 그리워 못견디겠다고 호소한 변써의 노골적인 행동으로 미루어 짐작이 가고도 남음이 있다——한편 월남에서 돌아온 청년은 민구의 존재가 참을 수 없었으나 변써 밑에 붙어사는 신세라 가면을 쓰고 기회만 노리던 중 민구의 육감대로 자기 뒤를 밟고 있던 은희와 접선이 됐을 것이라는 것 등이 과히 어렵지 않게 풀려나갔다.

　"입에 올리구두 싶지 않지만 묻겠어요. 대체 당굴교라는 건 뭐예요?" 새초롬한 어조였다.

　갑자기 민구는 시커먼 눈썹을 피끗거리며 큰 입껏 소리내어 웃었다. 민구의 큰 웃음을 노상 들어오던 은희마저도 놀랄 정도의 큰 웃음이었다.

　"장난을 친 거야. 날 곯려주려구 장난을 친 거야. 그놈을 내 한번 혼내줘야지."

　그러나 민구는 자기의 웃음이나 말이 아무런 실효성을 갖지 못하고 공허하게 되돌아옴을 느끼고 있었다. 그만큼 청년의 협박은 민구에게 있어 완전무결하게 육박해왔던 것이다.

　"변써는 누구죠?" 평정을 잃은 듯한 민구를 응시하며 은희는 같은 새치름한 말씨로 다그쳐 물었다.

　"응?"

　"변써가 누구냐니까요. 아주 점을 잘 친다면서요?"

　"그래, 점쟁이지 점쟁이야. 내 수집에 큰 도움을 준 점쟁이지."

　"우리 약혼식 때 당신에게 화려한 넥타이 선사한 사람. 맞죠?"

　"참 그런 일이 있었지."

　"여자처럼 이쁘게 생겼구."

　"여자처럼?" 민구는 은희가 어디까지 사실을 알고 있을까 하고 찔끔했다.

"그 변써라는 사람하구 뭘 꾸미구 있었던 거죠? 솔직히 말해봐요."

"솔직히 말할 게 뭐 있다구 그래. 좀전에 말했잖아, 수집을 위해 그 사람 도움을 받구 있다구."

"정말 그것뿐예요?"

"그것 말구 뭐가 있다는 거야. 날 못 믿겠으면 이 사진을 준 사람한테 또 알아보면 될 것 아냐." 민구는 잡아떼어 말했다. 이 처지에선 그럴 수밖에 딴 도리가 없기도 했지만, 한편 그런 자신을 갖게 하는 대목을 청년의 글귀 속에서 캐치했기 때문이었다. 〈저도 이 이상 누구한테도 아무말 않을 것을 확언해둡니다〉라는 글귀.

"그럼 좋아요. 이번 일은 아버님한테 알리지 않겠어요. 저두 창피스런 일이니까요."

너그러움을 보여주는 것같은 은희의 말 속에 언제 폭발할지 모를 위험물이 간직돼있다는 걸 못 느끼는 민구가 아니었으나, 우선 한 고비 넘긴 안도의 숨을 내쉬면서 손을 내밀어 은희의 손을 잡으려 했다.

"비켜! 싫어!" 은희가 홀딱 민구의 손끝을 팅겨버리고 나서, "아버님한테 알리지 않는 대신 조건이 있어요."

"조건?"

"앞으룬 이런 일에서 손 뗄 것."

"뭐라구? ……그래, 그래, 그렇게 할께."

"말루만은 안돼."

"말루 안되면? 혈서라두 써야 하나?"

"구체적으로 배줘."

"구체적으로 배주다니, 뭘 어떻게?"

"그야 자기가 알아서 할 일이지, 뭣 땜에 내가 이래라 저래라 해?"

쏘아붙이듯 하고 은희는 몸을 홱 돌려 총총걸음으로 나가버리는 것이었다.

어안이 벙벙해있던 민구가 이래선 안되겠다고 뒤쫓아 나갔지만 은희의 뒷모습은 완강한 거부를 남기며 층계를 내려가고 있었다.

기차에 오른 지연은 마음을 누그러뜨리기에 힘썼다. 아무리 조급히 서둘러도 지금부터 열한 시간 후인 내일 아침 여덟시가 지나서야 강릉에 가닿을 것이었다.

　잠을 자며 시간을 잊으려 했다. 눈을 감고 잠을 청했으나 잠에 빠져들어가지가 않고 불길한 예감만 자꾸 끼어들었다. 차바퀴 마찰음에로 관심을 모아보았다. 역시 불안감이 틈새를 비집고들어, 나중에는 차바퀴와 레일 토막 부딪는 가닥가닥 가닥가닥 하는 소리를 세는 데에 온 신경을 집중시켰다.

　얼마를 그러고 있었을까, 씨익씨익 하는 소리에 눈을 떴다. 기차는 멎고 밑에서 증기 빠지는 소리가 올라왔다. 몇 오르고 내리는 사람들의 모양이 유난히 느린 동작으로 눈에 어른거린다. 다시 가닥가닥 가닥가닥 소리와 씨익씨익 소리를 거듭 들으며 지연은 눈을 뜨지 않고도 기차가 달리고 정거하는 걸 알곤 했다. 그것은 잠이라기보다 생시 쪽에 가까웠다. 그러는 그네의 눈에 복작거리는 사람들의 모습이 비친다. 광장에 모인 사람들이 저저끔 사람을 찾고 있는 중이다. 많은 사람이 부산스레 왔다갔다 하는데도 소리 하나 나지 않고 조용하다. 찾던 사람을 만난 사람들은 서로 팔을 끼고, 혹은 어깨에 손을 얹고, 혹은 그저 나란히 걸어 어디론가 가버린다. 이렇게 해서 모든 사람이 다 가버린 뒤에 한 사람만이 남는다. 지칠 줄 모르고 텅빈 광장을 왔다갔다 하지만 찾는 사람이 나타나지 않는다. 한결같이 소리 하나 없는 광장에 안개같은 어둠이 깔리기 시작한다. 남은 사람은 더 초조히 왔다갔다 한다. 찾는 사람이 나타나줘야 할 텐데, 나타나줘야 할 텐데. 어둠이 차츰 짙어지며 남은 사람의 윤곽이 흐려지다가 마침내는 어둠과 함께 엉겨버리고 만다. 다시금 가닥가닥 가닥가닥 씨익씨익, 그러다 기차가 고지를 넘느라고 뒷걸음질쳤다 앞으로 나갔다 하는 바람에 정신이 들었다가 또 잠이라기보다 생시 쪽인 어중간한 상태에 부웅 떠있기를 계속했다. 그런 속에서도 불안의 촉수는 낌새를 보아 지연의 신경을 집요하게 핥고핥고 했다.

　아직 어두운 새벽녘에 잠이 깬 창애는 자리에서 일어나 잠옷자락을 여미고는 옆방으로 갔다. 문틈으로 불빛이 새어나오고 있다.

조용히 문을 열었다. 미스터 강이 의자등받이에 목덜미를 걸치고 잠이 들어있다. 고개를 잔뜩 젖히고 입을 반쯤 벌리고서 약간 콧소리를 내며 잠들어있는 얼굴을 내려다보면서 창애는 묘한 착각을 일으킨다. 어디서 본 듯은 하지만 익숙한 얼굴이 아니다. 나이도 종잡을 수 없게끔 한껏 많이 든 것도 같고, 여태 소년티를 벗지 못한 것도 같다. 그저 사뭇 고단해 뵈는 것만이 역력했다. 화구를 장만해놓고도 여러 날 손을 대지 않고 있다가 이삼일 전부터 낮에 잠깐 눈을 붙이고는 밤을 새워가며 그림과 씨름을 하더니 드디어 지쳐버린가보았다.

창애는 담요를 가져다 가만히 그를 덮어주고 전등의 스위치를 끈다. 그리고 발소리를 죽여 침실로 돌아오다 유리문 쪽을 보고는 천천히 다가가 이마를 유리에 댄다.

밖에 희끗희끗한 것이 무수히 나부끼고 있다. 어둠이 그 희끗희끗한 것에 닦이기라도 한 듯 뿌얘져있다. 창애는 한동안 유리에 이마를 댄 채로 있었다. 아무리 희끗희끗한 것이 닦아내고 닦아내도 그 이상 더 어둠은 엷어지지 않고 남아있었다. 그 어둠이 아름다웠다. 저렇게 아무런 의미도 강요하지 않을 때가 아름다운 거다. 하지만 인간생활에 저런 아름다움을 기대하는 건 무리지.

창애의 가슴속에서도 희끗거리는 것이 있었으나 점점 그늘이 짙어가고 있었다. 자기는 왜 진득진득 얽혀들려고 하는 걸까. 적당한 간격을 지니고 좀 담담히 저스스로 갈길을 가게 내버려두지 못하는가. 왠지 자기자신이 가련스러웠다. 피차 어제를 생각하고 오늘을 무위로 보내지 않도록, 오늘을 위해 내일을 희생시키지 않도록 살면 되는 게 아닌가.

날이 샌 빛과는 다른 희뿌연 빛이 별안간 주위를 휩쌌다.

승객들이 김서린 차창을 손바닥이나 수건으로 훔쳐낸다. 밖에 눈발이 펄럭이고 있었다.

지연도 설친 잠으로 해서 뻑뻑한 눈을 헐벗은 나뭇가지에 얹히는 눈이며 소나뭇가지에 소복히 덮이는 눈발에 주고 있었다. 날이 새어서 그럴까, 어두운 밤보다는 불안감이 한결 덜해진 느낌이었다. 하기는 날이 샜으니 이제 오전 중 준태 있는 곳에 가닿을 것이라는 생각이 그렇게 만드는지도 몰랐다.

기차가 달려감에 따라 눈송이가 점점 더 굵어졌다. 차창 밖 원근이 흐려지고 지면의 고저가 명확지 않아졌다. 무더기로 눈을 인 소나뭇가지가 힘에 겨운 듯 추욱추욱 밑으로 휘어져있다.

오른쪽에 나타난 바다만이, 내리는 눈을 자취도 없이 집어삼키고 있었다.

시야가 뽀오얗게 막혔다가는 좀 트이고, 트였다가는 막히고 하기를 반복하면서 기차가 한 역에 닿자 역부들이 플랫폼에 쌓인 눈을 넉가래로 밀고 있었다. 이 근방엔 눈오는 지가 꽤 오래된 듯, 눈이 사람들의 무릎께까지 닿는다.

강릉에 가까워질수록 눈발은 더 심해지고 쌓인 눈은 더 두꺼웠다. 새삼스런 불안과 두려움이 지연을 사로잡았다. 이제까진 목적지에 한시바삐 도착하지 못한 데에서 이는 초조와 불안이었으나 지금은 그 반대로 준태가 있는 곳에 가까워진다는 데에서 오는 두려움이었다.

그래도 기차가 강릉에 닿기가 바쁘게 지연은 아침식사도 제쳐놓고 버스차부로 달려갔다. 차 타러온 사람들이 여럿 서성거렸다. 그런데 눈에 길이 막혀 버스운행을 못한다는 의외의 알림이었다. 다시 마음이 다급해지기 시작했다. 눈은 그냥 펑펑 쏟아지고 있었다.

아침을 먹는등 마는등 다방을 찾아가 라디오 뉴스를 기다려 들었다. 영동지방에 폭설이 내려 대관령일대와 속초방면엔 교통과 통신이 두절됐다는 것이었다. 앞이 막막했다.

두어 시간 후에 다시 차부로 가보았다. 빈 차 몇대가 엎드려 눈을 맞고 있을 뿐, 사람의 그림자라곤 보이지도 않았다.

점심때가 지나 눈이 그쳤다. 지리하고 안타까운 시간 속에 다방 라디오 뉴스를 들으니, 영동지방의 날씨가 차차 들겠다면서 제설작업이 진행중이라고 했다. 지연은 목욕탕을 찾았다.

머리를 말리는등 마는등 다시 차부로 가보았으나 빈 버스들이 눈을 무겁게 뒤집어쓴 채 그대로 있었다. 차부사람의 말이, 대관령 쪽 버스운행은 이르면 내일 오후이고 그렇지 않으면 모레가 될 것이라고 했다.

여관에 묵으면서 기다려보는 도리밖에 없었다. 심신이 피로하여 기찻속에서보다는 잠다운 잠이 들긴 했지만 자주 깼다. 깨어서는 바깥 동정을 살폈다. 눈이 오지 않는다는 걸 느껴 알면서도 번번이 확인을 하곤 했다.

그러다가 잠 속에 지연은 눈을 맞고 있었다. 함박눈이었다. 여학교시절의 그 아련한 낭만을 되찾고 있었다. 그런데 눈송이가 와닿는대로 껌정물이 드는 것이었다. 옷이며 얼굴이며 손이며가 눈송이가 와닿는대로 꺼멓게 물이 들었다. 놀라 하늘을 쳐다보니 온통 껌정눈으로 뒤덮여있었다. 그렇건만 지연은 이 낭만을 지워버리는 검은 눈을 못마땅히 여기지 않고 오히려 당연한 일로 생각하며 맞고 있었다.

어느틈엔가 지연은 트럭 운전대에 앉아 핸들을 잡고 운전하고 있었다. 어딘지는 모르나 농작물을 실으러 가는 길인 것이다. 언젠가도 지연은 이렇게 트럭을 운전해가지고 농작물을 실으러 간 적이 있다는 생각을 했다. 그때는 네이비블루 작업복에 흰 운동화였는데 지금은 검정 작업복에 검정 운동화였다. 가도가도 농장은 나타나지 않고, 트럭은 산더미같은 검은 눈더미를 헤치고 느릿느릿 움직였다. 지연은 그래도 쉬지 않고 트럭을 운전해 나갔다. 그러는데 앞에 종이 한 장이 펼쳐져있다. 종이는 눈의 검정빛보다 더 새까맸다. 그냥 뭉개고 지나칠까 하다가 자세히 보니 준태한테서 받은 편지였다. 얼른 집어들었다. 새까매서 글자를 알아볼 수가 없었다. 무슨 내용인지 꼭 읽어야 한다고 안달을 하다가 잠이 깼다. 어둠 속에서 지연은 떨리는 마음으로 준태의 편지를 되새겼다.

《지연, 무슨 말을 어떻게 해야 할지 모르겠군. 나는 병자야. 지연이 눈으로 본 내 병은 한낱 표면에 지나지않아. 병의 근원은 아주 깊숙이 자리잡고 있어서 설명이 안 돼. 약이나 메스로 고칠 수 없는 병인 것만은 분명하지만. 이 병을 나는 얼마 전부터 외면해왔어. 정확하게 말하면 지연일 생각하게 된 후부터 말야. 그런데 외면하면 할수록 병이 기승을 부리는군. 나는 병과 타협을 시도해봤지. 그건 괜한 도로였어. 종내 나는 병이 요구하는 대로 좇기로 했어. 이건 내가 병한테 진 때문은 아니야. 실은 병의 근원을 심고 길러온 건 다름아닌 나 자신이었다는 걸 깨달은 때문이야. 앞으로도 이 병을 그대로 지니고 살아가야 할까봐. 날 무능력하고 비겁하다고 비난을 한대도 할 수 없어. 날 내버려둬줘. 그것이 지연일 덜 다치는 길도 될 거야. 지연, 더 긴 말을 않겠어. 차라리 아뭇소리도 하지 않을 뻔했는지 모르겠어. 준태》

　이튿날 열한시쯤 예상보다 빨리, 막혔던 대관령 길이 열렸다. 지연은 고산지시험장에 닿는 대로 준태의 하숙집부터 찾아갔다. 제대로 길도 나있지 않은 숫눈길이었다.
　"아니, 이 눈 속에 어쩌자구……" 주인아주머니는 놀라움을 감추지 못했다.
　지연은 준태가 이미 이 집에서 떠나고 없다는 걸 전신으로 직감했다. 하기는 준태가 떠나버린 뒤라는 걸 예감하면서도 그것을 확인해보기 위해 자기는 찾아왔던 게 아닌가. 그러나 맥이 풀리고 암담했다.
　"무얼 잊으신 물건이 있는가요?" 주인아주머니는 준태가 떠나면서 잊고 간 물건이라도 있어서 그걸 지연이 대신 가지러 온 줄로 아는 모양이었다.
　지연이 힘없이 고개를 좌우로 저으며,
　"언제 여길 떠나셨나요?"
　"그 선상님한테 무슨 일이 생겼수?" 주인아주머니가 걱정스런 낯빛을 해보이며 속으로 날짜를 짚어보는 눈치더니, "오늘루 꼭 나흘째가 되는구먼, 떠나신 지가."
　편지를 받기 이틀 전이다. 편지를 받고 곧장 왔더라도 만나지는 못했을 것이다.
　"어디루 가신단 말은 없었구요?"
　주인아주머니는 더욱 영문을 몰라하는 낯빛이 되며,
　"아무 말씀두 없었는데에. 우린 그저 서울루 가시는 줄만 알구 있었어요."
　편지를 받고 나서부터 참아오던 말을 지연은 속으로 뇌까렸다.

제발 날 덜 다치기 위해서란 말만은 말아주세요, 그 말만은.

"아니, 왜 그러세요? 이 눈길에 오시느라구 오죽 힘들었겠수."

지연이 가까스로 마음을 가누었다. 그리고 말머리를 돌려 주인아주머니에게 말했다.

"참, 아드님한테서는 소식이 있었나요?"

"네에." 주인아주머니의 얼굴이 금세 펴지며, "그그저게 편지가 왔어요. 다섯 달하구 열하루 만에 처음 온 편지지 뭐유."

"참 잘되셨네요." 지연은 자신의 복잡한 심정 속에서도 주인아주머니 아들의 소식이 왔다는 게 정말 잘됐다 싶었다. "기다리신 보람이 있으셨네요." 지연은 주인아주머니가 매일 새벽 우물물을 떠놓고 치성을 드리고 있다는 것과 아들이 돌아오면 먹이려고 새로 난 입쌀 한 말을 단지에 따로 간수해두고 있다는 것을 알고 있었다.

"운제 돌아온다는 말은 써있지 않았어요. 허지만 기멜릴 참이지요. 다섯 달 아니라 5년이래두 기멜릴 참이지요. 죽지 않구 살아있다 돌아오기만 한다믄야."

문득 지연은 자기도 이제부터 기다리는 습성을 몸에 붙여야 하지 않나 하는 생각이 들었다. 그러나 자기의 기다림은 다시는 편지 한 장 없는 기다림이 될 것만 같았다. 지연은 얼른 그 생각을 거부했다. 그럴 수는 없다. 무슨 일이 있든 그이를 찾아내야 한다. 찾아내어 그이의 병에 나도 익숙해지도록 해야 한다. 그것이 가능한지 어떤지는 다음 문제였다.

"함선생이 떠나기 전날 밤, 요 앞 가게에서 같이 술을 마셨습니다만 별말씀 없으셨는데요. 그저 술을 마시다 제가, 어디루 가시는 거냐구 물었드니 웃으면서 앞으루 직장생활은 그만두겠노라구만 하시드군요." 박기사가 지연 옆 허공에 안경을 향한 채 말했다.

"건강은 괜찮아 보였습니까?"

"글쎄요, 평상시하구 별루 다르게 뵈진 않았습니다. ……그런데, 술 마시는 동안, 이곳 눈다운 눈두 못 보구 가는 게 서운하다는 말을 몇번씩 뇌시데요."

이곳 눈다운 눈도 보지 못할 만큼 급히 떠나간 곳이 어딜까. 그리고 앞으론 직장생활을 않겠다는 건 무슨 뜻일까.

"아니 그런 일이 있었어요? 난 아무런 연락두 받지 못했는데요."
전에없이 건조한 언성인 민구의 전홧말이었다. "그친구가 강원도루
전근해가면서두 나한텐 말 한마디 없이 갔드랬거든요. 그래두 저번
창경원에서 만났을 땐 자기 있는 곳에 놀러오라구 주소꺼정 적어주
드니 내참. 요즘 머리가 복잡해서 그친구한테나 놀러갈까 하든 참
이었는데. 참 이상해졌어요. 전엔 그렇지 않든 친구가 갑자기 이혼
을 하지 않나……"

　큰 기대는 갖고 있지 않았지만 민구와의 전화에서 지연은 준태의
행방이 묘연하다는 걸 또한번 깨달아야 했다. 그래도 찾아내지 않
으면, 어떻게든 찾아내지 않으면. 지연은 마음속으로 거듭거듭 다
짐하는 것이었다.

제 Ⅳ 부

주춧돌 하나, 주춧돌 둘

블록으로 쌓고 시멘트를 바른 담장 한가운데가 세로 길게 갈라졌다. 때운 자리에 다시 생긴 금이었다.

——이 위에 또 발라봤자 헛일 아네요? 한 번 벌어지기 시작하면 아무리 때두 소용없다구 하든데요 뭘. 집주인 사내가 금간 데를 못마땅한 듯 바라보며 말했다.

——웬걸요, 이번 한 번만 자알 발라보세요. 까딱없습니다. 미장이가 담장밑 쪽을 두드려 본다. ——이젠 기초가 내려앉을대루 다 내려앉아놔서 자리를 잡았거든요.

——그럼 다시 한 번 발라볼까요.

——낼이라두 해버리죠.

——날이 아주 풀린 댐에 합시다. 금년엔 예년에 비해 봄이 일찍 온다지만 아직 삼월 중순이라 언제 추위가 들이닥칠지 누가 알아요.

——여긴 양지가 발라놔서 괜찮을 겁니다.

——뭐 서두를 거 없어요. 날이 아주 풀리는 걸 봐서 합시다.

저번 옷 맞출 때처럼 웨딩드레스의 감 선택이나 디자인 일체를 은희는 창애에게 맡기다시피 했다. 저번 옷이 흡족했다는 이유도 있었지만, 이상스레 은희는 창애를 처음 봤을 때부터 은연히 인정하고 있었다. 거기에 창애의 파탄된 결혼생활에 대한 동정까지 곁들여 늘 관심이 가있었다.

가봉날짜를 정한 후 둘이는 가게를 나와 다방으로 갔다. 이날도 창애가 은희를 이끌었지만 실은 단둘이 되기를 은근히 바란 것은 은희 쪽이라고 할 수 있었다.

"장사가 잘 되시는 것같애서 기뻐요." 자리를 정하고 앉자 은희는 아까 한 말을 또 했다.

"이젠 빚 별루 안 끼구 해나가겐 됐어요." 얼마 전부터 창애는 외제옷 사다 되파는 구차스런 일도 하지 않고 있었다.

"원체 쎈스가 있으신 데다가 손님들한테 주는 인상두 좋으시니까 뭐."

"그저 열심히 해보는 거죠."

"근데 참, 알다가두 모를 일예요. 아무리 생각해두 두 분의 결혼 파탄은 이해가 안 가요. 남자는 꼭 어린애 다루듯 해야 하는 게 아네요? 어린앤 장난이 심하거든요. 그러니 늘 주시하구 제재를 가하구…… 결혼생활을 유지하려면 불가피하잖아요." 은희는 전에 이 다방에서 창애와 마주앉아 하고 싶은 말머리를 잡지 못해 어색스러웠던 때에 비해 지금의 자기는 제법이라고 느꼈다. 그만큼 자기는 인생에 있어 성장했다는 느낌이기도 했다.

창애는 별다른 말을 듣는 눈길도 아닌 눈을 은희에게 던지고 있었다.

"물론 아무리 어린애같다구 하드래두 책임을 지울 때는 한껏 책임을 지우구 말예요."

"그런 책임감에서 이어지는 결혼이란 피차를 질식시킬 뿐이겠죠. 그리구 그렇게 해서 지킨 결혼이 무슨 의의가 있겠어요."

"그럴까요." 은희가 성냥통에서 성냥개비 하나를 꺼내어 동강을 내면서, "만약 말예요, 만약 다시 출발할 수 있으시다면 어떤 결혼을 원하시겠어요?"

"그런 생각은 해본 적두 없지만," 창애는 잠시 말을 끊었다가, "혹시 다시 태어난대두 지금의 길을 걸을 거예요."

은희는 의외의 대답에 실망 비슷한 심정이 되었다. 실패한 길을 되걸을 거라니, 자존심이거나 오기겠지.

창애가 말을 이었다. "사람이란 결국 후회하면서 살아가게 마련 아네요?" 창애는 은희가 무척 단순하게 여겨졌다.

옆자리에 한 청년이 예닐곱살짜리 사내애를 데리고 와 앉더니, 이

담에 또 영화구경 시켜줄 테니까 가구 싶은 것 있음 점찍어둬, 한다. 점을 찍어두다니 어따가? 어따 찍긴 어따 찍어, 머리에 찍지. 치 이 거짓말, 머리가 까만데 연필루 점을 찍으믄 보이지두 않게?

옆의 손님들이 소리내어 웃었다.

창애도 웃음을 머금고 아이에게 눈을 주고 있었다. 좌우가 좁은 이마에 실눈, 그리고 길쭈막한 상이 결코 귀엽게 생긴 얼굴은 아니었다. 자기가 낳을 수 있었던 아이의 생김새는 어떠했을까. 미스터 강의 얼굴모습이었을까, 내 모습이었을까. 어느쪽의 얼굴에서도 상상의 어린애 얼굴은 잡혀지지 않았다. 하기는 이제와서 어린애의 얼굴이 어쩌고저쩌고 할 게 뭐 있담. 창애는 잠시도 조용하지 않은 옆자리 사내애에게서 눈을 뗀다.

"애를 좋아하시나부죠?" 은희가 창애를 관찰하고 있다가 크지도 작지도 않은 웃음을 띄우며 말했다. "애길 왜 안 낳셨죠? 이상적인 2셀 가지셨을 텐데. ······애가 몇이나 있었음 하세요?"

"하나요." 서슴지않고 말해놓고 창애는 놀랐다. 자기가 애를 원한다는 뚜렷한 표시를 해보기는 이번이 처음이었다.

"셋은 있어야 하잖아요?"

은희가 아이 셋을 원하는 이유같은 걸 설명했으나 창애는 귀담아 듣지 않았다. 창애는 자기 생각에 잠겨있었다. 자기가 애를 원한다는 표시를 한 것은 지금이 처음이지만, 얼마 전부터 자기에게 그러한 바람이 잠재해있었던 건 아닌가. 전남편 준태와 헤어질 때는 그때대로 애가 없음으로 해서 마음 가볍게 여겼던 자기였고 그후 미스터 강의 애를 잉태했다가 떼어버린 자기다. 새삼스레 내가 애를 원하다니 어쩔수없이 여자는 모성본능을 버릴 수 없는 건가.

"저더러 뭐라구 그러셨어요?" 창애는 은희의 말을 제대로 듣지 못하고 있었다.

"함선생 나타나셨느냐구요?"

"나타나다뇨?" 창애가 고개를 앞으로 내밀었다.

"그럼 행방불명된 거 모르세요? 두 달이 넘는데······ 어디 벽촌으루 전근가셨던 건 아시죠? 거기 계시다가 갑자기 자취를 감췄다지 뭐예요."

"아니, 왜 그러셨대요?"

"뻔하죠 뭐. 그여잘 피해버린 거죠."

"아무리……" 여잘 기피하기 위해 몸을 숨길 남잔 아니라고 창애는 확신했다. 뭔가 그렇지 않으면 안될 절실한 사정이 있었을 거라고 생각했다.

"당연한 귀결이죠 뭐. 기맥힌 부인을 몰라보구 그 여자 어디가 좋다구…… 참 알 수가 없다니까요, 남자들은."

은희의 말이 몹시 거슬렸으나 그것은 이미 문제가 아니었다. 준태에게 어떤 불행한 일이 일어나고 있음이 분명하다는 생각만이 머리에 남았다. 그 불행의 원인의 일단이 자기에게 있는 것처럼 창애는 느껴졌다. 그러자 달포 전부터 미스터 강이 또다시 그림 그리기를 포기하고 밖으로 방황하기만 하며 한 일에 집착하지 못하는 원인의 한가닥도 자기에게 있는 게 아닌가 하는 생각이 들었다. 자기와 관계지어진 남자들이 이렇게 되는 건 무슨 까닭일까. 그들을 그렇게 만드는 결정적 결함같은 것이라도 내게 있단 말인가. 나로서는 내 자신에게 정직하려고 힘써온 것뿐인데.

"가봐야겠어요. 오래 가겔 비울 수가……" 창애는 은희와 더이상 앉아있고 싶지 않았다.

밖으로 나와 헤어지면서 창애는,

"결혼식이 27일이라구 하셨죠? 하긴 가봉 때 한 번 더 오셔야죠."

"네, 그래요."

"약혼식 때 못 갔으니까 결혼식 땐 가봐야죠."

이런 말을 하면서도 창애는 행방불명이 됐다는 준태와, 돛대 잃은 배처럼 거리로 헤갈을 하고 다니는 미스터 강을 뒤범벅으로 생각하고 있었다. 그러면서 자기자신이 그들의 신세보다 뭐가 나을 게 있느냐는 생각을 함께 하고 있었다.

"선생님이 학굘 그만두실는지 모른다는 소문을 듣구 참 쇼킹했습니다." 손에 쥔 책을 똘똘 말아쥐고 말아쥐고 하면서 학생이 민구에게 말했다.

민구는, 그런 소문이 나있구나 하고 적이 놀라는 심정이 되었다.

하긴 무속연구를 계속할 수 없지 않은가 하는 곤경에 빠져있기도 했다. 무속연구를 할 수 없게 되면 자연 학교도 그만둬야 할 것이고, 그렇게 되면 은희 부친의 제약회사에 몸을 담는 신세가 돼야 할 거라고 여러가지 생각이 오가기도 했다. 그만큼 은희의 태도가 강경하고 집요했던 것이다. 둘 중 하나를 택하세요, 나든가 무당놀이든가, 하는 말마저 은희는 했으니까. 물론 민구 자신의 행위가 학문연구의 한계를 벗어났었다는 것을 자인하지 않을 수 없었다. 그런 속에서, 번써와의 기이했던 관계도 단념해야 한 것은 말할것도 없고, 〈새와 우리나라 민족성〉이란 논문 집필도 중단하지 않으면 안되었다. 그러던 것이 앞으로 다시 어떤 탈선행위가 있을 땐 여하한 처단이라도 달게 받겠노라는 맹세를 거듭하여 간신히 은희의 태도를 누그려놓은 요즈음이었다. 그러나 한편 앞으로의 무속연구에 있어 끊임없이 은희의 참견을 받아야 할 걸 생각하면 이참에 일대 전환을 하여 제약회사에 몸을 담고 평안한 생활로 굳혀가는 편이 낫지 않을까 하는 속셈도 없는 게 아니었다. 그러나 쉬 결정이 나지지 않았다. 연일 술로 해서 큰 눈이 벌겠다. 민구가 이처럼 고민하는 데에는 역시 그자신이 은희를 사랑하고 있으며 그네와 헤어질 수는 없다는 심정이 크게 작용하고 있었다. 지금도 그 생각을 언뜻 했다. 그러자 준태의 얼굴이 불쑥 나타나면서 다문 입을 움직이더니, 네 그 상황이 바루 유랑민근성에서 온 거야, 그걸 자각해야 해, 하고 일갈한다. 민구는 얼른 외면한다.

"학굘 그만두시면 제게 큰 타격입니다, 선생님. 전 선생님 강의에 곌 심취했었거든요. 그리구 샤머니즘에 흥미가 있어서 선생님 지도를 받아볼까 하구 있었거든요."

민구는 새삼 학생의 얼굴을 유심히 보았다. 전화로, 꼭 뵙고 여쭤볼 말이 있다기에 이 우주다방으로 나오라고 했던 것인데, 아무리 유심히 봐도 강의시간 때 자기 인상에 남는 얼굴은 아니었다. 그건 어쨌건 현재의 자기로서 이 학생에게 무속에 관해 이런저런 깊은 얘기를 할 마음이 내키지 않아 그저 상식적인 말로,

"무속연구란 힘든 거야. 서재에 들어앉아서 되는 게 아니구 직접 뛰어다녀야 하는 거니까."

"그건 문제없습니다. 고등학교 때부터 등산을 해서 안 가본 산이 없을 정돕니다."

"등산하군 다르지." 민구는 짐작이 갔다. 공부는 하기 싫고 뭔가 전공은 있어야겠는데 남들이 많이 안 하는 분야를 한번 건드려보자는 안이한 태도일 것이다. 민구는 시계를 봤다. 은희나 빨리 나타나주기를 바랬다. 동교동에 사놓은 집을 같이 돌아보기로 돼있었다.

"전 요즘 이런 걸 생각해봤습니다. 여자들의 봉선화 물 들이는 게 있잖습니까. 지금은 매니큐어루 발전했습니다마는 그건 아름답게 하기 위한 것보다두 잡귀나 부정을 막기 위해서 시작된 게 아닐까 하구요. 인줄에 검은 숯이나 빨간 고추를 매달아 놓는 이치두 같구요. 근데 워낙 무슨 신이든 여자한테 잘 붙어서 무당이 내리는 것두 여자 아닙니까. 이렇게 볼 때 여자들의 봉선화나 매니큐어는 잡귀를 막기 위한 거구, 그걸 다른 어느나라 여자들보다 우리나라 여자들이 훨씬 앞서 시작한 거죠. 안 그렇습니까, 선생님?"

신기한 것이라도 발견한 것처럼 이론을 펴는 학생의 흥분한 얼굴을 건너다보며 민구는 얼마 전까지의 자기자신을 돌이켜보면서 한마디 했다.

"모든게 다 그렇지만 일시적인 흥미만으룬 안돼. 샤머니즘하구 결혼할 각오까지두 서있어야 한단 말야."

"아, 네. 전심전력을……"

학생이 말하는 도중에 민구는 의자에서 일어났다. 은희가 다방문을 들어섰던 것이다.

"앞으루 선생님 개인지도를 많이 받아야겠어요." 학생도 따라 일어섰다.

"혼자 힘으루 해야 하는 거야." 민구는 딱 잘라 말하고는 다방문 안에 그냥 서있는 은희한테로 걸어가며 속으로 뇌까렸다. 아직 내일도 완전히 결정짓지 못한 판에 다른 데 신경을 쓸 여념이 없다, 없어.

지연이 안동네에서 알려준 대로 고개 마루터기에 올라서니 계곡 건너편 야산 밑에 엎드려 있는 초막이 눈에 들어왔다. 꼭 어디선가 한 번 본 듯한 초막이다. 언제 어디서드라, 어디서드라, 아, 그렇지. 준태와 함께 월정사에 갔을 때 계곡 저편 산자락에 엎드려있던 초막이었다. 그때 그 초막에는 누가 살고 있는지 알 수 없었으나 지금 뵈는 저곳에는 준태가 있을 것이었다.

며칠 동안 찾아헤맨 피로를 잊고 지연은 고개턱을 내려가기 시작했다. 고산지시험장의 박기사로부터 준태가 군산역착으로 씨감자를 주문했더라는 기별을 받고 가보았으나, 이미 짐을 찾아간 뒤였다. 물론 역에서 화주의 주소를 알 턱이 없었다. 짐을 찾아가기 전에 갔어야 했지만 박기사의 기별이 워낙 늦었던 것이다. 그러나 박기사를 탓할 수도 없었다. 박기사는 박기사대로 이 일을 지연에게 알려야 할지 며칠을 두고 망설였고 결국 준태가 못할 짓을 하고 숨어살 위인이 아니라는 확신을 갖고서야 편지를 냈으니 말이다. 군산역에서 허탕을 친 지연은 시청과 옥구군청을 찾아가보고 하여 감자심을 만한 고장이 어디어디인지를 탐문한 다음 옥구군내의 면들을 두루 편답하다시피 하고서 간신히 준태있는 곳을 알아내는 데 성공했던 것이다.

지연의 가슴은 두근거리었다. 찾아온 나를 그이는 어떻게 대해줄까. 반가워할까, 노여워할까. 어느쪽이건 부딪쳐보는 수밖에. 이런 만남이 모든것의 마지막이 되건 새로운 시작이 되건 우선 만나고 난 다음의 일이다.

고개의 밑자락은 개간지였다. 돌자갈이 섞인 붉은 흙이 상당히 널따랗게 일궈져있었다. 밭둑으로 올라섰다. 길이랄 게 없었다. 굽낮은 신에 슬랙스 차림으로 떠나오길 또한번 다행스럽게 여겼다.

계곡물가에 이르렀다. 조약돌이 깔린 위로 꽤 맑은 물이 얕게 흐르고 있다. 낮기운 따사로운 햇살이 물에 비쳐 반짝인다. 서울에는 아직 응달진 뜰 구석에 얼음기가 남아있었으나 역시 남쪽이라 기후가 틀리는가보아 이 며칠 쏘다니는 동안 얼음기라곤 구경 못할 만큼 봄기운이 완연했다.

큰 돌을 골라 짚으며 계곡물을 건너느라니까 조약돌 사이로 고기새끼들이 휙휙 흩어져 달아난다. 오래 전 꿈속에서 본 붕어들의 영상이 혹 떠올랐으나 그것에 관해 길게 생각해볼 여유가 있을 수 없었다.

계곡물 건너에도 꽤 널따란 개간지였다. 또 길 아닌 밭둑에 올라서 걸었다.

초막이 가까워질수록 지연의 가슴은 더 두근거리고 설레었다. 만나면 첫마디를 뭐라고 할까. 그이는 어떤 표정으로 나를 맞을까. 얼굴이 그을렸을까. 수염은? 지연은 부지불식간에 손을 자기 머리에 올려 다독거리고 매만졌다.

초막 앞 우물가에 당도하니 서른이 좀 넘어 뵈는 여인이 빨래를 하고 있고, 그 옆에 대여섯살 난 사내애가 옹송그리고 앉아있다. 지연이 마음을 진정시키며 걸음을 약간 늦춰 여인 앞으로 다가갔다. "여기가 함선생님 계신 곳이죠?"

좀전부터 빨래손을 멈추고 이쪽을 지켜보고 있던 여인이 지연의 물음에는 대답 않고,

"서울서 오셨구만이라우?" 한다.

"네. ……지금 안 계신가요?"

여인이 그냥 빤히 지연을 치어다보기만 한다. 꽤 큰 체구인데, 핏기 없고 수척한 얼굴에서 휑하니 큰 눈이 초점 잃은 광채를 발하고 있다.

"안 계신가요?" 지연이 재차 물었다.

"우리 돌이아빠 집에 없어라우." 옆의 사내애를 턱으로 가리키며 여인이 말했다.

"아니……" 지연이 초막을 휘둘러봤다. 초막 이쪽 벽에 붙여서 가마니 몇개가 쌓여있고 그 위를 거적대기로 덮었는데, 그 가마니들엔 꼬리표가 붙어있었다. 씨감자가 들어있는 가마니들이 틀림없었다. 이 씨감자야말로 지연이 준태의 거처를 알기에 이른 실마리 구실을 한 물건이다. "여기가 함준태씨 댁 아닙니까?" 다시 한번 묻지 않을 수 없었다.

"맞어라우. 그양반이 야 아빠 아닌기라우. 시방 집에 없어라우."

준태가 이 애의 아빠라니? 도대체 어찌된 일인지 알 수가 없었다. 지연은 사내애를 데린 이 여인을 준태의 식사나 빨래같은 걸 거둬주는 사람으로만 여겼었다.

338

어리둥절해있는 지연에게 옆의 애가,

"벵원……" 한다.

"병원요?" 지연이 다짐하듯 여인에게 물었다.

"읍내 벵원에 가셨어라우."

"어디가 편찮으셔서요?"

"해수병이오."

"대단하신가요?"

"글세요, 더할 때도 있고 들할 때도 있고……"

"언제 돌아오실까요?"

여인이 광채띤 눈을 잘게 깜박거리며,

"기다리지 않는 것이 좋을 거같고만이라우. 그러는 것이 그양반에게도 좋고, 시악시를 위해서도 좋을기요잉." 여인이 어떤 단안이라도 내리듯 말하고는 세차게 빨래방망이질을 하기 시작했다.

지연은 자기 몸이 공중에 등 떠서 손발의 감각도 위치도 의식지 못한 채 머리만 자꾸 부풀어가고 있는 듯함을 느꼈다. 어떻게 된 사연인진 몰라도 최소한 준태와 이 여인이 현재 부부관계인 것만은 틀림없지 않은가. 지연은 망연히 서있었다. 여인의 빨래방망이 소리만이 크게 지연의 머리에 울려왔다. 목이 탔다. 여인에게 물 좀 달래야겠다는 욕구와는 달리 지연은 발걸을 돌리고 있었다. 눈앞이 흔들렸다. 지연은 걸음을 멈추고 정신을 가다듬었다. 핸드백에서 수첩을 꺼내어 한 장 찢어가지고 몇자 적기 시작했다. 글씨가 제대로 되지 않았다.

"이걸 좀 전해주십쇼."

여인이 젖은 손으로 쪽지를 받았다.

비로소 지연은 물을 달래서 몇 모금 마시고는 안녕히 계시라고 한 후 다시 몸을 돌렸다. 그러자 몇 걸음 안 가서 등뒤로 여인의 말소리를 들었다.

"암만혀도 서로 만나지 못하게 될기요."

여인의 음성은 오히려 좀전보다 차분한 편이라고 할 수 있었다. 그 차분한 울림이 도리어 메마른 차가운 모래를 맨잔등에 쫙쫙 뿌리는 것만 같았다.

지연은 걸음을 빨리했다. 지금의 사태를 어떻게 받아들여야 할지 엄두를 못내고 있었다.

　지연은 자기가 어떻게 해서 국도에까지 나와 버스를 기다리고 있는지를 깨닫지 못했다. 고작 두달 남짓한 동안에 준태의 신변에 어떤 변화가 일어났는지, 그리고 자기자신은 앞으로 어떻게 해야 할지 영 갈피를 잡을 수가 없었다. 단지 분명한 것은 어서 여기를 떠나야 한다는 것, 준태를 만나지 못하고 떠나야 한다는 것, 그것도 병원에 갔다는 그의 병세가 어떠한지도 모르고 떠나야 한다는 것이었다.

　물기에 잉크가 번져 어룽진 쪽지를 준태는 더듬어 읽었다.
　《뵈러 왔다가 그냥 돌아갑니다. 뭐가 뭔지 모르겠습니다. 병환이 염려됩니다마는 아무래도 이대로 돌아가는 게 좋을 것같습니다. 몸조심하십시오. 지연》
　"언제쯤 왔었어?" 쪽지에서 눈을 들며 준태가 여인에게 다그치듯 물었다. 열이 있어뵈는 얼굴에 긴장기가 어려있었다.
　"퍼얼써 댕겨갔는디라우."
　"내가 돌아오기까지 기다리라는 말은 했어?"
　여인이 그 말에는 직접 대답을 않고,
　"선상님과 진즉부터 좋아지내는 시악시라는 것은 단박에 알아보았어라우. 근디 선상님과 그 시악시는 다시 만나서는 안될 팔자더랑게라우."
　준태는 여인에게 대해 강한 혐오감이 북받쳐올라왔다. 일찍이 누구한테도 이런 혐오감을 느껴본 적은 없었다. 준태는 결연히 몸을 돌렸다. 지금이라도 지연을 따라가 만나야 한다. 서울까지 따라가서라도 만나야 한다. 이 이상 공허한 생활에 자신을 파묻고 살아갈 수는 없다. 지연을 만나는 그자리에서 모든 종말이 온다 할지라도 따라가야 한다.
　그러나 준태는 여남은 발짝 걷다가 그자리에 웅크려 앉고 말았다. 숨이 막혀왔다. 무릎을 꿇었다. 뒤이어 걷잡을 수 없는 긴긴 기침이 솟아올랐다. 무엇을 붙들었으면 싶었으나 부근에 아무것도 없었다. 땅을 움켜쥐고 움켜쥐고 했다. 눅눅한 봄흙이 손아귀 속에서 덩어리지곤 했다.

한참만에 발작은 멎었으나 기운이 빠져 몸을 제대로 가눠 일으킬수가 없었다. 그런 속에서 준태는 자기를 향한 여인의 눈길을 느꼈다. 비웃는 눈길이었다. 돌아다보지는 않았지만 그걸 알 수 있었다. 여인은 자기의 주술적인 예언을 어기려들다가는 그꼴이 된다는 생각을 하고 있는지 몰랐다. 여인은 준태가 여기에 자리잡은 바로 다음날 밤 깊어서 애를 업고 초막을 찾아왔었다. 오랜 동안 과부로 혼자 살다가 별안간 무당이 내리면서 몸에 실린 신이, 어디로 가면 귀인을 만나리라고 하여 멀리서 이곳까지 찾아왔다는 것이었다. 아이를 보아 어쩌지 못하고 들였던 것이 그만 오늘날까지 질질 한집살림을 해오는 터였다.

준태는 무겁게 몸을 일으켰다. 머리와 골이 따로따로 노는 것같았다. 우물로 가 손을 씻을까 하다가 그저 손바닥과 옷을 툭툭 털고는 허든거리는 걸음을 옮겼다. 이미 여인에 대한 혐오감은 가셔져있었다.

준태는 자기 안으로 시선을 돌렸다. 도대체 나는 어느쪽을 따라야 하는 건가. 지연을 그토록 갈망한 건 누구고, 이를 용납 않는 건누구냐. 그 어느쪽도 거짓은 없다. 단지 지연을 다쳐서는 안된다. 그러면서 상반된 두 가지를 체취처럼 지닌 채 나나름대로의 유랑민같은 생활을 감당하는 수밖에 없는 거다.

계곡물가에 이르러 손의 흙을 씻어내고, 그때까지 걷히지 않는 얼굴의 땀을 훔쳤다.

고개를 넘어 안동네로 들어선 준태는 권서방 집으로 갔다. 써감자 나눌 얘길 하기 위해서였지만 곧장 자기 집에 돌아가고 싶지 않아서이기도 했다. 권서방이 집에 없었다. 혹시 주막에라도 가있지 않나 하여 가보기로 했다. 어떻게든 좀 시간을 보내야 했다. 주막안을 들여다보기 전에 권서방이 거기 있다는 걸 알 수 있었다. 평소보다 높고 커진 권서방의 말소리가 밖에까지 들려나왔던 것이다.

주막 건넌방에서 막걸리를 마시고 있던 권서방과 동네사람 둘이 자리를 내어주면서 어서 들어와 앉으라고 한다. 준태가 들어가 앉는다.

권서방이 막걸릿잔을 비워 준태에게 건넨다. 준태는 손을 내저었
다.

"그리고 봉개로 전작을 펄써 허신 것같네요잉."

준태는 자기 얼굴이 남에게 술마신 걸로 보일 만큼 열이 있구나
했다. 머리가 찌근거리고 전신이 나른했다. 천식이 있는 사람은 기
관지염이나 폐렴을 조심해야 하지만 현재 심장도 대단히 나빠져있
다는 의사의 말이 생각났다.

준태는 내일 씨감자 나누자는 말을 권서방에게 간단히 했다. 그
말을 듣고 다른 동네사람 둘이 자기네한테도 좀 나눠줄 수 없느냐
고 하여, 준태는 또 간단히 그러마고 했다.

준태는 눈알이 쏟아지는 것같았다. 눕고만 싶었다. 차츰 더 전신
이 까부라지고 머리가 내둘려 주모더러 물을 달래가지고 병원에서
지어온 약을 먹었다. 입맛이 없어 점심을 거른 빈속에 약을 먹어서
그런지 속이 메슥거려 견딜 수가 없었다. 술도 안 하며 앉아있기가
뭣하기도 했지만 준태는 억지로라도 낟알기를 좀 해야 기운이 차려
질 것같아 주모더러 흰죽을 좀 쒀달라고 했다.

준태가 약을 먹고 죽을 쒀달라는 것을 보고서야 동네사람들이 하
던 얘기를 멈추고 준태에게 어디가 편찮으냐고 걱정스레 물었다. 준
태는 그저, 된감기가 들린 모양이라고만 했다. 그리고 벽에 등을 기
대고 몸을 편하게 가졌다.

동네사람들은 얘기를 계속했다. 대개 처음에는 자주 술잔을 권커
니잣거니 하다가 엔간히 취기가 돌면 술보다 얘기판을 벌이는 게 상
례다. 지금 농사에 관한 얘기들을 하고 있다. 아무개네는 농토를
읍내 누구에게 팔아넘기고 금년부터 소작을 하게 됐는데 썩 잘한 일
로 안다, 자작을 하자니 이것저것 비용이 많이 드는 데 비해 쌀금
은 싸 빚만 지게 마련 아니냐, 그러나저러나 올해는 비료나 제때
나오려는지 모르겠다, 제발 용성이란 비료만은 강제로 끼어주지 않
았으면 좋겠다, 그게 밑거름에 좋다지만 실제로는 아무 효력도 없
고 공연히 태가만 잡아먹어 모두 그냥 버리고 말지 않느냐, 뭐니뭐
니해도 동네에 일손이 모자라 큰일이다, 누구누구는 군대에 나가고,

누구누구는 제대해서 돌아오는 길로 도회지로 가버리고, ……

주모가 죽사발을 가져왔다. 워낙 큰 사발 가득 담은 분량이기도 했지만 준태는 반의 반도 먹지를 못했다. 그것도 어떻게든 좀 먹어 둬야 한다는 의무로 억지로 먹은 것이지, 죽마저도 영 목을 넘어가지 않았다.

언제부턴지 동네사람들은 우스갯말을 하고 있었다. 자기네 비슷한 농사꾼을 희화시킨 얘기다. 얼마 전 준태가 동네사람 몇과 술자리를 같이했을 때 들은 얘기도 그랬다. 어떤 사람이 두메산골 총각을 사위로 삼아 처갓집에서 밥을 먹게 됐는데 그 사위가 밥상을 받아 첫술을 떠넣더니만 자꾸 상 밑을 들여다보며 뭔가를 찾고 있어 옆에 있던 장인이 왜 그러느냐 했더니 입속에 넣은 밥이 어디로 홀랑 도망쳐버려 그걸 찾고 있다고 하더란다. 두메산골에서 자라 난 생 처음 매끄러운 이밥을 먹다가 그리 된 것이란다. 이렇게 이들 농사꾼들은 자기네들과 비슷한 농사꾼을 희화시킴으로써 자신도 형편에 따라서는 얘기 속 인물처럼 됐을지 모른다는 불안감을 덜어보자는 게 아닌가 싶었다.

그래도 낮알기가 들어가 조금은 기운을 차린 준태는 주모에게 받지 않겠다는 죽값을 치르고 주막을 나섰다. 요즘 노상 그러하듯이, 낮에는 따뜻하던 기온이 저녁때가 되면서 제법 쌀쌀해져있었다. 몸에는 좋지 않을지 모를 찬기운이 싫지는 않았다.

집으로 돌아온 준태는 자리를 아무렇게나 깔고 옷을 벗는둥 마는둥 몸을 눕혔다. 욱신욱신 무릎이 쑤신다고 느끼다가 잦아들 듯이 어두운 혼미 속으로 빠져들어갔다.

얼마 뒤일까, 준태는 자기를 잡아 이끌어주는 것이 있어 잠에서 깨어났다. 주위가 희끄무레했다. 아직 날이 어둡지 않은 건가, 벌써 날이 새는 건가. 잠시 후에야 달빛이 들창에 바른 종이를 비추고 있음을 알았다. 열이 좀 내려 몸이 한결 가벼워진 걸 느끼면서 다시 눈을 감았다.

준태의 손을 와 잡는 손길이 있었다. 좀전 잠 속에서 준태를 붙잡아 이끈 손길이었다. 그 손길이 준태의 손을 끌어다 부피있는 살갗 위에다 얹는다. 체구도 큰 편이지만 여인의 유방은 별나게 컸다.

어깻죽지 가까이 올라붙은 유방은 그네가 번듯이 누웠을 땐 유방의
양쪽 곡선이 가슴 밖으로 비어져 나왔다. 준태는 여인에게서 손을
빼려 했다. 그러나 여인은 준태의 손을 꽉 잡고 자기의 커다란 유방
을 문질러대기 시작했다. 얼마 동안 그러고 나서 슬그머니 놓는다.
준태의 손이 혼자서 움직여주기를 바라는 기색이다. 스르르 준태의
손이 미끄러져 내렸다. 그러자 이번에는 준태 손등에 자기 손을 붙
이고 유방을 주물러댔다. 그러다가 여인이 다시 또 자기 손을 슬그
머니 뗐다. 준태가 별 반응이 없이 손을 힘없이 거둬들이자 여인의
손이 와락 준태의 사타구니를 더듬었다. 당신이 산 사람이라우? 송
장이지, 송장! 여인이 제물에 흥분하여 씨근거리면서 내뱉듯이 주
절거렸다.

  "아무한테두 얘기 않구 혼자 감수하려구 했어요. 하지만 제 고통
만으루 그칠 일이 아네요. 분명 함선생님에게 무슨 일이 일어날 것
만 같애요." 지연이 준태 찾아갔던 얘길 성호에게 하고 나서 이렇
게 덧붙였다.
  "진작 얘길 할 일이지. 나한테까지 그럴 게 뭐있어."
  "제게 남은 마지막 허세였나봐요. 하여튼 빨리 가봐야 할 것같애
요."
  "물론이지."
  "저어," 지연이 잠시 머뭇거리다가, "같이 좀 가주실 수 없으세
요?"
  "그러지 않아두 그런 생각을 하구 있든 참야." 성호는 여기에서 꽤
떨어진 주택단지 가까이 차려놓은 시멘트 벽돌 찍는 일을 쉬는 수
밖에 없었다.
  "감사해요 정말. 안된다면 혼자 갈 참이었지만요."
  "그런 인산 필요 없구."
  "지금 떠나실 수 있어요? 한시가 급해요."
  "그러지. 오늘은 내가 일 나가는 게 좀 늦었기 망정이지 못 만날
뻔했어." 어제 오후, 여태 악화상태에서 벗어나지 못하고 있는 명숙
을 병원으로 찾아가보고 돌아오는 길에 사온 도라지씨와 결명자씨

를 이날 아침 마저 뿌리느라고 늦었던 것이다.

성호는 옆집 사람더러 영이를 좀 봐달라고 부탁한 다음 작업복을
외출복으로 갈아입었다. 그리고는 찬찬 감기는 영이를 달래어 떼어
놓고 둘이는 서둘러 별나라촌 언덕을 내려왔다.

서울역까지의 시간이 적잖이 걸렸으나 마침 장항선 열차가 있어
곧 탈 수 있었다. 승객은 많지 않은 편이었다.

"난 군산방면은 처음야. 어때 볼 만한 게 있어?"

기차가 떠나자 성호가 말을 건넸다. 어둡게 폭 잠겨있는 지연의
마음을 딴데로 돌려보려고 한 말이었다.

"경황없이 왔다갔다 하느라구 아무 기억두 없어요." 지연이 쓸쓸
한 웃음을 지어보이고는 다시 먼 공간 너머를 바라보는 눈이 되며,
"지금쯤 함선생님이 어떡하구 계신지 모르겠어요."

준태는 오래간만에 머리도 맑고 몸도 가뜬함을 느꼈다. 다시없이
마음이 평안했다. 얼마만한 시간 동안을 자기는 악몽 속을 헤매고 있
었을까. 한때 열이 좀 내려 권서방들에게 씨감자를 나눠줄 수도 있
었으나, 다시 열이 오르면서 심한 두통과 흉통에 시달리며 혼수상태
에 빠졌었다. 그런 속에서도 여인이 집에서 사라졌다는 것과 돌이
가 엄마를 찾으며 울어대던 일이 토막토막 의식에 새겨져있었다. 엄
마를 잃은 돌이가 지금은 준태 이불에 다리를 디밀고 잠들어있다.
준태는 돌이와 자기가 무엇을 좀 끓여먹어야 할 거라는 생각에 윗
몸을 일으켰다.

"어머!" 지연이 돌연 소리를 질렀다.

"왜그래?"

"빨리 가야 해요, 함선생님한테!"

성호는 새삼, 먼 공간 한 점에 고정시킨 지연의 눈을 지켜본다.

일어서려던 준태는 눈앞이 아찔해지면서 방바닥 짚은 손이 쑥 꺼
져들어갔다. 구들골에 빠진 손을 빼어 방바닥을 쓸어보았다. 말짱
했다. 아무데도 내려앉은 데가 없었다. 오른쪽 광대뼈 부근이 얼얼
해왔다. 그제야 준태는 팔을 짚고 일어서려다 앞으로 꼬꾸라진 걸
깨달았다. 도로 자리에 눕고 말았다. 그리고 잠인지 혼미상태인지
모를 상태로 다시 잦아들어갔다.

"참, 민구라는 사람 알지? 그친구가 이번 결혼을 하는데, 그걸 계기루 무속연굴 집어치우구 장인될 사람의 제약회사에 들어갈까 어쩔까 망설인다잖아. 뭘 허든 현실적인 친구니까…… 함선생두 이참에 아예 서울 어디루 직장을 장만하는 편이 좋잖을까. 그렇게 약한 몸으루 무슨 농업개발을 해보겠다구……"

성호는 다시 지연의 기분을 딴데로 돌려보려는 말을 하다가 흠칫 멈추고 말았다. 지연이 전혀 자기 말에 끌러드는 기미가 보이지 않아서만이 아니었다. 지연과 함께 자기가 지금 찾아가고 있는 사람이 준태가 아니고 자기자신이어야 한다는 생각이 퍼뜩 들었기 때문이었다.

준태는 밑으로부터 솟아오르듯이 정신이 들었다. 그러나 눈은 뜨지 않고 있었다. 그러는 그의 눈앞에 대여섯살 난 사내아이 하나가 꽁꽁 언 호숫가 어머니 곁에 붙어섯서 달달 떨고 있는 모습이 나타났다. 아파 못견딜 만큼 어머니는 사내애의 손을 꼭 쥐고 있다. 그러나 사내애는 기분이 나쁘지 않았다. 그런데 어머니가 누워버린다. 사내애는 언 땅의 흙을 손으로 긁어 어머니를 묻어준다. 사내애가 흙을 덮어줄 때마다 어머니는, 더 더, 한다. 사내애는 손가락 끝에 피가 나고 쓰라렸지만 멈추지 않고 흙을 긁어 어머니를 묻는다. 어머니의 몸이 흙에 덮여 얼굴마저 가려지려 하는데도 여전히, 더 더, 하기만 한다. 준태는 이 광경을 별다른 감정없이 바라보고 있었다. 어느새 준태는 사면과 천장이 각각 넉 자쯤의 방에 갇혀있었다. 허리를 펴고 일어설 수도 다리를 뻗고 누울 수도 없었다. 창문 하나 나있지 않았다. 그런데도 희미한 빛은 어려있었다. 방 한가운데에 웅크리고 앉아 마룻바닥에 낸 구멍을 지켜본다. 오랜 세월을 두고 준태 자신이 손톱으로 뚫은 구멍이었다. 쥐란 놈이 나타나기를 기다린다. 마침내 달려오는 쥐소리가 들리고, 구멍으로 쥐 발이 올라왔다. 그 발을 어루만진다. 실은 쥐의 발이 아니고 준태 자신의 손이다. 두 손이 서로 외로움이라도 달래듯 오래오래 어루만지다가 급기야 마루 밑의 손이 거둬진다. 준태는 공허한 마룻구멍을 무연히 들여다보고 있다.

좀전부터 성호는 지금의 지연의 눈을 전에 여러번 본 눈이라고

346

자기 기억을 더듬다가 홍여사의 겁먹고 떠는 눈과 부딪쳤다. 그 홍여사는 이미 죽었고, 지연은 지금 자기가 사랑하는 사람의 안부를 염려하며 찾아가고 있다. 홍여사의 얼굴과 지연의 얼굴이 번갈아 어른대면서 점점 두 사람의 겁먹고 떠는 눈이 확대되다가 얼굴을 온통 덮어버린다. 성호는 생각한다. 이 눈은 창조주의 눈이다. 이 여자들의 이러한 눈은 이 여자들의 눈인 동시에 곧 창조주의 눈이다. 이 생각은 금방 떠오른 생각도 같고, 오래 전부터 여러가지로 생각해오던 것이 한데 뭉쳐 이뤄진 생각도 같았다. 이 두 여자만이 아니고, 이러한 눈을 한 모든 인간의 눈은 창조주의 것이다. 어찌 이러한 눈뿐이랴. 인간에게 일어나는 모든 일, 삶이든 죽음이든 선이든 악이든 이밖의 모두 다 창조주의 것이다. 이렇게 창조주는 자기 형상과 마음가짐처럼 만든 인간을 통해 스스로 지니고 있는 정과 반의 싸움을 하고 있는 것이다. 이세상에 사랑이라는 합의 세계를 이루기 위해 헤아릴 수 없을 만큼 다각다양하게, 그리고 끊임없이 싸우고 있는 것이다. 그러면 주여, 우선 이 한 여자의 소원만이라도 이루어주소서, 자기의 사랑을 위해 떨고 있는 이 젊은 여자의 소원만이라도 쟁취해주소서.

당신은 사랑을 받을 줄두 모르구 사랑을 할 줄두 몰라요, 그저 자기자신만을 사랑할 뿐이지. 그럴까, 그럴까. 홀연 준태의 눈앞에 무언가가 푸드득거리며 떨어진다. 두 마리의 날짐승이었다. 엉겨붙어 엎치락뒤치락 싸우고 있다. 자세히 보니 매와 꿩이다. 엎치락뒤치락 매가 이기는 것도 아니고, 꿩이 이기는 것도 아니고, 한 번은 매가 위였다가 한 번은 꿩이 위였다가 하면서 같은 동작이 반복되는 것이다. 아, 저리 비켜! 준태는 입속으로 부르짖었다.

"진작 갔어야 할 건데, 진작." 지연이 마음죄는 목소리로 중얼거렸다. 아까부터 맞은편 손님이 힐끔거리며 바라보는 따위는 안중 밖이었다.

오, 지연이 왔군. 잘 왔어. 눈을 뜨라구? 눈을 감구 있어두 잘 보여. 지연인 조금두 변하지 않았는걸. 여길 떠나자구? 그래 어디루든 떠나야지. 이 돌이란 애두 데리구 말야. 원하지두 않았는데 애녀석이 하나 생겼어. 우리 다 같이 가.

"암만해두 이미 늦은 것같애요." 허공을 응시한 지연의 눈에 물기가 어리며 애타는 소리로 중얼거렸다.

울구 있군 그래, 지연이. 울지 말어. 늦지 않았어. 꼭 제때에 와 주었어. 다시는 우리가 떨어지지 않을 거야. 떨어지지 않구 말구. 충족한 행복감이 준태의 전신을 적셨다. 그러자 숨이 답답해지면서 기침이 솟았다. 오래 연속되지는 않았다. 대신 가슴이 빠개져왔다. 조금 가라앉았는가 하다가는 더 심해지곤 했다. 새액새액 숨소리가 약해지면서 간격을 벌려갔다. 준태는 버럭 소리를 질렀다. 가자, 이제 가자아 !

지연이 푹 앞으로 목을 꺾으면서 두 손으로 얼굴을 가렸다. 저만큼 사람 형상 하나가 걸어가고 있다. 너울너울 발이 땅에 닿는 듯 마는 듯한 걸음걸이다. 정한 곳 없이 흘러떠나는 사람의 행색이었다.

별나라촌 성호의 판잣집 앞에서 돌이와 영이가 바람을 등지고 앉아 플라스틱으로 된 조각들을 맞춰 뭣인가 만들고 있다. 지연이 사다준 장난감이었다. 지연은 자기 부담으로 돌이를 우선 성호한테 맡겨놓고 있었다.

영이가 만드는 것은 얼추 자동차의 형태를 갖추고 있는데, 돌이는 뭐라고 정해지지 않은 것을 만들고 있다. 집이니 다리니 자동차니 비행기니 하는 것 만드는 데에 싫증이 난 것이다.

"얘, 얘, 이거 근사하지 ?" 영이가 다 만든 자동차를 돌이 코앞에 내민다.

돌이는 본체만체 자기가 하는 일에만 열중하고 있다.

"그거 머니 ?" 종내 영이가 궁금한 듯 물었다.

돌이는 비죽비죽 웃기만 한다.

잠시 더 돌이의 만들고 있는 것을 들여다보고 있던 영이가 핀잔 주듯,

"그거 아무것두 아니야," 한다.

"암것도 아니먼 으며." 돌이는 지칠 줄 모르고 조각들을 이리 맞췄다 저리 맞췄다 하고 있었다.

1972 팔월

<해 설>

'유랑민 근성'과 '창조주의 눈'

이　상　섭

　사람이 축조하는 건물 중에서 성은 가장 크고 가장 견고하며 그 보존에 가장 큰 정성이 들어가는 것이다. 성은 움직일 수 없으며, 움직여도 안 된다. 성은 외부의 적의 공격으로부터 그 안의 주민을 막아준다는 일차적인 기능 이외에 또한 그 주민의 생활 공간을 확정 지어 주어서 삶의 방식, 더 넓게 말해서 문화의 세련과 지속성을 획득하게 해 준다는 보다 근본적인 기능을 가지고 있다. 다시 말하면 성은 삶의 보호 기능 이외에 문화의 정착·세련·영속화의 기능을 가지는 것이다. 외적의 침입이 잦지 않은 경우에 성은 자연히 문화의 세련과 영속화라는 기능을 주로 발휘하게 될 것이다. 외적의 침입이 잦으면 성은 그 일차적 기능인 보호의 기능을 주로 발휘할 뿐이고 그 주민은 성을 지키기 위한 방어에 동원되든가, 또는 더 자주 생기는 일이지만, 성을 버리고 다른 곳으로 가서 다른 성을 쌓든지, 남의 성에 들어가 의탁하든지, 아주 성조차 없이 이리저리 피해 다니든가 할 것이다. 그러는 동안 문화의 정착·세련·영구화는 이루어지지 않을 것이다. 그러나 이리저리 피해 다니며 사는 생활에 어울리는 독특한 '정신적 버릇'이 생길 것이다. 그런 독특한 정신적 버릇이 그런 주민——이 경우 주민이라기보다는 집단이라 하는 것이 옳을 것이다——의 생활을 보호하는, 또는 유지시키는 수단이 될 것이다. 즉 그러한 떠돌아다니는 집단의 자체 보호·유지를 위한 정신적 버릇이 결국은 그들의 '성'의 구실을 해 준다는 말이다. 견고한 성을 쌓고 그 안에 안주하며 문화의 정착·세련·영속화를 기하는 주민이 아니라 떠돌아 다니는 것이 자기 보호를 위한 어쩔 수 없는 최선의 수단이 되어 버린 집단에게는 바로 그 비정착성, 그 유동성, 그 '뿌리 박지 않음'이 정신적인 성 구실을 해 준다는 말이다.

이처럼 떠돌아 다니는 주민 아닌 집단을 '유랑민'이라고 하며, 정착, 세련된 정신적 문화 아닌 자기보호적 정신적 습관을 '근성'이라고 한다. 이리하여 '유랑민 근성'이라는 말이 생기는 것이다. 그러니까 비유적으로 말하면 '유랑민 근성'은 '움직이는 성'인 셈이다. 움직여서는 안 될 성이 유랑민의 경우에는 움직이는 성이 된다.

우리 한국 민족은 이 한반도 한 장소에 적어도 2,000년, 길게 잡으면 4,000년 동안 뿌리내리고 살아온 정착되고 세련된 문화 민족으로 자처하고 있다. 다른 나라 사람들도 우리를 적어도 한 장소에 오래 살아서 정착된 문화를 가지고 있는 족속으로 보아 주는 듯하다.

그런데 이 소설은 신랄하게도 반만년 역사를 가진 우리 배달 민족에게서 근원적인 '유랑민 근성'을 들추고 있다. 이 소설에서 가장 흥미있는 인물인 농업기사 준태는 한국인의 종교적 천박성을 들어 이렇게 말한다.

니체의 신은 죽었다는 말이 우리에겐 실감있게 받아들여지지 않는다구 보는데요. 신은 죽었다구 말할 때, 그전까지는 신이 살아있었다는 걸 전제하는 게 아니겠어요? 그런데 우리에겐 일찍이 니체가 말한 신이란 살아있어 본 일이 없거든요. 그러니 신이 죽었다는 말이 생소할 수밖에 없죠. 지식인층에서는 서구에의 신이 죽었다는 말을 관념상으루 자기의 일처럼 착각하구 있는 예가 있는가봅니다만.

서양의 정신사를 보면 신에 대한 사변이야말로 최고 지성인들의 최대 관심사였음을 알 수 있다. '신은 죽었다'는 선언 아닌 절규는 그런 정신사의 맥락에서나 실감할 수 있을 것이다. 물론 한국에도 신에 대한 관념이 전해져서 기독교인 수도 많아졌지만, 준엄한 준태

에 의하면,

   그런 사람들두 따지구 보면 하나님의 진의를 받아들인 게 아니구 어떤
실리면만을 받아들이구 있는 게 아닐까요. 이를테면 소원성취나 해주는
하나님, 혹은 천당이나 가게 해주는 하나님 혹은 몇번 죄를 지어두 회개
만 하면 용서해주는 하나님으루서 말입니다.

   종교 철학의 전통이 없다시피한 한국인에게 기독교의 하나님은 현
세뿐 아니라 죽어서까지도 복을 주는 편리한 존재일 뿐이고, 서양
사상사에서 볼 수 있는 윤리적 정신적 결단과는 관계가 거의 없다
는 것이다. 준태는 한국인이 하나님을 제대로 받아들일 수 있을지
조차 의심하는 듯하다.

   제가 보기에 그런 신앙은 정신적으로 뿌리박지 못한 신앙이 아닌가 생
각하는데요. 말하자면 유랑민근성을 면치 못한 신앙이라 할까요.

   뿌리박지 못하는 유랑민의 근성. 그러한 근성에서 탈피하여 진정
한 신앙의 뿌리를 박고자 애쓰는 성호는 한국인이 신앙에 의하여 변
할 수 있음을 믿으면서도 한국인의 그 유랑민 근성을 인정하지 않
을 수 없다.

   우리나라 사람에겐 본시부터…… 하여튼 잡신을 잘 받아들이는 바탕이
있는가봐. 그래서 우리나라 사람은 신앙을 가졌다는 사람 중에서도 기독
교와 샤머니즘——기독교 대신 불교라구 해도 마찬가지지만——이 두 사
이를 항상 오가구 있어. 반 발짝 내디디면 기독교, 반 발짝 들이디디면
샤머니즘, 이렇게 방황하구 있는 셈이지.

   이 우상, 저 우상, 현실 생활에 편리한 대로 섬기는 버릇, 곧 방
황에 능한 유랑민 근성이 여러 신을 번갈아 섬기는 데에 잘 나타난
다는 것이다.
   이 소설의 서두 부분에 나오는 이 논의는 이후에도 간간이 반복
되어, 작품의 지적, 비판적 근간이 되고 있다.

샤머니즘 연구에 미친 민속학도이면서 또한 제약회사 사장인 기독교의 장로의 딸과 약혼하여 '유복한' 생활을 꿈꾸는 민구가 "우리나라 사람한테 유독 신이 잘 붙는데 그 원인이 뭐라고 봐?"하고 질문하자 준태는 다시금 "그건 정착성이 없는 데서 오는 게 아닐까. 말하자면 우리 민족이 북방에서 흘러들어올 때 지니구 있었던 유랑민 근성을 버리지 못한 데서 오는 게 아닐까?"고 대답한다. 본래 떠돌던 민족인 데다 정치적 정신적 정착을 해 보지 못했기 때문에 북방 유목민 특유의 무책임한 무속성을 그대로 보유하고 있다는 것이다.

여기서 한 걸음 더 나아가 한국인은 그래도 착하고 어질다는 주장에 대하여 준태는,

> 실은 그렇지두 않으면서 우리나라 사람은 착하다는 말에 얽매어 정말 착하구 어진 걸루 착각하구 있을 필요가 뭐냔 말야…… 남에게 억눌려도 순순히 받아들이구, 어질구 착한 백성이니 용서해 주리라는 걸 미끼삼아 그때그때의 권력에 붙어 사는 얌체족이나 길러내야 한다는 건가, 분노할 땐 분노할 줄 아는 민족이어야 해.

라고 통박한다. 통상적으로 알려진 한국인의 착하고 어질음도 실상은 유랑민 근성에 근거한 못난 태도의 위장이라는 것이다.

그가 처음이요 마지막으로 사랑하게 된 여인인 지연과의 대화에서도 준태는 "우린 진정한 의미의 종교를 못 가질 민족인지도 모릅니다"고 선언한다. 비슷한 말을 그와 지연의 사이를 정상화시키려고 찾아온 성호에게도 한다. "우리나라 민족은 진정한 의미에서 종교적인 신앙을 받아들일 만한 바탕을 갖지 못했다구 봅니다." 이러한 준태의 비판에 대해서 성호는 "세월이 오래 걸리드라도 언젠가는 기독교의 뿌리가 내리고 건전한 종교 이념이 형성될 날이 있겠죠"라고 조심스런 신념을 편다.

준태와 성호의 한국 민족관 논의는 그것대로 흥미가 있지만, 이 논의를 벌이는 두 사람이 각각 어떤 성격의 인물이냐 하는 소설적 흥미를 압도할 수는 없다.

준태와 성호는 서로 처음 대면하는 순간부터 상대방의 심상치 않은 내력을 직관할 수 있는 예민한 사람들이다. 성호는 준태의 얼굴에서 그가 당장 겪고 있는 고뇌의 그림자를 읽고, 준태는 성호의 말투에서 고뇌의 과거가 있음을 짐작한다. 둘 다 고뇌의 깊은 경험을 한 까닭에 남에게서도 그 그림자를 식별할 만큼 고뇌의 아픔을 철저히 알고 있다.

성호는 유복한 가정 출신이나 자기가 존경하던, 납북된 목사의 부인을 도와주다가 급기야는 사랑하게 되어 부인이 임신하게 되었고, 그 사실의 탄로가 두려워 태아를 지워 버렸고, 부인은 마음의 가책으로 드디어 육신의 병을 얻어 죽었다. 속죄를 위하여 그는 신학교를 다녔고 전도사·목사가 되어 가난한 동네의 교회에 전혀 이기심없이 봉사하고 있다.

준태는 가정 불화로 말미암아 이미 6세 때 자살하려는 어머니를 따라 나섰던 적이 있고, 14세 때에는 정말 자살을 기도했고 가난 때문에 숱한 굴욕감을 느끼며 자랐다. 그는 현실 생활 어느 구석에다가도 뿌리를 내리려 하지 않는 정신적 및 육체적 '근성'을 갖게 되었다. 그가 농학을 공부하고 농학 연구관이 되어 식물, 특히 고구마나 감자같은 실한 뿌리를 내리는 작물 연구에 정열을 쏟게 된 것은 충분히 이해할 만한 아이러니이다. 그는 여교 교사 시절의 제자인 창애와 실로 '우연히' 결혼하였으나 남편 노릇, 가장 노릇에는 전혀 무관심하다. 그는 인간 관계, 특히 남녀 관계에 대하여 불신감 내지 혐오감, 실은 공포심을 갖고 있다.

남지연은 부유한 집안의 무남 독녀이나, 카리에스를 앓아 임신이라는 여성 특유의 기능을 발휘할 수 없는 여자이다. 그러나 그네는 사려가 깊을 뿐 아니라 한때는 정구 선수였고 지금도 사나운 개를 길들이는 데 남모르는 능력을 가진 '스포츠 우먼'이다. 목사 부인의 병 문안을 오던 성호와는 그 곁에 입원 환자였던 까닭으로 알게 되었고, 준태와는, 이 책의 서두에서 보듯이, 돈이 궁한 준태가 그의 '근성적'인 모멸감을 맛보며(또는 '즐기며') 귀중한 농학 서적을 팔려고 고서적상과 흥정하고 있을 때, 그야말로 '스포츠 우먼쉽'을 발휘하여 준태가 원하는 값을 내고 사간 데서 연유하여 알게 되었다(이 서두는 남자와 여자를 처음 만나게 하는 소설적 방식으로서는 상당히 신기롭고 인상적이다).

유랑민 근성론은 주로 이 세 사람 사이에서 벌어지는 논의이고, 그들은 각각 나름대로 유랑민 아닌, 정신적 뿌리가 깊이 박힌 정착민이 되고자 한다. 셋 다 한국인인 만큼, 유랑민 근성을 안 가지고 있다면 적어도 유랑민의 후예는 된다.

준태는 자기 주변에서 늘 볼 수 있는 한국인의 속물주의, 천박성, 임시 변통주의, 부정직, 불합리성을 모두 한국 민족 고유의 숙명적 특질로 귀결시킨다. 즉 그는 그가 말하는 유랑민 근성을 도처에서 발견하고 그것을 극도로 비판하고 혐오함으로써 그 근성과의 관계를 끊으려 한다. 그래서 그는 이리 밀리고 저리 밀리면서도 아들 낳고 딸 낳고 집 짓고 재산 모으는 재미로 사는 유랑민스런 생활을 혐오한다. 그럼에도 불구하고 그는 결혼도 했고 집도 있었고 직장도 있었다. 그러나 결혼 생활과 집과 직장을 버릴 구실이 생겼을 때 그는 전혀 집착 없이 그것들을 버린다.

관점을 달리하여 볼 때, 생활 터전을 미련 없이 버리는 것도 또 다른 의미의 유랑민스런 행위라고도 할 수 있다. 그는 임시 생활인 하숙 생활을 더 즐기고, 오대산 속에서 임시로 지은 초막의 불빛을 보자 그 임시적이고 유랑스러움에 그리움같은 것을 느낀다. 즉 그는 또 다른 종류의 유랑민이다.

남과의 정착된 관계를 회피하는 '유랑스런' 성격의 준태가 지연을 만나서 드디어 정착된 사랑의 화합의 가능성을 마음으로 확인하는 순간, 그는 심한 천식 증세를 나타낸다. 그의 육체가 정착된 사랑의 희열을 질투하는 것 같다. 이 돌연한 천식 증세는 그 후 월정사에서 지연과의 사랑을 확인하자, 또 지연의 아버지와의 따뜻한 해후를 하고 나자 발작하곤 하여, 그는 자신이 결코 남과의 정착된 행복을 못 누릴 '유랑민'임을 자각하게 된다. 드디어 그에게 고독한 행복감을 가져다주던 뿌리 박는 식물 연구 및 재배도 그를 천식 증세에서 벗어나게 해 줄 수 없다. 그는 모든 종류의 행복에서 단절되어 죽는다. 그가 자기의 지병을 깨닫고 지연을 피하여 전라도 벽지에 은거하고 있을 때, 유랑하는 무당이 그와 동거하게 되었다는

354

것은 큰 아이러니이며 어떻게 보면 괴이하게 어울리기도 한다. 그는 '유랑민 철학'의 구현체인 무당과의 관계에서 최후를 마쳐야 한다. 그의 천식 증세가 현대 양의학으로는 고칠 수 없는 것이라면, 아마도 신 오른 무당의 굿으로 풀렸음직도 하다. 그에게는 숙명성, 피할 수 없음의 그림자가 따른다.

성호는 가난하고 억눌린 사람들이 단지 가난하고 억눌렸다는 이유 때문에 착하고 선한 사람들이라는 낭만적 오류에 빠진 이상주의자는 아니다. 한국인이 남달리 악하다든가 선하다고 믿지도 않는다. 그러나 그는 다른 모든 민족과 마찬가지로 한국인도, 그 중에서도 가난하고 억눌린 사람들도 인간다운 삶, 그가 믿기로는 진정한 종교적 뿌리가 내린 삶을 살 수 있다는 신념을, 제도적인 교회 사업을 통하여서가 아니라 일상의 사건 속에서, 확인하곤 한다. 병약한 아내에게 행패하는 못된 재일 교포 출신의 남자를 소년다운 기지로써 쫓아 버리는 판잣집 골목의 '무서운 아이들'을 보자 그는 인간 구원의 가능성을 섬광처럼 목도한다.

준태의 신상을 애타게 염려하는 지연의 눈에서 오래 전 그가 사모한 목사 부인 홍여사의 눈에 보였던 표정을 발견하고 성호는 다시금 크게 깨닫는 바가 있다. 그 눈은 '사랑을 성취하기 위한 괴로움의 눈'임을 그는 알아챌 뿐 아니라, 그보다 말할 수 없이 더 중요하게, 그것이 '창조주의 눈' 즉 하나님의 눈임을 깨닫는 것이다.

거리의 악동들의 의협심, 여인들의 '떠는 눈'이 강력히 암시하는 것이 기독교적 정의와 사랑이라고 그는 믿을 뿐 아니라, 그것들이 모든 평범한 사람들에게서, 준태가 그리도 혐오하는 한국인들에게서도 나타날 수 있다고 확신하는 것이다.

한국의 기독교는 준태의 비판대로 전통적인 ('유랑민 근성'의) 무속 신앙의 테두리를 못 벗어나든가, 또한 전통적인 유교적 명분주의와 율법주의를 벗어나지 못하는 것으로 제시되고 있다. 준태가 한국 기독교인의 무속적 양태를 통박한다면 성호는 그것의 명분·율법주의에 반대하는 입장이다. 그가 명분·율법주의에 반대하는 글을 썼을 뿐 아니라 목사 부인과의 관계마저 교회 당국에 알려지자 그는 목사직을 거의 아무런 미련 없이 버리고 단지 기독교적 삶을 산아가는 하나의 개인이 된다. 그가 신학교를 나와 목사가 되었던 것은 기독교의 제도를 떠받들기 위함이 아니라 많은 사람들을 위하여 책임 있게 기독교적 사랑을 실천코자 한 것이었다.

그러나 그뿐만은 아니었다. 목사 부인과의 불운하고도 불륜한 관계에 대한 속죄받음, 용서받음을 그런 생활을 통하여 확인코자 하는 아픈 부분이 그의 마음 깊은 속에 늘 자리하고 있었다.

인간적이고 순결한 사랑이었기에 용서받을 수 있다고 확신은 하면서도 둘 사이의 관계에서 생긴 태아를 몰래 유산시킨 사실은 그의 마음을 찌르는 가시였다. 이 가시가 그를 더욱 기독교적 사랑의 생활로 자극시켰는지 모른다.

드디어 목사 부인과의 관계를 목사의 장성한 아들이 교회 당국에 알렸다는 것이 드러난다. 그 아들은 성호와 어머니의 관계를 다 알고 있었다. 그는 그들이 그것을 끝까지 숨기고자 '비인간적인' 고통을 끝내 고수하는 것을 더 참을 수가 없었다. 그의 폭로로 말미암아 성호는 제도적 목사직에서 풀려 완전히 자유로운 인간으로 사랑을 실천할 수 있게 된 것이다.

그의 사랑의 실천이란 겉으로 보기에는 그저 평범한 생활일 뿐이다. 아니, 생활보다도 주로 그의 태도이다. 그는 준태처럼 괴로운 마음의 소유자를 대번 알아보고, 그에게 관심을 가져야 한다는 책임감을 느낀다. 비맞은 꼴로 지나가는 전주댁을 보고 또한 그 여인이 남모르는 괴로움을 겪고 있음을 직감하고 얼른 도와주지 못함에 자책을 느낀다. 이제 곧 몸팔러 가야 할 거리의 여자들도 잠시 그의 판잣집 방안에 들러 크리스마스를 축하할 마음의 여유를 주는 것이 그의 조용한 사랑의 실천이다. 뜨내기들, 곧 유랑민이 버린 아이들을 데려다 기르되 무슨 사회사업가연하지 않는 것이 그의 사랑의 생활 방식이다. 적어도 그는 유랑민 근성을 벗어나 있고, 유랑민도 사랑할 가치가 있을 뿐 아니라, 또한 그 모욕스런 근성을 버릴 수도 있다고 믿는 것이 그의 신앙적 생활 태도이다.

지연은 그네가 처음 '정착된' 사랑을 경험한 준태와의 관계에서 비록 세속적 의미의 실패를 했지만, 결국 성호와 동역자가 됨으로써 역시 사랑을 실천하는 생활을 하게 된다. 지연과 성호는 다같이 이루지 못한 사랑의 병을 앓고 나서 또다른, 더욱 깊은 사랑의 세계를 발견한 것이다. 그들은 아마 많은 유랑민의 버려진 아이들의 어버이 노릇을 하겠지만 간판 달린 '고아원'의 원장, 이사장은 되지 않을 것이다.

성호와 준태의 친구인 민속 학자 민구야말로 유랑민 근성을 그대로 발휘한다. 부유한 장로의 딸과 결혼하기 위하여 그가 신까지 들릴 뻔하게 정열을 바쳐 연구하고 즐기던 무속을 버린다. 그는 아마도 장인처럼 돈 잘 버는 율법주의 장로가 될 것이나, 남몰래 사업 번창을 위해 비기독교적 행위를 자행할 것이고 아마 그런 행위 중에는 무당에게 가서 사업 재수 점치는 일도 포함되기 쉽다.

준태의 아내였던 창애는 '유랑녀'의 근성을 발휘하여, 준태와의 결혼은 발작적인 경쟁심과 반발감에서 했었고 이혼도 그런 만큼 섣사리 행한다. 이 남자 저 남자로 유랑할 가능성이 농후하다. 그러나 유랑민의 슬픔이 늘 따를 것이다.

위에서 언급한 바와 같이 이 작품은 '유랑민 근성'에 대한 논의의 소설은 아니다. 훨씬 더 중요한 것은 그 '근성'을 몇 사람의 뚜렷한 성격을 가진 사람들이 어떻게 처리하느냐 하는 소설적 문제인 것이다. 인물들의 성격 구현과 그 성격들의 상호 작용이 빈틈없이 짜여져 있음에 우리의 주의가 가게 된다.

감자의 개량, 무당 굿의 내력과 종류 등에 대한 자세하고도 정확한 설명은 소설 내용과는 별도로 흥미로운 정보를 제공하기도 하지만, 소설 전체의 빈틈없이 짜여짐에 크게 기여하고 있다는 것을 알 수 있다. 이야기의 얼기설기한 진행 역시 그렇다. 한마디로 해서, 이 작품은 요즈음 흔한, 아무렇게나 뻗어나가는 즉 '유랑하는' 이야기가 아니라, 잘 짜여진 소설 작품이다.

황순원 전집 9
움직이는 성

초판 1쇄 발행 1980년 11월 25일
초판 7쇄 발행 1989년 6월 5일
재판 1쇄 발행 1989년 11월 30일
재판 6쇄 발행 2017년 10월 24일

지은이 . 황순원
펴낸이 이광호
펴낸곳 (주)문학과지성사
등록번호 제1993-000098호(1993. 12. 16)
주소 04034 서울 마포구 잔다리로7길 18(서교동 377-20)
전화 02) 338-7224
팩스 02) 323-4180(편집) 02) 338-7221(영업)
전자우편 moonji@moonji.com
홈페이지 www.moonji.com

ISBN 89-320-0107-3 04810
ISBN 89-320-0105-7(전12권)